LOUISE BAY
New York Affair

LOUISE BAY

NEW YORK AFFAIR

Roman

Ins Deutsche übertragen
von Anja Mehrmann

LYX in der Bastei Lübbe AG

Die Bastei Lübbe AG verfolgt eine nachhaltige Buchproduktion. Wir verwenden Papiere aus nachhaltiger Forstwirtschaft und verzichten darauf, Bücher einzeln in Folie zu verpacken. Wir stellen unsere Bücher in Deutschland und Europa (EU) her und arbeiten mit den Druckereien kontinuierlich an einer positiven Ökobilanz.

Die Originalausgabe erschien 2015, 2016 und 2017 als drei Novellas unter den Titeln »A Week in New York«, »Autumn in London« und »New Year in Manhattan«.
Copyright © 2017 by Louise Bay
Dieses Werk wurde vermittelt durch die Literarische Agentur Thomas Schlück GmbH, 30161 Hannover.

Für die deutschsprachige Ausgabe:
Copyright © 2019 by Bastei Lübbe AG, Köln
Textredaktion: Antje Steinhäuser
Umschlaggestaltung: © Guter Punkt, München | www.guter-punkt.de
unter Verwendung der Originaldaten von © Najla Qamber Designs
Satz: Greiner & Reichel, Köln
Gesetzt aus der Adobe Caslon
Druck und Verarbeitung: GGP Media GmbH, Pößneck
Printed in Germany
ISBN 978-3-7363-0993-7

5 7 9 11 12 10 8 6

Sie finden uns im Internet unter lyx-verlag.de
Bitte beachten Sie auch: luebbe.de und lesejury.de

1. Kapitel

Anna

»Hat er versucht, Kontakt mit dir aufzunehmen?«

Durch die dröhnenden Bässe hindurch konnte ich Leah kaum verstehen. Wir saßen auf Hockern in einer megacoolen Bar in Tribeca und mussten uns einander entgegenbeugen, um hören zu können, was die andere sagte. Ob ihre Worte Sinn ergeben hätten, wenn ich sie denn verstanden hätte, wusste ich nicht – wir waren bereits beim dritten Cocktail. Aber ich begriff, dass sie von Ben sprach – in letzter Zeit redete sie kaum noch von etwas anderem.

Leah war meine allerbeste Freundin. Wir hatten uns an der juristischen Fakultät kennengelernt und uns bis vor Kurzem noch eine Wohnung geteilt. Sie war äußerst fürsorglich und beschützend, und ich verhielt mich ihr gegenüber ebenso. Über Männer reden und Cocktails trinken war unsere Hauptbeschäftigung, und wir waren verdammt gut darin. An diesem Abend war Ben der Gegenstand unserer Unterhaltung – mein letzter Ex.

»Das wagt er nicht. Er weiß genau, dass ich ihm die Eier abreißen würde«, sagte ich schulterzuckend und nippte an meinem Manhattan. Wenn ich schon in Manhattan war, musste ich auch Manhattans trinken, oder etwa nicht?

»Ich kann es einfach nicht glauben«, sagte Leah zum siebenundfünfzigsten Mal an diesem Abend.

Erneut zuckte ich mit den Achseln. Ich blickte über Leahs Schultern und sah ein Gesicht in der Dunkelheit, das mich musterte. Er hob sein Glas und nickte mir zu. Kannte ich ihn? Er kam mir jedenfalls bekannt vor. Ich richtete den Blick wieder auf Leah.

»Und es gab keinerlei Anzeichen dafür?«, fragte sie.

»Na ja, er war anders als die Typen, mit denen ich bisher ausgegangen bin. Aber nein, er hat nie erwähnt, dass er in der Klemme steckt und den falschen Leuten Geld schuldet.«

Ben der Biker hatte sich in den Freund aus der Hölle verwandelt – oder Ben das Arschloch, wie Leah ihn inzwischen nannte. Ich hatte ihn immer total süß gefunden. Ich dachte, er wäre anders. Ich dachte, ich hätte endlich mal eine gute Wahl getroffen, nachdem ich mit Männern jahrelang absolut kein Glück gehabt hatte. Aber jemand hatte mir die Augen geöffnet – Ben das Arschloch *war* ein Arschloch. Die Irren, denen er Geld schuldete, waren in unsere Wohnung eingebrochen und hatten eine völlig abgedrehte Drohung auf den Spiegel über dem Waschbecken in Leahs Zimmer gekritzelt. Mitgenommen hatten sie nichts, was uns ziemlich verwirrte. Ungefähr eine Woche später beichtete Ben mir alles, und ich ging zur Polizei.

Die hatte mich früher am Tag bereits angerufen und bestätigt, dass Ben auch bei ihnen ein Geständnis abgelegt hatte. Die Drohung sollte ihm Angst machen, damit er zurückzahlte, was er schuldig war.

»Und willst du dein Apartment jetzt verkaufen?«

»Ich sage zwar immer noch *Wohnung* dazu, aber ja, ich werde sie verkaufen«, sagte ich und lächelte ironisch. Kaum waren wir auf dem John F. Kennedy International Airport gelandet, hatte Leah angefangen, ihr Handy ein *cell phone* zu nennen. Diese Gelegenheit, sie wegen ihrer plötzlichen Amerikanisierung aufzuziehen, konnte ich mir nicht entgehen lassen.

Im Flugzeug hatte ich endgültig beschlossen, meine Wohnung zu verkaufen. Seit dem Einbruch fühlte ich mich dort nicht mehr wohl. Daniel, Leahs Freund und ein rundum perfekter Mann, hatte eine Alarmanlage installieren lassen. Aber Leah war mit ihm zusammengezogen, und ich hasste es, allein zu sein. Obwohl ich wusste, dass die Polizei an der Sache dran war, wollte ich mich nicht mehr in der Wohnung aufhalten. Das erzählte ich Leah nicht, denn sie hätte darauf gedrängt, dass ich zu ihr und Daniel ziehe, aber sosehr ich die beiden auch liebte, wollte ich doch nicht mit ihnen zusammenwohnen und sie beim Sex stören. Vor allem, wenn ich selbst keinen hatte.

Leah konnte es einfach nicht glauben, wie sie mir immer wieder versicherte. Aber ungefähr zur Zeit des Einbruchs hatte Ben aufgehört, sich bei mir zu melden, und darum hatte ich eine seltsame Vorahnung gehabt. Mit Männern hatte ich einfach kein Glück. Es fing immer ganz großartig an, aber nach ungefähr drei Monaten ging jedes Mal irgendetwas schief. Entweder ich verließ ihn oder er wurde zu anhänglich oder aber er war der Grund, warum Irre in meine Wohnung einbrachen. Jedes Mal ein Fiasko.

Als Leah mich bat, ihr auf einer einwöchigen Reise mit Daniel nach New York Gesellschaft zu leisten, packte ich die Gelegenheit beim Schopf. Es war eine Chance, London, meiner Wohnung und allen Komplikationen mit dem männlichen Geschlecht zu entkommen. Daniel arbeitete sehr viel, das war offensichtlich, und wir Mädels würden jede Menge Zeit für uns haben. Und das war genau, was ich brauchte – Zeit für uns. Nach Leahs letzter Trennung waren wir nach Mexiko in Urlaub geflogen. Der Flug nach Westen schien ihr über den Liebeskummer hinwegzuhelfen. Hoffentlich galt dasselbe auch für mich.

Der Barkeeper schob uns noch zwei Drinks zu – einen Manhattan für mich und ein zweites Glas von dem widerlich süßen

Mix, den Leah sich schon einmal bestellt hatte. Ich blickte sie fragend an, doch sie zuckte nur mit den Schultern und nahm das Glas von der Theke. Ich berührte ihre Hand, damit sie es wieder abstellte.

»Die haben wir nicht bestellt«, sagte ich zu dem Barkeeper.

Er deutete auf den Mann, der mir so bekannt vorkam. »Eine Aufmerksamkeit des Gentlemans am Ende der Theke.«

In meinem Kopf heulten die Sirenen. Oh nein. Das hier passierte nicht wirklich. Ich wollte keine männliche Aufmerksamkeit. Ich wollte keine Komplikationen. Der Blick des vertrauten Fremden begegnete meinem, und er hob erneut das Glas. Ich verdrehte nur genervt die Augen und lehnte mich auf dem Hocker zurück. Leah blickte mich flehend an.

»Ach, egal«, sagte ich, seufzte und griff nach dem frischen Cocktail. Warum sollte ich ihn nicht trinken? Deshalb musste ich mich noch lange nicht mit dem Typen unterhalten.

»Also, Daniel hat da so einen Freund«, sagte Leah.

»Kein Interesse.«

»Er ist wirklich nett.«

Ich schüttelte den Kopf.

»Mir hast du immer erzählt, dass man am besten über einen Kerl hinwegkommt, indem man sich unter einen anderen legt.«

»So etwas würde ich nie sagen.«

»Oh doch, das hast du, und das weißt du auch genau.«

Ich grinste. Natürlich stammte der Spruch von mir. »Ich will kein Date.«

»Was denn? Nie mehr?«

»Hör mal, ich habe vor Kurzem herausgefunden, dass mein letzter Freund in ziemlich miese Sachen verwickelt war. Ich bin gerade nicht auf dem Markt. Ich brauche eine Auszeit. Mein Männergeschmack ist schockierend schlecht.«

»Absolut nicht.«

»Was ist mit dem Typen, der die Kellnerin aufgerissen hat, als ich nur mal schnell aufs Klo gegangen bin?«

»Ach, der war ein Mistkerl. Aber ein bisschen Spaß kannst du trotzdem gebrauchen.«

»Sie hat recht«, sagte eine Stimme hinter mir. Ich drehte mich um und sah, dass der vertraut wirkende Fremde auf mich herabblickte.

Leah ließ sich grinsend von ihrem Hocker rutschen. »Ich muss mal kurz ins Bad.«

»Ins *Bad*? Nicht aufs Klo?«, zog ich sie auf und verdrehte die Augen. Das Manöver war so raffiniert wie ein Holzklotz.

Der Fremde nahm auf ihrem Hocker Platz. Ich spürte, dass er mich musterte, während ich in meinen Drink starrte.

»Bei mir gibt es Regeln«, platzte ich heraus.

Er antwortete nicht, darum blickte ich auf, um mich zu vergewissern, dass er mir zuhörte. Aus hellblauen Augen sah er mich unverwandt an, und ich starrte genervt wieder in mein Glas. Okay, objektiv betrachtet war er attraktiv, einer von der großen, dunklen Sorte, aber er war zweifellos ein absoluter Mistkerl, denn er war hier und redete mit mir, und ich war ein Magnet für Mistkerle.

»Regeln, die mit Spaß zu tun haben?«

Ich nickte. »Regeln für den Fall, dass du heute Abend Sex haben willst.«

»Ich höre«, sagte er, ohne zu zögern.

Hatte ich tatsächlich Regeln dafür aufgestellt? Tja, jetzt musste ich mir wohl welche ausdenken.

»Ich will deinen richtigen Namen nicht wissen. Erfinde einen.«

Er schüttelte den Kopf. »Nein«, sagte er. »Nein, das funktioniert bei mir nicht. Du wirst heute Nacht nicht den Namen eines anderen schreien. Ich heiße Ethan.«

Unsere Blicke begegneten sich, und mir stockte eine Sekunde lang der Atem.

»Hör zu, ich bin es leid, belogen zu werden. Wenn ich nichts von dir erwarte, kann ich auch nicht enttäuscht werden.«

»Ich enttäusche dich nicht. Versprochen.«

Ich zögerte einen Augenblick, dann sagte ich: »Ich will nichts über dich wissen. Und *ich* sage dir meinen echten Namen nicht.«

»Britinnen scheinen eine ganz eigene Art von Humor zu haben.«

»Wenn's dir nicht gefällt, kannst du ja einfach verschwinden.« Ich war absolut nicht in der Stimmung, mich noch weiter mit ihm zu beschäftigen.

»Nein, ich bleibe hier. Ich möchte wissen, wie das hier weitergeht.« Er grinste mich an, und ich spürte, dass meine Mundwinkel zuckten. Ich wollte ihn gern hassen. »Jetzt weißt du also, dass ich Ethan heiße. Und ich arbeite auf dem Bau?« Es klang eher wie eine Frage als eine Feststellung.

Die Cayman-Islands-Bräune und die Rolex an seinem linken Handgelenk verrieten überdeutlich, dass er wohl kaum auf dem Bau arbeitete, aber er hatte auf meinen Wunsch hin gelogen, also hatte ich keinen Grund, mich zu beklagen. Ein Schauer lief mir über den Rücken. Das hier würde vielleicht doch noch lustig werden.

»Ich heiße Florence.«

Er schüttelte den Kopf. »Nein. Du heißt nicht Florence.«

»Stimmt, aber meinen richtigen Namen verrate ich dir nicht. Wie gesagt, ich habe meine Grundsätze.«

»Schon okay, aber dein erfundener Name wird nicht Florence sein. Das ist ungefähr so erotisch wie ein alter Schuh, und du bist sexy. Also brauchst du auch einen Namen, der sexy ist.«

Ich musterte ihn mit gerunzelter Stirn. »Okay«, sagte ich zögerlich. »Kate?«

Wieder schüttelte er den Kopf.

»Na gut. Such dir was aus.«

Ich konnte sehen, wie er nachdachte, und war neugierig, was dabei herauskommen würde. Wie sah er mich? »Anna«, sagte er schließlich.

Was?? Kannte er mich? Nein. Wir lebten fünftausend Kilometer voneinander entfernt. Sah ich wie eine Anna aus? Bestimmt handelte es sich nur um einen seltsamen Zufall. Und außerdem, was machte es schon, wenn er meinen richtigen Namen benutzte? Nach dieser Nacht würde ich ihn nie mehr wiedersehen.

In diesem Augenblick kam Leah von der Toilette zurück und verhinderte die Diskussion, die ich möglicherweise mit Ethan über den Namensvorschlag geführt hätte.

Er schüttelte Leah die Hand. »Hi, ich bin Ethan. Wir wollten gerade gehen, aber erst bringen wir dich nach Hause.«

Ich kicherte. Er war *sehr* von sich überzeugt, so viel war sicher. »Ich wollte nicht …«

»Der Fahrer meines Freundes steht draußen. Ich werde sowieso nach Hause gebracht«, sagte sie und grinste wie eine Idiotin.

»Okay, dann bringen wir dich raus«, sagte Ethan, als wären er und ich ein Paar oder so.

Daniels Fahrer stand vor der Tür und unterhielt sich mit einem Mann, der sich als Ethans Fahrer herausstellte. Mit dem Versprechen, sie eine Stunde später anzurufen und ihr zu sagen, wo ich war, verabschiedete ich mich von Leah. Ethan öffnete mir die Wagentür und forderte mich mit einer Geste zum Einsteigen auf.

»Kennst du Daniel?«, fragte ich.

»Daniel … und wie weiter?«

»Daniel Armitage.«

»Ich habe schon von ihm gehört, bin ihm aber noch nie begegnet. Warum fragst du?«

»Weil dein Fahrer offenbar seinen Fahrer kennt.«

»Daniel Armitage ist Leahs Freund?«

Ich nickte, und seine Antwort war ebenfalls ein Nicken.

»Wohin fahren wir?«, fragte ich leicht panisch. Warum hatte ich ihn das nicht früher gefragt? Ich war einfach zu einem Fremden ins Auto gestiegen, ohne irgendwelche Fragen zu stellen. Was machte ich hier? Ich holte mein Handy heraus, um Leah eine Textnachricht zu schreiben.

»Columbus Circle. Mandarin Oriental«, sagte er zum Fahrer.

Ich schrieb ihr, wohin wir fuhren und dass ich mich später noch einmal melden würde, damit sie wusste, dass alles okay war. Ich schluckte, beugte mich vor und öffnete das Fenster, um die warme Luft des New Yorker Sommers hereinzulassen. Okay, gut, dass wir zu einem Hotel unterwegs waren. Er meinte es ernst. Und wenn ich *ernst* sage, meine ich *Sex*. Auf One-Night-Stands war ich noch nie abgefahren. Die Vorstellung, dass ein Fremder mich nackt sah, gefiel mir nicht. Aber dieser Fremde war außergewöhnlich attraktiv, und schließlich war ich nach New York City gekommen, um ein bisschen Dampf abzulassen und mich zu amüsieren, oder etwa nicht? Ich war in der Stadt, die niemals schläft, und man soll sich doch den örtlichen Gegebenheiten anpassen …

Ich begann, mit dem rechten Bein auf und ab zu wackeln. Eine schlechte Angewohnheit, wenn ich nervös war. Ich merkte es nur, weil mir auffiel, dass Ethan es gemerkt hatte. Er löste den Blick von meinem Bein, sah mir in die Augen und lächelte.

»Kein Grund, nervös zu werden. Wir tun nichts, worum du mich nicht anflehst«, flüsterte er mir ins Ohr.

Wow. Mir wurde ein bisschen flau im Magen. Ich verlagerte das Gewicht auf dem Sitz und blickte wieder aus dem Fenster.

2. Kapitel

Ethan schien bereits die Schlüsselkarte zu unserem ... zu einem Zimmer zu haben. Ohne zu reden, fuhren wir im Aufzug hinauf. Ohne uns zu berühren. Ich war nervöser, als mir lieb war. Ich würde in dieser Nacht Sex ohne jede Verpflichtung bekommen. Was war daran derart aufregend?

Als wir die Tür erreichten, öffnete sie sich auf ein riesiges Wohnzimmer mit Blick auf den Central Park. Etwas Romantischeres hatte ich noch nie gesehen. Die Decke schien mit Blattgold gestrichen zu sein. Der Fußboden war dunkel und glänzte im Licht der City. Das Ganze wirkte wie ein Ort, an dem ein römischer Gott lebte.

»*Fuck*«, sagte ich, unfähig, meine Gedanken für mich zu behalten.

»Die Aussicht ist fantastisch, stimmt's?«

Ich nickte. Ich ging zum Fenster, legte die Hände auf die Scheibe und blickte hinaus. Wer war dieser Mann? Mit Arbeit auf dem Bau hatte er garantiert nichts zu tun. Vielleicht war er ein Gangster. Ich rief mir ins Gedächtnis, dass das keine Rolle spielte. Ich war nicht wegen einer Liebesaffäre hier und auch nicht, um ihn kennenzulernen. Ich war hier, um Spaß zu haben. Ablenkung ohne Komplikationen.

»Soll ich dir einen Drink holen, damit du die Aussicht besser genießen kannst?«

»Whiskey, bitte«, antwortete ich, ohne mich umzudrehen.

Während ich nach Orientierungspunkten suchte, hörte ich es hinter mir leise klirren. »Ich glaube, ich kann das Dakota Building sehen«, sagte ich, als befände ich mich auf einer Besichtigungstour und hätte vergessen, dass ich mit einem Fremden sprach, mit dem ich gleich Sex haben würde.

»Es ist ungewöhnlich, dass eine Frau Whiskey trinkt«, sagte Ethan.

»Wieso wundert mich nicht, dass du das weißt?« Auch dieser Satz entschlüpfte mir gegen meinen Willen – oder auch nicht. Vielleicht wollte ich ja wissen, welche Antwort er provozieren würde. Aber es kam keine.

»Erzähl mir, was du da draußen siehst«, hörte ich seine Stimme ganz nah hinter mir. Ich konnte die Wärme seines Körpers fühlen. Er reichte mir den Whiskey, legte mir einen Arm um die Taille und zog mich an sich. Ich erstarrte kurz, dann entspannte ich mich. Das hier war nett. Der Drink, die Aussicht, dieser römische Gott. Er duftete nach irgendetwas. Nach etwas Berauschendem. Ich wusste nicht genau, wonach. Geld. Sex. Vielleicht Macht.

Ich stieß mit dem Finger gegen die Fensterscheibe. »Das da vorn. Ist das nicht das Dakota Building?« Ich deutete auf das Haus mit dem grünen Dach an der Westseite des Parks.

»Von hier aus kannst du ganz Manhattan erahnen.«

»Oh.« Ich legte leicht den Kopf zurück und berührte seine Brust. Er war groß. Sehr groß.

Er drückte seine Wange an meine, sein Atem kitzelte die Haut an meinem Hals. Ich wollte ihn. Ich wollte ihn wirklich.

»Ich habe noch mehr Regeln.«

Er küsste mich auf den Hals. »Welche?«

»Du musst ein Kondom nehmen.«

»Jetzt sofort?«, neckte er mich.

»Nein, später, wenn ... *falls*.«

»Sonst noch was?« Erneut küsste er meinen Hals.

»Wir tauschen keine Telefonnummern oder Mailadressen aus und behaupten auch nicht, dass wir uns wiedersehen.«

Er küsste mich auf die andere Halsseite. Ich spürte, wie ich bei jeder Berührung seiner Lippen ein bisschen weicher wurde.

»Okay«, sagte er. »Ist das alles?«

»Vorläufig ja.« Ich konnte nicht mehr klar denken, und mir fiel auch nichts mehr ein.

»Gut.« Er löste sich von mir, und als ich mich umdrehte, sah ich, dass er sich auf das Sofa gegenüber dem Fenster setzte. »Zieh dich für mich aus.«

Ich zögerte, nur eine Sekunde oder zwei, aber ich konnte mich unmöglich weigern – und ich wollte es auch gar nicht. Ich nestelte am obersten Knopf meiner Bluse, bis meine Hand wieder ruhiger wurde, dann öffnete ich auch die restlichen Knöpfe. Ich zog meine eng sitzende Bluse aus blauer Seide aus und ließ sie auf den Boden fallen. Ich sah ihn an, und er blickte mir unverwandt in die Augen, während er einen Schluck Whiskey trank. Ich spürte, dass mein Slip feucht wurde.

Er sah einfach großartig aus. Genau der Typ Mann, den man auf den Reklamewänden am Times Square fand, aber nicht auf einem Sofa mir gegenüber, wo er darauf wartete, dass ich mich nackt auszog. Ich bekam den Reißverschluss meines Rocks zu fassen und drehte mich um, sodass er mich von hinten sah, als ich ihn hinunterzog. Ich bückte mich, streckte ihm den Po entgegen und stieg aus dem Rock. Über die Schulter warf ich ihm einen flüchtigen Blick zu. Seine Augen wirkten nun dunkler, und er leckte sich die Lippen. Er leckte sich tatsächlich die Lippen, als wäre er bereit, mich zu verschlingen. Nur noch mit Slip, BH und High Heels bekleidet, drehte ich mich wieder um und blickte ihm ins Gesicht.

»Um den Rest kümmere ich mich. Komm her«, knurrte er. Ich spürte, wie mir heiß zwischen den Schenkeln wurde. Ich ging zu ihm hinüber und schob mich zwischen seine Knie. »Wo soll ich nur anfangen? Du bist so schön. Wie ein perfekt verpacktes Geschenk, das immer aufregender wird, je weiter ich es auspacke.«

Ich musste mir verbieten, seine Worte zu genießen. Ich war nicht hier, um mich umwerben zu lassen. Ich war hier, um Spaß zu haben.

Plötzlich beugte er sich vor und griff mir in den Slip, sein Daumen fand meine Klitoris sofort. »Du bist schon feucht für mich«, sagte er und ließ die Finger über meine intimste Stelle gleiten, schob sie mir zwischen die Schamlippen, während er den Daumen um meine Klit kreisen ließ. Meine Knie gaben nach, und ich legte ihm die Hände auf die Schultern, um mich festzuhalten.

Er blickte zu mir auf. »Gefällt dir das?«

Ich keuchte leise und nickte nur, unfähig zu sprechen.

»Ich wusste es. Ich wusste es schon, als ich sah, wie du auf der anderen Seite der Bar die Augen verdreht hast. Ich wusste, dass du dir das hier wünschst, dass du es brauchst.« Seine Finger bewegten sich jetzt schneller, und in einer Art zwecklosem Widerstand drehte ich die Hüfte zur Seite. »Halt still, solange ich dich zum Kommen bringe.«

Ich legte den Kopf in den Nacken, als er sein Werk mit Fingern und Daumen fortsetzte. Mein ganzer Körper fühlte sich so heiß an, als würde er brennen. Die Hitze zwischen meinen Schenkeln strahlte aus und verteilte sich im ganzen Körper. Ich fühlte, wie meine Brustwarzen gegen die Spitze meines BHs drückten und um Aufmerksamkeit förmlich bettelten. Ich schob die Schultern nach vorn und machte den Rücken rund.

»Zieh ihn aus«, sagte er. »Den BH. Jetzt. Runter damit.«
Seine Worte ließen mich erschauern. Fahrig, halb verrückt vor Verlangen öffnete ich den Clip des BHs und streifte das Stückchen Stoff ab.

»Oh ja. Du bist perfekt. Perfekte Brüste. Perfekte Pussy.«
»Oh Gott«, sagte ich. »Oh Gott.« Ich rang nach Luft.

Er griff hinter mich, drückte mich fester auf seine Hand und schob seine Finger in mich hinein. »Heute Nacht bin ich dein Gott, meine Schöne. Und jetzt komm für mich.«

Ich konnte es nicht verhindern. Meine Augen schlossen sich, und ein blendend weißes Licht füllte meinen Kopf aus, als der Höhepunkt mich überwältigte.

Ich spürte, wie ich schwach wurde, und dann fühlte ich Ethans Arme um meine Taille. War ich hingefallen? Um mich herum war alles weich. Ethan beugte sich über mich – wir lagen im Bett.

»Hey«, sagte er.

»Hey«, antwortete ich, noch immer nicht ganz bei Bewusstsein. Was zur Hölle war gerade passiert? Ich hatte guten Sex immer mit Vertrautheit, vielleicht sogar Liebe in Verbindung gebracht, aber dieser Mann hier stellte atemberaubende Dinge mit meinem Körper an, obwohl ich ihn gerade erst kennengelernt hatte.

»Du siehst großartig aus, wenn du kommst.« Er senkte den Kopf und nahm eine Brustwarze in den Mund. Ich bäumte mich auf, als er abwechselnd an der einen und dann an der anderen Knospe knabberte und saugte. Ich schob ihm die Hände ins Haar, und er zog mich hoch, sodass ich ihm ins Gesicht sehen konnte. Eine Sekunde lang betrachtete er mich, dann beugte er sich leicht vor und knabberte sanft an meiner Unterlippe. Ich wollte ihn schon wieder, unbedingt. Ich wollte ihn auf mir sehen, wollte spüren, wie er in mich hineinstieß und mich ausfüllte. Ich legte ihm die Hände auf die Hüften, zog ihm das Hemd aus der Hose und fuhr ihm mit den Nägeln über den Rücken. Stöhnend schob er mir die Zunge in den Mund, drängend, hungrig. Ich griff nach seinem Reißverschluss, gierig nach mehr. Ohne den Mund von meinen Lippen zu lösen, kam er auf die Knie hoch und zog sich das Hemd aus. Ich schob ihn von mir weg, drehte mich um und ging auf alle viere.

»Los, beeil dich. Ich will dich in mir haben«, sagte ich.

»Verdammt, meine Schöne, ja!«

Hinter mir hörte ich es rascheln, zuerst seine Klamotten, dann ein Kondompäckchen. Ich blickte über die Schulter zurück und sah, wie er mir auf den Hintern starrte.

Er kniete sich hinter mich, und ich spürte seine Hände auf den Hüften. Die Berührung ließ meine Haut brennen, ich drängte mich an ihn, um mehr zu fühlen.

»Geh wieder runter«, knurrte er. »Ich werde dich so heftig vögeln, dass du deinen eigenen Namen vergisst.«

Und dann stieß er so kraftvoll in mich hinein, dass meine Ellbogen nachgaben und ich nur mühsam das Gleichgewicht halten konnte. Er füllte mich aus – so vollständig, dass es beinahe unangenehm war. Ich wusste nicht, ob es an seiner Größe lag oder daran, dass er so tief in mich eingedrungen war. Sehr tief. Langsam zog er sich zurück – ich hatte das Gefühl, jeden Zentimeter von ihm zu spüren. Seine Hand lag auf meiner Schulter, was mir Halt und ihm Widerstand bot, und erneut drang er in mich ein, heftig und tief.

»Oh Gott!«, schrie ich auf, als er ganz in mir war.

»Ja, Baby, genau so. Wir werden es die ganze Nacht lang tun.«

Er fand seinen Rhythmus, und mir blieb nichts anderes übrig, als mich ihm anzupassen. In diesem Augenblick hätte ich alles getan, was er von mir verlangte, egal was. Und er gehörte zu der Sorte Mann, die alles verlangt.

»Die ganze Nacht. Wir werden vögeln, bis du wund bist und mich immer noch um mehr anbettelst. Hast du das gehört?«

»Mehr. Härter«, brachte ich mit erstickter Stimme heraus.

Er knurrte und beschleunigte den Rhythmus, stieß immer tiefer in mich hinein. Irgendwo in der Ferne begann mein Orgasmus zu grollen.

»Ich kann dich fühlen. Es ist so gut. Und du bist kurz davor. Habe ich recht?«, fragte er.

»Ja, ganz kurz davor.«

Plötzlich zog er sich zurück, und seine Hände lösten sich von meinem Körper. Voller Panik blickte ich über die Schulter.

»Ich will dein Gesicht sehen. Leg dich auf den Rücken.«

Schnell drehte ich mich um, sehnte mich verzweifelt danach, ihn wieder in mir zu fühlen, und er zog mich auf dem Bett ein Stück nach unten, näher zu sich heran, bevor er erneut in mich eindrang. *Oh ja, das ist es ... genau das.*

Er wandte den Blick nicht von mir ab, während ich erneut auf den Höhepunkt zusteuerte. Ethan legte sich mein Bein über die Schulter, und der Stellungswechsel ließ mich ein weiteres Mal auf das weiße Licht zurasen. Mein Rücken wölbte sich vom Bett, als der Orgasmus mich überwältigte. Ethans Rhythmus änderte sich nicht, keine Sekunde lang, und jeder Stoß hob mich auf eine neue Ebene der Lust, bis ich überzeugt war, ich würde gleich ohnmächtig werden. Als das Gefühl endlich so weit abgeklungen war, dass ich die Augen öffnen konnte, lag er immer noch auf mir, drang erneut in mich ein und sah mir ins Gesicht.

Eine Sekunde, nachdem unsere Blicke sich getroffen hatten, spürte ich, wie sein Körper sich anspannte, sah, wie sein Blick sich trübte, als der Höhepunkt ihn mit sich riss.

Er rollte von mir herunter und entsorgte das Kondom. Dann tasteten seine Hände nach mir, und er zog mich an sich, ganz nah. Sofort stand ich auf und ging ins Bad. Ich war hier, um mich zu amüsieren, nicht, um zu schmusen.

Ich setzte mich auf den Rand der Badewanne, noch immer erschöpft von meinem Orgasmus, und verstand immer noch nicht, warum Sex mit einem Mann, dem ich gerade erst begegnet war, so fantastisch sein konnte. Ich stöhnte und fuhr mir mit den Händen durchs Haar. Ich musste hier raus, bevor die Sache peinlich wurde. Ich nahm einen Morgenmantel vom Haken an der Badezimmertür und wickelte mich darin ein.

Als ich durch die Tür spähte, lag Ethan ausgestreckt auf dem Bett und starrte an die Decke, als wäre er besiegt worden. Mit einem Lächeln auf den Lippen ging ich ins Wohnzimmer.

»Anna?«, rief er aus dem Schlafzimmer. Ich beachtete ihn nicht, sondern sammelte meine Klamotten ein, die überall im Zimmer verstreut waren.

»Was machst du?«, fragte er. Seine Stimme klang jetzt näher, und ich blickte auf. Er stand im Türrahmen und beobachtete mich.

»Ähm … Ich suche meine Sachen. Ich muss allmählich mal los …«

Mit großen Schritten durchquerte Ethan den Raum. Er umfasste meinen Po, legte mich über die Schulter, ging ins Schlafzimmer zurück und warf mich aufs Bett.

»Du gehst nirgendwohin. Ich habe gesagt, wir vögeln die ganze Nacht, und wir haben noch nicht mal richtig angefangen.«

3. KAPITEL

Ethan

Es war heiß. Sogar früh am Morgen war es schon verdammt heiß. Ich schwitzte, obwohl ich noch nicht mal den Turtle Pond erreicht hatte. Beinahe hätte ich sie an diesem Morgen geweckt und mich noch einmal in ihr vergraben; sie sah so unglaublich sexy aus, während sie schlief. Aber ich habe auf den morgendlichen Sex verzichtet. Stattdessen ließ ich sie, so erotisch sie auch war, einfach dort liegen und versuchte, mir meine Erektion abzulaufen.

Schlechte Wahl, Kumpel, flüsterte mein Schwanz mir zu. Kein Sex am Morgen war eine meiner Regeln. Mir gefiel, dass sie auch welche hatte. Ich grinste, als ich mich daran erinnerte, wie sie aus dem Stegreif welche aufgestellt hatte. Meine Regeln hingegen waren in Stein gemeißelt, und kein Sex am Morgen stand ganz oben auf der Liste – Regel Nummer eins. Nummer zwei lautete: keine Übernachtungen. Morgens sah immer alles anders aus. Echter. Und ich wollte nichts Echtes. Nicht mit Frauen. Es ging nur um Sex. Um großartigen Sex. Viel Sex. Viele Frauen. Aber mehr nicht. Alles andere war zu kompliziert, und Regel Nummer drei lautete: keine Komplikationen.

Ich wusste nicht, wer zuerst eingeschlafen war, jedenfalls war ich nicht dazu gekommen, das Hotel zu verlassen. Die Suite hatte ich früher am Tag gebucht. Ich nahm Frauen nie mit nach Hause – Regel Nummer vier –, und ich hatte genug davon, mich aus der City ins New Yorker Umland zu schleppen. Wohnte denn niemand mehr in Manhattan? Das Mandarin Oriental war immer beeindruckend, und außerdem liebte ich die Aussicht aus der Oriental-Suite.

Mein Handy klingelte, und ich nahm das Gespräch an, denn ich freute mich über die Ablenkung. »Scott«, meldete ich mich.

»Hey. Wie ist es gestern Abend gelaufen?« Es war Andrew. Wir kannten uns seit dem College und konkurrierten bei allem, was wir taten, auf gesunde Art miteinander.

»Gut. Ich bin gerade draußen beim Laufen.«

»Hey Mann, tut mir leid, dass du nicht punkten konntest.« Er versuchte mich zu ködern, aber ich biss nicht an. »Vielleicht bist du inzwischen einfach zu alt für die scharfen, jungen Mädels. Gründe lieber eine Familie, bevor die Qualität der Frauen, die mit dir vögeln wollen, noch weiter sinkt.«

»Haha, ich lach mich tot, du Blödmann.«

Er wusste, dass sie heiß war. Er wusste, dass ich sie ficken würde, denn genau das hatte ich gesagt, als ich sie am Abend zuvor auf der anderen Seite der Bar entdeckt hatte. Als ich zu ihr ging, war Andrew bereits auf dem Heimweg zu Amanda. Seiner Frau. Seit fünf Jahren waren sie verheiratet, und dabei waren sie schon auf dem College zusammen gewesen. Zehn Jahre lang dieselbe Frau vögeln. Oder auch nicht, wie Andrew sich oft beklagte. Himmel. Ich wusste, dass ich das nicht aushalten würde. Ich tat nicht einmal so, als zöge ich es auch nur in Erwägung. Ich hatte Regeln, und ich machte kein Geheimnis aus ihnen. Ich war mir darüber im Klaren, dass ich die Frauen nur benutzte. Ich gab nicht vor, etwas anderes zu wollen als Sex. Es gab keine gebrochenen Versprechungen, keine Ungewissheiten. Sie fragten sich nie, ob ich sie anrufen würde, denn ich ließ mir nie ihre Telefonnummern geben.

Es gab da ein paar Frauen, die meine Nummer hatten und die ich halbwegs regelmäßig sah. Und wenn ich *sah* sage, dann meine, dass ich sie *fickte*. Joan, die mich immer zwischen einem Freund und dem nächsten anrief. Ich sprang nur zu gern ein. Phoebe, die in Boston lebte, aber einmal im Monat nach New York kam und mir eine grandiose Nacht bescherte. Und Fiona, die sich schon eine Weile nicht mehr gemeldet hatte. Vielleicht hatte sie geheiratet oder so. Aber ich rief nie eine von ihnen an. Niemals. Das war Regel Nummer fünf.

»Mandy will wissen, ob du am Wochenende mit in die Hamptons kommst. Ich glaube, sie möchte dich einer ihrer Freundinnen vorstellen.«

»*Fuck*, Andrew. Ich werde keine Freundin von Mandy mehr vögeln.« Mandy hatte mich im Dezember zuvor ihrer Freundin Susie vorgestellt. Ich hatte ihr deutlich – sehr deutlich – zu verstehen gegeben, dass ich an Dates nicht interessiert war. Sie schien da ganz cool zu sein, und sie hatte fantastische Beine, also war ich mit zu ihr ins Hotel gegangen. Der Sex war absolut durchschnittlich gewesen, und dann wollte sie mir ihre Nummer geben, was ich höflich ablehnte, woraufhin sie komplett hysterisch wurde. Mandy war stinksauer auf mich. Andrew hatte mich dazu überredet, mit ihr zum Dinner zu gehen. Es war eine verdammte Katastrophe.

»Wenn ich am Wochenende in die Hamptons fahre, werde ich unter keinen Umständen eine von Mandys Freundinnen flachlegen. Kannst du ihr das ausrichten? Kannst du ihr klarmachen, dass ich nicht auf der Suche nach der richtigen Frau bin? Es gibt einfach zu viele richtige Frauen für mich, als dass ich mich auf eine beschränken könnte. Sag ihr das, Kumpel, sonst wird's hässlich.«

»Du bist ein Vollpfosten.«

Ich grinste. »Danke, gleichfalls.«

»Bis später.«

Ich legte auf.

»Anna« war in der Nacht zuvor alles andere als durchschnittlich gewesen. Sie war einzigartig. Temperamentvoll, fordernd, hungrig, empfänglich. Bei den Bildern, die mir durch den Kopf gingen, fing mein Schwanz an zu zucken. Ich lief schneller, um sie abzuschütteln. Wenn die Frauen von vornherein wussten, dass es bei einer Nacht bleiben würde, war es besser. Sie ließen los. Seltsamerweise war am Abend zuvor Anna diejenige gewesen, die erklärt hatte, dass es keine Fortsetzung geben würde. Das war mir noch nie passiert. Ich ertappte mich dabei, dass ich grinsen musste. Ihr Akzent war süß. Ihr Hintern noch süßer. Einfach perfekt – rund, fest, mit weicher Haut. Unterhalb der Gürtellinie regte sich schon wieder etwas. Sie machte hier nur Urlaub, oder? Nur für eine Woche in den Staaten. Also keine Fortsetzung erforderlich. Die Übernachten-Regel hatte ich bereits gebrochen, also konnte ich sie auch gleich zu meinem Vorteil einsetzen. Unvermittelt blieb ich stehen. Jetzt, in diesem Augenblick, war sie nackt. Ich blickte auf meine Uhr. Ich war erst eine Viertelstunde unterwegs. Eigentlich wollte ich eine Stunde lang laufen, damit sie das Hotel verlassen konnte, bevor ich zurückkam. Wenn ich jetzt umkehrte, würde sie immer noch dort sein, und ich könnte ihr die Zunge zwischen die Schenkel schieben und sie auf diese Art aufwecken.

Fuck.

Sex am Morgen zählte gar nicht wirklich, wenn man wusste, dass die Frau innerhalb einer Woche bereits wieder fünftausend Kilometer weit weg sein würde. Ich machte mich auf den Rückweg zum Hotel.

Anna

Beim Aufwachen war ich wund. Ich spürte, wie sich in meinem Nacken, auf den Oberschenkeln und meinen Brüsten allmählich blaue Flecken bildeten. Ich lächelte beim Gedanken an das, was sie hervorgerufen hatte, doch dann erstarrte ich. Mist, ich hatte doch gar nicht einschlafen wollen! Ich hatte mich anziehen und zurück zu Daniels Wohnung fahren wollen, aber Ethan hatte mich wieder ins Bett getragen und zu seinem Wort gestanden, dass er mich die ganze Nacht lang vögeln wollte. Oh Gott. So viel Sex in einer Nacht hatte ich noch nie gehabt, so großartigen Sex auch nicht, und ich hatte auch noch nie darum gebettelt, immer wieder, ganz wie er es mir prophezeit hatte. Ich wand mich, denn schon bei der Erinnerung daran wurde ich wieder feucht. War er noch hier? Ich brachte es nicht fertig, nachzusehen. Ich hörte ihn nicht atmen, aber das Bett war auch so groß wie ein Zwergstaat, kein Wunder also. Wohnte er hier? In einem Hotel? Ich hatte so viele Fragen. Aber, so redete ich mir ein, ich bin zum Spaß hier und nicht, um Antworten zu bekommen.

Ich rollte mich auf die Seite, setzte mich auf und schwang die Beine aus dem Bett. Es war leer. Ich hielt den Atem an und versuchte, kein Geräusch zu machen, damit ich hören konnte, ob sich auf der anderen Seite der Tür etwas regte.

Nichts.

Ich griff nach dem Morgenmantel, der neben dem Bett gelandet war, und hüllte mich darin ein. Die Bewegung rief mir meinen schmerzenden Rücken in Erinnerung, und ich zuckte zusammen. Ich steuerte auf das Badezimmer zu und ließ den Morgenmantel hinuntergleiten, blickte über die Schulter in den Spiegel, um nach dem Grund der Schmerzen zu suchen. Mein Rücken war leicht aufgescheuert. Oh ja, das war in der Nacht zuvor bei dem Teil passiert, bei dem ich an der Wand gelehnt hatte, die Beine um Ethans Taille geschlungen, während er in mich hineinstieß und mich immer weiter hochschob. Verbrennungen durch Reibung. Ich errötete und musste ein Grinsen unterdrücken.

Vorsichtig öffnete ich die Schlafzimmertür, die ins Wohnzimmer führte. Kein Laut war zu hören. Er war weg, aber die Einzelteile seines Anzugs waren noch immer im Raum verteilt. Ich war enttäuscht und schämte mich dafür. Es war doch nur Sex. Ich sammelte meine Klamotten ein, nahm sie mit ins Schlafzimmer und zog mich rasch an. Sollte ich ihm eine Nachricht hinterlassen? Gehörte das zu den Benimmregeln für One-Night-Stands? Nein, es war nur Sex – keine Nachricht erforderlich.

Ich rief Leah an, die beim ersten Klingeln abnahm. »Sag nichts. Ich weiß, dass ich eine Schlampe bin«, platzte ich heraus, bevor sie auch nur Hallo sagen konnte.

Leah stieß einen spitzen Schrei aus. »Sag das nicht noch mal! Du hast dich nur ein bisschen amüsiert. Ich will alles darüber wissen, aber erst mal müssen wir auch bei unseren Sauftouren den Stil wahren. Also komm her und zieh dich um. Ich will zu diesem Laden um die Ecke gehen, von dem du mir erzählt hast.«

»Du willst in die Frick Collection?«

»Ja, genau.«

»Du willst mit mir in der Frick übers Ficken reden? Finde ich ziemlich unangemessen.« Wir mussten beide heftig lachen.

»Ja. Du kannst mir dort alles erzählen und dann noch mal beim Lunch und später bei ein paar Cocktails. Gehen wir in irgendein schickes Lokal. Wenn du rausgehst, sag dem Portier, er soll was für uns reservieren.«

Ich schlüpfte aus der Suite, fuhr mit dem Aufzug nach unten, und obwohl ich noch Abendkleidung trug, wandte ich mich ohne jede Spur von Verlegenheit an den Portier, der zum Lunch zwei Plätze in einem zweifellos sehr teuren Restaurant für uns reservierte. Ich ging hinaus in die feuchte Luft des New Yorker Julimorgens. Es war erst sieben Uhr, aber bereits heiß und stickig. Ich orientierte mich und merkte, dass ich ungefähr zehn Blocks von Daniels Wohnung entfernt war, aber ich konnte nicht so weit laufen, nicht mit diesen Absätzen. Zehn Blocks waren ein langer *Walk of Shame*. Außerdem schämte ich mich gar nicht. Ich fühlte mich großartig, so als hätte ich mir gerade eine Schicht von etwas Unangenehmem abgerieben. Ich fühlte mich erfrischt und war bereit, das nächste Kapitel meines Lebens aufzuschlagen.

»Also, ich wette, er war fantastisch. Jedenfalls sah er so aus«, plauderte Leah drauflos, als wir durch den Central Park schlenderten, einen Kaffee in der Hand, und die morgendlichen Parkbesucher betrachteten, während wir darauf warteten, dass die Frick Collection endlich aufmachte.

Ich grinste. Er *war* fantastisch. Der Sex. Der Sex war fantastisch gewesen.

»Ich kann nicht klagen.«

»Siehst du! Gut, dass du auf deinen eigenen Rat gehört hast – es funktioniert!« Sie stieß mich mit der Schulter an. »Wirst du ihn wiedersehen?«

»Wie gesagt, Leah, es war nur Sex. Keine Küsse auf den Mund.«

»Igitt, du hast ihn nicht auf den Mund geküsst, aber seinen Penis durfte er in dich hineinstecken?«

»Nein, ich meine das im übertragenen Sinn.« Er war ein ausgezeichneter Küsser. Tatsächlich war er in allem ausgezeichnet. »Du weißt schon, keine emotionalen Verwicklungen.«

»Aha, wie in *Pretty Woman*«, sagte sie, und ich nickte. »Warum stehst du eigentlich dermaßen auf diesen Film?«

Ich zuckte mit den Schultern.

»Also, was ist, wenn er dich anruft und sich noch einmal mit dir verabreden will?«

»Wir hatten kein Date, also können wir auch kein *weiteres* Date haben, und außerdem hat er meine Nummer nicht.« Hätte ich ihm meine Telefonnummer und eine Nachricht hinterlassen sollen? Nein, es war nur Sex.

Leah musterte mich mit hochgezogenen Augenbrauen. Ich wusste nicht, ob ihre Miene ungläubig oder missbilligend war. Vermutlich beides.

»Inzwischen hat die Frick Collection bestimmt aufgemacht. Komm, gehen wir.« Ich wollte das Thema wechseln. Ich war in New York! Und das wollte ich genießen. Auf dem Weg zum Museum beschleunigte ich den Schritt. In dieser Straße schien es verhältnismäßig ruhig zu sein. Die Pendler saßen hinter ihren Schreibtischen und überließen die Straßen den Menschen, die die Julihitze ertragen mussten – Touristen wie Leah und ich, Kuriere, Studenten, Nannys, die Kinderwagen schoben, Schulkinder auf Klassenreise.

»Du wirst Daniel also heiraten?«, fragte ich. Einige Wochen zuvor hatte sie seinen Antrag angenommen, seitdem aber nicht mehr davon gesprochen.

Leah antwortete nicht sofort. »Ja, aber das hat keine Eile.«

»Ich dachte, wenn man's weiß, dann weiß man's. Weißt du es?«

Wir lachten beide. »Ja«, antwortete sie. »Ich kann mir nicht vorstellen, mit einem anderen zusammen zu sein. Er macht mich glücklich, und ich will ihn glücklich machen, für immer. Ob wir verheiratet sind oder nicht, spielt keine Rolle.

»Das ist schön«, sagte ich. Und ich meinte es auch so.

»Bei dir kommt das auch noch.«

Ich lächelte sie an und zuckte mit den Schultern. »Mir geht es im Augenblick nur um meinen Spaß. Ich habe versucht, den ›Richtigen‹ zu finden, aber es hat nicht geklappt, und darum habe ich es aufgegeben. Es ist amtlich: Ich will mich nur amüsieren. Nichts Kompliziertes.«

Die Klimaanlage in dem Museum war ein Gottesgeschenk. »Wollen wir einfach den ganzen Tag hierbleiben? Dann sind wir gleichzeitig kultiviert und cool.«

»Unser superteures Restaurant hat garantiert eine Klimaanlage, und wir können ein Taxi nehmen. Zum Laufen ist es zu heiß.« Leah war so wunderschön wie immer, aber sogar ihr glattes, glänzendes Haar kräuselte sich allmählich. Bei meinen Haaren hatte ich längst aufgegeben. Meine leichte Naturwelle hatte die Feuchtigkeit sofort ausgenutzt und mich in Diana Ross verwandelt.

»Okay, wenn ich trotz der Uhrzeit was trinken kann, lasse ich mich von dir zum Lunch ausführen.«

»Ich fühle mich geehrt.«

»So gehört sich das auch.«

4. Kapitel

Ethan

Ich suchte das Restaurant des Mandarin Oriental ab, konnte sie aber nicht finden. Vielleicht stimmte meine geheime Info nicht.

Also kehrte ich ins Hotel zurück und fühlte mich betrogen. Ich hatte gehofft, meine Erektion sinnvoll einsetzen zu können, um wieder einen klaren Kopf zu bekommen. Aber sie hatte sich davongemacht. Keine Nummer. Kein Abschied. Ich hatte gedacht, sie würde sich noch eine Weile hier herumtreiben, um zu sehen, ob ich noch mal zurückkam. Wir hatten verdammt guten Sex gehabt. Fünf oder sechs Mal hatte ich sie kommen lassen.

Ich mochte es nicht, wenn die Dinge anders liefen als geplant, also erkundigte ich mich diskret bei mehreren Empfangsmitarbeitern in der Hoffnung, dass einer von ihnen sie in ein Taxi gesetzt hatte. Aber es kam viel besser: Der Hotelportier hatte ihr einen Tisch für die Mittagszeit reserviert. Anna würde an diesem Tag mittags in diesem Hotel sein.

»Also, was ist denn jetzt die großartige Neuigkeit?«, fragte Andrew.

»Was?«

»Warum hast du mich zum Lunch hierhergeschleppt?«

»Geschleppt? Du bist doch mein Kumpel.«

»Ich habe dich erst gestern Abend gesehen, Junge. Allmählich habe ich die Nase voll von dir.«

»Fuck!«

»Hattest du Sex?«

Ich zog die Augenbrauen hoch.

»Jetzt komm schon. Hattest du?«

Ich grinste ihn an.

»Fuck!«, sagte er.

»Genau das habe ich mir auch gedacht.«

Ich hörte sie lachen und blickte von der Speisekarte auf. Ja, sie stand dort vorn neben der Tür. Sie war mit ihrer Freundin vom Abend zuvor gekommen, die Frau, die mit Armitage zusammen war. Sie sah mich nicht, als sie hinter der Kellnerin auf einen Tisch auf der anderen Seite des Raums zusteuerte. Sie sah anders aus als am vorhergehenden Abend. Irgendwie besser, als ich sie in Erinnerung hatte. Obwohl ich sie erst wenige Stunden zuvor gesehen hatte, wurde mir bei ihrem Anblick innerlich warm. Schnell blickte ich wieder auf die Speisekarte, bevor ich sehen konnte, wo sie Platz nahm. Was zum Teufel machte ich hier eigentlich? Ich stalkte diese Frau, verdammt. Plötzlich wurde mir klar, was für ein erbärmlicher Idiot ich war.

»Lass uns bestellen«, sagte ich mürrisch und fing fast sofort den Blick einer Kellnerin auf, die durch das Lokal huschte.

»Also, du hast mir immer noch nicht gesagt, was wir hier machen«, sagte Andrew.

»Halt die Klappe und bestell dir was«, blaffte ich. »Ich nehme das Ribeye-Steak, blutig, mit Spinat. Und ein Bier.« Die Bedienung warf mir den Blick zu. Diesen Blick, der besagte, dass sie mir hier und jetzt einen blasen würde, wenn ich sie darum bäte. Das beruhigte mich. Ich lächelte sie an, und sie errötete. Nicht mein Typ.

Ich legte den Arm auf die Lehne der Sitzbank in unserer Nische und entspannte mich. Rasch ließ ich den Blick durchs

Restaurant schweifen, ohne sie jedoch zu entdecken. Vielleicht konnten wir ja zu Mittag essen und das Lokal verlassen, ohne dass ich ihr über den Weg lief. Was hatte ich mir nur dabei gedacht hierherzukommen?

»Ich habe mit Mandy darüber gesprochen, dass wir dich nicht verkuppeln sollen. Ich schätze, das ist der Grund, warum wir hier sind.«

»War sie damit einverstanden?« Ich mochte Mandy; wir waren schon lange befreundet. Ich wollte sie nicht verärgern, aber ich hatte absolut keine Lust mehr, eine ihrer Freundinnen zu vögeln.

»Sie hat zwar gesagt, dass dein Penis bald schrumpft und dann abfällt, aber du bist vom Haken. Keine Verkuppelungsversuche mehr. Jedenfalls vorläufig. Aber du kommst am Freitag zum Dinner, oder? Komm nachmittags, dann können wir Tennis spielen.«

Andrews und Mandys Haus in East Hampton verfügte über einen Tennisplatz. Ich übernachtete im Haus meiner Schwester. Sie war im vorhergehenden Sommer mit ihrem Mann nach London gezogen, und seit ihre Tochter Izzy auf der Welt war, schafften sie es nur sehr selten über den großen Teich zurück, sodass ich meinen Vorteil voll nutzen konnte. Zum Haus gehörte ein recht großer Pool, und in der Nähe gab es tolle Laufstrecken. Ich freute mich darauf, den Alltag an diesem Wochenende einfach mal zu vergessen. Die Arbeit ging mir gerade ziemlich auf die Nerven, und ich musste wieder einen klaren Kopf bekommen.

»Hey, ist das nicht das Mädchen von gestern Abend?« Andrew deutete auf eine Stelle hinter mir.

Ich hatte die Sache nicht richtig durchdacht. Sollte ich zu ihr gehen und mit ihr reden? Mich mit ihr verabreden? *Fuck.*

Ohne mich umzudrehen, zuckte ich mit den Achseln.

»Ernsthaft, ich glaube, sie ist es. Guck doch mal«, drängte er.
Ich spähte über die Schulter, und unsere Blicke trafen sich.
Gegen meinen Willen lächelte ich sie an. Sie wirkte schockiert
und errötete, blickte aber nicht weg. Ich wusste, wie weit die
Röte sich unter ihrer Bluse fortsetzte.

»Entschuldige mich kurz«, sagte ich.

»Und sei vorsichtig. Womöglich musst du sie heiraten, wenn
du mit ihr redest, nachdem du sie gevögelt hast.«

Da war etwas in ihren Augen, das am Abend zuvor noch
nicht da gewesen war. Sie sah ... entspannt aus.

»Freut mich, euch wiederzusehen, Ladys«, sagte ich, als ich
den Tisch erreicht hatte. Allerdings betrachtete ich nur Anna,
die jetzt ebenfalls lächelte. Das war ein gutes Zeichen.

»Wow, das ist ja wie in einer Kleinstadt hier«, sagte Leah.

»Aber manche Dinge *sollen* vermutlich passieren.«

Ich löste den Blick von Anna und musterte Leah, die sehr
glücklich aussah. Auch das war ein gutes Zeichen. Nach dieser
Begrüßung zu urteilen nahm Anna es mir nicht übel, dass ich
nicht da gewesen war, als sie aufwachte.

»Freut mich, euch zu sehen. Macht ihr zwei euch einen
schönen Tag?« Wieder betrachtete ich Anna. Sie sah großartig
aus. Im Gegensatz zum Abend zuvor trug sie kein Make-up,
und das stand ihr sehr gut.

»Setz dich zu uns«, sagte Leah. Ich sah, dass Anna ihr einen
warnenden Blick zuwarf.

»Ethan hat sicher Besseres zu tun, als mit uns zusammen zu
Mittag zu essen«, versetzte Anna.

»Ach, eigentlich nicht.« Ich forderte Andrew mit einer Geste auf, sich zu uns zu gesellen. »Wir setzen uns an diesen Tisch
hier«, sagte ich zu einem vorbeieilenden Kellner. Ich setzte
mich neben Anna in die Nische, und sie rutschte auf der Bank
schnell ein Stückchen weiter. Als ich ihr eine Hand auf den

Oberschenkel legte, blieb sie jedoch sitzen. Wahrscheinlich gefiel es ihr nicht, dass ich hier war. Vermutlich wäre es ihr lieber gewesen, wenn ich nach unserer gemeinsamen Nacht einfach verschwunden wäre, aber nun war ich da und konnte dafür sorgen, dass sie ihre Meinung änderte.

Andrew kam zu uns herüber und war eindeutig verwirrt. Hoffentlich spielte er mit und sagte nichts, wofür ich ihm gern einen Faustschlag versetzen würde. Was nicht sehr wahrscheinlich war.

»Ihr beiden arbeitet also zusammen?«, fragte Leah.

Annas Bein begann auf und ab zu wackeln. Sie war nervös. Wie niedlich.

Ich streichelte ihren Schenkel und schob ihr den Rock ein kleines bisschen weiter hinauf. Sie erstarrte, und ich grinste, als sie mich flehend anblickte.

Andrew plauderte mit Leah und erzählte ihr von seiner Arbeit.

»Als ich vom Laufen wiedergekommen bin, warst du weg«, sagte ich so leise, dass nur Anna es hören konnte. »Eigentlich hätte ich dir gern noch ein morgendliches Workout verpasst.«

Erneut wurde sie rot, schwieg aber.

»Ich würde dich gern wiedersehen.« Die Worte kamen aus meinem Mund, bevor ich merkte, was ich da sagte. Warum sonst war ich hier? Ich wollte mehr von ihr. Nur noch eine Nacht, dann wäre mein Hunger gestillt.

»Ethan.«

»Heute Abend zum Dinner?«, fragte ich und überhörte den warnenden Unterton in ihrer Stimme.

»So war das nicht abgemacht.«

»Ich kann mich an keine Abmachung erinnern«, sagte ich, während ich die Finger unter den Saum ihres Rocks schob.

»Ich habe *Regeln*«, flüsterte sie.

»Gib mir dein Handy.«

Sie legte eine Hand auf das Telefon auf dem Tisch, während meine Hand an ihrem Schenkel hinaufwanderte.

»Ethan«, flüsterte sie.

Ich streifte den Saum ihres Slips. »Gib mir dein Handy, und ich höre sofort auf.«

Stattdessen blickte sie mir unverwandt in die Augen und ließ das Handy in ihre Handtasche fallen.

Verdammt. Sie *wollte* das hier. Ich ließ die Finger in ihr Höschen gleiten und stellte fest, dass sie wunderbar feucht für mich war. Mein Herz raste, als ich über ihre Schamlippen strich. Sie beugte sich vor, stützte die Ellbogen auf den Tisch und beteiligte sich an Andrews und Leahs Gespräch. Meine Finger ertasteten ihre Klit, und ich begann, sie zu umkreisen. Sie stimmte Leah zu, die irgendetwas über den Morgen erzählte, den die beiden gemeinsam verbracht hatten. Ich bekam nichts davon mit. Ich hörte nicht mal zu. Sie war eine großartige Schauspielerin. Die Tatsache, dass ich sie mit den Fingern bearbeitete, schien sie nicht im Geringsten aus der Ruhe zu bringen. Ich ertappte mich dabei, dass ich die drei so geistesabwesend betrachtete, als wäre ich gar nicht da. Alles, was ich wahrnahm, war die süße Pussy unter meinen Fingern. Ich spürte, wie ich hart wurde. Konnte ich uns irgendwie zu den Toiletten manövrieren? Ich wollte in ihr sein.

Die Kellner tauchten mit unserem Essen auf. Ohne mich anzusehen, griff Anna in ihre Handtasche und reichte mir ihr Handy. Ich wusste nicht, ob ich mich freuen oder enttäuscht sein sollte. Ich zog die Hand aus ihrem Slip und wischte sie an meiner Serviette ab.

Ich tippte meine Nummer in ihr Handy, dann drückte ich auf Anrufen, und gleich darauf spürte ich das vertraute Vibrieren an meiner Brust. Ich speicherte meine Nummer in ihr

Handy ein und versuchte, an etwas – irgendetwas – zu denken, das meinen Schwanz zum Wegtreten bringen würde. Andrew erzählte, wie er Mandy einen Heiratsantrag gemacht hatte. Das müsste reichen. *Danke, Kumpel.*

»Dann lebt ihr also das Märchen?«, fragte Leah.

»Nein«, erwiderte Anna. »*Du* lebst das Märchen. Daniel war der letzte gut aussehende Märchenprinz da draußen, und du hast ihn dir geangelt. Alle anderen hingegen …« Sie schüttelte den Kopf, während ihre Worte verklangen. Jemand hatte ihr übel mitgespielt, eindeutig. Idiot.

»Also, was habt ihr heute Nachmittag vor?«, fragte ich. Mir gefiel nicht, dass sie so traurig aussah.

»Na ja, Anna muss sich ein bisschen ausruhen. Sie hat letzte Nacht nicht viel Schlaf bekommen.« Leah zwinkerte mir zu, und Anna verdrehte die Augen. Ich lachte. Gestern Abend hatte sie auch die Augen verdreht. Diese Wirkung hatte ich auf Frauen sonst nur selten.

»Wir wollen noch mal kurz in die Wohnung, steif wie Brokkoli vor dem Fernseher sitzen und alte Filme ansehen«, sagte Anna.

»Okay, ich habe noch einiges am Bau zu tun, also sollten wir uns wohl besser auf den Weg machen.«

»An welchem Bau?«, fragte Andrew.

»Komm schon. Die Damen wollen in ihren Nachmittag à la *Pretty Woman* aufbrechen. Hat mich gefreut, dich zu sehen, Leah.« Und an Anna gewandt: »Und dich auch.« Ich nahm ihr Kinn in die Hand. »Wegen des Dinners rufe ich dich noch an.« Und dann küsste ich sie auf den Mund, nur eine Sekunde länger als angemessen.

»Hey, Kumpel«, sagte Andrew auf dem Weg aus dem Restaurant zu mir.

»Halt jetzt bloß die Klappe, Mann.«

»Er mag dich, Anna«, sagte Leah. »Anna?«

»Ich habe es gehört, aber ich will nicht darüber reden. Es gibt nichts zu sagen.«

»Aber findest du es nicht toll, dass ihr euch schon wieder begegnet seid, nur ein paar Stunden, nachdem du ihn verlassen hast? Das ist, als wollte das Schicksal euch zusammenbringen oder so.«

Ja, es *war* seltsam, dass wir uns erneut über den Weg gelaufen waren. Und von der Verlegenheit, die nach Gelegenheitssex so typisch ist, war nichts zu spüren. Vermutlich hatte er darin eine Menge Übung.

»Leah, wenn du jetzt nicht zu reden aufhörst, muss ich dich umbringen oder vielleicht wird mir auch fürchterlich schlecht.«

Ethan und Andrew waren gerade gegangen.

»Entschuldige.« Ich winkte die Kellnerin heran. »Bringen Sie uns bitte die Rechnung?«

»Die Rechnung ist schon bezahlt, Ma'am. Mr Scott hat gesagt, Sie können bestellen, was Sie wollen. Darf ich Ihnen noch etwas bringen?«

Aha. Mr Scott.

»Ma'am?«

»Oh. Nichts. Danke.«

Leah grinste mich an selbstzufrieden an.

»Okay, gehen wir, ab ins Bett und Filme gucken«, sagte ich und ignorierte ihr Grinsen.

»*Und* er wusste, dass du *Pretty Woman* zitiert hast, als du das mit dem Brokkoli gesagt hast.«

»Sei endlich ruhig, Leah.« Auch mir war das aufgefallen, und ich fand es total süß.

»Ich glaube, er würde perfekt zu dir passen.«

»Halt den Mund, Leah.«

»Er ist sehr sexy.«

Das stimmte. Ich presste die Lippen zusammen, um nicht zu lächeln. »Wenn du noch ein einziges Wort dazu sagst, buche ich meine Flüge um und fliege nach Hause.« Ich rutschte aus der Sitzbank und stand auf, und ein paar Sekunden später standen wir in der drückenden New Yorker Hitze.

»Lass uns mit dem Taxi zu Daniels Wohnung fahren«, schlug ich vor und streckte bereits den Arm aus.

»Okay. Nur eine Sache noch, dann halte ich den Mund.«

Ich schwieg.

»Ich habe gesehen, wie du ihm dein Handy gegeben hast. Hat er seine Nummer darauf gespeichert?«

Ich zuckte mit den Schultern, während ich auf das Taxi zuging, das am Straßenrand gehalten hatte.

»Heißt das Ja?«

»Ich habe nicht nachgesehen. Vermutlich hat er das.«

»Und wollte er sich noch mal mit dir verabreden?«

Wollte er das? Ich wusste es nicht mehr. Irgendetwas hatte er gesagt, aber seine Berührungen hatten mich abgelenkt. Ich spürte sie noch immer zwischen meinen Beinen.

Erneut zuckte ich mit den Schultern. »Ich kann mich nicht erinnern.«

»Du kannst dich nicht erinnern, ob sich jemand, der so aussieht wie er, mit dir verabreden wollte?«, fragte Leah spöttisch. »Er ist fast so attraktiv wie Daniel.«

»Er ist viel schärfer«, sagte ich und grinste.

»Wusste ich's doch, du magst ihn!«

»Ich habe nie gesagt, dass ich ihn nicht scharf finde. Himmel. Ich habe mit ihm geschlafen. Natürlich fühle ich mich zu ihm hingezogen. Ich habe nur kein Interesse an mehr als einer Nacht. Egal mit wem.«

»Wer redet denn von einer Beziehung?«, sagte Leah. »Gönn dir doch einfach eine Affäre und warte ab, wie die Dinge sich entwickeln.«

»Sie werden sich überhaupt nicht entwickeln. Schließlich werde ich ihm nicht noch mal begegnen.«

»Aber er wird dich anrufen.«

»Und wenn schon.«

Genau dafür waren Ferien da. Im Pyjama unter der weichsten Daunendecke der Welt liegen, Schokolade essen und Filme gucken. Leah und ich stritten uns, welchen wir als nächsten sehen wollten. Natürlich hatten wir mit *Pretty Woman* angefangen. Obwohl Leah protestierte, weil sie sich den Film zum tausendsten Mal mit mir ansehen sollte, wusste ich, dass sie ihn insgeheim liebte.

»Auf keinen Fall sehe ich mir *Für immer Liebe* an. Der Film ist Mist«, sagte ich.

»Du weißt genau, dass das nicht stimmt. Es ist einer deiner absoluten Lieblingsfilme. Aber wenn deine Laune dadurch noch weiter in den Keller geht, müssen wir ihn uns nicht ansehen. Wie wär's mit *Sweet Home Alabama*?«

»Wenn Ryan Gosling nicht mitspielt, interessiert er mich nicht.«

»Findest du Josh Lucas etwa nicht heiß?«

»Das habe ich nicht gesagt. Aber Ryan finde ich heißer.«

»Ryan hat komische Augen.«

»Hat er nicht! Wie kannst du so was sagen?«

Ich hörte mein Handy irgendwo im Bett klingeln und tauchte unter die Decke, um es hervorzuholen. Verdammt, wo war das Ding nur geblieben? Der Name »Sexgott« blitzte auf dem

Display auf, und ich lächelte. Ich sollte ihn ignorieren. Aber da ich im Grunde nicht wusste, wer der Anrufer war, obwohl ich es natürlich doch wusste, nahm ich den Anruf an.

»Stalkst du mich etwa?«, fragte ich.

»Nein, ich rufe dich an. Jemanden nach einer Nacht mit unglaublich gutem Sex anzurufen, läuft eigentlich nicht unter Stalking, soweit ich weiß. Aber mir gefällt, dass du das Wort ›Sexgott‹ liest und sofort annimmst, dass ich es bin, der anruft.«

Er fand den Sex auch unglaublich? Bislang hatte ich geglaubt, dass ein römischer Gott wie er grundsätzlich erwartete, dass er fantastischen Sex bekommen würde. Ich presste die Schenkel zusammen.

»Oh.« Mehr fiel mir nicht ein.

»Also, ich hole dich heute Abend um sieben ab.«

Leah grinste mich an, darum verzog ich mich ins Badezimmer, schloss die Tür, setzte mich auf den Wannenrand und kaute auf meinem Zeigefinger herum.

»Anna?«

»Hmm?«

»Um sieben.«

»Ich …«

»Sag mir deine Adresse, damit ich dich abholen kann.«

»Ich kann Leah nicht allein lassen. Ich wohne bei Leah und Daniel. Das wäre unhöflich.«

Leah steckte den Kopf zur Tür herein. »Du kannst Daniel und mich ohne Weiteres allein lassen.«

»Leah, geh raus. Und hör auf, an der Tür zu lauschen! Also wirklich, nicht zu fassen!«

Ethan lachte. »Also, um sieben?«

»Du bist ganz schön hartnäckig.«

»Wenn es um dich geht, schon.«

Himmel, der Mann wusste genau, was er sagen musste.

»Fifth Avenue 820. Das Penthouse«, sagte ich.

»Wir sehen uns heute Abend.«

Und damit legte er auf.

5. Kapitel

Es war Viertel vor sieben am Abend, und ich lief unruhig auf und ab. Ich sollte das hier nicht tun. Die vorhergehende Nacht sollte eine einmalige Angelegenheit bleiben.

»Ich sollte das nicht tun«, sagte ich zu Leah, die sich in der Küche zu schaffen machte, weil sie Cocktails für uns zuzubereiten versuchte.

»So, ich hab's. Schmeckt fast wie ein echter.«

Sie kam aus der Küche und reichte mir etwas, das ein Mojito sein sollte.

»Trink«, befahl sie.

Ich nahm den Drink und schnupperte daran.

»Du wirst dich schon nicht vergiften.«

Ich brauchte ein bisschen flüssigen Mut, also trank ich einen kleinen Schluck. Ich zog die Augenbrauen hoch. »Der ist gut.«

Leah nickte. »Hab ich doch gesagt. Hör zu: Amüsier dich heute Abend einfach. Ich weiß nicht, warum du so nervös bist. Er ist heiß, aber das bist du auch.«

»Und das, Leah Thompson, ist der Grund, warum ich dich so liebe.«

Sie strahlte mich an. »Danke, gleichfalls.«

Ich wusste nicht, warum ich so nervös war. Sicher nicht, weil ich gleich mit einem römischen Gott zum Dinner gehen würde. Na ja, zumindest war das nicht der einzige Grund. Ich schätze, ich hatte einfach die Nase voll davon, nach dem richtigen Kerl zu suchen, immer wieder die Prozedur des Aufbrezelns, Flirtens, Berührens und Küssens zu durchlaufen. Etwas miteinander zu erleben und dann von der unvermeidlichen Erkenntnis getroffen zu werden, dass er doch nicht der Richtige ist. Ich hatte einfach ein weiteres Mal meine Zeit verschwendet, mehr nicht. Es war ermüdend. Ich hatte einfach genug.

Ethan war eindeutig nicht der richtige Mann für mich. Viel zu glatt. Viel zu charmant. Viel zu viele Kilometer weit weg. Fünftausend, um genau zu sein. Viel zu …

Die Wechselsprechanlage summte, und Leah meldete sich.

»Du siehst hübsch aus«, sagte Ethan, als ich die Tür öffnete. Er küsste mich auf die Wange. Ich ließ es zu, was hätte ich auch sonst tun sollen? Er war viel zu heiß.

Ich hatte mich absichtlich sehr zurückhaltend gekleidet. Er sollte sich meiner nicht zu sicher sein. Und selbst wenn ich leichte Beute für ihn war, musste ich mich ja trotzdem nicht so kleiden. Ich trug eine Marlenehose und eine langärmelige, cremefarbene Seidenbluse. Das einzige Zugeständnis an Sexyness war die Tatsache, dass der oberste Knopf ziemlich tief saß, sodass ich darunter keinen BH tragen konnte.

»Danke. Gehen wir.«

»Willst du noch auf einen Cocktail reinkommen?«, rief Leah uns hinterher.

Ich schüttelte den Kopf. »Nein«, rief ich zurück.

»Dich habe ich nicht gefragt«, antwortete sie.

»Komm, gehen wir«, sagte ich zu Ethan. Ich schob ihn rückwärts zur Tür hinaus, nahm meine Clutch von dem Konsolentischchen und zog die Tür hinter uns zu.

»Cocktails zu mixen, gehört nicht gerade zu Leahs Kernkompetenzen«, erklärte ich.

Ethan nickte.

Während wir auf den Fahrstuhl warteten, spürte ich seine Hand auf meinem Rücken.

»Du bist schön. Hast du den Nachmittag genossen?«, fragte er.

Ich nickte.

»*Pretty Woman?*«

Erneut nickte ich.

»Und du? Hattest du auch einen schönen Nachmittag … auf dem Bau?«

Ethan ließ ein kehliges Lachen hören. »Ich war nicht ganz bei der Sache, nachdem ich dich mittags gesehen hatte, aber ja, es war nicht schlecht.«

Viel. Zu. Glatt.

»Danke für den Lunch«, sagte ich eilig, denn mir fiel ein, dass ich mich noch nicht bedankt hatte.

»War mir ein Vergnügen.«

»Und danke für das Dinner.«

Wieder lachte er. »Bedank dich nicht zu früh. Vielleicht findest du es ja schrecklich.«

Ethans Fahrer wartete am Bordstein auf uns, und wie am Abend zuvor schlüpfte ich in den Wagen und ließ das Fenster herunter.

»Magst du keine Klimaanlage?«

»Ich mag kühle Luft. Eine leichte Brise. Hast du was dagegen?«, fragte ich.

Er schüttelte den Kopf und sah mich an, als wollte er noch etwas sagen. Ich musste den Blick abwenden. Seine Augen … ich hatte ganz vergessen, wie blau sie waren.

Nach ein paar Sekunden sagte er: »Du wirkst ein bisschen abgelenkt. War es falsch von mir, auf dem Dinner zu bestehen?«

Ich schüttelte den Kopf. »Nein, entschuldige.« Ich drehte mich wieder zu ihm. »Es ist nur ... du weißt schon.« Ich verstummte und zuckte mit den Schultern.

Ethan zog die Augenbrauen zusammen. »Nein, weiß ich nicht. Erzähl's mir.«

»Na ja, es gibt da diese Regeln, und trotzdem sind wir jetzt hier. Und ich will einerseits hier sein, andererseits aber auch nicht. Weißt du, was ich meine?«

»Eigentlich nicht.«

»Ich habe einfach die Nase voll von diesem Kreislauf von Enttäuschungen, in dem ich offenbar stecke. Daher die Regeln.«

Er drehte meine Hand um, sodass die Handfläche nach oben zeigte, dann verschränkte er seine Finger mit meinen.

Ethan

Nicht, dass ich noch nie die Hand einer Frau gehalten hätte, es war nur, dass ich nie zuvor den *Drang* dazu verspürt hatte. Ich wollte sie berühren, sie beruhigen, die dunklen Wolken vertreiben, die sie zu umgeben schienen. Ich wusste nur nicht, wie.

»Was für ein Kreislauf von Enttäuschungen? Ich hatte noch nie Probleme, ihn hochzukriegen, wenn es das ist, was dir Sorgen macht.«

Ihr Kopf fuhr herum, sie starrte mich an und fing dann an zu lachen – ein echtes, volles, ungekünsteltes Lachen. »Das glaube ich sofort. Vielleicht bist du genau der Spaß, den ich brauche«, sagte sie wie zu sich selbst.

»Ja, vielleicht.«

»Entschuldige. Wenn wir im Restaurant angekommen sind, werde ich dir eine bessere Begleiterin sein, versprochen.«

»Du sollst einfach nur du selbst sein, sonst nichts. Du musst mir absolut nichts vorspielen.«

Sie strich mir mit dem Daumen über die Haut, und ich drückte ihre Hand.

Früher als mir lieb war, erreichten wir das Lokal. Ich genoss es, sie neben mir im Auto zu haben, ohne dass sonst jemand dabei war. Beinahe hätte ich vorgeschlagen, einfach wieder zum Hotel zurückzufahren. Aber das hätte geklungen, als wollte ich ihr an die Wäsche, was natürlich auch stimmte, aber es ging mir nicht nur darum. Ich wollte mit ihr allein sein.

Vom ersten Moment an wusste ich, dass ich das falsche Restaurant ausgesucht hatte. Wir traten ein, und die Leute drehten die Köpfe, weil sie unbedingt sehen wollten, wer da gerade gekommen war. Es passte nicht zu ihr. Der Anblick irgendeines mächtigen Hedgefonds-Typen oder eines Hollywood-Schauspielers würde sie nicht beeindrucken. Ich hatte es völlig vermasselt. Mist.

Wir wurden zu unserem Tisch im hinteren Bereich des Restaurants geführt. Ich war nervös. Ich war gefährlich nahe daran, uns den ganzen Abend zu verderben.

»Alles okay?«, fragte sie, als wir Platz genommen hatten.

»Ja, ich glaube schon.«

»Tut mir leid, dass ich im Auto die Sylvia Plath herausgekehrt habe.«

Ich lachte. »Du musst dich nicht entschuldigen. Sei einfach du selbst. Allerdings habe ich die leise Befürchtung, dass dieses Restaurant nicht der richtige Ort für dich ist.«

»Wirklich?« Sie blickte sich um. »Es sieht nett aus. Gefällt es dir nicht?«

»Ist schon okay. Ich glaube nur, dass es nicht das richtige Lokal für dich ist. Ich hätte ein besseres Restaurant auswählen sollen.«

»Ich finde es absolut schick.«

»Das ist der Punkt. Ich glaube, es ist *zu* schick. Zu dir passt eher etwas ...«

»Du findest, ich bin es nicht wert, in ein schickes Restaurant ausgeführt zu werden?« Sie lächelte, aber ihre Stimme hatte einen leicht gereizten Unterton.

»Ich finde, du bist es wert, ins schickste Lokal von ganz New York City eingeladen zu werden. Aber ich weiß nicht, ob dir das genauso gut gefallen würde wie etwas Entspannteres. Etwas weniger Hochtrabendes.«

Mit gerunzelter Stirn sah sie mich an. »Ich komme mit Eleganz durchaus klar«, sagte sie nur.

Ein sehr nervöser Kellner kam an unseren Tisch und ging mit uns die Speisekarte durch. Ich sah zu, wie sie lächelte und nickte, damit er sich wohlfühlte. Das war freundlich von ihr, und als er ging, sah er aus, als wäre er ein bisschen in sie verliebt.

»Was bestellst du?«, fragte ich.

Sie blickte über meine Schulter hinweg in den Raum, nicht in die Speisekarte. Achselzuckend sagte sie: »Ich nehme das Gleiche wie du.«

»Tatsächlich?«

Sie nickte. »Ich hasse Speisekarten. Ich hasse es, mich zu entscheiden, deshalb gucke ich lieber gar nicht erst rein.«

»Dann muss ich jetzt also etwas bestellen, von dem ich glaube, dass du es magst. Wie ein Test.«

»Himmel, nein, das ist ja schrecklich – mit was für Frauen gehst du sonst aus? Bestell einfach, was du willst. Ist schon in Ordnung.«

»Und wenn du es nicht magst?«

»Dann esse ich es nicht, aber ich bin mir sicher, dass es in Ordnung ist. Das hier ist kein Test, ehrlich nicht.«

Ich bestellte Loup de Mer. Normalerweise aß ich nie Fisch, aber Frauen mochten Fisch, oder etwa nicht?

»Ich habe nie Dates«, sagte ich, als der verliebte Kellner unsere Bestellung aufgenommen hatte. Oder vielmehr meine Bestellung für uns beide.

»Wie bitte?«

»Du hast mich gefragt, mit was für Frauen ich im Allgemeinen ausgehe.«

»Ach ja, stimmt. Du hast also keine Dates?«

Ich schüttelte den Kopf.

»Oh, verstehe. Du hast also etwas Mönchisches an dir.«

Ich lachte. »Ich habe nicht gesagt, dass ich ein Mönch bin. Ich sagte, dass ich keine Dates habe.«

»Ich kann nicht ganz folgen. Gefällt es dir nicht, wenn man es ein Date nennt?«

»Wenn man *was* ein Date nennt?«

»Dinner, Drinks, zurück in dein Hotel. Wohnst du dort?«

»Nein, ich wohne nicht dort. Ich … ich buche nur manchmal die Suite.«

»Damit du mit deinen Nicht-Dates irgendwo bleiben kannst?«

»Ich bleibe da nicht.« Warum erzählte ich ihr all dieses Zeug?

»Du sprichst in Rätseln.«

Ich atmete tief durch und erklärte: »Ich mache das mit dem Dinner, den Drinks und dem Dating normalerweise nicht … ich mache es nie. Ich buche die Suite, ich vögele in der Suite, aber ich bleibe nicht über Nacht.«

Sie musterte mich schweigend.

Ich wartete eine Weile, aber sie sagte immer noch nichts. Verdammter Mist. Ich wusste, dass ich es versauen würde. Erst dieses Restaurant. Und dann erzähle ich ihr auch noch von meinen Beziehungen oder vielmehr, dass ich gar keine habe. Was habe ich mir nur dabei gedacht? Wäre ich ihr am Mittag nur nicht begegnet! Das hier entwickelte sich zur Katastrophe.

»Du hast mir nicht geantwortet«, rief ich ihr ins Gedächtnis.

»Ich weiß nicht, was ich sagen soll.« Rasch trank sie die Hälfte ihres Weins aus. »Du musst nicht um mich werben. Ich habe gestern Nacht mit dir geschlafen. Heute Nacht werde ich es noch einmal tun. Du hättest mich nicht zum Dinner einladen müssen. Du musst mir nicht sagen, dass ich anders bin – dass du normalerweise nicht bis zum Morgen bleibst, für mich aber eine Ausnahme gemacht hast. Dass du sonst nie mit einer Frau essen gehst, aber bei mir eine Ausnahme machst. Ich habe es dir gestern Abend gesagt. Ich will den ganzen Bullshit nicht. Ich komme damit klar, wenn es nur Sex ist. Mehr will ich nicht. Ich will nur die Wahrheit.«

Sie nahm ihre Serviette vom Schoß, warf sie auf den Tisch und stand auf.

»Gehen wir«, sagte sie. »Gehen wir zu dem Ort zurück, an dem wir vögeln können. Darum sind wir hier. Der ganze Rest ist überflüssiger Bullshit.«

Ich griff über den Tisch und umfasste ihr Handgelenk. »Setz dich. Bitte.«

Sie war schön. Vollkommen ungeschützt.

Auf den Gedanken, dass sie mein Verhalten für eine Masche halten könnte, war ich nicht gekommen. Aber woher sollte sie wissen, dass ich nie eine Masche abzog? Ich hatte so etwas nicht nötig. Sie wusste nicht, dass ich immer nach dem Grundsatz *No Bullshit* verfuhr. Woher auch? Eine Reihe von Vollidioten hatte sie mit solchen Sprüchen offenbar verarscht. Warum sollte das bei mir anders sein?

Sie zögerte, aber dann setzte sie sich wieder und starrte auf das Weinglas, das vor ihr stand. Ich nahm die Flasche aus dem

Kühler neben dem Tisch und verscheuchte den Kellner, der mir zu Hilfe eilen wollte. Ich füllte ihr Glas auf.

»Danke«, sagte sie.

»Eines verspreche ich dir.«

Sie verlagerte unbehaglich das Gewicht auf dem Stuhl.

»Ich weiß, dass du das nicht willst, aber ich mache es trotzdem. Ich verspreche dir, dich nicht zu verarschen. Du kannst mir das glauben oder nicht. Ich sage nicht, dass ich dir alles sagen werde, aber alles, was ich dir sage, wird wahr sein. Ich mag dich. Du bist lustig und sexy und wahnsinnig gut im Bett. Du bleibst eine Woche lang hier. Dann bist du wieder weg. Du hast gesagt, dass du ein bisschen Spaß gebrauchen kannst, und den Gefallen tue ich dir mit Vergnügen. Warum verbringen wir nicht die Woche miteinander? Wir amüsieren uns ein bisschen, und dann sagen wir Auf Wiedersehen. Kein Bullshit. Keine Versprechungen. Nur toller Sex und ein bisschen Spaß.«

Zum ersten Mal, seit sie wieder Platz genommen hatte, blickte sie mich an. Ich merkte, dass sie nach einer witzigen Antwort suchte. Ich lächelte sie an, und anstatt zurückzulächeln trank sie einen Schluck Wein, obwohl ich ihre Mundwinkel zucken sah. Wow, war diese Frau stur!

»Ist das Angebot denn so schlecht?«

»Kein Bullshit«, wiederholte sie.

»Versprochen. Aber das heißt nicht, dass ich dir keine Komplimente machen werde.«

»Das darfst du nur, wenn du es ehrlich meinst. Nicht weil du glaubst, dass ich es hören will, oder weil du meinst, es sagen zu müssen, um mich ins Bett zu kriegen.«

»Einverstanden.« Ich nickte. »Du siehst heute Abend sehr hübsch aus.«

»*Fuck off.*« Sie grinste.

»Wirklich. Finde dich einfach damit ab, Süße.«

6. Kapitel

Anna

Sobald wir die Kein-Bullshit-Regel aufgestellt hatten, entspannte ich mich. Alles war geklärt. Ich würde eine Woche lang in New York sein. Und ich wollte ein bisschen Spaß und guten Sex. Keine Komplikationen, keine Versprechungen, keinen Bullshit. In seiner Anwesenheit fühlte ich mich wohl. Und er war eine Augenweide, so viel stand fest. War es überhaupt möglich, dass ein Mann derart gut aussah, ohne ein totales Arschloch zu sein? Jedenfalls zog er eine ziemlich gute Show ab, denn er wirkte lustig und charmant und war nett zu dem offensichtlich sehr nervösen Kellner, obwohl der nicht zulassen wollte, dass Ethan uns den Wein selbst einschenkte. Ich war entschlossen, einfach das Hier und Jetzt zu genießen.

In London ging es bei einem Date nie ums Hier und Jetzt. Ich war immer schon ein paar Schritte voraus, spulte im Kopf zu einer Beziehung vor. Würden meine Freunde ihn mögen? Meine Eltern? Konnte ich mit seinen Macken leben? Würde er ein guter Vater sein? So würde es mit Ethan nicht laufen. Länger als eine Woche würde die Sache nicht dauern, und darum war ich gezwungen, im Moment zu leben.

»Wollen wir uns eine Cocktailbar für einen Drink nach dem Dinner suchen?«, fragte er.

Ich schüttelte den Kopf.

»Nein?«

Erneut schüttelte ich den Kopf. »Ich will dich noch mal nackt sehen.«

»Na, so ein Zufall. Ich will dich nämlich auch noch mal nackt sehen.«

Er grinste und bat um die Rechnung.

Anders als am Abend zuvor verlief die Fahrt im Auto an diesem Abend unter lebhaftem Geplauder. Er schien jedes Haus in New York City zu kennen und zeigte im Vorbeifahren auf die, die er am liebsten mochte. Mehrmals zog er mich an sich, damit ich ein Gebäude besser sehen konnte.

Wir schienen auf dem Rückweg zu Daniels Wohnung zu sein. »Wohin fahren wir?«

»Zum Hotel. Ist das okay für dich?«

Ich nickte. Hatte ich gehofft, dass wir zu seiner Wohnung fahren würden? Vielleicht ein bisschen. Aber es spielte keine Rolle, wohin wir fuhren, denn wo auch immer wir landeten, ich würde den besten – oder, nach dem vorhergehenden Abend, den zweitbesten – Sex meines Lebens haben. Er strich mir mit dem Daumen über die Wange, beugte sich über mich und gab mir einen sanften Kuss auf den Mund. Beinahe romantisch. Er löste sich von mir, legte mir den Arm um die Schultern und zog mich an sich.

Als wir aus dem Wagen stiegen, reichte er mir die Hand. Ich nahm sie, und wir durchquerten die Eingangshalle wie ein Paar. Wir stiegen in den Aufzug, und obwohl wir von anderen Gästen umgeben waren, begann meine Haut zu brennen. Ich wusste, was passieren würde, wenn wir oben in seiner Suite ankamen. Selbst die wenigen Minuten, die ich noch warten musste, kamen mir zu lang vor. Ich blickte zu ihm auf, versuchte zu ergründen, was er dachte. Er erwiderte meinen Blick aus dunklen Augen, schüttelte den Kopf und sah weg.

»Noch nicht«, sagte er leise, und das Brennen auf meiner Haut wurde stärker. Seine Hand auf meiner war nicht mehr genug. Ich musste ihn fühlen.

Als die letzten Gäste den Fahrstuhl verließen, hatte sich die Tür noch nicht ganz geschlossen, da ließ Ethan schon meine Hand los. Eine Sekunde lang war ich verwirrt, doch dann drückte er mich an die Wand des Fahrstuhls und küsste mich heftig. Seine Zunge drang in meinen Mund ein, er fuhr mir mit den Händen durchs Haar, als könnte er sich nicht mehr zurückhalten. Ich schlang ihm die Arme um den Nacken und zog ihn an mich. Er roch so gut. Vor weniger als vierundzwanzig Stunden hatte er meinen Körper genommen, aber mir kamen diese Stunden vor wie Monate. Tief in mir spürte ich ein Verlangen, so stark, als könnte ich niemals genug von ihm bekommen.

Er zerrte an meiner Kleidung, zog mir das Shirt aus der Hose und schob die gespreizten Hände an meinem nackten Rücken hinauf.

Er packte mein Bein, legte es sich um die Taille und drückte mich noch fester an die Wand. Ich schlang auch das andere Bein um seine Mitte, sodass er mich an die Wand drücken konnte. Ich spürte seine Erektion, aber zwischen uns befanden sich einfach zu viele Lagen Stoff.

Sein Mund lag noch immer auf meinem, seine Zunge drängend und verzweifelt, da trat er von der Wand zurück und trug mich aus dem Fahrstuhl. Plötzlich spürte ich eine andere Wand an meinem Rücken, und er drückte seine Härte an mich, zeigte mir, dass er bereit für mich war.

Sein verdammtes Hemd war im Weg. Ich griff nach dem Kragen, nestelte an den Knöpfen herum, während sein Mund meinen Hals fand, daran knabberte und leckte. Nicht sanft, sondern gierig, als müsse er mich unbedingt schmecken.

Ich arbeitete mich an seinem Hemd nach unten vor, machte einen Knopf nach dem anderen auf, doch er zog sich zurück.

»Wir müssen in die Suite gehen«, flüsterte er. »Sonst nehme ich dich gleich hier.«

Mir wurde klar, dass wir auf dem Flur standen, direkt vor den Fahrstühlen. Eigentlich hatte ich angenommen, wir hätten es bereits in die Suite geschafft. Ich kicherte und vergrub den Kopf an seinem Nacken, als er mich von der Wand wegzog und in Richtung Tür schob. Ich hätte von ihm absteigen sollen. Er hätte mich loslassen sollen, aber ich musste ihn spüren, seinen Körper an meinem. Als er die Tür öffnete, drückte ich ihn an mich. Mit großen Schritten ging er den Flur der Suite entlang, und ich neigte mich leicht zurück, um ihn anzusehen, während er lief. Er wirkte zielstrebig und entschlossen, und ich seufzte kaum hörbar. Er war unglaublich attraktiv.

»*Fuck*«, sagte er. »Wenn du mich so ansiehst, passiert etwas mit mir. Irgendwie legt das einen Schalter in mir um.«

Ich spürte die Matratze unter meinem Rücken, während er sich über mich beugte und ich den Griff um seinen Nacken lockerte.

»Ich mache ernst. Nackt. Jetzt sofort«, sagte er und machte sich bereits am Reißverschluss meiner Hose zu schaffen. Ich schob seine Finger weg und nahm die Sache selbst in die Hand, und er griff nach den Knöpfen meiner Bluse. »Sieh dir diese wunderschönen Brüste an«, sagte er, als er alle Knöpfe geöffnet hatte. »Ich brauche dich und zwar jetzt«, sagte er, während er an seinem eigenen Reißverschluss zu nesteln begann.

»Dann nimm mich. Ich gehöre dir. Die ganze Woche lang gehört mein Körper dir.«

Ich streifte mir die Bluse von den Schultern und stieg aus der Hose, da war er bereits ausgezogen und hatte ein Kondom aus irgendeiner Tasche gefischt. Langsam ließ er die Hände über meinen Körper gleiten, presste seine Haut an meine.

»Du gehörst mir«, wiederholte er, als er in mich hineinstieß. Meine Beine spreizten sich noch weiter, ich zog die Knie an, um ihn noch intensiver zu spüren, um noch offener für ihn zu sein. Er beobachtete mich und meine Reaktion auf ihn. Einige Sekunden lang brachte ich keinen Ton heraus, so sehr war ich in dem Gefühl gefangen, ihn in mir zu haben. Und dann hörte ich, wie sich meiner Kehle ein tiefes Stöhnen entrang.

»Ja, genau so, Baby. Nimm es dir«, sagte er, als er erneut in mich eindrang. Tiefe, harte, drängende Stöße.

»Ethan. Ethan. Ethan!«, schrie ich.

Ich fühlte, wie ich mich um ihn zusammenzog und grub ihm die Fingernägel in die Schultern. Oh Gott, er musste langsamer machen. Ich war noch nicht bereit. Ich war nicht bereit, so schnell so viel zu empfinden. Meine Hände umklammerten seine Arme, dann legte ich sie ihm auf die Brust und schob ihn weg.

»Ethan. Nicht so schnell. Ich kann nicht.« Aber er hielt mich fest und drang immer wieder in mich ein, tiefer und immer tiefer. »Ich werde gleich ...«, setzte ich an, aber ich bekam die Worte nicht heraus, denn ich spürte bereits, dass ich fiel, und dann hatte ich das Gefühl zu schweben, gleichzeitig alles und nichts zu fühlen, als der Orgasmus mich überrollte.

Ich schlug die Augen auf. Ethan hatte aufgehört, sich zu bewegen, und musterte mich. »Du siehst unglaublich aus, wenn du kommst. Es *fühlt* sich unglaublich an, wenn du kommst.«

»Für dich.«

»Für mich«, wiederholte er und nahm seinen Rhythmus wieder auf, und ich sah, wie sein eigener Höhepunkt einsetzte und sich in seinem ganzen Körper ausbreitete. Himmel, er war so sexy. Er war wirklich mein Sexgott.

Er rollte sich von mir herunter und ging ins Badezimmer, während ich die Laken über mich zog und mich wieder auf das Bett legte.

»Ich habe das erst für einen Glückstreffer gehalten«, sagte er, als er wieder ins Schlafzimmer kam.

Ich stützte mich auf den Ellbogen ab und blickte ihn an.

»Gestern Abend. Als ich gekommen bin wie ein Teenager. Ich dachte, das sei ein Glückstreffer. Aber es liegt an Ihnen, Miss Anna.« Er krabbelte auf mich, gab mir einen Kuss auf die Nase und legte sich neben mich. »Komm her«, sagte er und forderte mich mit einer Geste auf, mich in seine Armbeuge zu legen.

Ethan

Ihre Haut war wundervoll. Sie glitt über meine wie warme Seide. Es gefiel mir, sie zu streicheln, und ich mochte es, wenn sie mich berührte. Sie hatte ihr Bein über meins gelegt, ihre Hand ruhte auf meiner Brust. Ich war gerade gekommen wie ein Teenager. Himmel, wie konnte das sein? Es war ihr Gesichtsausdruck, ihr Blick hatte mich wenige Minuten zuvor über den Rand gestoßen. Es war diese Art, wie sie sich einige Sekunden lang gegen ihren eigenen Höhepunkt wehrte, bevor sie nachgab und sich mir voll und ganz öffnete. Als sie kam, war es, als könnte ich sie erkennen. Alles war da und lag offen zutage. Verdammt, ich spürte, dass ich schon wieder hart wurde. Ich streckte eine Hand aus und umfasste ihren Hintern.

»Woran denkst du?«, fragte sie.

»An dich.«

»Lügner.«

»Ich habe doch gesagt, kein Bullshit.« Meine Hand wan-

56

derte tiefer, und sie zog leicht das Bein an. Ich setzte mich auf, forderte sie mit sanftem Druck auf, sich auf den Rücken zu legen, beugte mich über sie und nahm eine ihrer Brustwarzen in den Mund. Er wurde hart, und sie stöhnte. So empfänglich. Ich spürte, wie sie mir die Finger ins Haar schob, mich drängte, weiterzumachen. Ich wollte sie schmecken. Alles an ihr. Ich ging tiefer, bahnte mir mit Küssen den Weg über ihren Bauch, zu ihrem Hüftknochen, und sie erschauerte. Sie war bereit. Sie wollte es ebenso sehr wie ich, und verdammt: Nichts hätte mich mehr anturnen können als diese Erkenntnis. Ich versenkte meine Zunge zwischen ihren Schamlippen und hielt ihre Knie weiterhin gespreizt, sodass ich einen verdammt guten Ausblick hatte. Sie sah unglaublich aus, wie sie so dalag, zerzaust, noch dabei, sich von dem ersten Orgasmus zu erholen, den mein Schwanz ihr verschafft hatte, aber dennoch bereit, sich von meiner Zunge den nächsten Höhepunkt bereiten zu lassen. Sie wollte es. Sie wollte mich. Ich hörte mich stöhnen, und sie hob die Hüften vom Bett. Ich schob zwei Finger in sie hinein und ließ sie kreisen.

»Halten Sie still, Miss Anna. Ich werde Sie so heftig kommen lassen, dass Sie vergessen, wie Sie heißen.«

Sie antwortete mit einem Stöhnen. Mehr brauchte ich nicht. Meine Zunge fand ihre Klitoris, ich legte sie flach darauf und fing an, sie kreisen zu lassen. Sie stieß die Hüften vor, gegen meinen Mund. Ich drückte sie wieder zurück, meine Zunge ersetzte nun meine Finger, und ich kostete ihr Inneres. Sie schmeckte wie Honig. Ich bekam einfach nicht genug von ihr.

Ich merkte, dass sie kurz davor war, denn sie begann sich zu winden und versuchte, sich mir zu entziehen. Ich griff nach oben, umfasste ihre Handgelenke und schob ihr den anderen Arm unter den Hintern. Das war der perfekte Winkel für mich – und sie musste stillhalten. Ich saugte und kostete und leckte weiter, bis ich dieses leichte Zittern an ihr spürte. Ich wusste, gleich würde sie so weit sein.

»Ethan!«, schrie sie, und ich wusste nicht, ob vor Lust oder vor Schmerz. So oder so hatte ich die Kontrolle über sie. Ich konnte sie über den Rand stoßen oder sie einfach dort stehen lassen. *Fuck*, mein Schwanz pulsierte. Diese Macht, die ich empfand. Ich erhöhte den Druck meiner Zunge, und das war's. Es war vorbei. Sie hielt die Luft an, als sie kam, so lange, als hätte sie alles andere um sich herum vergessen. Ich ließ ihre Hände los, und sie krallte sich in meinen Haaren fest, während ich die letzten Wellen ihres Höhepunkts in mich aufsaugte. Herr im Himmel, mein Schwanz sehnte sich so sehr nach ihr, dass es wehtat.

Ich lag neben ihr, auf einen Ellbogen gestützt, und sah zu, wie sie wieder zu sich kam. Endlich öffnete sie die Augen und blickte mich an.

Geistesabwesend streichelte sie meine Brust. »Deine Berührungen sind magisch.« Sie sagte das auf eine Art, dass ich glaubte, der Einzige zu sein, der das mit ihr machen konnte. Dass nur ich ihrem Körper solche Reaktionen entlocken konnte. Fuck, ich wollte sie schon wieder, ich wollte sie unbedingt. Doch bevor ich sie packen und meinen Schwanz in sie hineinstoßen konnte, hatte sie sich aus dem Bett gerollt und war auf dem Weg ins Badezimmer.

Ich lag auf dem Rücken und starrte an die Zimmerdecke. Wenn ich jetzt, nachdem ich sie geschmeckt und gevögelt hatte, sterben würde, hätte ich das Gefühl, in meinem Leben etwas erreicht zu haben. Zur Hölle mit dem Job – sie auf diese Art kommen zu lassen, das war der größte Kick, den es gab, verdammt noch mal.

Als sie aus dem Badezimmer kam, blickte sie mir erst ins Gesicht und dann auf meine Erektion, die ich schnell mit einem Laken bedeckte. In ihrer Gegenwart war ich ständig bereit, es war fast schon peinlich.

Ich rutschte im Bett nach oben, lehnte mich ans Kopfende und streckte einen Arm aus, damit sie sich zu mir legte. Doch stattdessen nahm sie meine Hand, um sich festzuhalten, als sie sich rittlings auf mich setzte, ohne mich auch nur eine Sekunde lang aus den Augen zu lassen. Sie beugte sich vor, schob sich zurück und auf meinen Schwanz und begann an meiner Unterlippe zu knabbern.

Ich setzte mich auf und nahm ihr Gesicht in beide Hände. Ich küsste sie heftig, schob ihr die Zunge zwischen die Lippen, um mit ihrer Zunge zu spielen. Sie reagierte sofort, mit bereitwillig geöffneten Lippen – genau so offen wie ihr Naturell. Federleicht strichen ihre Finger an meinen Seiten hinauf, der Kontrast zu der Hitze und Leidenschaft, die sie ausstrahlte, war so groß, der Gegensatz zu ihren Bewegungen auf mir so deutlich, dass es mir vorkam, als wollten mir ihre Hände etwas über sie erzählen, etwas, das tiefer ging.

Himmel. Wie machte sie das nur, sich mir gegenüber derart zu öffnen? Sie schien es nicht einmal zu merken. Aber ich wusste es. Und darum wusste ich auch, dass ich vorsichtig mit ihr umgehen musste. Sie war temperamentvoll und leidenschaftlich, aber auch sanft, lieb und fragil.

Ich ließ die Hände zu ihren großartigen Brüsten wandern. Sie waren einfach perfekt, verdammt. Natürlich, fest, nicht zu groß, es war ein Gefühl, als wären sie für mich gemacht worden. Ich war härter denn je. Als ich zum Nachttisch hinübersah, folgte sie meinem Blick und griff nach einem Kondom, das sie mir reichte. Nachdem ich es mir so ungeschickt wie ein Fünfzehnjähriger übergestreift hatte, legte ich ihr die Hände wieder auf die Hüften und zog sie auf mich. Ich liebte es, wenn sie so auf mir lag und sich in ihrem eigenen Tempo bewegte.

Sie wandte den Blick von meinem Gesicht ab, beobachtete, wie ich in sie hineinstieß und mich wieder zurückzog. Ich hob ihr Kinn an, damit sie mir wieder in die Augen blickte.

»Siehst du das gern?«, fragte ich.

Sie nickte.

»Sag es.«

Sie zögerte. Einen Augenblick lang befürchtete ich, ich sei zu weit gegangen.

»Ich liebe es zu sehen, wie dein Schwanz mich fickt.«

»Oh Gott«, stöhnte ich. Mein Schwanz pulsierte, und ich war mir jedes Zentimeters ihres Inneren bewusst, mit dem sie mich umklammert hielt. Ich grub ihr die Finger in die Hüften, als ich schneller wurde, tiefer in sie einzudringen versuchte. Sie reagierte sofort, passte sich meinem Rhythmus an und grub mir die Fingernägel in die Schultern, während sie den Kopf zurückwarf. Oh Gott, sie war so sexy. Ich würde sie noch einmal kommen lassen. Ich wusste nicht, ob es das Gefühl war, sie zu ficken oder der Anblick, wie sie gefickt wurde, jedenfalls war mir klar, dass ich nicht lange durchhalten würde. Ohne unseren vollkommenen Rhythmus zu unterbrechen, griff ich zwischen uns und berührte mit dem Daumen ihre Klit. Instinktiv wich sie zurück, doch ich versuchte, sie daran zu hindern.

»Nein«, keuchte sie.

»Doch, Baby. Ich will, dass du kommst.«

»Ich kann nicht, nicht schon wieder.«

»Du kannst, und du wirst.« Und damit drehte ich sie auf den Rücken und drang in sie ein.

»Ethan. Bitte. Härter.«

Das war's. Ich war erledigt. Ich legte ihr den Daumen wieder auf die Klit und ließ ihn grob um das zarte Nervengeflecht kreisen, wobei ich mich im selben Rhythmus weiterbewegte. Sie hob die Hüften, drängte sich an meine Hand und meinen

Schwanz, sodass ich tiefer in sie eindrang, genau, wie sie es wollte. Ich spürte das Grollen meines eigenen Höhepunkts, das tief unten an der Wirbelsäule begann. Ich hielt die Augen offen, denn ich wollte dasselbe Gefühl in ihrem Gesicht sehen. Den Bruchteil einer Sekunde später war es so weit, ihre Lider schlossen sich träge, ich spürte, wie sie den Atem anhielt, entspannte mich und ließ mich von meinem Orgasmus überwältigen.

Völlig verausgabt ließ ich mich auf sie niedersinken und brauchte immer noch mehr von ihr, viel mehr.

Ich könnte sie vögeln bis in alle Ewigkeit. *Wie bitte?*

Ich zog mich aus ihr zurück und ging ins Badezimmer, um das Kondom zu entsorgen. Ich musste unbedingt wieder einen klaren Kopf bekommen. Dieses Gefühl abschütteln. Ich spritzte mir Wasser ins Gesicht und blickte in den Spiegel.

Keine Komplikationen, rief ich mir ins Gedächtnis.

Als ich die Tür zum Schlafzimmer öffnete, saß sie auf dem Bettrand und zog sich ihre Bluse an.

»Willst du schon gehen?«, fragte ich. Wie lange war ich im Bad gewesen?

»Mir war nur kalt, aber ja, vielleicht sollte ich jetzt gehen.« Ich war ein Idiot. Sie wollte nicht aufbrechen, aber jetzt sah es so aus, als wollte ich, dass sie ging. Sie hatte mir keine Frage gestellt, und dennoch blickten ihre Augen mich fragend an. Ich antwortete nicht. Ich wusste nicht, wie meine Antwort lauten würde.

Sie wandte den Blick ab und stand auf, suchte den Boden nach ihren Sachen ab. Ich ging zu ihr und zog sie an meine Brust. Sie ließ die Arme hängen. Sie war sauer – sauer auf mich –, und ich hasste mich dafür.

»Bleib«, sagte ich an ihrem Nacken.

»Ich sollte jetzt besser gehen.«

»Ich möchte morgen früh neben dir aufwachen.« Das war kein Bullshit. Sondern genau das, was ich wollte.

»Nur für eine Woche«, sagte sie.

Ich wusste nicht, ob sie mit mir sprach oder mit sich selbst, als sie sich die Bluse wieder aufknöpfte und sie auszog.

Ich bedrängte sie nicht mit Fragen. »Komm, ab ins Bett mit dir, wenn dir kalt ist.« Ich schob sie rückwärts auf das Bett zu, zog sie mit mir auf die Matratze und deckte uns zu. »Du werde dich aufwärmen, meine Schöne«, sagte ich. Dann zog ich sie an mich, ihr Körper schmiegte sich an meinen. »Und jetzt schlaf.«

7. Kapitel

Anna

Als ich am nächsten Morgen die Tür zu Daniels Wohnung aufschloss, war ich ziemlich aufgedreht. Ethan hatte mich geweckt, indem er meinen Körper mit Küssen bedeckte. Er sagte, er sei hungrig und wolle meinen Honig kosten. Wer war ich, dazu Nein zu sagen? Ich liebte es, dass er derart scharf darauf war, mich kommen zu lassen.

Er hatte etwas an sich, das mich fast süchtig machte. Ich konnte nicht genug bekommen von seinem Körper und seinen Berührungen. Hätte mir jemand gesagt, dass ich die Hoffnung auf ein normales Dasein aufgeben musste, zum Ausgleich dafür aber den Rest meines Lebens in diesem Bett mit ihm verbringen durfte – ich glaube, ich hätte, ohne zu zögern, auf der gestrichelten Linie unterschrieben. Sogar jetzt, zwanzig Minuten, nachdem ich ihn zuletzt gesehen hatte, begehrte ich ihn schon wieder. Dabei war er ein Fremder für mich, so wie ich für ihn eine Fremde war. Aber ich glaube, ein Teil von ihm kannte mich besser als jeder andere Mensch auf dieser Welt. Die Art, wie er mich ansah, in mich hinein und mitten in mein Herz. Diese Fähigkeit, mich auf eine Art zu sehen, wie es niemand sonst vermochte, schien irgendwie zu bedeuten, dass er auch mit meinem Körper Dinge anstellen konnte, zu denen kein anderer in der Lage war. Und auch noch nie gewesen war.

Leah hatte recht. Wenn ich mit Ethan zusammen war, konnte ich an nichts anderes denken, vor allem nicht an Ben. Vielleicht konnte ich ja jedes Mal nach New York fliegen, wenn ich Liebeskummer hatte. Ethan war es beinahe wert, sich seinetwegen das Herz brechen zu lassen.

»Bist du sauer?«, fragte ich Leah, als wir uns in einem Café in der Prince Street an einen Tisch setzten.

»Warum sollte ich?«

»Weil ich so viel Zeit mit Ethan verbringe.«

»Klar, ich bin stinksauer, weil du so glücklich bist, dich amüsierst und nicht mehr an Ben das Arschloch denkst, während ich super heißen und sehr lauten Sex mit meinem super heißen und sehr lauten Freund habe.«

»Na ja, wenn du es so siehst …«

»Triffst du dich heute Abend wieder mit ihm?«

»Ähm …« Was hatten wir eigentlich vereinbart? Er hatte mich auf dem Weg zur Arbeit vor Daniels Wohnung abgesetzt, aber er hatte ein paar Sachen in der Suite zurückgelassen. An diesem Morgen trug er einen frischen Anzug, nicht mehr die Klamotten vom vorhergehenden Abend, wie es bei mir der Fall war. Aber er hatte mich nur geküsst und gesagt, wir würden uns später sehen. »Wir haben noch nichts vereinbart«, sagte ich und versuchte, gleichmütig zu klingen, aber ich spürte einen leichten Stich in der Magengrube. Ich hoffte, dass damit nicht alles vorbei war. Ich hoffte, ihn wiederzusehen. Ich griff in meine Handtasche und suchte nach meinem Handy. Nichts.

»Daniel hat heute Abend diesen Empfang im Hotel, und ich habe gesagt, dass ich ihn begleite. Komm doch mit.«

»Klingt super.« Ich gab mir alle Mühe, begeistert auszusehen.

»Aber wenn Ethan anruft, machst du dein eigenes Ding.«

Ich lächelte angespannt. Es war nicht gut, dass ich mir so sehr wünschte, ihn zu sehen. »Du bist die tollste Freundin der Welt.«

»Nope.« Leah schüttelte den Kopf. »Nein, dieser Titel gehört dir.«

Auf dem Tisch begann mein Handy zu vibrieren.

Sexgott: Was hast du an?

Bei dieser Frage breitete sich Wärme in meiner Brust aus, und ich lachte.

»Ethan?«, fragte Leah, und ich nickte, während ich bereits die Antwort schrieb.

Ich: Meine älteste Jeans und ein T-Shirt mit einem Loch unterm Arm. Super sexy.

Sexgott: Du würdest sogar in einem Müllsack super sexy aussehen.

Ich: Klappe!

Sexgott: Kein Bullshit.

Sexgott: Ich kann heute Abend um 18 Uhr im Büro Schluss machen. Treffen wir uns im Hotel?

Ich lachte. Er wollte also sofort zur Sache kommen. Kein Dinner und auch keine Drinks heute Abend. Na gut, schließlich war ich auf Spaß aus, nicht auf eine Romanze.

Ich: Nur wenn du versprichst, nackt zu sein, wenn ich ankomme.

Sexgott: Du gehst ja richtig ran. Bis später dann.

Ich blickte auf und sah, dass Leah mich und das breite Grinsen in meinem Gesicht musterte. Sie wackelte mit den Augenbrauen. »Wir müssen Unterwäsche kaufen gehen.«

»Tatsächlich?«

»Wir müssen etwas finden, worin wir unsere scharfen Männer verführen können.«

»Also, erstens ist er nicht mein Man, und zweitens halte ich ihn für eine sichere Bank. Aber okay, gehen wir.«

Leah führte mich zu einem fantastischen Dessousgeschäft. Sie kannte es bereits, weil sie schon einmal dort gewesen war, als sie allein in New York hatte shoppen müssen, um etwas zu finden, womit sie Daniel von der Arbeit ablenken konnte. Sie warnte mich davor, dass es teuer werden könnte, versicherte mir aber gleichzeitig, die Aktion sei jeden Cent wert. Als wir das Geschäft betraten und jeder von uns ein Glas Champagner gereicht wurde, wusste ich, dass wir eine beträchtliche Summe ausgeben würden.

Während ich die Ständer durchsah, merkte ich, dass ich solche Läden hasste. Es gab kein einziges Teil in dieser Boutique, das ich nicht anprobieren wollte. Als ich anfing, mir Dinge auszusuchen, brachte eine Verkäuferin die Ware zu einer Umkleidekabine. Gefährlich. Ich wusste nicht mehr, wie viele ich ausgewählt hatte.

»Hey«, flüsterte Leah mir laut zu. »Sieh mal.« Sie hielt einen BH hoch, für den ich den Eigentümer des Ladens wegen Vorspiegelung falscher Tatsachen hätte verklagen können. Er bestand nur aus wenigen Streifen Stoff, und keiner davon hätte tatsächlich eine Brust bedeckt.

»Abgedreht«, sagte ich.

»Den hier habe ich. Der kommt immer gut … oder er sorgt dafür, dass Daniel es tut.«

»Leah Thompson. Ich bin schockiert. Ich dachte, du würdest bis zu deiner Hochzeitsnacht Jungfrau bleiben.«

Wir kicherten beide.

Mein Blick schweifte zum Ständer neben ihr. Das hier war eindeutig die perverse Abteilung. Ich suchte mir noch mehr Sachen zum Anprobieren heraus und schaffte es schließlich zur Umkleide.

Ich konnte mir genau vorstellen, wie Ethan mir alles vom Leib riss, was ich anprobierte. Das war gut, aber es war auch teuer. Dass ich mich in dem angenehm weichen Licht wie Heidi Klum fühlte, war auch nicht gerade hilfreich. Ich zog einen schlichten schwarzen BH und einen Slip an, die vollkommen durchsichtig waren. In beide verliebte ich mich augenblicklich und beschloss, dass ich sie haben musste. Ethan würde sie mit Sicherheit auch lieben. Ich griff nach meiner Handtasche und suchte nach meinem Handy, um ihm eine Textnachricht zu schreiben und ihm zu sagen, was ich gerade tat, aber der Champagner brachte mich zu der Überzeugung, dass es noch viel lustiger wäre, es ihm zu *zeigen*. Ich lehnte mich vor dem Spiegel an die Wand und stützte mich oberhalb meines Kopfes mit der Hand ab. Dann schoss ich ein Foto. Tat ich das hier gerade wirklich? Ich tippte eine Nachricht ein.

Ich: Bin gerade bei der Shoppingtherapie. Und was machst du so?

Ich war noch nicht in das nächste Set aus Slip und BH geschlüpft, da vibrierte bereits mein Handy.

Sexgott: Zahl mit meiner Kreditkarte und zieh es nicht aus. Trag das heute Abend. Ich habe ein Ganztags-Meeting, und jetzt bin ich hart und will in dir sein.

Schauer liefen mir über den Körper, und unter dem transparenten Stoff richteten sich meine Brustwarzen auf. Ich wollte ihn in mir haben.

Ich wählte drei Sets aus. Zu einem davon gehörten ein BH und ein Bustier, das zählte dann vielleicht als viertes Set. Oh, und dann waren da noch der Body und das Korselett. Mist. Ich würde die Sachen selbst bezahlen, anstatt seine Kreditkarte zu benutzen, wusste aber nicht, ob meine eigene Kreditkarte noch genug hergab. Doch wenn ich an das Gesicht dachte, das er machen würde, wenn er mich darin sah, war es mir die Sache wert. *Würde ich es schaffen, bis zum Wochenende alles einmal zu tragen?*

Ethan

Das Meeting, in dem ich saß, war absolute Zeitverschwendung. Mandanten, die über die Anwaltsgebühren stöhnten, aber nichts lieber taten, als unsere Zeit zu verschwenden. Ich zog in Betracht, eine Verdoppelung unserer Sätze anzukündigen, falls das Treffen noch länger als eine weitere halbe Stunde dauern würde. Ich wollte hier raus. Es war fast siebzehn Uhr, und ich hätte weiß Gott Besseres mit meiner Zeit anfangen können, als diesem alten Kerl zuzuhören, der sich darüber beklagte, dass er fünf Millionen Dollar weniger als erwartet bei dem Deal verdienen würde, den wir mit allen Mitteln zustande zu bringen versuchten. Ich steuerte auf den Tisch mit dem Kaffee zu und goss mir eine Tasse ein. Ich sah mich um, um sicherzugehen, dass niemand in der Nähe war, und las Annas Textnachricht. Sie sah unglaublich aus. Ihr Blick war frech, aber ihre Pose wirkte ein bisschen verschämt. Sie schaffte es, gleichzeitig süß und sexy auszusehen. Wie machte sie das nur? Ich konnte es kaum erwarten, sie in dieser Unterwäsche zu sehen und sie ihr dann auszuziehen.

Endlich näherte sich das Meeting dem Ende, und ich ging zurück in mein Büro.

»Ich habe neunzehn Nachrichten von Mr Dillon und ungefähr zweihundert von der Bank of New York«, sagte Susan, als ich an ihr vorbei in mein Büro spazierte.

»Fuck, was will Dillon?«

»Irgendetwas mit einem Artikel in der *Financial Times*. Ich habe nachgesehen, konnte aber nichts finden.«

»Mist. Ich rufe ihn vom Auto aus an.«

»Wohin fahren Sie?«

»Für heute mache ich Schluss. Solange es keinen verdammten Weltuntergang gibt, gehe ich nicht ans Handy.«

»Ist alles in Ordnung?«, fragte Susan. Sie wirkte besorgt, als ginge es mir nicht gut oder so.

»Alles okay. Ich nehme mir nur den Abend frei.«

»Geht es Ihrer Schwester gut?«

Susan arbeitete schon seit fast zehn Jahren für mich. Und in diesen zehn Jahren war meine Schwester der einzige Mensch gewesen, für den ich bei der Arbeit alles hatte stehen und liegen lassen. Und nun heute Abend für Anna.

»Ja, es geht ihr gut. Aber eine Freundin von mir ist in der Stadt, und sie muss mir unbedingt erzählen, was in letzter Zeit bei ihr los war. Wir sehen uns morgen.«

Ich ging zur Tür hinaus und fuhr mit dem Aufzug ins Erdgeschoss, um ein Taxi anzuhalten. Auf meinen Fahrer konnte ich an diesem Abend verzichten. Anna und ich würden nicht ausgehen. Ich fühlte das Blut durch meine Adern rauschen und hörte meinen Herzschlag. Allein der Gedanke, dass sie unterwegs war, um sich mit mir zu treffen, ließ meinen Körper reagieren. Ich blickte auf die Uhr. Ich wollte unbedingt vor ihr ankommen. Ich hatte ein Versprechen zu halten.

An der Rezeption hatte ich einen Schlüssel für sie hinterlegt, damit sie nicht klopfen musste.

Ich trug meine Uhr noch, und die sagte mir, dass es schon zehn nach sechs war. Wo blieb sie nur? Ich hörte es im Schloss ruckeln, fing an zu grinsen und verlagerte auf dem Stuhl das Gewicht. Würde sie mich für einen Idioten halten? Ich saß am Esszimmertisch, nackt bis auf meine Krawatte, die Beine auf dem Stuhl neben mir, ein Knie gebeugt.

Sie sah mich, sobald sie den Raum betrat, und blieb einfach stehen. Bei ihrem Anblick vergaß ich fast meinen Text.

»Wie war dein Tag, Liebes?«, fragte ich, blickte sie an und rückte mir die Krawatte zurecht.

Sie sah schön aus in ihrem langen T-Shirt, das allerdings zu kurz war, als dass andere Männer sie darin hätten sehen dürfen. Sie wandte den Blick nicht von mir ab. Verdammt, was würde sie antworten? Ein breites Grinsen legte sich auf ihr Gesicht.

»Deine Krawatte gefällt mir.« Sie kam auf mich zu und stellte ihre Handtasche auf den Boden.

»Ich trage sie extra für dich«, sagte ich, als sie sich auf meinen Schoß setzte.

»Im Augenblick bist du mein Lieblingsmensch. Für diese Woche.«

Ich schluckte. *Fuck.* Ich war atemlos und irgendwie ... irgendwie angefüllt ... mit etwas ... Leichtem und Warmen. Ich wusste nicht, was es war. Ich griff nach ihrem Hintern und zog sie an mich, und sie vergrub ihr Gesicht an meinem Nacken.

»Du bist im Augenblick auch gerade mein Lieblingsmensch.«

»Warum kennst du *Pretty Woman* so gut?«, fragte sie und löste sich von meinem Nacken, um mir ins Gesicht zu sehen.

»Ich habe eine ältere Schwester. Ich kenne jeden verdammten Satz in diesem Film.«

»Klingt, als würde ich deine Schwester mögen.« Sie errötete und vergrub das Gesicht wieder an meinem Hals. Ich streichelte ihren Nacken.

»Ja, ich glaube, das würdest du. Und sie dich auch. Sie wohnt übrigens in London.«

»Wirklich? Hast du sie mal besucht?«

»Ja, letztes Jahr, als ihre Tochter zur Welt kam.«

»Oh«, sagte sie leise. Ich hätte ihr am liebsten in den Kopf geguckt, um die Frage zu sehen, die sie mir nicht stellte. Sie hätte mich alles fragen können. Ich wollte, dass sie mich alles fragte.

»Ich habe ein Geschenk für dich.« Ihre Stimmung wechselte von ruhig zu aufgeregt, und ich ertappte mich dabei, dass ich grinste, als sie mir vom Schoß hüpfte. Sie drehte mir den Rücken zu, griff nach dem Saum ihres T-Shirts und zog es sich in einer geschickten Bewegung aus.

Fuck. Ich sah mich ihrem perfekten Hintern gegenüber, auf dem eine schwarzseidene Schleife prangte. Der Anblick verschlug mir die Sprache. Vielleicht lag es an meiner ausbleibenden Reaktion, jedenfalls wirbelte sie herum, als wollte sie sich vergewissern, dass ich sie ansah. Die Schleife verschwand aus meinem Blickfeld, und etwas, das wie ein normaler Slip aussah, kam zum Vorschein. Mein Blick fiel auf eine weitere schwarze Seidenschleife, die ihre vollkommenen Brüste bedeckte.

Verdammt.

Das. Beste. Geschenk. Aller. Zeiten.

»Dein Körper ist dein Geschenk für mich?«

Sie nickte und errötete erneut, während ich vor ihr stand und sie ansah.

»Und ich kann damit machen, was ich will?«

Sie nickte.

»Du bist das Erotischste, das ich je gesehen habe. Heute fallen Ostern und Weihnachten zusammen.«

»Ethan«, sagte sie mit tadelnder Stimme.

»Kein Bullshit, verdammt.« Ich beugte mich vor, warf sie mir über die Schultern und trug sie ins Schlafzimmer. »Dann wollen wir dich mal auspacken.«

Ich legte sie auf das Bett und beobachtete, wie sie mich beobachtete. Etwas hatte sich verändert. Ich wollte sie, aber was ich fühlte, war nicht nur Lust. Ich streckte die Hand nach ihrer Brust aus und zog an den Enden der Schleife, um mein Geschenk zu enthüllen, wobei ich sie nicht aus den Augen ließ. Als ich spürte, dass der Stoff nachgab, senkte ich den Blick in dem Augenblick auf ihre Brust, als ihre schöne Haut zum Vorschein kam. Ihre Brustwarzen waren leicht gekräuselt und schienen auf etwas zu warten, so als würden auch sie mir als Zusatzgeschenk dargebracht. Ich konnte nicht widerstehen.

»Oh Gott, meine Schöne. Du siehst einfach großartig aus.« Ich senkte den Kopf und nahm einen Nippel zwischen die Lippen, berührte ihn sanft mit den Zähnen. »Du *schmeckst* großartig.« Sie wölbte den Rücken, und was von ihrem BH noch übrig war, schob ich ihr über die Schultern hinab und fuhr ihr mit den Händen über den Rücken. »Du fühlst dich großartig an.«

8. KAPITEL

Anna

Ich lag auf dem Rücken und war ziemlich erschöpft. Ethan entsorgte im Badezimmer gerade das zweite Kondom des Abends. Himmel. Noch nie hatte ich einen Mann körperlich so sehr gewollt wie ihn. Natürlich hatte ich vorher schon Männer begehrt, aber nicht auf diese Art. Ich wollte ihm alles geben.

»Ihr Look ist heute sehr sexy, Miss Anna«, sagte er, als er aus dem Bad kam. Ich schlug die Augen auf.

»Ich sehe bestimmt völlig zerzaust aus.«

»Allerdings. Aber es steht dir. Und ich finde es gut, dass ich der Grund dafür bin.«

Ich grinste.

»Na komm, du brauchst jetzt was zum Dinner.«

»Ich habe gar keinen Hunger.«

»Du musst essen. Willst du hierbleiben und den Zimmerservice nutzen?«

»Willst du denn lieber rausgehen?« Ich drehte mich um und stützte mich auf die Ellbogen.

»Willst *du* rausgehen?«, fragte er.

»Ich habe zuerst gefragt.«

Er seufzte.

»Mir ist es egal. Entscheide du.«

»Ich will dich heute Abend mit niemandem teilen.«

Mein Magen schlug einen Purzelbaum, dann noch einen,

und ich lächelte. »Okay. Mein Körper gehört dir, also bleiben wir vermutlich hier.«

Nachdem ich mit Ethan ausgehandelt hatte, dass ich beim Essen einen Morgenmantel tragen durfte, klopfte der Zimmerservice an, und ich ging schnell ins Bad und versuchte, die Flut von Mascara einzudämmen, die sich von meinen Wimpern lösen und mir übers Gesicht laufen wollte. Er hatte recht, ich sah wirklich chaotisch aus. Ich holte eine Bürste aus der Handtasche und versuchte zu retten, was zu retten war.

»Anna!«, rief er.

Ich spritzte mir Wasser ins Gesicht und schlenderte dann in den Wohnbereich. Wow. Er hatte das Licht ausgemacht; nur ein paar Kerzen flackerten noch auf dem Esstisch. Die Lichter der Stadt beleuchteten unser Festmahl. Leise Musik spielte. Ich hätte hohe Beträge darauf gesetzt, dass er schon mehrere Frauen in dieser Suite und auf diese Weise umworben hatte. Ich seufzte, lächelte ihn aber gegen meinen Willen an, als ich schräg gegenüber von ihm Platz nahm, sodass wir auf den Park hinausblicken konnten.

Ethan hatte für uns beide bestellt, darum war ich überrascht, als er ein Risotto aufdeckte und kühlen Weißwein in unsere Gläser goss. Er lehnte sich auf dem Stuhl zurück, blickte mich an und klopfte mir leicht auf die Beine. Dann hob er sie hoch und legte sie sich auf den Schoß, sodass er sie weiterhin sanft streicheln konnte.

»Daran könnte ich mich gewöhnen.« Mist, das hatte ich nicht laut sagen wollen.

Er lächelte.

»Entschuldigung. Ich wollte damit nur sagen, dass du mich sehr verwöhnst, und das ist wundervoll. Danke.«

Er nickte. »Du hast es verdient. Heute Abend hast du mir ein großartiges Geschenk gemacht.«

»An dem du offensichtlich Spaß hattest«, antwortete ich in dem Versuch, lässig zu wirken.

»Den hatte ich. Und du hoffentlich auch.«

»Klar, immer. Du …«, setzte ich an, verstummte aber und schüttelte den Kopf.

»Was denn?«

»Irgendwie scheinst du genau zu wissen, was mein Körper braucht und will. Das hat noch niemand gewusst … nicht so wie du.« Einen Augenblick später wünschte ich mir, mein Mund wäre zugenäht. *Halt die Klappe, Anna.*

Er lächelte mich an. Dann richtete er die Aufmerksamkeit auf seinen Teller, streichelte aber noch immer meine Beine auf seinem Schoß, während er sein Risotto aß. Ich stocherte in meinem lediglich herum.

»Ich soll an diesem Wochenende mit Andrew und Mandy in die Hamptons fahren.«

Und da war sie: Seine Ausrede, um eine Fliege machen zu können. Ich hatte zu viel geredet. *Fuck, Anna. Keine Komplikationen, schon vergessen?*

»Cool«, sagte ich und starrte immer noch auf mein Essen.

»Kommst du mit?«, fragte er, und mein Magen zog sich krampfartig zusammen.

Ich blickte ihn von der Seite an, weil ich nicht sicher war, ob ich mich womöglich verhört hatte.

»Wir würden aus der Stadt herauskommen und das Wochenende zusammen verbringen, bevor du wieder nach London fliegst.«

Ich wollte Ja sagen. Ich wollte es *wirklich*, aber ich fühlte, wie ich mich ihm öffnete. Ich spürte, wie mein Schutzwall in sich zusammenfiel, und er spähte schon über die Mauer, bereit, hinüberzuklettern. Unter normalen Umständen und zwischen zwei normalen Menschen wäre das vielleicht gut gewesen, aber wir wollten uns doch nur miteinander amüsieren. Ich war dabei, über einen anderen Mann hinwegzukommen. Ethan sollte nicht der Typ sein, der mich kennenlernte, übers Wochenende mit mir verreiste, der Typ, der mir in drei Tagen mehr Orgasmen verschafft hatte, als ich in meinem ganzen Leben zuvor gehabt hatte. Er war nur zu meinem Vergnügen da. Aber das hier fühlte sich an, als würde es bald kompliziert werden.

»Himmel, ich kann förmlich sehen, wie die Rädchen in deinem Gehirn sich drehen. Was denkst du? Kein Bullshit.«

»Ich denke, dass ich es nicht weiß.«

»Ich sage dir alles, was du wissen willst, aber erst musst *du* mir etwas erzählen.«

Mit geschürzten Lippen blickte ich ihn an. »Ja, und weiter?«

»Erstens sagst du mir, wie du wirklich heißt.«

Ich nickte. »Und?«

»Und zweitens kommst du am Wochenende mit in die Hamptons.«

»Noch was?«

»Du sagst mir, vor wem oder was du davonläufst.«

»Wie meinst du das?«

»Der Typ. Der Typ vor New York.«

Ich machte Anstalten, meine Beine von seinem Schoß zu nehmen, aber er legte die Gabel auf dem Teller ab und hielt mich fest.

»Ich weiß nicht, ob ich dich wirklich *so* gut kennenlernen will«, murmelte ich.

»Also, das mit der Arbeit auf dem Bau ist Bullshit, ich habe eine ältere Schwester, ich arbeite zu viel, ich habe mit zu vielen Frauen geschlafen, und am liebsten esse ich Pilze. Und jetzt bist du dran«, sagte er.

»Du willst wissen, wie ich heiße?«, fragte ich und starrte auf meinen Teller. Ich atmete tief durch. »Anna. Kein Bullshit.«

»Aber den Namen habe *ich* dir gegeben«, erwiderte er und klang verwirrt.

Schweigend stocherte ich weiter in meinem Risotto herum.

»Ich habe deinen *echten* Namen gewählt?«

Ich spürte, dass er mich ansah, brachte es aber nicht fertig, seinen Blick zu erwidern.

»Als hättest du mich schon gekannt, bevor wir uns begegnet sind«, sagte ich so leise, dass ich mich selbst kaum hörte.

»Ich glaube, so war es auch«, antwortete er.

Ethan

Annas Offenbarung brachte mich aus dem Gleichgewicht. Es fühlte sich an, als hätte es etwas zu bedeuten – als bedeutete es sogar viel –, und das führte dazu, dass mir plötzlich verdammt unbehaglich zumute war. Für mich war das unerforschtes Gebiet. Mit bedeutsamen oder sogar sehr bedeutsamen Sachen hatte ich nichts zu tun. Ich starrte auf meinen Teller. *Verdammt.*

»Erzähl mir mehr über den Typen.« Ich wollte es wissen, und es würde mich von meinen eigenen Gedanken ablenken.

»Was willst du wissen?«

»Was ist passiert, dass du unbedingt weggehen musstest? Warum hast du diese Regeln aufgestellt?«

»Hey, weißt du, was wir jetzt brauchen?« Sie hüpfte vom Tisch, griff in ihre Handtasche und holte einen iPod heraus.

Sie würde sich nicht unter Druck setzen lassen.

»Ein Achtzigerjahre-Tanzduell.«

Gegen meinen Willen lächelte ich sie an. »Ich finde, genau das brauchen wir jetzt *nicht.*«

Sie beugte sich über den iPod und machte sich daran zu schaffen, bis Musik zu plärren begann. Sie wirbelte herum, ihre

Augen leuchteten vor Erwartung. »Komm, tanz mit mir.« Ihre Hände flogen in die Luft, und sie fing an, auf und ab zu hüpfen. »Ich liebe dieses Lied.«

Es waren Duran Duran, ziemlich sicher. Ich liebte diese Musik *nicht*, aber ich genoss es, zu sehen, wie sehr sie sie mochte, obwohl sie tanzte wie eine Geistesgestörte.

Ich stand auf und verschränkte die Arme, wobei ich sie weiterhin beobachtete, fest entschlossen, nicht mitzumachen. Sie tanzte auf mich zu und packte den Stoff meines Morgenmantels. Ich lachte, als sie mich ein kleines Stück in Richtung der Musik zog. »Zu so einem Mist tanze ich nicht.«

»Tanzen ist die beste Ablenkung, die es gibt«, sagte sie, wirbelte herum und hüpfte und tanzte weiterhin vor mir auf und ab. Nach einigen Minuten verstummte die Musik, und gleich darauf erhoben sich die ersten Klänge eines anderen, besseren Songs zwischen uns in die Luft. Es war der Klassiker von Chaka Khan, *Ain't Nobody*. Ihr Gelächter verstummte, sie drehte sich um und ging auf den iPod zu. »Wie wär's mit Blondie?«

Ich öffnete die verschränkten Arme, legte sie ihr auf die Schultern, drehte sie zu mir um und zog sie an mich.

»Tanz mit mir«, sagte ich und hob ihre Arme an, sodass sie meinen Nacken umschlingen konnte, während ich ihre Taille umfasste, und dann fingen wir an, uns zur Musik zu bewegen. Der Rhythmus war sinnlich und voller Sehnsucht. Ich hatte vergessen, wie sehr ich diesen Song mochte, und es gefiel mir, mit ihr dazu zu tanzen. Seit der Highschool hatte ich mit keiner Frau mehr getanzt. Ich hörte nur noch selten Musik, aber als nun dieses Lied spielte, fragte ich mich, warum eigentlich. Die Musik passte perfekt zu meiner Stimmung, und die Stimme sagte alles, was ich gern von Anna gehört hätte. Himmel. Ich war geliefert.

Ihr Kopf ruhte auf meiner Schulter, und ich drückte ihr die Lippen aufs Haar. So wiegten wir uns, bis der Song verklang und durch einen anderen ersetzt wurde, den ich nicht kannte.

»Ethan«, flüsterte sie an meiner Brust, und ich drückte sie fester an mich. »Bring mich ins Bett.«

»Dann brechen wir also am Freitag um die Mittagszeit ins Wochenende auf«, sagte ich, als ich aus dem Badezimmer zurückkam, nachdem ich ein weiteres Kondom entsorgt hatte.

»Ich habe nicht gesagt, dass ich mitkomme.«

»Nein, aber du hast gesagt, dein Körper gehöre mir.«

»Das war gelogen.«

»War es nicht.« Ich hechtete erneut ins Bett und zog sie an mich, legte ihr die Arme um die Taille.

»Ich sage, dass ich eine Lügnerin bin, und du glaubst mir nicht?«

»Nope.«

»Du bist verrückt.«

»Nein, bin ich nicht. Ich kenne dich eben.« Sie konnte nichts vor mir verbergen, das wusste ich inzwischen. »Soll ich dich bei Armitage abholen?«

»Ich muss erst mit Leah reden. Ich bin nach New York gekommen, um Zeit mit ihr zu verbringen, und ich bin mir ohnehin nicht sicher, ob es eine gute Idee wäre, dich zu begleiten.«

Ich schwieg. Sie sollte aus freien Stücken mitfahren. Ich wollte sie nicht überzeugen müssen. Sie wand sich in meinen Armen, bis sie mir ins Gesicht sehen konnte.

»Weißt du, was ich meine?«, fragte sie.

Ich lachte. »Nein. Warum lässt du den Bullshit nicht einfach weg und *sagst* mir, was du meinst.«

Sie trat nach mir, und ich schlang meine Beine um ihre, damit sie aufhörte.

»Ich meine nur, dass … na ja, du weißt schon … dieser heiße Sex, den wir haben … also … unsere Spaßwoche. Ich weiß nicht, wie ein Wochenende in den Hamptons dazu passt, bei dem ich deine Freunde kennenlerne und keinen heißen Sex mehr mit dir habe, weil diese Leute, denen ich zum ersten Mal begegne, auf der anderen Seite des Flurs schlafen.«

Ich drehte sie wieder um, sodass sie erneut mit dem Rücken zu mir lag. »Aha, jetzt kommen wir der Sache schon näher. Ich bin also der Mühe nicht wert, wenn du keine Gelegenheit hast, einen Orgasmus zu bekommen«, sagte ich. Sie kicherte, und ich drückte meinen härter werdenden Schwanz an ihre perfekten Arschbacken.

»Als würdest *du* damit klarkommen! Du bist doch schon wieder bereit, Sexgott.«

»In deiner Nähe bin ich immer bereit. Und außerdem ist das kein Problem, weil wir nämlich bei meiner Schwester übernachten werden, während Andrew und Mandy in ihrem eigenen Haus schlafen. Wir können also trotzdem rammeln wie die Kaninchen.«

Sie presste sich an meinen Schwanz und verstärkte die Reibung. Ich griff hinab. Ihre Atmung beschleunigte sich, als meine Finger ihre Klit fanden.

»Und du meinst nicht, dass das ein bisschen … Oh Gott, ja!«

»*Was* meine ich nicht, meine Schöne?« Ich hielt inne, und sie legte schnell ihre Hand auf meine und sorgte dafür, dass ich meinen Finger wieder bewegte.

»Nicht aufhören«, flüsterte sie atemlos. Verdammt, diese Frau war einfach unersättlich. »Dass das ein bisschen … oh Gott … gegen die Regeln verstößt?«

»Neues Spiel, Baby.« Ich hob ihr Bein an, legte es wieder auf meines und griff nach einem Kondom. Mit Mund und Fingern riss ich das Päckchen auf, denn ich wollte keine Sekunde mehr verschwenden, und drang sofort in sie ein. Es fühlte sich an, als wäre ich nach Hause gekommen. Es fühlte sich an wie beim ersten Mal. Wenn ich mich nicht zusammenriss, würde ich innerhalb von zehn Sekunden kommen. Ich verlangsamte das Tempo, knabberte sanft an ihrer Schulter, ließ die Finger kreisen und übte leichten Druck aus. Die Laute, die sie von sich gab, verrieten mir, dass sie fast so weit war. Mir fiel auf, dass ich das über sie wusste, und diese Erkenntnis führte dazu, dass ich sie noch stärker begehrte.

»Sieh mich an. Ich will dein Gesicht sehen«, sagte ich.

Sie drehte die Schultern, und unsere Blicke trafen sich. Ihre Augen waren voller Lust, Verwirrung und offener Fragen.

»Fühlst du das?«, fragte ich, als ich in sie eindrang.

Sie nickte.

»Niemand sonst lässt dich das hier fühlen, stimmt's, Anna?«

Ihre Hand schloss sich um meine Schulter, und sie schüttelte den Kopf.

»Sag es mir.«

»Niemand lässt mich fühlen, was du mich fühlen lässt.«

Und während sie das sagte, zog sie sich um mich zusammen, und ihr Atem setzte aus. Sie war so weit, und auch ich konnte mich keine Sekunde länger zurückhalten. Ich erhöhte das Tempo, stieß tiefer in sie hinein, näher zu ihr, näher zu meinem Höhepunkt, und dann explodierte ich in ihr.

9. Kapitel

Anna

»Was hast du heute vor?«, fragte Ethan, als er nach dem Duschen aus dem Badezimmer kam.

»Ich muss schlafen«, sagte ich, denn ich war erschöpft. Die häufigen Unterbrechungen meines Nachtschlafs waren mir zwar durchaus recht, aber dennoch würde ich diesen Tag mit Vergnügen schlummernd im Bett verbringen.

»Ohne mich bleibst du nicht im Bett.«

»Bist du morgens immer so gut gelaunt? Das ist ja nervig«, brummte ich und drehte mich wieder um, weg von ihm.

»Du bist süß, wenn du so verschlafen und mürrisch bist.«

»Geh zur Arbeit.«

Ich fühlte, wie sich die Matratze auf meiner Seite des Betts senkte, dann streichelte seine Hand meinen Hintern »Ich muss heute wahrscheinlich bis spät abends arbeiten.«

Mein Magen zog sich zusammen.

»Hast du gehört?«

Ich setzte mich auf, nickte und zog die Knie an die Brust.

Er blickte mich an. »Hast du heute Abend schon was vor? Ich meine, am späteren Abend?«

Ich zuckte nur mit den Schultern. Eigentlich hatte ich angenommen, dass wir uns an diesem Abend sehen würden. Innerhalb weniger Tage war das für mich zu einer Gewohnheit geworden.

»Wenn du heute Abend hierbleibst, können wir gleich am Freitagmorgen in die Hamptons fahren.«

»Musst du denn Freitag nicht arbeiten?«

»Ich kann unterwegs ein paar Anrufe vom Auto aus erledigen. Ein freier Tag müsste sich einrichten lassen.«

»Okay«, antwortete ich. Halb war ich begeistert, halb entsetzt. Ich wollte den Freitag mit ihm verbringen. Ich wollte so viel Zeit wie möglich mit ihm verbringen, ehe ich aufbrechen musste, und das machte mir Angst. Ich wollte das nicht wollen. Ich hatte mir selbst versprochen, nie wieder einen Mann zu begehren. Ab Montag, wenn wir wieder fünftausend Kilometer voneinander entfernt waren, sollte das möglich sein. Ich atmete tief durch. »Okay, bin dabei.«

»Wusste ich's doch, dass ich dich dahin kriege«, sagte er und grinste mich an.

»Ich habe nur Mitleid mit dir, das ist alles.«

Er zog mir die Beine lang, die ich vor der Brust angewinkelt hatte, kletterte auf mich und drückte meine Hände über dem Kopf auf die Matratze. »Was hast du da gerade gesagt?«

»Ich habe Mitleid mit dir.« Er senkte den Kopf und begann, an meinem Hals zu saugen, bis ich kichern musste. »Ich weiß, dass du vor mir eine ziemlich lange Dürreperiode gehabt haben musst. Wie lange hat die gedauert? Fünf, sechs Jahre?«

»Du meinst, wie lange es her ist, dass eine Frau Mitleid mit mir hatte und sich von mir vögeln ließ?«, fragte er, und ich lachte und versuchte meine Handgelenke aus seinem Griff zu befreien, während sein Mund nach unten wanderte und wieder an meinem Hals zu saugen begann. »Dass sich eine Frau drei, vier, fünf Orgasmen in einer Nacht von mir verschaffen ließ?«

»Dass eine Frau zurückgekommen ist, um sich einen Nachschlag zu holen.«

Er ließ meine Handgelenke los und stieg von mir hinunter.

»Hey, willst du wohl zu Ende bringen, was du angefangen hast?«, schimpfte ich und stützte mich auf den Ellbogen ab.

»Ich muss zur Arbeit. Hör auf, mich abzulenken«, sagte er und band sich die Krawatte. Er lächelte, aber ich spürte, dass seine Stimmung sich geändert hatte.

»Tut mir leid«, sagte ich und suchte seinen Blick.

Er nickte. Ich machte nur Scherze. Er musste doch wissen, dass ich nur Scherze machte.

Ich kletterte aus dem Bett und schlüpfte in einen Morgenmantel, während Ethan sein Portemonnaie und die Schlüssel einsteckte. Ich folgte ihm zur Eingangstür der Suite.

»Mach irgendetwas Kulturelles«, sagte er und öffnete die Tür. Dann drehte er sich um, gab mir einen Kuss auf die Stirn und ging.

Angst stieg in mir auf, und mir wurde flau im Magen. Ich wusste nicht genau, was die Ursache war. Angst, ihn nicht wiederzusehen, Angst, dass ich seine Gefühle verletzt hatte, Angst davor, mit ihm in die Hamptons zu fahren, Angst vor Komplikationen oder davor, nach London zurückzugehen.

Ich stand unter der Dusche und überlegte, ob ich ihm eine Nachricht schicken sollte, da begann mein Handy zu klingeln. Ich sprang aus der Dusche. Das musste Ethan sein, der mir sagen wollte, was für Pläne er für den Abend hatte. Ich hoffte, dass er es war.

Ich drückte auf »Annehmen« und klemmte mir das Handy unters Kinn, während ich nach einem Handtuch griff und mich darin einwickelte.

»Hey, ich habe einen Tag voller Spaß für uns geplant«, sagte Leah. »Ich habe Tickets für *The Book of Mormon* bekommen, und ich dachte, das mit dem Empire State könnten wir gleich heute Morgen erledigen. Wann bist du so weit?«

»Hey, großartig! Du hast die Tickets. Das ist ja toll.«

»Und keine Sorge: Wir gehen in die Nachmittagsvorstellung. Deine Ferienromanze wird also nicht gestört.«

»Es gibt keine Romanze, Leah. Und zu stören ist da auch nichts. Ich glaube kaum, dass ich ihn heute Abend sehen werde.« Ich wusste nicht, ob wir uns an diesem Abend treffen würden. Was hatten wir eigentlich vereinbart? Verdammt. Komplikationen waren doch nicht vorgesehen!

»Oh. Ist alles in Ordnung?«

»Natürlich. Ethan und ich sind doch keine siamesischen Zwillinge. Es war nur eine kleine Liebschaft. Nichts Kompliziertes.«

»*War?*«

»Ich weiß es nicht. In einer Viertelstunde bin ich fertig. Wollen wir uns irgendwo treffen?«

Wir vereinbarten, uns in der Schlange vor dem Empire State Building zu treffen. Ich zog mir meine Jeans und ein T-Shirt an und kämmte mir das nasse Haar. Bei dieser Luftfeuchtigkeit war es sinnlos, den Fön hineinzuhalten. Sollte es sich einfach kräuseln. Am Abend zuvor hatte ich zwar ein paar Sachen mitgebracht, weil ich gedacht hatte, dass ich vielleicht wieder über Nacht bleiben würde, aber ich achtete sorgfältig darauf, alles wieder mitzunehmen. Ich wusste nicht, ob ich noch einmal zurückkommen würde. Bevor ich die Suite verließ, holte ich mein Handy heraus und machte ein paar Aufnahmen von der Aussicht. Himmel, es war einfach großartig! Diese riesige Zimmerflucht war jeden Dollar wert, den sie gekostet hatte. Wenn ich erwachsen war und in der Lotterie gewonnen hatte, würde ich hier leben.

Leah stand im Eingang zur Schalterhalle und winkte mir zu.

»Die Schlange ist nicht lang.«

»Wer hätte das gedacht? Es ist 8 Uhr 15 an einem x-beliebigen Donnerstag im Juli, verdammt noch mal. Natürlich ist die Schlange nicht lang.« Erst als ich im Taxi saß und auf dem Weg zu unserem Treffpunkt war, hatte ich gemerkt, wie früh es noch war.

»Ist ja schon gut, du Miesmacherin. Ich versuche doch nur dafür zu sorgen, dass wir in dieser einen Woche alles unterkriegen. Ich will sichergehen, dass du mehr von New York erlebst als nur seine Männer.«

Ich blickte Leah an und verdrehte die Augen, dann beugte ich mich zu ihr und küsste sie auf die Wange. »Sorry.«

Ohne lange Schlangen und ohne das Gedränge, das die Menschenmengen später am Tag unausweichlich mit sich bringen würden, waren wir bald oben angekommen. Der Ausblick auf den Park war nahezu unwirklich. Anders als von der tiefer liegenden Hotelsuite aus konnte man hier den ganzen Park überblicken – es sah aus, als hätte jemand anderswo ein Stück Natur herausgeschnitten und es zwischen die Gebäude mitten ins Gewimmel der Stadt gesetzt.

»Heute Abend triffst du dich also nicht mit ihm?«, unterbrach Leah meine Gedanken, die sich ausnahmsweise mal für zwanzig Sekunden nicht um Ethan gedreht hatten.

»Keine Ahnung. Eigentlich wollten wir, er hat mich sogar in die Hamptons eingeladen, aber dann wurde es irgendwie komisch, und jetzt weiß ich nicht, was Sache ist.«

»Warte mal, er hat dich in die Hamptons eingeladen?«

»Ach ja, sorry. Ich hätte dich noch gefragt, ob du was dagegen hast, wenn ich mitfahre. Aber ich schätze, das spielt jetzt gar keine Rolle mehr.«

»Natürlich habe ich nichts dagegen. Du solltest unbedingt mitfahren, das wird bestimmt super. Er hat dich doch nicht wieder ausgeladen, oder?«

Ich schüttelte den Kopf. Nein, hatte er nicht. Aber das würde später noch kommen … Davon war ich fest überzeugt.

Ich war dabei, ein Weichei zu werden. Was zur Hölle war nur los mit mir? Es hatte mir einen Stich versetzt, als sie sagte, dass Frauen nicht mehr als ein Mal mit mir schlafen wollen. Ich meine, ich wusste, dass es nicht stimmte, aber die Tatsache, dass sie so von mir dachte ... Ein Weichei. *Fuck.*

Sie war die großartigste Nummer, die ich je hatte, und ich musste sie überreden, ein Wochenende mit mir zu verbringen. Auch das wurmte mich. Sehr sogar. Also musste ich mich ranhalten. Ich wollte meine Arbeit zu Ende bringen, damit ich sie mir endlich aus dem System vögeln konnte. Gleich, nachdem ich ein weiteres Mal diese höllisch erotische Textnachricht gelesen hatte, mit der sie mir ein Bild von sich in Dessous geschickt hatte.

Den ganzen Tag lang arbeitete ich wie ein Verrückter. Zwei oder drei Mal war ich mir sicher, dass mein Mitarbeiter kurz davor war, alles hinzuschmeißen. Ich sah die Panik in seinem Blick, weil ich ihm immer mehr Arbeit aufbürdete, aber ich war zu beschäftigt, um weiter darüber nachzudenken. Er hatte gesagt, er wolle mehr Verantwortung, warum jammerte er also, wenn ich sie ihm gab? Am Wochenende würde ich mir verschiedene Unterlagen ansehen müssen, aber dazu musste ich nicht ins Büro. Mein größter Mandant machte Urlaub, dafür hätte er sich keinen besseren Zeitpunkt aussuchen können. Ich blickte auf die Uhr. Himmel. War es tatsächlich schon achtzehn Uhr? Ob sie jetzt wohl im Hotel war, oder verbrachte sie den Abend mit der Freundin von Armitage? Hatte sie das gesagt? Ich checkte mein Handy, aber sie hatte nicht geschrieben.

Ich: Hey Sexy. Was hast du an?

Nichts. Eine halbe Stunde lang.

Anna: Hey.

Hey?

Ich: Bist du im Hotel?

Anna: Nein.

Ich: Wann kommst du? Bring deinen Koffer mit, damit wir morgen früh gleich starten können.

Anna: Komme später. Okay.

Ich: Sag mir Bescheid, wenn du im Hotel bist. Ich müsste gegen Mitternacht dort sein.

Drei Stunden später kam ich aus der nutzlosesten Konferenz meiner bisherigen Laufbahn. Wenigstens hatte ich mir damit nicht noch mehr Arbeit aufgehalst. Jetzt waren die Chinesen am Zug. Vor mir lag ein freies Wochenende.

Zurück am Schreibtisch überprüfte ich mein Handy.

Anna: An der Hotelbar.

Der Text war vor mehr als einer Stunde gesendet worden. Um Himmels willen, an der Hotelbar? Es war fast halb zehn. Zweifellos versuchten bereits tausend schmierige Typen, sie anzubaggern.

Ich: Allein?

Anna: Du lebst also doch noch.

Ich: Bist du allein?

Anna: Ich suche mir neue Freunde.

Neue Freunde? Welche mit Schwänzen? Ich ballte die Fäuste. Meine Güte. Wenn ich nicht aufpasste, würde ich nach diesem Wochenende im Gefängnis landen. Ich stellte rasch ein paar Unterlagen zusammen und verließ das Büro früher als geplant.

Ich entdeckte sie in dem Augenblick, in dem ich die Bar betrat. Sie saß an der Theke, hatte den Kopf in den Nacken geworfen und lachte über etwas, das der Barkeeper zu ihr gesagt hatte. Er sah aus, als hätte er gerade einen Homerun erzielt. Ich wusste, was das für ein Gefühl war – ich freute mich jedes Mal, wenn ich sie zum Lachen brachte. Mir gefiel nicht, dass er auch in den Genuss dieses Gefühls kam. Vor diesem Tag war ich wegen einer Frau noch nie eifersüchtig gewesen.

Ich näherte mich ihr von hinten und strich ihr über den Rücken. Schlagartig verstummte ihr Lachen, und sie fuhr auf. Ich hasste es.

»Hey!«, rief sie ein bisschen zu laut und hob beide Hände. »Da ist er«, erklärte sie dem Barkeeper.

Er nickte Anna zu, wandte sich zu mir und fragte: »Was möchten Sie trinken, Sir?«

Bevor ich antworten konnte, sagte Anna: »Du bist gekommen! Ich dachte, du wärst schon weg, aber jetzt bist du doch hier. Mein New Yorker Lover.«

»Ich glaube, sie hat bereits genug für zwei getrunken«, sagte ich.

»Nein! Komm, trink auch was! Ich muss dir meine neuen Freunde vorstellen. Welchen mag ich am liebsten?« Sie warf dem Barkeeper einen flehenden Blick zu.

»Sie mögen sie alle, Ma'am.«

»Stimmt. Ich mag all diese Cocktails. Sie sind meine Freunde. Meine New Yorker Freunde.« Sie deutete auf eine Karte mit mindestens zwanzig verschiedenen Drinks.

»Jetzt sagen Sie nicht, Sie haben ihr die alle serviert?!«

Er schüttelte den Kopf. »Nein, nur die ersten fünf oder so. Sie hat sich durch die Karte gearbeitet.«

»Na komm, meine Schöne. Bringen wir dich ins Bett.«

Ich beglich die Rechnung und half ihr vom Barhocker.

»Mein Koffer, hey, her mit meinem Koffer!« Sie wirbelte herum und machte Anstalten, nach einem kleinen silbernen Koffer zu greifen, den ich bereits in der Hand hielt. Ich legte ihr den freien Arm um die Taille und führte sie zu den Fahrstühlen.

»Warum hast du den nicht im Zimmer gelassen?«, fragte ich.

»Kein Schlüssel. Kein ... Sch...lüssel.« Sie war ziemlich unsicher auf den Beinen, aber ihr Mundwerk funktionierte hervorragend, sie nuschelte höchstens ein bisschen.

»Hast du den Schlüssel verloren?«, wollte ich wissen.

»Nein, natürlich nich'. Ich habe ihn im Zimmer gelassen, weil du heute Morgen so ... komisch warst.« Sie stieß mir den Zeigefinger in die Wange. »Dann hätte ich ihn nämlich nich' zurückbringen und dir übern Weg laufen müssen, nachdem du mich fallen gelassen hast ... was definitiv passier'n würde, weil ich ab-so-lut kein Glück mit Männern hab, und das wäre noch s...seltsamer und peinlicher gewesen, darum hab ich ihn liegen lassen, und dann hassu mir geschrieben, und es war komisch, und jetzt … bin ich hier. Ich bin so müde.« Sie sackte an der Fahrstuhltür in sich zusammen.

Das waren ziemlich viele Informationen auf einmal. »Wir werden dich jetzt ins Bett bringen, meine Schöne«, sagte ich und zog sie an mich. Ich küsste sie auf den Scheitel. »Tut mir leid, wenn ich heute Morgen seltsam war.«

»Schon okay.« Sie blickte zu mir auf und lächelte. »Ich finde dich super, darum verzeihe ich dir.«

Innerlich wurde mir warm, und ich spürte, dass ich eine Erektion bekam. Himmel, wie konnte es sein, dass mich der Anblick einer betrunkenen, verrückten Frau hart werden ließ?

Ich streichelte ihr Gesicht. »Ich finde dich auch super.« Sie lächelte, schloss die Augen und lehnte den Kopf an meine Brust.

10. Kapitel

An diesem Morgen hatte Anna kaum ein Wort mit mir gesprochen. Rory fuhr uns in die Hamptons, was bedeutete, dass ich arbeiten konnte, aber weil sie neben mir saß, war ich abgelenkt. Ganz zu schweigen von der Erektion, die mich seit mittlerweile zwölf Stunden quälte.

»Wie fühlst du dich?«, fragte ich sie erneut.

Anna knurrte nur und setzte sich in den Schneidersitz. Sie trug ihre Sonnenbrille, darum konnte ich ihren Gesichtsausdruck nicht erkennen.

»Ein bisschen angeschlagen?«, fragte ich.

Sie nickte. »Aber vor allem schäme ich mich.«

»Das musst du nicht. Du bist süß, wenn du betrunken bist. Da habe ich weiß Gott schon Schlimmeres gesehen.«

»Oh nein, Ethan, bitte nicht. Weiß der Himmel, was ich gestern Abend alles zu dir gesagt habe. Es ist mir so peinlich.« Sie drehte das Gesicht zum Fenster. Ich öffnete die Schnalle ihres Sicherheitsgurts und zog sie auf meinen Schoß. Ihr Körper war schlaff und unempfänglich.

»Hör mir zu«, sagte ich, als sie die Hände vors Gesicht schlug. Ich fragte mich, ob sie weinte. »Hör zu«, wiederholte ich und zog ihre Hände weg. »Es gibt nichts, was dir peinlich sein müsste. Du hast nichts Schlimmes gesagt. Du hast mich mit der Cocktailkarte der Bar bekanntgemacht, und als ich

dich hinaufgebracht habe, bist du in deinen Klamotten eingeschlafen. Es war ein ziemlich ereignisloser Abend.«

»Wir hatten keinen Sex?«

»Ich schlafe doch nicht mit dir, wenn du bewusstlos bist. Ich
habe zwar eine Dauererektion, wenn du in meiner Nähe bist,
aber um Himmels willen – ich kann mich immer noch beherrschen.«

»Meine Güte. Wir wollten doch nur eine Affäre mit viel Sex
haben. Meinen Teil der Vereinbarung erfülle ich ja nicht besonders gut.« Erneut legte sie die Hände vors Gesicht, und erneut zog ich sie dort weg.

»Meine Schöne, wir haben jede Menge Sex, und glaub mir,
auch an diesem Wochenende werden wir noch jede Menge davon haben.«

»Und ich habe nichts gesagt, womit ich mich lächerlich gemacht habe?«, fragte sie.

»Was denn zum Beispiel?« Worüber machte sie sich so große
Sorgen?

Sie zuckte mit den Schultern.

»Nein. Du hast nur gesagt, dass du mich super findest.«

Sie stöhnte.

»Was soll daran denn peinlich sein? Ich *bin* super«, sagte ich
und grinste sie an.

Sie lachte, und ich musste lächeln.

»Ich habe dir geantwortet, dass ich dich auch super finde«,
sagte ich.

»Wirklich?«

Ich nickte.

»Okay. Allmählich fühle ich mich wieder ein bisschen
menschlicher.«

»Kannst du die Sonnenbrille abnehmen? Ich vermisse deine
Augen.«

Sie schüttelte den Kopf. »Bevor ich die Sonnenbrille abnehmen kann, brauche ich Kohlenhydrate und zehn Liter Wasser.«

Anna

Nachdem wir eine Rast eingelegt und Burritos zum Frühstück gegessen hatten, kamen wir gegen elf Uhr bei Ethans Schwester an. Das Haus war eindrucksvoll. Es hatte einen Pool, Meeresblick und tausend Zimmer.

»In Großbritannien hat kein Mensch einen Pool«, sagte ich nachdenklich, während ich aufs Wasser starrte.

»Na, dann lass uns die Gelegenheit nutzen«, sagte Ethan und gab mir einen Klaps auf den Hintern. »Ich will dich in deinem knappsten Bikini sehen.«

»So was trage ich nicht. Hast du meinen Po gesehen?«

»Ja, und er ist perfekt. Aber ganz nackt geht auch. Komm, ziehen wir uns um.«

Der Pool war perfekt gegen die schwüle Luft. Träge und ohne eine Richtung einzuhalten, schwamm ich darin herum und fragte mich, was Ethan davon abhielt, dasselbe zu tun. Er hatte sich eine Badehose angezogen, darum dachte ich, dass er eigentlich bereits im Becken sein müsste.

Einige Minuten später tauchte er in der Terrassentür auf. Er sah großartig aus. Ich hatte ihn schon vollkommen nackt gesehen, aber in der Sonne, mit der Sonnenbrille auf der Nase, ließ seine schimmernde Haut die Konturen seines Körpers noch definierter erscheinen. Als wäre das noch nötig gewesen! Er war mein Sexgott, nur für eine Woche.

»Komm in den Pool, schöner Mann!«, rief ich und sah erst in diesem Augenblick, dass er ein Gespräch auf dem Handy beendete.

Rasch kam er auf mich zu, blieb aber plötzlich stehen und blickte auf sein Handy. Er hielt es sich ans Ohr, dann setzte er sich wieder in meine Richtung in Bewegung. Ich schwamm auf den Beckenrand zu, ihm entgegen.

»Wie spät?«, hörte ich ihn beim Näherkommen sagen. »Ja, das passt, glaube ich. Warte mal.« Dann senkte er das Handy, setzte sich auf den Rand des Pools und fragte mich: »Ist neunzehn Uhr okay? Von hier aus sind es nur zehn Minuten.«

Ich nickte. Hieß das, dass wir jetzt zum Haus seiner Freunde fahren würden? Vermutlich. Mein Magen begann zu rebellieren; mir war ziemlich unbehaglich zumute.

»Ja, sieben Uhr ist gut. Ja, sie ist hier. Im Pool, und sie sieht viel besser aus als du, also vergiss es. Bis heute Abend.«

Er legte auf, warf das Handy auf eine der Liegen und ließ sich in den Pool gleiten. Es war, als wäre das Wasser plötzlich fünf Grad wärmer geworden. Er schob sich die Sonnenbrille auf den Kopf und nahm mir meine ab. »Ich habe deine Augen heute noch gar nicht gesehen«, sagte er.

»Das willst du auch nicht. Sie sind rot und klein und müde.«

Er legte mir die Hände um die Taille und zog mich an sich. Ich schlang die Beine um ihn. »Küss mich lieber, dann bin ich zu abgelenkt, um es zu bemerken.«

Sachte knabberte ich an seiner Unterlippe. Ich fühlte ihn unter mir hart werden und seufzte zufrieden, weil ich jetzt wusste, wie die Dinge sich entwickeln würden. Meine Brustwarzen reagierten, und ich schloss die Schenkel fester um ihn. Zwischen uns schwappte das Wasser auf und ab und sorgte dafür, dass seine Haut sich seidig anfühlte, als ich ihm die Hände auf die Brust legte und seine Zunge zwischen meine Lippen drang. Ich stöhnte, und er drückte meine Hüften fester an sich. Zu lange schon hatte mein Körper nach ihm gehungert.

»Ethan«, sagte ich. »Ich muss dich fühlen.«

Er knurrte, drehte uns im Wasser herum, und dann hob er mich auf den Beckenrand und zog sich neben mir hoch. Er reichte mir die Hand und half mir aufzustehen. »Komm. Wir bringen es im Haus zu Ende. Ich will nicht, dass die Nachbarn dich schreien hören.«

»Kann ich mich in einem der anderen Gästezimmer duschen und umziehen?«, fragte ich. Es war beinahe sechs Uhr, und wir lagen immer noch im Bett, ich mit dem Rücken zu ihm, nachdem wir den Nachmittag mit wahnsinnig heißem Sex zugebracht hatten. Ich hatte kaum noch genug Energie zum Sprechen. Wie ich einen Abend voll höflicher Konversation mit Fremden überstehen sollte, war mir schleierhaft.

»Ich glaube schon. Warum nimmst du nicht einfach dieses Badezimmer? Schließlich habe ich dich schon mal nackt gesehen.«

»Ja, und das ist das Problem. Ich möchte mich gern salonfähig herrichten. Aber wenn ich mich dabei nicht weiter als drei Meter von dir entferne, werde ich nach Sex riechen und aussehen, als wäre ich gerade gevögelt worden, wenn du mich deinen Freunden vorstellst.«

»Klingt perfekt. Ich liebe es, wenn du nach mir riechst. Wenn ich überall auf deiner Haut bin.« Er drängte die Hüften an meinen Hintern, und ich fühlte, wie sein Schwanz sich regte. Meine Güte. Schon wieder?

»Ja, genau das ist der Punkt.«

»Du glaubst mir also nicht, dass ich mich in deiner Nähe beherrschen kann?«

»Nope.«

»Leuchtet mir ein«, sagte er, und gleich darauf spürte ich seine Zähne an meinem Hals.

Der ganze Tag hätte sich danach einteilen lassen, wie weit jeder von uns gerade vom letzten oder nächsten Orgasmus entfernt war. Wir hatten durchaus versucht, uns mit etwas anderem als Sex zu beschäftigen – Lunch, Schwimmen, Lesen, all das hatten wir mit unterschiedlichem Erfolg in Angriff genommen. Aber irgendwann kam immer der Punkt, an dem Ethan mich auf eine bestimmte Art ansah oder berührte, und dann legte sich in uns beiden ein Schalter um, und innerhalb weniger Sekunden war er in mir – seine Finger, seine Zunge, sein Schwanz. Es war, als litten wir beide an einem unstillbaren Durst.

Ich schlug ihm auf die Hände, die meine Taille umfasst hielten, und versuchte mich aus seinem Griff zu befreien.

»Ich muss jetzt duschen.«

»Klingt gut. Unter der Dusche habe ich dich noch nicht gehabt.«

»Womit Sie mal wieder bewiesen hätten, dass ich recht habe, Mr Scott. Ich muss duschen, und zwar allein. Du kannst dich ruhig mal ein paar Stunden beherrschen.«

»Wie viele Stunden genau?« Er hatte den Kopf auf eine Hand gestützt und beobachtete, wie ich vom Bett aufstand.

»Bis wir von deinen Freunden zurückkommen.«

»Wirklich? Ich finde, wir sollten absagen.«

Ich hörte das Grinsen in seiner Stimme und drehte den Kopf, um ihn anzublicken. »Sei nicht albern. Wir sind keine Tiere. Wir können doch für ein paar Stunden die Finger voneinander lassen.«

»Da bin ich mir nicht so sicher.«

Sobald der Wagen losfuhr, begann mein Bein nervös auf und ab zu wackeln. Ethan legte mir die Hand aufs Knie. »Hey, du musst nicht nervös sein.«

»Bin ich auch nicht«, log ich. Und zwang mein Bein, stillzuhalten.

Er nahm meine Hand und drückte sie.

»Ich sollte derjenige sein, der nervös ist«, sagte er.

»Befürchtest du, dass ich dich in Verlegenheit bringen werde?«

»Hm, die Frage ist durchaus berechtigt.« Ethan lächelte mich an. »Andrew würde seinen Spaß daran haben. Er würde nicht widerstehen können.«

»Spaß woran? An uns?«

Er nickte, und ich bekam Angst. Wie meinte er das? Doch ehe ich ihn fragen konnte, waren wir schon da.

Ethan nahm mich bei der Hand und ging mit mir auf das Haus zu. Als er nach dem Türklopfer greifen wollte, flog die Tür auch schon auf.

»Hey, Leute!«, begrüßte uns Andrew. Mandy stand neben ihm. Sie hatte rotes, lockiges Haar und ein breites Lächeln im Gesicht. Sie hatte die Hände aneinandergelegt, als wollte sie applaudieren, und ihre Augen funkelten, offenbar vor Aufregung.

»Ich freue mich ja so, dass ihr da seid!« Sie nahm mich in die Arme und drückte mich. »Und du bist so hübsch. Ich wusste, dass es so sein würde«, sagte sie, während sie mich durch den Flur führte. Ich drehte mich um und versuchte, Ethans Blick zu treffen, aber er sah mich nicht an. »Was möchtest du trinken? Bitte sag, dass du was trinkst und nicht einer von diesen Gesundheitsaposteln bist! Andrew, holst du uns ein paar Drinks? Cocktails?« Jetzt erwiderte Ethan meinen Blick und grinste.

»Cocktails vielleicht lieber nicht. Anna hatte gestern Abend einen kleinen Zwischenfall damit«, sagte er.

»Ach, wie süß. Er passt auf dich auf. Aber du trinkst Alkohol, Gott sei Dank. Wein?«

Ich bekam keine Gelegenheit, etwas zu sagen, also nickte ich nur.

»Und du kommst aus England? Sicher weißt du, dass Ethans Schwester in England ist. Ich wollte immer schon mal dorthin. Andrew sagt ständig, dass er mich irgendwann mal mitnimmt, aber irgendwann heißt wohl letztlich *nie*.«

»Meine Güte, Frau, jetzt hol doch mal Luft«, unterbrach Andrew ihren Redeschwall.

Mandy lachte. »Tut mir leid, ich bin einfach wahnsinnig aufgeregt. Normalerweise muss ich damit leben, dass die beiden über Sport und Geschäfte reden, wenn Ethan vorbeikommt. Darum ist es schön, ein Mädchen zu haben, mit dem ich spielen kann.«

»Sie ist nicht hergekommen, damit du mit ihr spielst, Mandy«, sagte Ethan und legte mir den Arm um die Schulter. »Das ist *mein* Job.« Er gab mir einen Kuss auf den Scheitel.

»Oh mein Gott! Ihr seid so süß miteinander! Ich habe mich gefragt, ob so etwas je passieren würde, und jetzt ist es passiert, und ich bin schrecklich aufgeregt.«

»Entschuldige meine Frau, Anna«, sagte Andrew. »Sie ist nicht an Gesellschaft gewöhnt.«

Mandy gab Andrew einen Klaps auf den Arm und schüttelte spöttisch den Kopf. Es war total niedlich.

»Ich bin es nicht gewohnt, dass Ethan mir ein Mädchen vorstellt«, sagte sie, an ihn gewandt, als wäre ich gar nicht da.

»Du meinst wohl: eine Frau«, sagte Ethan.

Mandy stieß einen spitzen Schrei aus. *Was zum Teufel ging hier vor?*

»Ich hole dir jetzt einen Drink. Solange du trinkst, kannst du nicht reden«, sagte Andrew.

Als die Gläser gefüllt waren, gingen wir auf die Terrasse hinaus, auf der der Tisch fürs Dinner bereits gedeckt war.

»Euer Haus ist sehr schön, Mandy«, sagte ich. Ethan und Andrew sprachen über irgendein Spiel, sodass Mandy und ich uns miteinander unterhalten konnten. Ich wusste nicht, über welchen Sport sie redeten, denn sobald ich die Wörter *Liga* und *Ball* gehört hatte, schaltete ich ab.

»Danke. Es ist mein Elternhaus. Ich habe es geerbt. Es hat mir immer schon sehr gefallen. Ich liebe die Stadt, aber hier fühle ich mich zu Hause.« Mandy hatte sich ein wenig beruhigt. Vielleicht lag es am Wein. »Wohnst du in der Stadt?«, fragte sie mich.

Ich nickte. »Ja, und zwar wahnsinnig gern.«

»Hast du dir nie gewünscht, nach New York zu ziehen?«

»Oh.« Ihre Frage überraschte mich. »Darüber habe ich noch nie nachgedacht.«

»Könntest du es dir denn vorstellen?«, fragte sie und deutete mit dem Kopf auf Ethan.

»Ich bin nur eine Woche lang hier. Wir amüsieren uns nur ein bisschen. Es ist nichts Ernstes.«

Sie schürzte die Lippen. »Er hat mir noch nie eine Frau vorgestellt«, sagte sie. Mein Magen verkrampfte sich. »Ich weiß, dass die Frauen auf ihn stehen. Aber er verbringt keine Zeit mit ihnen. Er schläft nur mit ihnen. Es ist eine Art Sport für ihn. Aber bei dir scheint er das anders zu sehen.«

Ich schüttelte den Kopf. »Ich bleibe nur eine Woche hier, und danach bin ich fünftausend Kilometer weit weg, das weiß er. Außerdem habe ich mich gerade getrennt. Nur die Umstände sind anders als sonst.«

»Da bin ich mir keineswegs so sicher«, sagte sie.

Ethan griff hinter sich, um meine Hand zu nehmen, setzte sein Gespräch mit Andrew aber fort. Ich begegnete Mandys Blick, als sie ihn von unseren miteinander verbundenen Händen löste. Sie zog wissend die Augenbrauen hoch.

11. KAPITEL

Ethan

Als wir zum Haus zurückgekehrt waren, drückten wir uns in dem engen Badezimmer aneinander vorbei und machten uns bettfertig. Es fühlte sich vertraut an, so als wären wir ein Paar. Im Wagen hatte Anna fast die ganze Zeit geschwiegen, und auch ich war in Gedanken versunken. Aber das Schweigen, das zwischen uns in der Luft hing, war angenehm. Mir wurde bewusst, dass ich den Abend wirklich genossen hatte. Ich genoss es, mit Anna zu schlafen, aber ich genoss es auch, einfach Zeit mit ihr zu verbringen. Sie war lustig und selbstbewusst und nahm mich gern auf den Arm.

Ich stieg ins Bett, sah zu, wie sie sich das Haar bürstete, und bevor sie sich zu mir gesellte, trafen sich unsere Blicke. Ich zog ihren perfekten Hintern an mich und schlang ihr die Arme um die Taille.

»Hi«, sagte sie und legte den Kopf an meine Brust.

»Hi«, antwortete ich. »Wie war dein Abend?«

»Gut. Ich mag deine Freunde. Und deiner?«

»Gut. Ich mag meine Freunde auch. Und ich mag, dass sie dich mögen.«

»Ja, nur das mit Mandy war am Anfang ein bisschen seltsam.«

»Tatsächlich? Was genau meinst du?« Hatte sie diesen Abend etwa als zu *kompliziert* empfunden?

»Na ja, sie hat so einen Wirbel darum gemacht, dass sie mich kennengelernt hat.«

»Ach so. Das habe ich nicht mitbekommen. Aber ich habe dir ja gesagt, dass sie sich darüber lustig machen würden. Ehrlich gesagt, habe ich damit gerechnet, dass Andrew mir richtig die Hölle heißmachen würde.«

»Weil du mich mitgebracht hast? Weil wir so ungezwungen miteinander umgehen?«

Ich atmete tief durch. Sollte ich es wirklich sagen? Ich wollte keinen Bullshit erzählen. »Weil ich ihnen noch nie eine Frau vorgestellt habe.«

»Noch nie?«

»Nein.«

»Weil du deine Freundinnen normalerweise im Keller ankettest?«, fragte sie in scherzhaftem Ton.

»Ich lebe in einer *Wohnung*«, versetzte ich.

Sie trat nach mir.

»Nein. Weil ich keine Freundinnen habe. Es gibt Frauen, mit denen ich schlafe, aber ich verbringe keine Zeit mit ihnen. Wie gesagt, ich habe keine Dates.« Himmel, gleich würde sie schreiend aus dem Zimmer laufen, und ich konnte es ihr nicht verübeln. Ich hatte meine Beziehungen zu Frauen nie zuvor hinterfragt, aber ich wollte nicht, dass sie mich für ein komplettes Arschloch hielt.

»Oh«, antwortete sie. Ich musste sie irgendwie ablenken.

»Bist du müde?«, fragte ich.

»Nicht zu müde, um dich zu wollen.«

Das war die verfickt richtige Antwort.

Anna

Am nächsten Tag kamen wir kaum aus dem Bett. Ethan schlug mehrmals vor, zum Strand hinunterzugehen, der gleich am Ende des Gartens, hinter dem Pool, begann, und ich hatte stets zugestimmt, aber wir schafften es einfach nicht bis dorthin. Im Innern des Hauses waren wir in unserer eigenen, privaten Welt, und dorthin zog es uns immer wieder zurück, als entginge uns etwas, sobald wir die Räume verließen.

Wir saßen auf einer der Liegen, ich zwischen seinen Beinen und an ihn gelehnt. Wir redeten gerade über seine Schwester, als sein Handy zu vibrieren begann und ratternd über den kleinen Beistelltisch wanderte. Er nahm es und checkte seine Textnachrichten.

»Uaaah!« Ich spürte, wie seine Brust bei diesem Ausdruck von Unbehagen vibrierte.

»Was ist los?«

»Es ist Mandy. Sie will, dass wir heute Abend mit ihnen auf eine Party gehen.«

»Ist doch nett von ihr, uns einzuladen. Hast du keine Lust?«

»Ich glaube, sie will nur wieder mit dir abhängen. Ich hasse Partys in den Hamptons.«

»Dann gehen wir eben nicht hin. Aber ich finde, wir sollten ausgehen, irgendwohin. Zum Dinner oder so. Wir sind den ganzen Tag im Haus geblieben.«

Erneut vibrierte sein Handy, und er reichte es mir. Mein Herz setzte einen Schlag aus. Seine Geste kam mir seltsam intim vor.

»Was ist denn?«

»Lies.«

Ich wischte über das Display, und die Nachricht ploppte auf.

Andrew: Kumpel, schaff deinen Hintern zu dieser Party, oder Mandy schneidet mir die Eier ab.«

Ich kicherte. »Die beiden zusammen sind echt süß.«

Ethan umfasste mich fester. »Das sind sie, aber verrate ihnen nicht, dass ich das gesagt habe. Sonst glauben sie, dass ich zum Weichei mutiert bin.«

»Mr Scott, dass Sie weich werden könnten, ist meiner bescheidenen Meinung nach nichts, worüber Sie sich Sorgen machen müssen.«

»In deiner Gegenwart niemals, Baby«, sagte er und vergrub das Gesicht an meinem Nacken.

»Komm, lass uns aufbrechen«, sagte ich. »Ich fände es schrecklich, wenn Andrew seine Eier verlieren würde. Ich mag ihn und Mandy. Es wird nett, ganz bestimmt.«

»Ist das dein Ernst? Verdammt, ich fürchte, diese Partys werden dir nicht gefallen.«

Ich spürte, wie ich erstarrte. Was wollte er mir damit sagen?

»Du glaubst, dass eine Britin nicht in die gute Gesellschaft der Hamptons passt?«

»Wart's nur ab.«

»Wenn du dieses Kleid anhast, kann ich mich keine Sekunde lang konzentrieren. Ich werde die ganze Zeit daran denken, dass ich es dir innerhalb von zwei Sekunden ausziehen könnte.«

Ich trug ein ärmelloses rotes Jerseykleid. Ethan hatte mich kaum aus den Augen gelassen, seit wir in den Wagen gestiegen waren. Gut, dass Rory fuhr, denn andernfalls hätten wir bereits einen Unfall gebaut. »Hm, dann sollte ich dir vielleicht lieber verschweigen, dass ich darunter nichts anhabe, nicht wahr?«

Lust blitzte in seinem Blick auf, gefolgt von Ärger, und er schüttelte den Kopf. »Eine Stunde. Mehr Zeit verbringen wir nicht auf dieser unnützen Party.«

»Ethan. Woher willst du wissen, dass es schrecklich wird? Wir sind noch nicht mal da.«

»Ich war schon tausendmal auf solchen Partys.«

»Sei nicht so dramatisch. Wenn du schon tausendmal auf so einer Party warst, musst du sie wohl mögen.«

Er brummte nur verstimmt, woraufhin ich die Hand ausstreckte und ihn am Kinn streichelte. Er packte mein Handgelenk und führte meine Finger an die Lippen. »Eine Stunde, meine Schöne.«

Als Rory uns absetzte, erhielt er strenge Anweisung, in einer Stunde wiederzukommen und auf uns zu warten. Kaum war ich aus dem Wagen gestiegen, stand Ethan neben mir. Er legte mir den Arm um die Taille und führte mich in Richtung der Musik und des Geplauders hinter der Baumreihe direkt vor uns.

»Wem gehört dieses Haus?«, fragte ich.

»Irgendeinem Arschloch von Banker, mit dem Andrew befreundet ist.«

»Warum sind alle Banker Arschlöcher?«, wollte ich wissen. »Glaubst du, dass das Bankgeschäft sie dazu macht, oder glaubst du, dass sie von Anfang an nur Arschlöcher einstellen?«

»Eine interessante philosophische Frage, Miss Anna. Warum fahren wir nicht zum Haus zurück und diskutieren darüber. Im Bett. Nackt. Ich zwischen deinen Beinen?«

Ich blickte zu ihm auf und grinste. »Später. Wir haben jede Menge Zeit.«

Aber so war es nicht. Uns blieben noch exakt zwei Nächte,

bevor ich wieder nach London flog. Allein bei dem Gedanken begann meine Haut zu prickeln. Die Zeit reichte nicht. Ich wollte noch eine Woche mit ihm. Oder wenigstens ein paar Tage.

Ehe die Panik mich überwältigen konnte, sahen wir uns einer Menschenmasse gegenüber. Es fühlte sich an, als musterten uns alle. Ethan drückte mich enger an sich, während wir uns durch die Menschenmenge einen Weg zur Theke bahnten, die am anderen Ende des Pools aufgebaut war. Rasch schüttelte er einigen allzu braun gebrannten Männern mittleren Alters die Hand, ohne jedoch bei ihnen stehen zu bleiben.

Ethan

Himmel, ich wollte wirklich nicht auf dieser Party sein. Warum hatte ich nicht darauf bestanden, dass wir zu Hause blieben? Sie in diesem knappen engen Kleid an mich zu drücken und zu wissen, dass sie darunter nichts trug – das tat beinahe körperlich weh. Obwohl ich an diesem Tag mehr Zeit in ihrem Körper als außerhalb davon verbracht hatte, wollte ich sie noch immer. Ich wollte sie für mich allein, ohne all diese Leute, die uns in die Quere kamen.

Sie passte nicht in diese Umgebung. Ich wollte nicht, dass sie sich so anstrengte. Ich war diese ganze Partyszene einfach leid. Ich verstand nicht, warum Andrew und Mandy sich das immer noch antaten. Andrew war fast so gut vernetzt wie ich, also konnte es keine geschäftlichen Gründe dafür geben, und Mandy passte ganz sicher nicht zu diesen Frauen – ihr Gesicht sah immer noch ganz normal und nicht glatt wie eine gefrorene Kugel Hefeteig aus.

Andrew und Mandy steuerten auf uns zu.

»Hallo, ihr zwei, habt ihr's also doch noch geschafft«, sagte Mandy und umarmte erst Anna und dann mich.

»Ja, wir tun es für den guten Zweck – für Andrews Eier«, sagte ich.

Anna stieß mir den Ellbogen in die Rippen.

»Du mich auch, Kumpel«, sagte Andrew.

»Ich finde es spannend, hier zu sein. Danke für die Einladung«, sagte Anna.

Mandy ließ die Unterarme flattern wie ein übererregter Pinguin. »Ich freue mich so, dass ihr ein ›Wir‹ seid und dass ihr gekommen seid!«

Angesichts ihrer Aufgeregtheit verdrehte ich die Augen. Hoffentlich brachte sie Anna damit nicht in Verlegenheit. Sie wollte nicht durch ein »Wir« unter Druck gesetzt werden, das wusste ich mit Sicherheit.

»Um ehrlich zu sein, weiß ich nicht, warum wir überhaupt zu diesen Partys gehen. Obwohl ich mir die Gesichter der Frauen gern ansehe. Sie wirken so bizarr«, sagte Mandy.

»Ich hole uns mal ein paar Drinks«, schlug ich vor. »Andrew?«

»Ja, ein Bier bitte.«

»Nein, Blödmann, du kommst mit.«

»Du mich auch.«

»Hört auf, euch so kindisch zu benehmen, und holt euren Ladys was zu trinken«, befahl Mandy.

»Sie ist großartig, Mann«, sagte Andrew, als wir auf die Bar zusteuerten.

Ich grinste und nickte.

»Du magst sie.«

Ich nickte. »Ja, klar.«

»Und wann fliegt sie nach London zurück?« Daran wollte ich jetzt nicht denken. Ich hatte ihr versprochen, dass es keine

Komplikationen geben würde, und was ich versprach, pflegte ich auch zu halten.

»Montag.« Ich biss die Zähne zusammen. »Wir hätten gern ein Bier, einen Whiskey, einen Manhattan und ein Glas Champagner«, sagte ich zum Barkeeper.

»Wenn sie Whiskey trinkt, ist sie die perfekte Frau für dich.« Ich grinste erneut und zog die Augenbrauen hoch.

Plötzlich spürte ich eine Hand auf der Schulter. Ich drehte mich um und blickte Julie ... oder Julia oder wie auch immer sie hieß ins Gesicht.

»Hallo, schöner Mann«, sagte sie gedehnt und leicht affektiert. Ich zuckte zusammen – ich konnte mich nicht erinnern, dass wir mal etwas hatten, aber offenbar war es so. Gleich darauf zuckte ich erneut zusammen, weil mir bewusst wurde, dass ihre Hand auf meiner Schulter lag. Dabei war Anna der einzige Mensch, von dem ich berührt werden wollte. Ich wich nach rechts aus, damit sie die Hand wegnahm, aber sie folgte der Bewegung einfach. *Fuck*. Hoffentlich sah Anna das hier nicht. Würde es ihr etwas ausmachen? Ich wusste es nicht, aber es war mir wichtig.

»Hey. Das ist mein Freund Andrew«, sagte ich. Weil ich mich nicht an ihren verdammten Namen erinnern konnte, konnte ich sie ihm nun einmal beim besten Willen nicht richtig vorstellen.

»Hey, Andrew«, sagte sie herablassend und drehte sich wieder zu mir. »Also, ruf mich doch mal an. Wir könnten mal wieder was zusammen machen.«

Zur Hölle. Ich gab mir die größte Mühe, solchen Gesprächen aus dem Weg zu gehen. Für mich war immer schon klar gewesen, dass ich keine von ihnen je wieder anrufen würde. Niemals.

»Ich glaube nicht. Es gibt da jemanden.« Ich wusste nicht,

ob ich das sagte, um mein Nein freundlicher klingen zu lassen, oder weil ich mir wünschte, dass es wahr wäre.

»Wenn du den Mund hältst, tue ich es auch.«

Meine Güte, mir drehte sich fast der Magen um. Als würde ich diese Frau jemals wieder vögeln!

»Kein Interesse«, sagte ich. Das war unhöflich, aber es war mir egal. Und es führte zum gewünschten Ergebnis: Sie nahm ihre Hand von meiner Schulter, nannte mich ein Arschloch und ging weg. *Fuck* sei Dank dafür. Ich drehte mich zu Anna um, weil ich wissen wollte, ob sie irgendetwas von der Szene mitbekommen hatte, aber sie unterhielt sich mit Mandy und einer Zicke namens Clarissa. Verdammt, warum hatte ich mich nur bereit erklärt, zu diesem bescheuerten Event zu kommen?

»Ich hasse diese Partys, Mann.«

»Ich auch«, sagte er. »Ich denke immer, dass es lustig wird, bis ich schließlich da bin.«

»Befindet dieser Barkeeper sich eigentlich im Bummelstreik?« Ich wollte Anna vor Clarissa in Sicherheit bringen.

Als wir unsere Drinks entgegennahmen, wurden wir hinterrücks von den Zetter-Zwillingen überfallen und von einem Mädchen, das ich noch nie gesehen hatte. Ich arbeitete mit ihrem Vater zusammen, darum konnte ich sie nicht einfach zurückweisen, wie ich es bei Julie getan hatte. Bei Julia. Oder wie auch immer sie heißen mochte. Aber schließlich konnten wir uns losreißen und gingen zu Anna und Mandy zurück.

12. Kapitel

»Gibt's bei euch in London auch solche Partys?«, fragte Mandy.
Ich zuckte mit den Schultern, denn ich wusste nicht, was sie
damit meinte. »Es gibt Partys. Aber sie finden meistens drinnen statt.«

Mandy lachte.

Ich blickte zur Bar hinüber. Eine große, übertrieben gebräunte Frau in einem sehr kurzen Rock hatte Ethan den Arm
um die Schultern gelegt. Hatte er mit ihr geschlafen? War sie
sein Typ?

»Hey, Clarissa«, sagte Mandy, als sich eine ebenso braun gebrannte Frau zu uns gesellte.

»Hi«, sagte sie und lächelte. Es war kein warmes Lächeln.
Irgendetwas daran war falsch. Sie küsste Mandy auf die Wange
und reichte mir dann die Hand, wobei sie mich tatsächlich von
oben bis unten musterte. Wow.

»Clarissa, das ist Anna, Ethans Freundin.« Ich nahm ihre
Hand und schüttelte sie.

»Ethans *Freundin*?«, fragte sie.

Ich hätte sie korrigieren müssen. Ich hätte sagen müssen,
dass wir nur Freunde waren oder Geliebte oder ... Wie sollte
ich uns beschreiben? Hätte ich etwa sagen sollen: »Oh, ich habe
nur eine Woche lang heißen Sex mit ihm, weil ich über meinen
Ex hinwegkommen will«? Das war mit Sicherheit nicht an-

gemessen. Und außerdem gefiel es mir zu sehen, wie Clarissa sich wand, denn dass sie das tat, war offensichtlich.

»Nett, dich kennenzulernen«, sagte ich.

»Ethan und Anna waren gestern zum Dinner bei uns. Die beiden sind so süß miteinander«, sagte Mandy.

»Äh … freut mich auch, dich kennenzulernen«, sagte Clarissa. Es klang, als müsste sie sich die Worte abringen. »Ich war gerade auf dem Weg zur Toilette, entschuldigt mich bitte.« Und damit drehte sie sich um und ging.

»Sie ist die absolute Oberzicke«, flüsterte Mandy mir zu. »Sie versucht schon seit Jahren, bei Ethan zu landen. Dass sie dir begegnen musste, macht sie stinksauer.«

»Aber ich bin nicht seine Freundin, Mandy. Das ist dir doch klar, oder?«

Sie zuckte mit den Schultern. »Tja, ihr beiden zieht jedenfalls eine verdammt gute Show ab, und näher ist er einer Beziehung noch nie gekommen.«

Es war sinnlos, sich mit ihr zu streiten. Erneut linste ich zur Bar hinüber. Nun hing eine andere Frau an Ethan, und zwei weitere lungerten in seiner Nähe herum. Ich spürte einen Stich von Eifersucht. Würde eine von ihnen die Nächste sein, nach mir?

»Er hat da eine Menge Verehrerinnen um sich versammelt.« Ich stupste Mandy an und blickte in seine Richtung. Unsere Blicke trafen sich, also wandte ich mich rasch ab und sah wieder Mandy an.

»Das ist immer so. Sieh dir den Mann doch nur mal an, um Himmels willen. Er ist heiß und reich und charmant und – das ist das Wichtigste – unerreichbar. Es mangelt ihm nicht an Frauen, die ihn begehren. Ich bin mir sicher, dass jede Frau, die er vögelt, gern diejenige sein möchte, die ihn zähmt.«

»Findest du es nicht ein bisschen grausam von ihm, dass er

reihenweise One-Night-Stands mit Frauen hat, die mehr von ihm wollen?«

»Diese Diskussion habe ich schon tausendmal mit ihm geführt. Er sagt – und das glaube ich ihm –, dass er ihnen von Anfang an klarmacht, dass es nur für eine Nacht ist. Er hat da ein paar Regeln, damit die Dinge nicht ›kompliziert‹ werden, wie er sich ausdrückt.«

»Regeln?«, fragte ich sofort. Bislang hatte ich geglaubt, ich sei diejenige mit den Regeln.

»Ja, zum Beispiel bleibt er nie die ganze Nacht bei ihnen. Er nimmt keine Frau mit in seine Wohnung, lässt sich nie ihre Telefonnummern geben. Manche trifft er mehr als ein Mal, aber nur, wenn er glaubt, dass sie mit seinen Regeln klarkommen, und selbst dann ist es niemals öfter als einmal im Monat. So bleibt die Sache sauber, wie er es nennt. Es gibt noch andere Regeln, aber an die kann ich mich nicht erinnern.«

»Er ist also ein moralischer Weiberheld?«

Mandy lachte. »Ja, könnte man so sagen. Ich denke, irgendwann wird sich das legen. Er war schon so, als ich ihn auf dem College kennenlernte. Und so ist er geblieben. Bis du kamst.«

»Mandy, er mag die Regeln ein wenig großzügiger ausgelegt haben, aber nur, weil ich fünftausend Kilometer weit weg lebe. Es wird in diesem Fall kein Happy End geben.«

Sie zuckte mit den Schultern. »Wer weiß.«

Bevor ich sie überzeugen konnte, kamen Ethan und Andrew mit unseren Drinks zurück.

»Du hast neue Freundinnen gefunden«, sagte ich leise zu ihm.

Er schüttelte den Kopf, beugte sich über mich und gab mir einen Kuss in den Nacken. »Du bist die einzige neue Freundin, die ich heute Abend finden wollte«, flüsterte er mir ins Ohr.

Ich bekam Gänsehaut und legte ihm die Hände um den Nacken.

»Nehmt euch doch bitte ein Zimmer«, ermahnte uns Andrew, und grinsend gesellten wir uns wieder zu ihnen, wobei Ethan seine Hand über meinen Hintern gleiten ließ, der unter dem Kleid nackt war. Warum hatte ich ihm nur vorgeschlagen, auf diese Party zu gehen? Ich war eine Idiotin.

Schließlich begann ich mich doch noch zu amüsieren. Mandy war lieb, freundlich und lustig, und ich sah gern zu, wie Andrew und sie miteinander umgingen. Ich fand heraus, dass sie sich auf dem College kennengelernt hatten und seitdem ein Paar waren. Ethan schien das fünfte Rad am Wagen ihrer Ehe zu sein, was ich geradezu hinreißend fand. Ich fragte mich, wie dieser Gott von einem Mann zu einem Anhängsel hatte werden können.

Ich verließ die Damentoilette, steuerte auf Ethan zu und blickte auf die Uhr. Wir waren jetzt seit anderthalb Stunden auf der Party, und ich hatte gesehen, was ich sehen musste. Ethan hatte recht: Ich passte nicht zu diesen Leuten. Ich kam mir fehl am Platz vor. Ich mochte Mandy und Andrew, aber jetzt wollte ich wieder mit Ethan allein sein.

Als ich mich unserer Gruppe näherte, bemerkte ich, dass Clarissa neben ihm stand. Himmel, ich hasste diese Frau, dabei hatte ich kaum fünf Minuten in ihrer Nähe verbracht. Ich zog ihn an mich, sodass er Clarissa den Rücken zudrehte, und mir wurde warm, als er mir den Arm um die Schultern legte.

»Alles okay?«, fragte er kaum hörbar.

»Unsere Zeit ist um. Ich möchte, dass du mich nach Hause bringst und mich auszieherst«, sagte ich.

»Darum lasse ich mich kein zweites Mal bitten«, sagte er. Er stürzte den restlichen Whiskey hinunter und reichte einem Kellner, der vorüberging, das leere Glas.

»Leute, entschuldigt mich. Mein Mädchen will nach Hause und über mich herfallen, also verschwinden wir jetzt.« Und offensichtlich war das sein ganzer Abschiedsgruß. Er nahm mich bei der Hand und zog mich zum Ausgang. Ich lächelte Mandy und Andrew zu und winkte ihnen zum Abschied.

Als ich am nächsten Morgen erwachte, war das Bett neben mir leer. *So wird es immer sein, wenn ich wieder in London bin.* Die kommende Nacht würde meine letzte in New York sein. Das Herz war mir schwer, als ich mich aus dem Bett quälte. Ich stellte die Dusche an; Dampf quoll aus der Kabine.

Gefühlt stand ich stundenlang unter dem Wasserstrahl und fragte mich, ob Ethan auftauchen und mich aus der Wolke herauszerren würde, in der ich mich befand. Das Wasser war dermaßen heiß, dass es mich beinahe verbrannte, aber es fühlte sich gut an. Schließlich trat ich aus der Dusche, zog meine Jeans und ein T-Shirt an und fing an, meine Sachen zu packen, während ich meine Haare an der Luft trocknen ließ.

»Hey.« In Shorts und mit nackter Brust tauchte Ethan in der Tür auf, verschwitzt und so gottähnlich wie immer.

»Hey«, sagte ich.

»Du hast fest geschlafen, und ich wollte dich nicht wecken. Ich war eine Runde laufen.«

»Ich habe absolut nichts dagegen, wenn du mich weckst.« Eigentlich war es ein Flirtversuch, aber meine Stimme klang traurig.

»Packst du schon?«

»Nein, ich stampfe Butter«, schnauzte ich. Meine Laune war grottenschlecht.

Er überhörte meinen gehässigen Kommentar. »Was willst du

heute tun?«, fragte er und schob sich an mir vorbei ins Badezimmer. »Anna?!«

»Ich weiß es nicht. Vermutlich müssen wir in die Stadt zurück. Du fängst morgen wieder an zu arbeiten, und ich muss meine Sachen ordentlich zusammenpacken.«

Ich wusste nicht, ob er mich gehört hatte, jedenfalls kam keine Antwort. Ich hörte, wie er in die Dusche stieg. Ich packte mein restliches Zeug ein, trug den Koffer ins Erdgeschoss und stellte ihn neben der Eingangstür ab.

Schon wenige Minuten später kam er in die Küche und sah so fantastisch aus, dass ich glaubte, mir würde das Herz stehen bleiben. Sein Haar war nass, und ein weißes T-Shirt ließ seine Haut schimmern. Ich seufzte.

»Also, das Wichtigste zuerst«, sagte er und schlang die Arme um mich. Ich saß an der Frühstückstheke. Als ich nicht reagierte, legte er mir die Arme um die Taille. Er nahm mein Gesicht in beide Hände und berührte mit den Lippen sanft meinen Mund. Dann hauchte er federleichte Küsse auf meinen Mundwinkel, bevor er mit der Zunge den Umriss meines Mundes nachzeichnete. Er hörte mich seufzen, was er als Zeichen nahm, weiterzumachen, mit der Zunge in meinen Mund einzudringen und sie mit seiner zu berühren. Ich wand mich auf dem Hocker. Ich wollte ihm nahe sein. Ich spreizte die Schenkel, und er trat einen halben Schritt vor, sodass ich mich ihm noch weiter öffnen musste. Seine Zunge wurde drängender, leidenschaftlicher. Er legte mir die Hände auf den Rücken und drückte mich an sich. Ich griff nach unten, suchte nach dem Knopf seiner Jeans, aber er wich mir aus, und unser Kuss war zu Ende – zwei Stunden zu früh.

Ein wenig erschrocken blieb ich sitzen. So reagierte er normalerweise nicht auf mich.

»Und, habe ich deine schlechte Laune vertrieben?«, fragte ich. Die wenigen Sätze, die sie an diesem Morgen zu mir gesagt hatte, hatten ein bisschen zickig geklungen. Diese Seite von ihr war mir bislang verborgen geblieben. Ich fand es lustig, aber das wollte sie vermutlich nicht hören.

»Kann sein«, sagte sie, aber ihr Lächeln verriet mir, dass es stimmte.

»Dann können wir nach dem Lunch zurück in die Stadt fahren, wenn du willst.« Ich umrundete die Theke, um mir einen Kaffee einzugießen.

»Okay. Können wir heute Morgen zum Strand gehen? Wir haben ihn noch gar nicht gesehen, und ich fände das sehr schön. Du weißt schon. Bevor wir wegfahren.«

»Natürlich. Was immer du möchtest, meine Schöne.«

»Vielleicht sollte ich Leah anrufen und ihr sagen, dass ich heute Nachmittag wiederkomme.«

»Aber du wirst heute Nachmittag nicht wieder bei Leah sein«, sagte ich. Dies war ihre letzte Nacht in New York. Glaubte sie ernsthaft, sie würde sie ohne mich verbringen? Verdammt, das konnte ich nicht zulassen, auf keinen Fall.

»Wie bitte?«

»Heute Abend, wenn wir wieder in der Stadt sind. Dann bleibst du bei mir.«

»Ethan, ich habe jede einzelne Nacht mit dir verbracht. Leah wird mich für die schlechteste Freundin der Welt halten.«

»Dann spielt eine weitere Nacht auch keine Rolle mehr. Gib mir mal dein Handy.«

»Warum?«

»Ich werde Leah anrufen und ihr sagen, dass du heute Nacht bei mir bleibst.«

Sie lächelte mich an. »Ich sag's ihr selbst. Du bist wirklich ein schrecklicher Kerl.«

»Da stehst du doch drauf.« Ich zwinkerte ihr zu. »Und wenn du schon mal dabei bist, kannst du auch gleich deinen Bikini anziehen.« Ihr Anblick in einem Bikini ließ meinen Ständer noch härter werden. Wie war es möglich, dass diese Frau mich in Klamotten noch heftiger anturnte als ohne?

Ich hatte gerade meine Haferflocken gegessen und den Kaffee ausgetrunken, als sie in einer abgeschnittenen Shorts und einem Trägerhemdchen wieder in die Küche kam. Verfickt vollkommen.

»Komm, gehen wir die kleinen Tierchen am Strand aufscheuchen«, sagte ich und zog sie von der Tür weg.

Wir legten unsere Handtücher in den Sand, und ich sah zu, wie sie sich Hemd und Shorts auszog. Warum wollte sie unbedingt zum Strand? Im Haus könnten wir so viel Spaß haben.

»Hör auf, mich derart anzustarren, du Perversling.«

»Ich versuche nur, mir Bilder für meine Pornosammlung einzuprägen.«

»Himmel, bist du heute versaut.«

Ich packte sie und zog sie auf meinen Schoß. »Ich habe dir doch gesagt, dass ich dein Gott bin.« Meine Hand schob sich in ihren Bikinislip, und ich wurde hart, als ich spürte, wie nass sie war.

»Du bist immer so feucht für mich, meine Schöne.«

»Ethan, wir sind hier am Strand.«

»Und ich werde dich am Strand kommen lassen«, sagte ich. Ich merkte, wie sie nachgab und sich unter meinen Fingern entspannte. Sie wusste, dass es sinnlos war, sich mit mir zu streiten. Ich hielt ihren Orgasmus in Händen, und die Macht, die ich über ihren Körper hatte, ließ mich härter werden als einen Baseballschläger. Meine Finger drangen tief in sie ein, und mein Daumen umkreiste das zarte Nervengeflecht, das ich inzwischen so gut kannte. Ihr Atem ging schneller, sie drückte eine Hand gegen meine Brust, aber mit dem freien Arm hielt ich sie fest. Sie würde nirgendwohin gehen.

»Kämpf nicht dagegen an, Baby. Du weißt, was ich mit dir mache. Ergib dich einfach.«

Sie ließ den Kopf in den Nacken fallen und stöhnte meinen Namen, immer wieder. Himmel, war das heiß. Wie war sie nur auf die Idee gekommen, dass ich mich von ihr mit einem anderen Namen ansprechen lassen sollte? Auf einmal hielt sie den Atem an, und ich sah zu, wie der Orgasmus über sie hereinbrach.

Ich streichelte sie sanft, zog meine Hand zurück und drückte sie zärtlich aber noch fester an mich.

»Oh Gott, Ethan. Du kennst mich so gut. Ich meine, du kennst meinen Körper so gut.«

»Vergiss das niemals, Baby«, sagte ich, bevor mir klar wurde, was ich da gesagt hatte. Aber es stimmte: Ich wünschte mir, sie würde niemals vergessen, wie viel Lust ich ihr bereiten konnte. Ich wollte, dass alle Männer nach mir meilenweit hinter mir zurückblieben. So weit, dass sie den Versuch aufgeben würde, einen anderen zu finden, so weit, dass sie schließlich zu mir zurückkam. Andrew hatte recht. Ich mochte dieses Mädchen wirklich. Hätte sie in New York gelebt, hätte ich mir vorstellen können, sie zu daten. Oder besser gesagt: Ich konnte mir vorstellen, all meine Zeit mit ihr zu verbringen, genau wie in dieser Woche, aber an jedem Tag meines Lebens. Der Gedanke war schockierend, aber auf die denkbar beste Art. Doch dann begrub die Realität meine Fantasien unter sich. Sie lebte nicht in New York. Sie wohnte verdammte fünftausend Kilometer weit weg auf einem anderen Kontinent. Erneut drückte ich sie an mich.

»Du bist so gut. Nein, du bist der Beste, den es gibt«, murmelte sie schläfrig.

»Ich wette, das sagst du zu all deinen Liebhabern.«

»Klar, ich tue alles, damit meine Männer glücklich sind.« Sie schlug die Augen auf und lächelte mich an.

»Genau so ist es.« Ich hob sie hoch und ging mit großen Schritten ins Meer, bis ich fast bis zur Hüfte darin war, und dann warf ich sie ins kalte Wasser.

Als sie wieder auftauchte, klebte ihr das Haar am Kopf und im Gesicht. »Fuck! Das Wasser ist saukalt, du Arsch!«

Ich lachte sie aus, und sie spritzte mich nass und stürzte sich dann auf mich, schlang mir die Beine um die Taille und die Arme um den Nacken. Ich ging tiefer in den Ozean hinein, sodass das Wasser mir bis zur Taille reichte, und schob ihr das Haar aus dem Gesicht.

»Ich meinte das ernst. Du hast mir in unserer ersten gemeinsamen Nacht mehr Orgasmen verschafft als je ein Mann zuvor.«

Es fühlte sich an, als schlösse sich eine Faust um mein Herz. »Du musst nicht versuchen, mir ein gutes Gefühl zu geben.«

»Es ist mein Ernst. Du kennst meinen Körper besser als irgendjemand sonst.« Sie drückte mich an sich, und ich erwiderte die Liebkosung.

Bis zum späten Vormittag liefen wir am Strand entlang, sammelten Muscheln, die sie mit nach London nehmen wollte, wie sie erklärte. Außer uns war kein Mensch am Strand. Oder vielleicht war doch jemand da, und wir bemerkten ihn nur nicht.

13. Kapitel

Anna

»Hast du was vergessen?«, rief Ethan aus dem ersten Stock. Diese Frage hatte er mir jetzt mindestens drei Mal gestellt. Ich vergaß nie etwas. So etwas passierte mir einfach nicht. Ich saß an der Haustür auf meinem Koffer und wartete auf ihn.

»Ich bin startklar, wie ihr euch in diesem Land gern ausdrückt.«

»Sagt man das in England nicht?«

Ich schüttelte den Kopf. »Nope.«

»Wer hätte das gedacht?«

»Jeder in England?«

»Du bist witzig. Hast du schon mal daran gedacht, mit der Nummer aufzutreten?«

Ich musste laut lachen. Nur sehr wenige Menschen schafften es, mich derart zum Lachen zu bringen. »Du hast mein Geheimnis erraten. Insgeheim bin ich ein Stand-up-Comedian.«

»Jetzt komm, du Verrückte. Bringen wir dich in die Stadt zurück.«

Ich öffnete die Haustür und wollte nach meinem Koffer greifen, aber Ethan kam mir zuvor. Er trug seine Reisetasche und meinen Koffer zum Wagen.

Als Rory zurücksetzte und ich meinen Sicherheitsgurt einrasten ließ, wandte ich mich Ethan zu. »Danke für dieses wunderschöne Wochenende.«

Er blickte mich an, als suche er nach einer verborgenen Bedeutung hinter meinen Worten. »Danke. Es ist wundervoll, mit dir zusammen zu sein.« Er zog meine Beine auf seinen Schoß und streichelte sie, während er beobachtete, wie ich ihn beobachtete.

»Gehen wir heute Abend aus?«, fragte ich.

Er schüttelte den Kopf. Ich grinste. Vermutlich wollte er das Beste aus der noch verbleibenden Zeit machen, indem er mich nackt bleiben ließ.

»Hast du nächste Woche bei der Arbeit viel zu tun?«, wollte ich wissen. Wir sprachen nie über seinen Job. Das gefiel mir an ihm. So viele Leute, mit denen ich in London herumhing, redeten auch in der Freizeit ständig über ihre Arbeit. Bevor ich Zeit mit Ethan verbracht hatte, war mir das nie richtig aufgefallen. Wir hatten jede Menge anderer Themen.

»Ich werde dafür sorgen, dass ich beschäftigt bin. Wenn du weg bist, werde ich Ablenkung brauchen.«

Ich wusste, wie er sich fühlte. Ich war froh, dass ich die Stadt verließ, an der mich alles Mögliche an ihn erinnert hätte. Das machte mir die Sache leichter.

Ich drückte seine Hand.

»Hey, Schlafmütze.« Ich fühlte, wie Ethans Hand meine Wange streifte, und schlug die Augen auf. Wie lange hatte ich geschlafen? Mein Kopf lag in seinem Schoß. Ich konnte mich nicht erinnern, dass ich eingeschlummert war.

»Hey, sind wir schon da?«

»Fast«, sagte er. Ich blickte aus dem Fenster, konnte aber nicht erkennen, wo wir waren. Wir wendeten und fuhren in ein unterirdisches Parkhaus. Rory hielt an und stieg aus; gleich darauf hörte ich den Kofferraum knallen. »Wir sind zu Hause. Komm.«

Ich sprang aus dem Wagen, immer noch ein bisschen benommen nach meinem Nickerchen. Warum hatte er uns nicht vor dem Eingang aussteigen lassen? Ich verabschiedete mich von Rory und holte Ethan ein, der mir die Tür aufhielt. Dahinter befand sich eine kleine Eingangshalle mit Fahrstühlen.

»Ich bin noch ganz verschlafen«, sagte ich.

»Wenn wir oben sind, kannst du weiterschlafen, meine Schöne.«

»Nein, ich will wach sein. Unsere letzte gemeinsame Nacht genießen.«

Der Fahrstuhl kam, und wir stiegen ein. Ich hatte nicht das Gefühl, dass wir viele Stockwerke hinaufgefahren waren, als die Türen aufglitten und Ethan mir mit einer Geste zu verstehen gab, dass ich aussteigen sollte. Das hier schien nicht das Hotel zu sein.

»Wo sind wir?«

»Zu Hause«, sagte er und stellte unser Gepäck im Vorraum ab.

»Zu Hause?«

Er nickte. »Komm, ich zeige dir alles.«

»Deine *Wohnung?*«

»Ja. Jetzt komm.« Er nahm mich bei der Hand und öffnete bereits die Tür zu einem riesigen weißen Wohnbereich mit dunklem Holzboden. Zwei Wände bestanden vollständig aus Glas, und man konnte kaum erkennen, was in der Wohnung und was draußen war.

»Hier wohnst du?«, fragte ich. Mandy hatte mir erzählt, dass er niemals eine Frau mit nach Hause nahm. Vielleicht hatte er die Wohnung ja untervermietet.

»Ja, du kleine Verrückte. Ich wohne nicht im Hotel.«

»Oh.«

»Bist du jetzt enttäuscht? Die Aussicht hier ist nicht ganz so spektakulär.«

»Nein, es ist nur …« Langsam ging ich auf das Fenster zu. Wie konnte er nur glauben, dass ich enttäuscht war? »Ich wusste es nicht, das ist alles. Und außerdem willst du mich wohl auf den Arm nehmen. Es wirkt, als schwebten wir über dem Wasser. Ist das da unten der Hudson?«

Ich blickte mich zu ihm um und sah, dass er lächelte. »Ja. Die Aussicht ist großartig, nicht wahr?«

»Sie versuchen nur, mich zu beeindrucken, weil Sie hoffen, dass ich meine Tugendhaftigkeit vergesse. Sie wollen mich manipulieren, Mr Scott.«

Während ich dastand und hinausblickte, näherte er sich mir von hinten und legte mir die Arme um die Taille. Ich ließ meine Arme auf seinen ruhen. »Ich würde dich nie zu etwas überreden, das du nicht willst. Das habe ich dir schon an dem Abend gesagt, an dem wir uns zum ersten Mal begegnet sind«, sagte er leise.

Ich legte den Kopf an seine Brust. »Das stimmt. Und du hast Wort gehalten. Ich habe eine unglaubliche Woche mit Ihnen erlebt, Mr Scott. Das werde ich niemals vergessen.«

Er drückte mich fester an sich. »Komm mit. Ich will sehen, wie du in meinem Bett kommst.«

Bei diesen Worten spürte ich sofort Hitze zwischen den Schenkeln. Ich griff nach seiner Hand, und er führte mich durch eine Tür am anderen Ende des Raumes. Wir gingen einen langen fensterlosen Flur hinunter und betraten ein dunkles Zimmer. Es war der totale Gegensatz zur luftig-leichten Atmosphäre des Wohnbereichs. Er schaltete gedämpftes Licht ein und schloss die Tür hinter mir. Während ich das Gewicht von einem Fuß auf den anderen verlagerte, beobachtete ich ihn.

Seine blauen Augen brannten vor Verlangen, wie sie es immer taten, bevor er mich nahm. Er machte einen Schritt vorwärts, ich ging einen zurück. Mein Hintern berührte die Wand, und noch immer kam er auf mich zu. Er legte die Hände links und rechts neben meinem Kopf an die Wand, dann beugte er sich über mich.

»Küss mich«, sagte er.

Ich ließ die Finger an seiner Brust hinaufwandern, über seinen Hals, dann strich ich ihm mit den Daumen über die Lippen. Er schloss die Augen, und ich wusste, dass ich mir sein Gesicht genauso einprägen musste, wie es in diesem Moment aussah. Ich legte ihm die Hände um den Nacken und zog ihn zu mir. Ich knabberte an seiner Unterlippe, wie er es liebte, saugte daran und biss sanft hinein. Meine Zunge drängte sich in seinen Mund, berührte seine Zunge, und er umfasste mit beiden Händen meinen Hintern. Ich liebte es, dass er so besessen von meinem Hintern war, und lächelte an seinem Mund. Seine Küsse waren anders als alle, die ich je zuvor von anderen Männern bekommen hatte. Mir wurde klar, dass mein Leben von nun an in eine Zeit vor Ethan und eine nach ihm aufgeteilt sein würde. Vor Ethan war Küssen immer der Auftakt zum Eigentlichen gewesen, aber Ethan hätte ich küssen können bis in alle Ewigkeit. Ich war mir sicher, dass er mich kommen lassen konnte, indem er mich nur küsste, ohne mich mit einem anderen Teil seines Körpers auch nur zu berühren. Ich seufzte. Er zog mich von der Wand weg und führte mich zum Bett hinüber. Ich hob die Hände über den Kopf, und er unterbrach den Kuss nur eine Sekunde lang, um mir mit einer raschen Bewegung das Shirt auszuziehen.

»Gib mir dein Handy«, sagte ich zu Ethan. Er hatte chinesisches Essen bestellt, und wir saßen auf dem Sofa und naschten von den etwa hundertsiebenundachtzig verschiedenen Gerichten, die er hatte liefern lassen. Ich trug ein T-Shirt der Columbia University, das ich auf einem Stuhl gefunden hatte, er hatte seine Boxershorts an. Ich glaube, es war der beste Abend der Woche, und das will etwas heißen.

Ethan stand auf, ging zum Konsolentisch auf der anderen Seite des Zimmers, auf dem sein Handy lag, kam zurück und reichte es mir.

Ich tippte und scrollte und suchte in seiner Kontaktliste nach meinem Namen. »Ich kann mich nicht finden«, sagte ich und blickte zu ihm auf.

Er nahm mir das Handy ab, drückte ein paar Tasten und gab es mir zurück. Ich stand unter *Beautiful Anna*. O heilige Mutter Gottes, warum konnte ich so einen Mann nicht in London finden?

Ich rief das Menü auf, suchte nach unseren Textnachrichten und begann sie zu löschen.

»Was machst du da?«, fragte er mit sanfter Stimme.

»Ich lösche mich von deinem Handy«, antwortete ich und scrollte weiter durch seine Nachrichten. Er schwieg.

»Das hier wird schwerer für mich, als es sollte, und ich muss sichergehen, dass keine Unklarheiten bestehen bleiben. Keine Versprechen, die gebrochen werden können, kein Platz für Enttäuschungen.« Ich wusste: Wenn ich ihm eine Möglichkeit ließ, Kontakt zu mir aufzunehmen, würde ich zu Hause in London nichts anderes tun als wünschen und hoffen. Der unkomplizierte Spaß mit Ethan hatte sich in etwas anderes verwandelt, als ich gerade mal nicht hingesehen hatte. Auf keinen Fall wollte ich darüber nachdenken, was dieses andere war, und darum löschte ich den gesamten Thread. Erledigt. Nach dieser

Nacht waren wir fertig miteinander. Mein Magen rebellierte, und ich hatte einen Kloß im Hals.

Er griff nach meinem Arm und zog mich auf seinen Schoß. Ich hatte das Handy noch in der Hand, als er mir bereits die Haare von den Schultern strich und meinen Hals küsste. Damit machte er mir die Sache nicht gerade leichter.

»Manchmal vergesse ich, dass ich dich nicht schon mein Leben lang kenne«, sagte ich.

»Anna.« Erneut küsste er mich auf den Hals. »Meine schöne Anna, ich würde niemals ein Versprechen brechen, das ich dir gegeben habe.«

Ich drehte mich um und nahm sein Gesicht in beide Hände. »Ich weiß, dass du das ernst meinst, aber es muss sein. Ich halte das nicht noch einmal aus«, sagte ich und legte die Hände in den Schoß. »Ich kann mir nur noch wünschen, dass dieser Abend vollkommen wird, und so wird es auch sein. Danke, Ethan. Du hast die Bruchstücke meines Herzens wieder zusammengesetzt und mir den Glauben daran wiedergegeben, dass da draußen vielleicht doch noch etwas Besseres auf mich wartet.«

Er sagte kein Wort. Ein Teil von mir war erleichtert – aber irgendetwas, eine Stimme ganz hinten in meinem Kopf, wünschte sich verzweifelt, er würde mich bitten zu bleiben, er würde sagen, dass wir zusammen sein konnten, dass es zwischen uns funktionieren konnte, dass es für ihn nicht nur eine Affäre war, sondern dass er etwas für mich empfand. Dass er mehr empfand, anders. Er sollte mir sagen, dass er dasselbe für mich fühlte wie ich für ihn. Aber ich bekam nur Schweigen.

Keine Versprechungen, keine Unklarheiten, kein Bullshit.

Ethan

Ich wusste nicht, was ich sagen sollte. Sie klang so traurig. Ich wollte sie. Ich wünschte mir, sie würde hier in der Stadt leben, sodass wir Zeit miteinander verbringen und Dates haben konnten und all diese Sachen. Aber sie hatte recht. Sie lebte fünftausend Kilometer weit weg, und wir kannten einander erst seit einer Woche. Sie hatte Teile meiner Persönlichkeit gesehen, die ich noch niemandem gezeigt hatte, aber dennoch kannten wir uns erst seit einer Woche. Und noch keine meiner Beziehungen mit einer Frau hatte länger als vier Stunden gedauert. In meiner Welt war eine Woche so lang wie ein ganzes Leben, aber in der Realität war es trotzdem nur eine Woche. *Fuck.* Die Situation war unmöglich, und sie traf die einzig richtige Entscheidung. Die vernünftige Entscheidung.

Wenn wir in Verbindung blieben, was würde dann aus uns werden? Mein Job erlaubte es mir nicht, regelmäßig nach London zu fliegen, und selbst wenn es anders wäre, würden wir uns vermutlich nur einmal im Monat treffen können. Ich hatte schon oft gesehen, wie Beziehungen durch die zu große Entfernung zerrüttet wurden. Was wir miteinander hatten, durfte nicht zerrüttet werden, auf keinen Fall. Ich wollte nicht, dass sie mich am Ende hasste. In dieser Woche waren wir der Realität entflohen. Es hatte keine Erwartungen gegeben, kein Alltagskram hatte unsere Freude getrübt. Aber dennoch war da etwas zwischen uns. Spürte sie es auch?

Sie nahm ihr Handy und begann etwas einzutippen. Vermutlich löschte sie mich. Vielleicht hatte sie mich gerade gelöscht, *weil* sie etwas empfand.

Ich musste sie gehen lassen.

Keine Versprechungen, keine Unklarheiten, kein Bullshit.

Meine Hände umfassten ihre und drückten fest zu, als ich in sie eindrang. Ich sah sie unter mir liegen. Ihr Mund öffnete sich ein wenig weiter, als ich mich bis zum Anschlag in ihr versenkte. Himmel, sie fühlte sich großartig an. Sie sah mir unentwegt in die Augen, und bald fand ich auf ihr meinen Rhythmus. Gott, wie würde ich das vermissen. Wie würde ich es vermissen, ihre Reaktion auf mich zu beobachten. Ich nahm eine Brustwarze in den Mund, zwischen die Zähne. Sie wölbte sich mir entgegen. Ich biss leicht zu, und sie schrie auf.

»Du bist so verdammt perfekt«, flüsterte ich und wechselte zu ihrer anderen Brust. »So verfickt unglaublich schön.« Ich fühlte, wie sie sich um mich zusammenzog, und ich stöhnte. Himmel, wenn sie so weitermachte, würde ich innerhalb von zwanzig Sekunden kommen.

»Ethan«, brachte sie stöhnend heraus.

»Sag's mir, Baby.« Ich liebte es, wenn sie mir sagte, was sie wollte, was sie mochte.

»Hör niemals auf.«

Ich wusste, dass ich mit dieser Frau, und nur mit dieser Frau, für den Rest meines Lebens schlafen könnte. Ich stieß heftiger zu, tiefer. Ich merkte, dass sie kurz davor war.

»Ich soll nicht aufhören?«

»Nein, niemals. Ich brauche dich in mir, für immer«, wimmerte sie.

Gott, diese Frau war mein Untergang. Ich beobachtete, wie ihr der Atem stockte und sie sich gegen meine Hände wehrte, die sie aufs Bett drückten. Schön. Und sie gehörte mir, zumindest in dieser Nacht.

Ich sah, wie der Orgasmus durch sie hindurchtobte, wie ihr Gesicht sich verzerrte und wieder entspannte.

»Oh Gott! Oh Gott! Oh Gott!«, rief sie aus.

Sie gab mir das Gefühl, ein Gott zu sein. Ihre Schenkel umklammerten mich fest, und ehe ich mich beherrschen konnte, ergoss ich mich in sie. Ihre Lust hatte meinen Höhepunkt ausgelöst.

Ich ließ mich nach vorn sinken, legte mich mit meinem ganzen Gewicht auf sie, breitete unsere Arme aus, bedeckte ihren Körper so vollständig wie möglich mit meinem.

»Du bist der erotischste Mann, der mir je begegnet ist«, sagte sie. Nach den atemlos hervorgestoßenen Worten auf dem Höhepunkt klang ihre Stimme allmählich wieder normal. Ich wusste nicht, welche mir lieber war.

»Danke gleichfalls, meine Schöne.«

Ich stützte mich auf die Ellbogen, um sie anzublicken. So sah sie am besten aus. Postorgasmisch. Als gehöre sie mir.

»Himmel, du bist so schön«, sagte ich, zog mich aus ihr zurück und entsorgte das Kondom.

Ich drückte ihren perfekten Hintern an mich und umschlang ihre Taille mit beiden Armen. Ich liebte es, wie genau unsere Körper ineinanderpassten.

»Du musst morgen etwas für mich tun«, sagte sie.

»Was immer du willst.«

»Auch wenn du es seltsam findest?«

»Auch wenn ich es seltsam finde«, versicherte ich ihr.

»Wenn wir uns morgen voneinander verabschieden, musst du so tun, als sähen wir uns am Abend wieder. Als wäre es genauso wie in den letzten sieben Tagen.«

Ihre Worte fühlten sich an wie ein Schlag in die Magengrube. Und etwas in mir zerbrach.

Daniel blieb in New York, darum flogen nur Leah und ich zurück. Ihm war es zu verdanken, dass wir in der ersten Klasse saßen. Für mich bedeutete das unbegrenzte Mengen an Alkohol – denn ich musste mich betrinken. Ich musste Ethan Scott aus meinem Gedächtnis radieren, und zwar gründlich.

»Darf ich Ihnen etwas aus der Bar holen, Miss?«, fragte die Stewardess.

»Gern. Kann ich bitte einen Whiskey haben?« Oh Gott, Whiskey erinnerte mich an ihn. »Oder nein, lieber einen Champagner, bitte.«

Sie nickte.

»Ähm … kann ich vielleicht zwei bekommen?«

Das trug mir zwar ein angespanntes Lächeln ein, aber immerhin wagte sie es nicht, einen Kommentar abzugeben.

»Geht's dir gut?«, fragte Leah.

»Natürlich geht's mir gut«, blaffte ich. »Sorry. Ich brauche einfach einen Drink. Beim Fliegen bin ich immer nervös.«

»Ach so. Ist schon okay, wenn du aufgeregt bist.«

»Nein, Leah, das ist es nicht. Es ist überhaupt nicht okay. Ich kenne den Typen erst seit einer Woche. Ich benehme mich lächerlich, und ich brauche einfach einen Drink.«

»Wenn's läuft, dann läuft's eben. Bei Daniel wusste ich das schon nach dem ersten Date. Ich wollte mich dagegen wehren. Ich war mit einem anderen Mann verlobt, verdammt noch mal, aber ich wusste es einfach.«

»Auch wenn ich es wüsste, würde das nichts ändern. Wir leben auf verschiedenen Kontinenten. Und außerdem ist es sowieso vorbei. Wir haben keine Telefonnummern ausgetauscht.«

»Wie meinst du das? Ihr habt euch doch Nachrichten geschrieben, natürlich habt ihr eure Nummern.«

»Ich habe alle Nachrichten gelöscht. Auf beiden Handys. Es war eine Affäre, Leah. Ich kann mir den Gedanken nicht erlauben, dass es etwas anderes war. So ist es besser.«

Sie drückte mein Knie. »Na, wenigstens weißt du jetzt, dass es auch noch gute Kerle gibt. Wenn wir zurück sind, finden wir einen anderen für dich. Daniel hat einen schnuckeligen Freund, Adam. Er ist ungebunden.«

Leah versuchte nur, nett zu mir zu sein, aber nichts widerstrebte mir in diesem Moment mehr als der Gedanke an ein Date mit einem anderen Mann. Eine Zeit lang würde ich mir erlauben, in Erinnerungen zu schwelgen. Ich würde ein bisschen zu viel trinken und Überstunden machen. Und wenn ich das Gefühl hatte, auf dem Tiefpunkt angelangt zu sein, würde ich mich wieder aufrappeln und neu anfangen.

Keine Versprechungen, keine Unklarheiten, kein Bullshit.

14. KAPITEL

Anna

»Na komm schon, nur auf einen Drink. Was hast du schon zu verlieren?« Leah versuchte, mich zu einem Date mit einem der alten Collegekumpel ihres Freundes Daniel zu überreden. »Leah, bitte. Ich habe jetzt ungefähr hundertmal Nein gesagt. Kannst du bitte mal aufhören?«

»Ich hasse es, wenn du so traurig bist, Anna.«

»Ich bin nicht traurig. Außerdem weiß ich nicht, was du meinst.«

Leah seufzte. »Du weißt genau, was ich meine. So wie jetzt bist du schon seit Monaten, seit unserer Rückkehr aus New York.«

»Bei mir ist eben eine Menge los. Die Wohnung – und auf der Arbeit geht auch alles drunter und drüber. Du weißt doch, wenn die Gerüchte stimmen und die Firma tatsächlich in Schwierigkeiten steckt, verlieren wir vielleicht alle unseren Job. Und seit Mindy weg ist, habe ich noch mehr zu tun. Es passiert dermaßen viel auf einmal, das macht mich noch wahnsinnig.« Doch obwohl all das stimmte, hatte Leah recht: Seit ich wieder in London war, schien eine dicke schwarze Wolke über mir zu hängen. Alles fühlte sich irgendwie gedämpft an, und ich konnte mich für nichts mehr richtig begeistern.

»Du wirst deinen Job nicht verlieren. Und selbst wenn: Du würdest schon am nächsten Tag einen neuen finden.«

Endlich hatte ich es geschafft, sie vom Thema New York abzulenken. Ich wollte diese Stadt aus meinem Gedächtnis streichen, wünschte mir gleichzeitig aber, alles noch einmal zu erleben. Mit Ethan hatte ich eine vollkommene Woche verbracht. Ich wusste nicht, ob es daran lag, dass wir uns beide über unsere Erwartungen klar waren – die Woche sollte unkompliziert verlaufen, wir wollten nur Spaß miteinander haben, und vor allem war die ganze Sache von vornherein auf diese eine Woche beschränkt –, jedenfalls hatte ich mich in Gesellschaft eines Mannes noch nie so wohlgefühlt wie mit ihm. Es hatte weder Druck noch Erwartungen und auch keine falschen Versprechungen gegeben. Wir hatten uns ausschließlich darauf konzentriert, Spaß miteinander zu haben. Ethan brachte mich dazu, lauthals zu lachen, das schafften nur sehr wenige Männer. Ich mochte ihn, und ich mochte den Menschen, der *ich* in seiner Gegenwart war. Am Ende hatte es sich angefühlt, als wäre da noch mehr zwischen uns. Die Tatsache, dass er mich an unserem letzten gemeinsamen Abend in seine Wohnung mitgenommen hatte, gab mir das Gefühl, etwas Besonderes für ihn zu sein.

»Du solltest ihn anrufen«, sagte Leah.

»Wen denn?« Ich gab vor, nicht zu wissen, wer »er« war.

»Du weißt, wen ich meine. Ethan.«

»Ich will ihn aber nicht anrufen. Es war nur ein Ferienflirt. Und wenn ich es wollte, könnte ich es trotzdem nicht, weil ich seine Nummer nicht habe, genau wie bei den letzten tausend Mal, die du ihn erwähnt hast.«

»Du könntest ihn googeln.«

Ich hatte es Leah nicht erzählt, aber ich hatte tatsächlich bereits versucht, ihn im Internet aufzuspüren – allerdings ohne Erfolg. Es gab zahlreiche Ethan Scotts, doch keiner der Einträge schien etwas mit meinem Ethan zu tun zu haben.

Irgendwie war ich dankbar dafür. Keine Unklarheiten. Keine Versprechungen. Kein Bullshit.

»Hör auf, Leah.«

»Okay. Reden wir über was anderes. Wann ziehst du die Sache mit der Wohnung durch?«

Seit ich aus New York zurückgekehrt war, stand meine Wohnung zum Verkauf, und ich hatte gerade ein Angebot angenommen. Ich war sehr erleichtert, dass ich nach dem Einbruch endlich umziehen würde. Ich hasste es, in dieser Wohnung allein zu sein. Obwohl sie nichts mitgenommen hatten, war die Tatsache, dass Fremde in meine Wohnung eingedrungen waren, noch immer beängstigend für mich.

»Hoffentlich innerhalb eines Monats. Die Käufer wollen bald umziehen.«

»Aber du hast doch noch nichts Neues, oder? Was hast du vor? Wie gesagt, du kannst vorläufig auch bei Daniel und mir wohnen.«

Ich zuckte mit den Schultern. »Danke.« Ausnahmsweise hatte ich einmal keinen Plan, und ich wollte auch keinen haben.

»Du könntest nach New York ziehen«, sagte Leah.

»Um Himmels willen, Leah, hör auf! Also, ich muss jetzt wieder an die Arbeit.« Ich stand von dem Tisch auf, an dem wir fast jede Mittagspause miteinander verbrachten.

»Sorry«, murmelte sie. »Ich will doch nur, dass du glücklich bist.«

»Ich brauche keinen Mann, um glücklich zu sein«, erwiderte ich.

Leah überhörte den Satz. »Gehst du am Samstag mit uns aus?«, fragte sie, während wir die Treppe hinaufstiegen und uns aus dem Kellergeschoss in einen regnerischen Herbstnachmittag in London begaben. Die Jahreszeit war großartig. Sie passte perfekt zu meiner Stimmung: öde und düster.

Ich zuckte mit den Schultern. »Kommt auf die Arbeit an.«

»Es geht um Samstagabend, Anna.«

»Mal sehen.«

Zum Abschied küssten wir uns auf die Wange und gingen in entgegengesetzten Richtungen davon.

Ja, ich sollte mir einen Ruck geben und am Samstag ausgehen. Unsere Freundin Alice, die wir von der juristischen Fakultät kannten, hatte Geburtstag. Im Büro war zwar viel zu tun, aber nicht so viel, dass ich das Wochenende durcharbeiten musste. Ich machte mir Sorgen um meinen Job. Leah hatte recht, vermutlich würde ich etwas anderes finden, aber dort, wo ich war, fühlte ich mich wohl, und ich mochte die Leute, mit denen ich arbeitete. Wenn die Firma allerdings in Schwierigkeiten steckte, würden wir vielleicht bald alle unseren Job verlieren, egal, wie viel wir arbeiteten.

Im geschäftigen Treiben des Büros fiel meine schlechte Laune nicht weiter auf. Niemand merkte, wie teilnahmslos ich mich verhielt oder dass ich im Geist und mit dem Herzen ganz woanders war. Es war, als bewegten sich alle um mich herum mit tausend Stundenkilometern fort, während ich durch klebrigen Sirup watete und kaum einen Schritt vorankam. Ich sollte auf meine Mittagspause verzichten. Sie störte meine Konzentration und erlaubte *ihm*, sich in meine Gedanken zu schleichen. Solange ich beschäftigt war, konnte ich ihn auf Abstand halten. Darum verbrachte ich seit Kurzem so viel Zeit bei der Arbeit. Wenn ich nicht im Büro war, passierte es, dass ich mir vorstellte, ihm zufällig über den Weg zu laufen. So wie beim Mittagessen am Tag nach unserer ersten gemeinsamen Nacht. Leah hatte gesagt, das sei Schicksal gewesen, und ich hatte mich über sie lustig gemacht. Wenn jemand etwas als Schicksal bezeichnete, reagierte ich immer mit Spott. Aber ein Teil von mir, ein Teil, den ich tief in meinem Innern an einem dunklen Ort abseits von Sonnenlicht und Wirklichkeit begraben hatte, dieser Teil fragte sich, ob Leah nicht vielleicht doch recht hatte. Genau diese Gedanken waren es, die mich allmählich in den Wahnsinn zu treiben drohten.

Er könnte doch in London sein, nicht wahr? Vielleicht besucht er seine Schwester. London ist nicht so groß. Dreizehn Millionen Menschen sind so viel nun auch wieder nicht, oder?

Falsch, Anna. Du bist eine Idiotin, Anna.

Kurz entschlossen schrieb ich Leah eine E-Mail, dass ich am Samstag mitkommen würde. Wenn ich mich weigerte, würde ich mir eh nur Ärger einhandeln, also konnte ich auch gleich nachgeben und mir die Energie einfach sparen. Alles in allem war es die bequemere Lösung. Ich hatte so viele Überstunden gemacht, dass ich praktisch alle meine Akten auf den letzten Stand gebracht hatte. Ich brauchte ein Projekt. Eine Ablenkung. Die Suche nach einer neuen Wohnung wäre ein guter Anfang. Ich schloss meine Bürotür und begann, Immobilien-Websites zu durchkämmen. Ich rief ein paar Anbieter an und vereinbarte Termine nach Büroschluss und am Samstag. Ich überlegte, Leah zu fragen, ob sie mich begleiten wollte, entschied mich aber dagegen. Sie hätte mich nur ständig an Ethan erinnert, und darauf konnte ich gut verzichten.

Weder Leah noch sonst jemandem hatte ich erzählt, dass ich … Gefühle für Ethan entwickelt hatte. Ich schätze, dieses Wort beschreibt am besten, was ich empfand. Sie wusste, dass der Sex fantastisch gewesen war. Sie wusste, dass ich jede Nacht mit ihm verbracht hatte, und sie hatte meine düstere Nach-Ethan-Stimmung mitbekommen. Bisher war ich nie länger als drei Monate mit einem Mann zusammen gewesen, und obwohl meine Beziehungen meistens am schlechten Benehmen der Männer gescheitert waren, hatte ich nie lange gebraucht, um mich von einer Trennung zu erholen. Ben der Mistkerl und die Sache, in die er mich hineingezogen hatte, waren schrecklich. All das hatte dazu geführt, dass ich mich in meinen eigenen vier Wänden nicht mehr wohlfühlte, aber wenigstens hatte ich keine Tagträume von Ben und malte mir auch nicht aus, dass alles ganz anders sein könnte, dass wir noch ein Paar sein könnten. So etwas war mir noch nie passiert. Ich mochte stinksauer oder verletzt gewesen sein, aber jedes Mal hatte ich die Typen einfach abgehakt und weitergemacht. Ethan hingegen folgte mir überallhin wie ein Geist, und ich hatte keine Ahnung, wie ich ihn abschütteln sollte.

Ethan

Normalerweise fliege ich nicht gern, vor allem keine Langstrecken. Aber an diesem Tag machte es mir nichts aus. Ich war zu beschäftigt, um darüber nachzudenken, dass wir uns in zehntausend Meter Höhe in einer Metallröhre befanden und dass der Pilot wahrscheinlich schlief, betrunken war oder die Stewardess vögelte. Es gab zu viel, worüber ich nachdenken musste. Morgen würde ein großer Tag sein, und ich wollte vorbereitet sein. Ich hatte den Stapel Mitteilungen noch nicht gelesen, den sie mir am Tag zuvor per Eilbote nach Hause geschickt hatten, und wir würden den ganzen Tag lang Presseinterviews geben und Mandanten treffen. Vorher stand jedoch um zehn Uhr ein Meeting mit den Mitarbeitern an, bei dem die Firmenfusion bekanntgegeben werden sollte.

Und dann war da noch Anna. Ich musste dauernd an sie denken. Ich hätte sie an jenem letzten Abend nicht in meine Wohnung mitnehmen sollen. Seitdem sah ich sie in jedem Zimmer. Sie sah so verfickt großartig aus, als sie in meinem Bett kam.

Wenn ich darin zu schlafen versuchte, sah ich vor meinem inneren Auge nichts anderes. Inzwischen verbrachte ich die Nacht im Gästezimmer, denn ich wurde diese Bilder einfach nicht los. Mir gefiel, dass ich sie zum Lachen bringen konnte. Wenn sie lachte, tat sie es ungekünstelt und mit dem ganzen Körper. Wir hatten viel gelacht. Normalerweise scherzte ich mit Frauen nicht – vor Anna war es immer nur um Sex gegangen. Außerdem schien sie Verständnis für die Anforderungen zu haben, die mein Job an mich stellte. Das fand ich erstaunlich. Wenn ich arbeiten musste, war sie nicht sauer oder fordernd, sondern verständnisvoll. Und am meisten gefiel mir, dass sie auf die New Yorker Affektiertheit offenbar pfiff – auf die Partys und die ach so wichtigen Leute. Sie war echt, und sie ging mir unter die Haut wie keine Frau je zuvor.

Wenn die Blechbüchse, in der ich saß wie auf heißen Kohlen, in sechs Stunden auf der Rollbahn von London Heathrow aufsetzte, würden wir uns beide in derselben Stadt aufhalten. Die gleiche Luft atmen. Ich wusste nicht, was ich davon halten sollte. Ein Teil von mir war aufgeregt, weil ich sie vielleicht wiedersehen würde, ein anderer Teil dachte, dass die Sache nach Komplikationen roch, und mit Komplikationen hielt ich mich nicht auf.

Wenn ich sie finden wollte, gab es Mittel und Wege dazu. Aber ich hatte noch nicht entschieden, ob es wirklich *das* war, was ich wollte. Ich wusste, dass ich sie noch einmal vögeln wollte, aber ich wusste auch, dass mein Schwanz nicht immer mein bester Ratgeber war. Verstandesmäßig war mir klar, dass ich keine Ablenkung gebrauchen konnte – die Arbeit würde mich voll in Anspruch nehmen. Und sie war möglicherweise mit einem anderen Mann beschäftigt. Unsere Affäre lag bereits mehrere Monate zurück, und sie war ebenso unersättlich wie ich. Bei dem Gedanken rebellierte mein Magen. Ich

hoffte, dass ihr Vibrator ihren Hunger stillte und nicht irgendein Idiot, der nicht wusste, wie er sie richtig kommen lassen
konnte.

»Noch ein Whiskey für Sie, Sir?« Die blonde Stewardess
beugte sich über mich und gewährte mir einen Blick auf ihre
alles andere als perfekten Titten.

Sie war nicht mein Typ. Im Übrigen hatte ich vergessen, was
mein Typ war. Ich machte gerade eine Dürrezeit durch. Ich
hatte ziemlich viel zu tun, und … na ja, ich verglich jede Frau,
der ich begegnete, mit Anna, aber offenbar konnte mich keine
von ihnen so zum Lachen bringen wie sie, bei keiner wurde ich
so hart wie bei ihr, und keine wedelte beim Reden so lustig mit
den Händen wie sie.

»Nein, danke«, sagte ich.

Sie senkte die Stimme. »Wenn ich irgendetwas für Sie tun
kann, egal was, lassen Sie es mich wissen.«

Nichts an ihr war subtil. Weder ihr übermäßig geschmink-
tes Gesicht noch die falschen Brüste und schon gar nicht ihr
Annäherungsversuch.

»Nein, danke«, sagte ich noch einmal. Ich wollte nicht, dass
sie für den Rest des Fluges um mich herumschlich. Sie sollte
verschwinden und sich jemanden suchen, der ihren Mangel an
Raffinesse mehr zu schätzen wusste als ich.

Das New Yorker Büro hatte mich nach London geschickt.
Unserem Kommunikationsmanager zufolge durfte ich nicht
vom »Hauptsitz« der Firma sprechen. Verdammte Politik. New
York *war* der Hauptsitz. Das hier war keine Firmenfusion, sondern eine Übernahme. Ich würde die »Fusion« der New Yorker Anwaltskanzlei, deren Sozius ich war, mit der Londoner
Anwaltskanzlei Allen & Smith managen. Seit vielen Monaten schon verhandelten unsere Firmen über eine transatlan-
tische Fusion, aber ein Vierteljahr zuvor, als Allen & Smith

alles andere als astronomische Profite verbuchten, hatten wir gewusst, dass der richtige Zeitpunkt gekommen war. Sie waren verwundbar, und wir standen bereit. Ohne uns wären Allen & Smith wahrscheinlich in Konkurs gegangen. Ich war für ein Vierteljahr nach London geschickt worden, um den Zusammenschluss einzuleiten. Ich wusste nicht, ob Zusammenschluss genau das richtige Wort war, denn ich war hier, um dafür zu sorgen, dass London tat, was New York befahl.

Wenn ich die ersten Tage in der Stadt überstanden hatte, würde ich mir überlegen, was ich tun würde, um Anna zu finden. Bis dahin wollte ich nicht mal daran denken. Ich musste arbeiten. Mich konzentrieren. Ich klappte den Laptop auf und fing an, mich auf den Montag vorzubereiten.

Als ich ankündigte, dass ich nach London kommen würde, bekam meine Schwester einen leicht hysterischen Anfall. Und kaum hatte ich es ihr erzählt, begann sie auch schon Pläne zu schmieden. Im Geist hatte sie mich bereits in ihrem Gästezimmer in Hammersmith untergebracht, wo immer das auch war, und war fest entschlossen, mir eine der allein erziehenden Mütter aus ihrem Bekanntenkreis unterzujubeln. Schließlich fand sie sich damit ab, dass ich allein wohnen würde, aber ich musste ihr versprechen, wenigstens einmal die Woche zum Dinner zu ihr und James und Baby Izzy zu kommen. Izzy war eine Frau, mit der ich klarkam. Jessica weniger. Ich weiß nicht, wie James sie ertrug.

Sie bestand immer noch darauf, mich vom Flughafen abzuholen, als wäre ich ein kleiner Junge. Mir wäre es lieber gewesen, sie erst nach Montag zu sehen, aber einem Streit mit ihr wollte ich lieber aus dem Weg gehen. Himmel, manchmal war es wirklich Schwerstarbeit mit ihr. Nachdem ich meinen Koffer vom Gepäckband geholt hatte, musste ich dennoch lächeln, als sie und James mich am Ausgang mit einem Namensschild erwarteten, auf dem mein Spitzname aus Kindertagen stand – *Bond*. Als Junge war ich von James Bond förmlich besessen. Die schnellen Autos, die Drinks, die Frauen. Wer hätte all das nicht gern?

Sobald ich bei ihnen angekommen war, schloss ich Jessica in die Arme und hob sie hoch. »Hör bloß auf, mich zu nerven«, sagte ich.

»Ich habe doch gar nichts gesagt«, antwortete sie und versetzte mir einen Stoß vor die Brust.

»Ja, aber du wolltest gerade loslegen«, erwiderte ich und zerzauste ihr das Haar.

»Fass meine Haare nicht an.« Sie schlug mir auf den Arm.

»Und ich nerve nicht. Ich weiß gar nicht, wie das geht.« Ich blickte James an, der die Augen verdrehte, und wir reichten uns die Hand. Ich lachte leise in mich hinein.

»Wo ist denn mein Lieblingsmädchen?«, fragte ich, spähte in den Buggy und stellte fest, dass Izzy fest schlief.

»Weck sie bloß nicht auf. Im Augenblick ist sie ein richtiger Satansbraten«, stöhnte Jessica.

»Wie die Mutter, so die Tochter«, zog ich sie auf.

»Nur gut, dass sie nach mir kommt und nicht nach dir.« Jessica grinste spöttisch.

Warum benahmen wir uns in Gegenwart des anderen immer, als wären wir wieder dreizehn? Ich durfte den Köder nicht schlucken, den sie ausgeworfen hatte. »Hört mal, ich muss mich noch auf morgen vorbereiten, also sollte ich möglichst bald im Hotel einchecken.«

»Warum übernachtest du denn nicht bei uns?«, quengelte Jessica. Meiner Schwester fiel nichts Besseres ein, als mir das

Leben schwerzumachen, aber bei ihr wohnen sollte ich trotzdem? Diese Frau war ein Widerspruch auf zwei Beinen.

»Weil du eine Nervensäge bist und ich viel arbeiten werde. Darüber sprachen wir bereits. Und jetzt kommt.«

Wir fuhren in die City, und sie setzten mich vor meinem Hotel ab. Hier würde ich vorerst bleiben und mir in der nächsten Woche ein paar Wohnungen ansehen. Ich würde drei Monate in London verbringen, darum wollte ich nicht die ganze Zeit im Hotel wohnen. Beim Einchecken an der Rezeption ließ ich den Blick durch die Lobby schweifen. *Sie könnte hier sein.* Was tat sie in diesem Augenblick? War sie am Morgen neben einem anderen aufgewacht? Mein Magen verkrampfte sich. Ich musste mich konzentrieren. Morgen war ein wichtiger Tag. Ein entscheidender Tag für unsere Firma. Für Ablenkungen oder Komplikationen war da einfach kein Platz.

15. Kapitel

Anna

Der Katzenjammer erwischte mich mit voller Wucht. Es war vier Uhr morgens, und ich lag immer noch im Dunkeln auf meinem Sofa und guckte *Sweet Home Alabama*. Der ganze Tag war ein Totalausfall gewesen. Inzwischen hätte ich wissen müssen, dass ich keinen Weißwein trinken konnte, ohne einen riesigen Kater zu bekommen. Das Problem war nur, dass ich seit New York auch keinen Whiskey mehr trinken konnte.

Ohne es zu wollen, hatte ich mich auf Alices Geburtstag tatsächlich amüsiert. Leah hatte recht, seit New York war meine Laune im Keller. Ich hatte mich von allen möglichen Dingen zurückgezogen, vom Leben insgesamt, und ich wollte so nicht mehr weitermachen. Auf der Party hatte ich anfangs ein Lächeln aufgesetzt und stellte am Ende des Abends fest, dass es sich in ein echtes Lächeln verwandelt hatte. Zwei Typen hatten mich nach meiner Nummer gefragt, und anstatt die Augen zu verdrehen und sie abzuservieren, was seit meiner Rückkehr aus New York meine Reaktion auf jeden Annäherungsversuch eines Mannes gewesen war, hatte ich mir ihre Telefonnummern geben lassen. Und wer weiß, vielleicht würde ich eine davon sogar benutzen. Ich vermisste Ethan, aber ich hatte ihn nur eine Woche lang gekannt, und er wollte nicht mehr von mir als das, was zwischen uns passiert war; zudem befand er sich auf einem anderen Kontinent. Ich wollte in London einen anderen Ethan für mich finden. Trotz des beginnenden Katers fühlte ich mich, als hätte ich auf *Reset* gedrückt, und vom nächsten Tag an würde ich wiederaufgeladen und bereit zum Neuanfang sein.

Meine neue, positive Einstellung war auch am Morgen noch da, also brezelte ich mich auf und fuhr früh ins Büro. Doch als ich dort ankam, schien es doch nicht so früh zu sein. Ich durchquerte den Empfang und sah Leute Stühle aufstellen, wobei sie ihre Handys zwischen Schulter und Ohr geklemmt hielten. Ich blickte auf die Uhr. Acht. Seltsam, um diese Uhrzeit hielt sich normalerweise niemand an der Rezeption auf.

Ich ging zu Julia hinüber, der Empfangschefin, die mit den Nerven am Ende zu sein schien. »Was ist los?«, fragte ich im Flüsterton.

Sie zuckte mit den Schultern. »Keine Ahnung. Aber hier wimmelt es nur so vor Amerikanern.«

»Oha, das klingt nicht gut. Ich lass dich dann mal weitermachen.«

Auf dem Weg zu meinem Schreibtisch bemerkte ich, dass die Mitarbeiter unserer Abteilung sich in einem Besprechungsraum drängten. Irgendetwas war im Busch. Vielleicht wurde die Firma jetzt liquidiert. Himmel. Ich war zwar auf einen Neustart vorbereitet, aber ich wollte zum Auftakt nicht gleich meinen Job verlieren.

Zwanzig Minuten später liefen noch mehr Kollegen durch die Gegend, und es lag unverkennbar Spannung in der Luft, aber nicht von der guten, weil erotischen Art. Ich griff nach meinem Telefon und rief Leah an.

»Hier geht gerade richtig was ab«, raunte ich mit meiner besten Agentinnenstimme.

»Na ja, wenn er heiß ist, würde ich sagen, mach die Beine breit.«

»Leah, was zum Teufel ist los mit dir? Dein Mundwerk ist

in letzter Zeit noch schmutziger als meins«, sagte ich, aufrichtig schockiert.

Sie kicherte. »Ich weiß, aber das liegt an Daniel. Er hat einen schlechten Einfluss auf mich.«

»Ich will es gar nicht wissen. Aber egal. Hier geht wirklich gerade was ab. Ich formuliere es noch mal neu, damit du mir nicht wieder das Wort im Mund umdrehst. Also: Irgendwas ist hier los. Die Leute sind nervös, im Empfang rennen alle hin und her, und meine Kollegen sehen aus, als hätten sie sich die ganze Nacht lang übergeben. Es ist beängstigend.«

»Mal sehen, ob hier jemand Genaueres weiß. Ich schicke dir eine Nachricht.«

Leah arbeitete in einer anderen Anwaltskanzlei, und Gerüchte verbreiteten sich in dieser Branche wie ein Lauffeuer. Vermutlich wusste sie über meine Kanzlei genauso viel wie ich – oder mehr.

»Okay, gut. Wollen wir uns heute Abend auf einen Drink treffen?«, schlug ich vor.

»Ja, das wäre großartig.« Leah klang überrascht, in letzter Zeit war ich nur selten ausgegangen.

Das Knäuel von Kollegen löste sich auf, und überall im Büro erhob sich Gemurmel. Die Leute wechselten Blicke. Was war passiert? Meine Sekretärin sah meine verständnislose Miene und flüsterte mir zu, ich solle mal meine E-Mails checken.

Sämtliche Partner waren zu einem Meeting um zehn Uhr einberufen worden. Jetzt war es amtlich: Wir steuerten auf den Untergang zu.

Ich versuchte, mich auf die Arbeit zu konzentrieren, ertappte mich aber dabei, dass ich Stellenportale im Internet durchsuchte. Hatte Leah recht? Würde ich mühelos etwas Neues finden? Tja, vor zehn Uhr würde meine Suche jedenfalls keinen Erfolg mehr haben.

Ethan

Nachdem ich in London gelandet war, fühlte ich mich immer stärker zu Anna hingezogen. Sie nahm immer mehr Raum in meinen Gedanken ein und machte keinerlei Anstalten, daraus zu verschwinden. Ich musste sie finden. Das wusste ich inzwischen. Das Naheliegendste war, sie über den Freund ihrer Freundin zu suchen – Daniel Armitage. Ich könnte ihn anrufen oder vielleicht kannte ihn auch einer der anderen Teilhaber. Wahrscheinlich verkehrten sie in denselben Kreisen. Ja, Armitage würde mich zu ihr führen.

Ich sah eine unbekannte Nummer auf dem Display meines Handys aufblitzen und nahm den Anruf an.

»Scott.«

»Hey, Ethan. Ich bin's, Phoebe.«

Phoebe gehörte zu den wenigen Frauen, die ich mehr als einmal in meinem Bett gehabt hatte. Sie lebte in Boston und kam regelmäßig nach New York, um dort zu arbeiten. Ich hatte ihre Nummer nicht. Wenn sie in der Stadt war, rief sie mich an und wollte flachgelegt werden. Bis jetzt hatte ich ihr diesen Wunsch immer gern erfüllt.

»Ich bin gerade in der Stadt und habe mich gefragt, ob du heute Abend vielleicht Zeit hast, so gegen zehn ungefähr?«

»Eigentlich schon«, sagte ich und schloss die Tür zu meinem vorläufigen Büro, »aber im Augenblick bin ich in London, ich arbeite hier und …«

»Okay, dann rufe ich dich nächstes Mal wieder an.«

»Äh … Phoebe?«

»Ja?«

»Du weißt, dass ich dir nie etwas vorgemacht habe, was unsere Beziehung betrifft.« Das hier fiel mir schwerer, als ich erwartet hätte.

»Ja, Ethan, und ich bin auch nicht verliebt in dich, du musst dir also keine Sorgen um dein hübsches Gesicht machen.«

Ich lachte und versuchte, locker zu klingen. »Hey, ich weiß, dass du nicht so verrückt bist. Es ist nur … na ja, ich glaube, wir sollten uns nicht mehr treffen, wenn du in der Stadt bist.«

»Oh. Okay. Bist du schwul geworden?« Erneut lachte sie, doch diesmal klang es ein bisschen weniger selbstsicher.

»Sorry, ich … ich habe jemanden kennengelernt.«

»Oh wow! Erst George Clooney und jetzt du? Tja, freut mich für dich, wirklich. Hör zu, ich muss hier weitermachen. Pass auf dich auf.« Und dann war die Leitung tot.

Erleichtert atmete ich auf und lehnte mich in meinem Bürostuhl zurück. Was ich gesagt hatte, war nur halb gelogen. Ich hatte jemanden kennengelernt, und obwohl wir nicht zusammen waren, kam mir nach unserer gemeinsamen Woche meine Abmachung mit Phoebe irgendwie schäbig vor.

Und jetzt musste ich mich konzentrieren. Dringend. Gleich würden wir den Konferenzraum betreten und der Belegschaft die Neuigkeit mitteilen. Später an diesem Tag würde ich Armitage anrufen und herausfinden, ob ich auf diese Art an Anna herankommen konnte.

»Ethan, nur kurz zur Wiederholung: Ich spreche ungefähr zehn Minuten und stelle Sie dann vor«, sprach mich Frank an, der scheidende Seniorpartner. Ich nickte, hörte nur mit halbem Ohr hin. Ich brauchte keine verdammte Wiederholung. Wir führten hier keine Gehirnoperation durch, sondern informierten Mitarbeiter über eine Firmenfusion.

Würde Armitage mir sagen, wo sie war? War sie vielleicht wieder mit ihrem Ex zusammen? *Verdammt noch mal, konzentrier dich endlich aufs Geschäft.*

Nacheinander betraten wir den Konferenzraum. Die Spannung in der Luft ließ sich fast mit Händen greifen. Anwälte mögen keine Überraschungen, und in diesem Raum saßen viele Anwälte, die allesamt zu Tode erschrocken waren. Als ich den Blick durch den Raum schweifen ließ, versuchte jeder, mir in die Augen zu sehen und eine Sekunde früher als die anderen zu erraten, was ich ihnen zu verkünden hatte. Mein Blick wanderte von links nach rechts und wieder zurück, und ich versuchte mir ein Lächeln abzuringen. Wenigstens war ich nicht hier, um schlechte Nachrichten zu überbringen. Das hier war für alle gut: Die Firma würde nicht untergehen, und wenn wir nicht gewesen wären, wäre genau das passiert.

Eine Gruppe von Anwälten auf einer Seite des Raumes zog meinen Blick auf sich, und etwas, das ich nicht erkennen konnte, erregte meine Aufmerksamkeit. Ein Gesicht nach dem anderen kam in mein Blickfeld, und da, hinter der Stuhlreihe, stand sie. Anna. *Meine Anna.* Unverwandt starrte sie mich an, mit offenem Mund, als hätte sie gerade einen Geist gesehen.

Fuck.

Rasch wandte ich den Blick ab und sah auf den Boden, versuchte mich zu sammeln. Mein Gehirn war wie benebelt, ich konnte nicht mehr klar denken. Sie war hier? Sie war Anwältin? Der Boden schien sich unter mir aufzutun, während ich mir auf das, was ich gesehen hatte, einen Reim zu machen versuchte. Ich sollte jetzt ein paar beruhigende Worte an die Leute richten. Anna sah großartig aus. Anders. War Frank schon fertig mit seiner Ansprache?

Fuck.

Reiß dich verdammt noch mal zusammen, Ethan. Ich hielt mir die Faust vor den Mund und räusperte mich.

Dann hob ich den Kopf, starrte geradeaus und konzentrierte mich auf Franks Stimme. Er klang besiegt, irgendwie erschöpft.

Als er mich vorstellte, schlug ich ihm freundschaftlich auf den Rücken und ergriff das Wort: »Danke, Frank. Ich freue mich sehr, heute mit einigen Kollegen aus New York hier zu sein und Sie über das zu informieren, was für unsere beiden Firmen der Anbruch einer neuen Zeit sein wird. Allen & Smith genießt einen fantastischen Ruf, was Qualität und Kundenorientierung betrifft, und wir freuen uns alle darauf, in den kommenden Wochen, Monaten und Jahren enger mit Ihnen zusammenzuarbeiten. Die Fusion tritt Ende des Monats in Kraft. Danach werden wir uns umbenennen und zu einer einzigen Firma zusammenwachsen. Und jetzt ist Zeit für Ihre Fragen.«

Ich gab mir große Mühe, nicht in Annas Richtung zu blicken. An einem für beide Firmen so bedeutenden Tag konnte ich es mir nicht leisten, abgelenkt zu sein.

Die Fragen waren harmlos und leicht zu beantworten, und ich beantwortete sie wie ferngesteuert.

Wird es Entlassungen geben? Erwartete wirklich jemand eine sofortige Antwort auf diese Frage?

Wie lautet der neue Firmenname? »Darüber wird noch diskutiert«, war die offizielle Antwort, obwohl der Name Allen & Smith tatsächlich unter den Tisch fallen würde.

Gibt es eine Chance, in der New Yorker Niederlassung zu arbeiten? Wir beabsichtigten, den Mitarbeitern der Firma alle möglichen Chancen zu bieten.

Lauter Unklarheiten und jede Menge Bullshit. Zwei Dinge, die ich hasste.

Und in diesem Augenblick musste ich sie einfach anblicken. Sie starrte auf ihre Füße. Woran mochte sie wohl denken?

Wir packten unsere Sachen ein, und einer nach dem anderen verließ den Raum. Den Rest des Tages verbrachten wir damit, der juristischen Fachpresse Interviews zu geben; wir begegneten Mandanten und lernten die anderen Teilhaber kennen. Zu meinen Aufgaben gehörte es, herauszufinden, wer von ihnen es schaffen würde. Zweifellos würden Leute entlassen werden. Wir mussten die Rentabilität und die Qualität der Arbeit steigern, und zwar schnell. Das bedeutete, dass wir Ballast abwerfen mussten. Frank würde als Erster gehen. Aber an diesem Tag hatte ich erkannt, dass er das bereits wusste und uns keine Probleme bereiten würde.

Es war ungefähr achtzehn Uhr, als die Lage sich etwas beruhigte. Insgesamt war alles gut verlaufen. Die Presse stand uns offenbar positiv gegenüber. Das hatte ich nicht mitbekommen, aber meine Sekretärin gab mir im Lauf des Tages mehrere Artikel. Um die Zeit bis zum Dinner zu überbrücken – dem obligatorischen Willkommensgruß von Allen & Smith am ersten Abend in London –, bat ich sie um eine Führung durch das Gebäude. Ich musste unbedingt meine Textnachrichten checken, aber ich wollte noch sehen, wo genau Anna arbeitete. Vielleicht lief sie mir noch einmal über den Weg. Ich bestand darauf, dass jemand anderer als Frank mich durch das Gebäude führte. Er sah erschöpft aus und konnte eine Pause vor dem Dinner vermutlich gut gebrauchen. Stattdessen zeigte mir Paul, einer der jüngeren Teilhaber, alles. Ich versuchte, ihm zuzuhören, aber tatsächlich hielt ich die ganze Zeit und in jedem Büro nur nach *ihr* Ausschau. Ich wusste nicht, was ich sagen würde, wenn ich ihr wirklich noch einmal begegnete. Der Gedanke, sie wiederzusehen, brachte mich zum Lächeln. Obwohl ich sie nur wenige Sekunden hatte beobachten können, hatte ihr offen stehender Mund genauso ausgesehen wie kurz vorm Kommen. Himmel, ich spürte, wie mein Schwanz sich regte. Vielleicht war es doch keine gute Idee, sie wiederzusehen.

Ich klopfte Paul auf den Rücken und schlug ihm vor, den Rundgang zu beenden und uns auf den Weg zum Restaurant zu machen.

Ich wartete auf Leah, und als sie ankam, wirkte sie ein bisschen nervös. Ich war ihr ein Glas voraus. Wein, nicht Whiskey, was ich morgen mit Sicherheit bereuen würde, aber das war mir im Augenblick egal.

Ich füllte mein Glas auf und leerte den Rest der Flasche in Leahs Glas. Ich winkte dem Kellner, versuchte seine Aufmerksamkeit zu erregen, damit er uns mehr Alkohol brachte.

»Himmel, Anna, es ist Montag, ich kann mich nicht betrinken«, sagte Leah. Sie setzte sich und trank einen kleinen Schluck Wein.

»Hör zu. Ich habe Ethan heute gesehen«, sagte ich.

Leah sah verwirrt aus. »Wie meinst du das, du hast Ethan gesehen?«

Geräuschvoll trank ich einen weiteren Schluck Wein und nickte. »Ethan. In London. Er hat die Fusion bekanntgegeben.«

Leah hatte mir eine E-Mail geschickt, als die Nachricht von der Fusion im Netz aufgetaucht war. Darauf hatte ich geantwortet, indem ich ihr lediglich eine Zeit für unser Treffen am Abend vorschlug.

»Was soll das heißen: ›die Fusion bekanntgegeben‹? Kapier ich nicht.«

Der Kellner tauchte an unserem Tisch auf.

»Wir brauchen noch Wein«, teilte Leah ihm mit.

Gut, dass sie wenigstens das verstanden hatte. »Erzähl mir alles von Anfang an.«

»Ich habe dir doch gesagt, dass der Termin mit der Belegschaft für zehn Uhr angesetzt war. Wir sind also in den großen Konferenzraum gegangen, und da war er. Er stand neben Frank.«

»Er war dort?«, fragte sie und versuchte zu begreifen, was ich ihr erzählte.

Ich nickte. »Jep. Als Vertreter von Flanders, Case & Burling, der US-Kanzlei, die uns übernimmt. Keine Ahnung, warum sie es unbedingt eine Fusion nennen wollen, denn tatsächlich ist es eine Übernahme – wir standen kurz vor der Pleite. Er hat eine Rede gehalten, nach Frank, glaube ich. Ich weiß es nicht mehr genau.«

»Mist.«

Wieder nickte ich.

»Konntest du mit ihm sprechen?«

»Nein.«

»Hat er dich denn entdeckt?«

»Ja, er hat mich kurz angesehen.«

»Meinst du, er wusste, dass du da sein würdest?«

Ich zuckte mit den Schultern. »Ja, vermutlich. Es gibt mit Sicherheit eine Liste der Angestellten. Ach, ich weiß es nicht«, sagte ich, zuckte erneut die Schultern und trank noch mehr Wein.

»Und, wie war es, ihn zu sehen?«

Für mich war das Wiedersehen ein Schock gewesen. Ein wunderbarer Schock. Ein verwirrender Schock. Erregung hatte mich durchströmt, als ich ihn anstarrte und beobachtete, wie er sich an den Unterlagen zu schaffen machte, die vor ihm lagen. Und als er dann den Raum absuchte, war mir klar, dass er mich entdecken würde. So war es auch, aber er wandte den Blick sofort wieder ab, so als wäre ich der letzte Mensch, den er sehen wollte. Das hatte mir einen Stich versetzt.

»Glaubst du, er hat es schon in New York gewusst?«, platzte ich heraus. Der Gedanke war mir gerade erst gekommen.

»Was? Wo du arbeitest? Nein. Glaubst du das etwa?«

Ich trank noch mehr. Die Wirkung des Alkohols spürte ich

im ganzen Körper. Spielte er nur irgendein seltsames, mieses Spiel mit mir? Hatte er versucht, an Informationen über Allen & Smith zu kommen? Dass er Teilhaber der Anwaltskanzlei war, die die Firma übernahm, für die ich arbeitete, war ein ziemlich unwahrscheinlicher Zufall, oder?

»Ich glaube, dass er ein Arschloch ist und mich benutzt hat«, stellte ich fest.

»Warum? Wozu sollte er dich benutzen? Und außerdem kann er es nicht gewusst haben. Das ist reiner Zufall. Auf diese Art bringt das Universum euch beide wieder auf ein und demselben Kontinent zusammen, in derselben Stadt, denn es weiß, wie gut ihr zusammenpasst.« Leah musterte mich hoffnungsvoll.

»Halt die Klappe, verdammt, und trink mit mir«, fuhr ich ihr über den Mund.

Darum also hatte er in New York meinen echten Namen gewusst. Er hatte nicht erraten, dass ich tatsächlich Anna hieß – zwischen uns hatte es keinerlei Verbindung gegeben, denn das hätte bedeutet, dass er gespürt hätte, wer ich wirklich war, ohne dass ich es ihm sagen musste. Er hatte es schlicht und einfach gewusst. Er hatte ein komisches Psychospielchen mit mir gespielt, um mich ins Bett zu kriegen. Und was er herausgefunden hatte, hatte er mit aller gebotenen Sorgfalt benutzt, um Sex zu bekommen, verdammt noch mal! Was für ein Scheißkerl. Er hatte es die ganze Zeit gewusst. Allmählich ergab alles einen Sinn. *Danke, Wein.*

»Hat er versucht, mit dir zu reden?«, fragte Leah.

»Nein.« Auch das hatte mir wehgetan. Für den Rest des Meetings hatte er mich keines Blickes mehr gewürdigt. Nicht mal flüchtig in meine Richtung gelinst hatte er, dessen war ich mir sicher, denn ich konnte die Augen nicht von ihm abwenden. Und was hätte er auch sagen sollen? »Tut mir leid, dass ich gelogen und dich irregeführt habe, aber es war nur geschäftlich«?

Und nun würde ich für ihn arbeiten. Er würde tatsächlich mein Chef oder der Chef meines Chefs oder so was sein. Tja, hoffentlich war er zum Ende der Woche wieder in New York, und ich musste seinen Namen nie wieder hören.

»Ach, ich bin mir sicher, ihr holt das bald nach. Wie aufregend!«

»Es ist nicht aufregend, Leah, es ist eine Katastrophe. *Ich* bin eine Katastrophe auf zwei Beinen, wenn es um Männer geht.«

»Das bist du nicht! Diese Sache mit Ethan könnte sich gut entwickeln. Wie lange bleibt er in London?«

»Er ist ein Lügner, und er hat mich benutzt. Wahrscheinlich wollte er nur an Informationen über Allen & Smith kommen. Er ist ein Arschloch.«

»Das kommt mir sehr unwahrscheinlich vor, Anna. Du ziehst da voreilige Schlüsse. Im Wein liegt nicht immer die Wahrheit.«

Dass er in New York meinen Namen erraten hatte, wusste sie nicht. Ich fand es seltsam, dass so etwas überhaupt passieren konnte, darum hatte ich es für mich behalten. Jetzt war ich froh, dass ich es ihr nicht erzählt hatte. Ich kam mir vor wie eine Idiotin, weil ich ihm geglaubt hatte.

Am folgenden Tag bei der Arbeit vermischten sich mein Zorn auf Ethan und mein Kater zu einer Stimmung, die mich in ein Wesen wie aus der griechischen Mythologie verwandelte. Ich schwöre bei Gott, hätte mich jemand auch nur schief angesehen, ich hätte ihn zu Stein erstarren lassen. Ich würde mir nichts mehr gefallen lassen, gar nichts. Ich stürzte mich in die Arbeit und weigerte mich, über etwas anderes nachzudenken als über die vor mir liegenden Verträge. Dieses Arschloch namens Ethan Scott würde mich weder ablenken noch meiner Karriere schaden. Ein weiteres Mal hatte ich mir selbst bewiesen, dass ich nur die miesesten Typen anzog. Den Rest meines Lebens würde ich als Junggesellin verbringen. Definitiv, so war es einfacher für mich. *Bitte gehen Sie weiter, hier gibt es nichts zu sehen.*

Bald würde ich nichts mehr zu tun haben. Das lag daran, dass ich seit meiner Rückkehr aus New York gearbeitet hatte wie ein Tier – die Verträge flogen nur so über meinen Schreibtisch. Ich musste mich unbedingt ablenken, also schickte ich meinem Chef eine E-Mail und teilte ihm mit, dass ich noch Kapazitäten frei hatte. Ich würde die Angestellte des Jahres werden.

16. Kapitel

Ethan

Ich saß hinter meinem Schreibtisch und versuchte, mich auf meine E-Mails zu konzentrieren. Bis zum nächsten Meeting blieben mir noch zwanzig Minuten, und obwohl ich in der Nacht zuvor kein Auge zugetan hatte, hatte ich meine Schlaflosigkeit nicht genutzt, um mich auf den neuesten Stand zu bringen. Nun musste ich einen Haufen E-Mails von Mandanten lesen. Viele davon leitete ich gleich an meinen Assistenten in New York weiter, aber der würde in den nächsten Stunden nicht im Büro sein. Wenn weiterhin ein Meeting das nächste jagte, würde ich Mandanten verlieren. Ich brauchte Leute, ein Team, hier in London, wenn die Sache funktionieren sollte. Und ich brauchte Schlaf. Anstatt in der durchwachten Nacht mein E-Mail-Postfach abzuarbeiten, war ich die Broschüre durchgegangen, die ich bei der Ankunft überreicht bekommen hatte und die Angaben zu den einzelnen Teilhabern enthielt. Natürlich war ich nur an einer einzigen Teilhaberin interessiert. Ich erfuhr kaum etwas Neues über sie, nur ihre Abteilung, ihre Büronummer und ihre persönlichen Kontaktdaten.

Beim Dinner verabschiedete ich mich früher, als höflich gewesen wäre. Ich brauchte ein bisschen Zeit zum Nachdenken. Ich wollte mit ihr reden. Es war so schön gewesen, sie zu sehen. Sie hatte verfickt fantastisch ausgesehen. Ich wollte sie küssen, sie berühren, mich in ihr vergraben.

Während ich durch die Büroflure lief, beobachtete ich fortwährend die Menschen, die an mir vorbeigingen, war ständig auf der Suche nach ihr ... vergebens. Es war unangenehm, denn als ich nach ihr suchte, fiel ich den Leuten auf. Mich kannte eindeutig jeder, darum versuchte ich, zwischen den Meetings in meinem Büro zu bleiben.

Ich schlug die Broschüre auf. Ich könnte sie anrufen und zum Lunch oder so einladen. Ich wählte ihre Nummer.

»Anna Kirby«, meldete sie sich und klang ... gereizt.

»Anna, hier ist Ethan«, sagte ich leise.

Schweigen.

»Anna?«

»Was willst du?«, blaffte sie.

Das war nicht die Antwort, die ich erwartet hatte, und mein Körper verkrampfte sich. Ich hatte die Sache nicht richtig durchdacht.

»Ich möchte mit dir reden.« Eigentlich hatte ich das für offensichtlich gehalten.

»Ich arbeite.«

»Anna.«

»Du hast alle Infos über Allen & Smith, die du brauchst, ich weiß nicht, worüber du noch mit mir reden musst.«

Sie legte auf. Was war das? Hatte sie verstanden, dass ich es war? Verwechselte sie mich vielleicht mit jemandem?

Theresa, meine Sekretärin, riss mich aus meinen Grübeleien und gab mir einige Unterlagen für das nächste Meeting. Anna würde noch warten müssen.

»Können Sie mich nach dem Meeting und vor dem Lunch noch mit Frank verbinden? Ich muss mit ihm über die personelle Ausstattung für meine Arbeit mit Mandanten reden«, sagte ich.

»Kein Problem«, antwortete sie.

Ich mochte sie. Sie war effizient und freundlich, ohne es allen recht machen zu wollen, und sie versuchte nicht, mir Zucker in den Hintern zu blasen. Sie war die Einzige, die sich nicht einzuschleimen versuchte, und dafür war ich ihr dankbar.

Wieder zurück am Schreibtisch, versuchte ich erneut, Anna auf ihrem Apparat zu erreichen. Keine Antwort. Es war achtzehn Uhr. Ich hatte eine Einladung zum Dinner an diesem Abend ausgeschlagen, um mich mit der Arbeit auf den letzten Stand zu bringen, aber ich wollte mit Anna sprechen und herausfinden, warum sie mich früher am Tag hatte abblitzen lassen, und um ... na ja, Zeit mit ihr zu verbringen und zu hören, was in letzter Zeit so bei ihr passiert war. Was zur Hölle war nur los mit ihr? Aus der Nummer ihrer Nebenstelle schloss ich, dass ihr Büro im dritten Stock sein musste, also ging ich hinunter und machte mich auf die Suche nach ihr. Wenn ich direkt vor ihr stand, konnte sie mich nicht mehr ignorieren.

Ich verließ den Fahrstuhl und wandte mich nach links. Alle Stockwerke hatten denselben Grundriss – ein Mix aus Großraumbüros und kleineren Büros. Wo sollte ich anfangen? Was würde ich sagen, wenn ich sie gefunden hatte?

Ehe ich mich entscheiden konnte, lief mir Al, einer der Seniorpartner, über den Weg.

»Ethan, Frank hat vorhin mit mir gesprochen, ich wollte gerade zwei Assistenten einweisen, die ich für Sie ausgesucht habe. Wollen Sie mich begleiten und sie kennenlernen? Es sind zwei echte Schätzchen, fleißig und hilfsbereit bei allem, was Sie brauchen«, sagte er.

»Klar«, antwortete ich. Gab es eine andere passende Antwort? Dabei war dies das Letzte, was ich wollte. Ich wollte Anna finden.

Ich folgte Al, der sich immer noch über die Assistenten ausließ, die er für mich organisiert hatte. Wir liefen zwischen den Schreibtischen hindurch und durchquerten auf diese Weise das gesamte Stockwerk. Ich sah sie, bevor sie mich sah, aber nur eine Sekunde früher. Ich lächelte, und sie senkte den Blick wieder auf das Schriftstück, an dem sie arbeitete. Al stürmte in ihr Büro, und sie war gezwungen, vom Schreibtisch aufzublicken. Sie wich meinem Blick aus.

»Anna, haben Sie Ethan schon kennengelernt?«

Sie stand auf und kam hinter ihrem Schreibtisch hervor.

»Nein, wir sind uns noch nicht begegnet. Ich bin Anna Kirby.«

Ich folgte ihrem Beispiel und gab vor, sie nicht zu kennen. Sie streckte die Hand aus, und ich schüttelte sie. Ihre Haut war so weich, wie ich sie in Erinnerung hatte, aber ich war es nicht gewöhnt, sie in formeller Arbeitskleidung zu sehen. Sie lächelte angespannt und konzentrierte sich auf etwas hinter meiner Schulter, sah mir nicht ins Gesicht. *What the fuck?* Mein Blick wanderte an ihrem Körper hinunter, registrierte die Haut über dem Ausschnitt ihrer Bluse, ihren engen Rock … Eine kleine Unebenheit auf ihrem Schenkel verriet, dass sie Strapse trug. Ich fragte mich, wem das noch aufgefallen sein mochte. Für wen trug sie so etwas?

»Anna ist eine unserer cleversten Partnerinnen, und sie wird Ihnen zur Seite stehen, solange Sie in London sind«, sagte Al.

Al hatte Anna darüber eindeutig nicht vorher informiert. Sie sah aus, als würde sie sich bei der Vorstellung, für mich zu arbeiten, am liebsten übergeben.

»Anna, tragen Sie sich doch in Ethans Terminkalender ein.« Er verstummte, dann blickte er mich an und fragte: »Ist

morgen Vormittag früh genug?« Ich nickte. »Laden Sie auch
Richard ein. Sie werden Ethan gemeinsam unterstützen.« An
mich gewandt, sagte Al: »Wenn Sie noch mehr Personal brauchen, können wir Ihnen weitere Mitarbeiter zur Verfügung
stellen. In Ordnung?«

»Das ist großartig, Al. Ich werde sicherlich gut und gern mit
Anna zusammenarbeiten.« Ich versuchte, ihr in die Augen zu
sehen, aber sie blickte überallhin, nur nicht zu mir. Ich wollte Al bitten, uns allein zu lassen, damit ich Anna anständig
begrüßen und ihr mit den Händen über die Schenkel fahren
konnte, unter den Rock, unter ihren Slip. *Verdammt noch mal
Ethan, konzentrier dich.*

»Ich muss jetzt gehen, aber es hat mich gefreut, Sie kennenzulernen, Anna.«

Sie schwieg.

Anna

Ich konnte nicht fassen, dass er dreist genug war, mich für
sich arbeiten zu lassen. Was für ein Arschloch. Er hatte noch
einmal versucht, mich anzurufen, aber ich hatte seine Nummer
erkannt und war nicht drangegangen. Was hätte er mir schon
sagen können? Nichts, was ich hören wollte.

Mein Telefon klingelte erneut, und auch diesmal war er es.
Er sollte aufhören, mich zu belästigen. Ich ließ den Anruf auf
Voicemail laufen und meldete mich ab. Wenn ich nicht im
Büro war, konnte er mich nicht finden. Vielleicht würde ich
mich am nächsten Tag krankmelden. Ich musste mir eine Aus-
rede überlegen, um nicht für ihn arbeiten zu müssen.

Auf dem Heimweg kaufte ich mir eine Flasche Wein und
ließ mich mit einem großen Glas davon auf das Sofa plump-

sen. Kater oder nicht, ich brauchte ein Beruhigungsmittel. Ich überlegte, Leah anzurufen, wollte aber nicht riskieren, dass sie mich noch einmal mit dem Schicksal oder dem Universum oder etwas ähnlich Lächerlichem zutextete, also schaltete ich den Fernseher ein und begann, meine Post zu öffnen. Auf dem Couchtisch vibrierte mein Handy. Die Nummer kannte ich nicht, nahm den Anruf aber dennoch an.

»Anna, ich bin's, Ethan. Wenn du auflegst, stehe ich in dreißig Sekunden vor deiner Wohnungstür.«

»Stalkst du mich etwa? Woher hast du meine Adresse?«

»Aus der Broschüre mit den Angaben zu allen Teilhabern.«

»Zur Hölle, das ist eine Verletzung meiner Menschenrechte oder so was, das ist einfach *fucking* unverschämt ...«

»Lass mich rein, Anna.«

»Wo bist du?« Ich spähte durch den Spion und sah ihn gegenüber meiner Wohnungstür an der Wand lehnen.

»Du weißt, wo ich bin. Du hast gerade durch den Spion gesehen.« Er war sehr ruhig, genau so, wie ich mir einen Psychopathen immer schon vorgestellt hatte.

»Warum bist du überhaupt hier? Du hast bekommen, was du wolltest. Du hast mich zum Narren gehalten, also tu jetzt einfach so, als gäbe es mich nicht.«

»Lass mich rein.«

»Nein.«

»Lass mich rein.«

»Ich sagte Nein.«

»Willst du dieses Gespräch wirklich durch die Tür führen, sodass alle Nachbarn es hören? Wenn es sein muss, bleibe ich die ganze Nacht hier stehen. Schlafen kann ich sowieso nicht.«

Was war nur los mit diesem verrückten Kerl? Und diese Wohnung war wirklich verhext. Ich konnte es kaum noch erwarten, endlich umzuziehen.

»Wenn ich dich reinlasse, versprichst du mir dann, dass du in zehn Minuten wieder gehst?«, fragte ich.

»Ich habe dir doch gesagt, dass ich nichts verspreche, was ich nicht halten kann.«

»Du hast mir die ganze Zeit nur Bullshit erzählt.«

»Verdammt, Anna, was soll das? Warum bist du so wütend auf mich, was ist passiert? Wir haben vereinbart, dass ich nicht anrufe, dass wir nicht in Kontakt bleiben. Ich dachte, das ist genau, was du willst.« Er erhob die Stimme – zum ersten Mal überhaupt ließ er mich spüren, dass er verärgert war.

Ich öffnete die Tür und musterte ihn, denn ich wollte nicht, dass meine Nachbarn weiterhin Zeugen meiner katastrophalen Dates wurden.

»Ich bin nicht wütend, weil du mich nicht angerufen hast. Ich bin sauer, weil du mich benutzt hast.«

Er machte einen Schritt auf mich zu und ich einen zur Seite, damit er hereinkommen konnte. Wenn er einfach vor mir stehen blieb, konnten wir unseren Streit ebenso gut draußen vor der Tür austragen.

Er kam herein, und ich schloss die Tür und lehnte mich an die Wand.

»Ich bin nicht blöd, aber deiner Logik zu folgen, fällt mir schwer. Wir haben vereinbart, uns einfach miteinander zu amüsieren. Nichts Kompliziertes. Ich behaupte nicht, dass es mir nicht um Sex ging, aber dasselbe gilt auch für dich. Ich dachte, wir ziehen an einem Strang. Wenn ich gewusst hätte, dass du einen Anruf von mir erwartest …«

»Wovon redest du? Ich habe nicht von dir erwartet, dass du mich anrufst.« Meine Stimme hatte wieder annähernd ihre normale Lautstärke erreicht. So wütend auf ihn zu sein, hatte mich erschöpft.

»Dann kann ich dir wirklich nicht folgen«, sagte er.

Schweigend standen wir eine endlos scheinende Minute einfach da. In meinem Kopf überschlugen sich die Gedanken, und keiner davon ergab einen Sinn. Seine Nähe machte es mir auch nicht gerade leichter, klar zu denken. Er war mir so nah, dass ich ihn berühren könnte ... ihn ...

»Willst du was trinken?«, fragte ich. Er nickte, und ich ging in die Küche und goss zwei Gläser Whiskey ein. Noch ein Grund, sauer auf ihn zu sein – Whiskey und Ethan waren für mich jetzt gleichbedeutend.

»Kannst du mal ein paar Minuten aufhören, mich zu beschimpfen und ganz normal mit mir reden?«, fragte er.

Ich blickte ihn nicht an, als ich ihm seinen Drink reichte, das brachte ich nicht fertig. Hinter ihm betrat ich das Wohnzimmer und ließ mich aufs Sofa fallen.

»Anna.«

»Du hättest es mir von Anfang an sagen sollen«, sagte ich ruhig.

»Was denn? Dass ich Anwalt bin?«

Ich warf ihm einen flüchtigen Blick zu; er schien verwirrt.

»Himmel.« Stellte er sich dumm?

»Anna, ganz im Ernst. Was meinst du?«

»Ich meine die Tatsache, dass du genau gewusst hast, wer ich bin, dass du Infos über Allen & Smith wolltest und dass du dein Wissen über mich ausgenutzt hast, um mich rumzukriegen oder so.«

»Was? Wann denn?«, fragte er.

»In New York.« Er sollte nicht meinen, ich wüsste nicht, was er getan hatte.

»Du glaubst, als wir uns kennengelernt haben, wusste ich bereits, dass du für Allen & Smith arbeitest?«, fragte er. Seine Stimme war jetzt höher. Ich schwieg. »Woher hätte ich das wissen sollen?«, fragte er.

Schweigen.

»Woher denn? Und glaubst du vielleicht auch, ich hätte dich nach New York gelotst, in dieselbe Bar, in der auch ich saß?« Mir war noch nicht ganz klar, wie er es geschafft hatte, mir »zufällig« über den Weg zu laufen.

»Und am nächsten Tag beim Lunch«, versetzte ich.

»Na ja, das stimmt. Ich wusste tatsächlich, dass du am nächsten Tag dort zu Mittag essen würdest.«

Ich fuhr herum und blickte ihn an.

»Das habe ich dir verschwiegen, weil es sonst ausgesehen hätte, als ob ich dich stalke, aber ich wollte dich wiedersehen, und das Einzige, was der Portier mir über dich sagen konnte, war, wo du mittags essen würdest.«

»Oh. Mein. Gott.« *Wusste ich's doch. Ich wusste es!* »Und woher wusstest du, dass ich in dieser Bar sein würde?«

Er erhob sich aus dem Sessel mir gegenüber, zog seine Jacke aus, nahm die Krawatte ab und setzte sich neben mich. Regungslos saß ich da.

»Glaubst du das wirklich? Dass ich die Begegnung mit dir arrangiert habe, um an Insiderwissen über Allen & Smith zu kommen?«

Ich schwieg.

»Du bist verrückt, das ist amtlich«, sagte er leise.

»Versuch nicht, mich für verrückt zu erklären. Du bist derjenige, der mich gestalkt hat«, fauchte ich.

»Denk nach, Anna. Was hast du mir über Allen & Smith erzählt?« Ich überlegte tatsächlich. Ich hatte ihm nicht mal erzählt, dass ich Anwältin war, geschweige denn, wo ich arbeitete.

»Dass du dort arbeitest, habe ich erst bei der Bekanntmachung erfahren – als ich dich in dem Konferenzraum sah.«

Ich warf ihm einen Seitenblick zu.

»Woher wusstest du dann, dass ich Anna heiße?«

Er zog mich auf seinen Schoß. Ich widersetzte mich nicht. Vielleicht hätte ich es tun sollen, aber ich wollte ihm glauben.

»Ich weiß es nicht, meine Schöne. Ich fand einfach, dass es zu dir passt.«

Als er mich *meine Schöne* nannte, begann es in meinem Bauch zu kribbeln. *Verdammter Bauch.*

»Und du hast den Portier unter Druck gesetzt, damit er dir sagt, wo ich am Tag nach unserer ersten Begegnung zu Mittag esse? Das ist ja gruselig.«

Er nickte. »Ja, eigentlich ziemlich untypisch für mich.«

»Warum hast du es dann getan?«

»Weil ich dich wiedersehen wollte. Habe ich dir noch nicht gesagt, dass du wahnsinnig gut im Bett bist?«

Er grinste mich an, dann rieb er die Nase an meinem Nacken, und ich ließ es zu.

Ethan

Es fühlte sich so gut an, sie wieder im Arm zu haben. Zu gut. Sie hatte sich ein wenig beruhigt, wirkte aber derart gestresst, dass ich nicht wusste, wie lange das anhalten würde.

»Also war es ein Zufall? Die Begegnung in der Bar und mein Name?«, fasste sie zusammen.

»Ja«, sagte ich an ihrem Nacken und streifte mit den Lippen ihre Haut.

»Und die Übernahme oder Fusion oder was auch immer durch deine Firma ist auch ein Zufall?«

»Du glaubst, ich habe die *Fusion* arrangiert, um dich wiederzusehen? So gut im Bett bist du nun auch wieder nicht.«

Sie lachte, und ich spürte, wie ihr Körper sich entspannte.

»Das sind allerdings ziemlich viele Zufälle«, sagte sie nachdenklich und schenkte meiner Erektion, die sich an ihre Hüfte drückte, keine Beachtung.

»Hmmm«, murmelte ich und nickte.

Sie legte den Kopf an meine Brust, und ich strich ihr übers Haar.

»Es ist schön, dich wiederzusehen«, flüsterte sie.

»Tatsächlich? Ich hatte das deutliche Gefühl, dass du das genaue Gegenteil denkst«, zog ich sie auf.

Sie drehte den Kopf und sah mir ins Gesicht, unsere Nasen berührten sich fast. »Tut mir leid. Es ist nur ...«

»Lass nur, schon gut.« Ich berührte ihren Hinterkopf, und sie beugte sich kaum merklich vor. Wollte sie das hier?

»Ethan«, flüsterte sie so leise, dass ich mich fragte, ob ich ihre Stimme nur in meinem Kopf gehört hatte. »Ethan«, wiederholte sie, lauter jetzt.

Ich zog sie zu mir und begann sanft an ihrer Unterlippe zu knabbern.

Ich musste sie schmecken. Sanft schob ich ihr die Zunge zwischen die Lippen, ließ eine Hand unter ihr Shirt und hinten unter den Rock gleiten, in ihren Slip bis zum Ansatz der Wirbelsäule hinab. Ich liebte es, ihre Haut auf meiner zu spüren.

Plötzlich stieß sie mir heftig mit beiden Händen vor die Brust, sodass unsere Münder sich voneinander lösten, aber ich streichelte weiterhin ihren nackten Rücken. »Ethan, nein. Du bist jetzt mein Chef. Es gibt Regeln, die wir einhalten müssen.«

Ich wusste, was sie sagte, war vernünftig, aber es war mir egal. »Später, meine Schöne. Über Regeln können wir uns später einigen. Jetzt will ich dich schmecken.«

Ihr stockte der Atem, und ich wusste, dass ich bald in ihr sein würde.

»Du hast keine Mitbewohner, die jeden Moment wiederkommen können, stimmt's?«, fragte ich.

»Warum fragst du nicht den Portier danach?«, fragte sie spöttisch und lachte leise in sich hinein. So leicht würde sie mich nicht davonkommen lassen.

Ich hob sie hoch und setzte sie neben mich aufs Sofa, dann ging ich vor ihr auf die Knie. Grob zog ich sie nach vorn, sodass ihr Po auf dem Rand des Sofas ruhte, und griff ihr unter den Rock.

»Sie wollen wohl Ärger haben, Miss Anna«, sagte ich, und ihre Wangen röteten sich leicht. Gott, wie schön sie war! Ich hakte die Daumen an beiden Seiten unter ihr Höschen und zog es hinunter. Es landete auf ihren Füßen.

17. Kapitel

Ethan

»Mir ist da vorhin etwas aufgefallen«, sagte ich, als ich ihr mit den Händen über die Vorderseite der Oberschenkel fuhr, von den Knien hoch bis unter ihren Rock. Ich ertastete den Strumpfgürtel und hielt inne. Ich schluckte. Dieses Zeug trug sie bei der Arbeit? *Fuck.* Wenn sie in meiner Nähe blieb, würde ich nie wieder als Anwalt arbeiten können. »Dachte ich's mir doch.« Ihre Lider flatterten, ich zog die Hände wieder hervor und tastete nach ihrem Reißverschluss. Sie musste den Rock loswerden, damit ich genau sehen konnte, was sie anhatte.

Ich zog ihr den marineblauen Rock über die Beine hinunter, sodass ihre Strümpfe aber kein Höschen zum Vorschein kamen. Sie war perfekt. Ich schob ihr die Beine auseinander, und sie hielt sie gespreizt. Das war es, was mich wirklich fertigmachte, ihre schamlose Art, mich zu begehren und dass sie keine Angst hatte, mir das deutlich zu zeigen. Nicht nur, dass sie Sex wollte. Sie wollte Sex *mit mir.* Und das war ein *fan-fucking-tastisches* Gefühl.

Sie wand sich vor mir, wartete ungeduldig auf das, was als Nächstes passieren würde. Ich beobachtete sie. Ihre Augen waren geschlossen, der Kopf in den Nacken geworfen, die Lippen geöffnet. Es war die beste Aussicht der Welt. »Ethan«, stöhnte sie, drängte mich weiterzumachen. Ich ließ die Finger über die

Rückseite ihrer Schenkel wandern, hoch zu ihrem vollkommenen Hintern. Ich sah, dass sie bereits glänzte.

»Verdammt, du bist einfach hinreißend.« Ich beugte mich vor und bahnte mir mit der Zunge den Weg zu ihrer Klit, dann löste ich mich von ihr und zog mich ein Stück zurück.

»Ethan. Bitte. Mehr.« Himmel, sämtliches Blut in meinem Körper strömte in meinen Schwanz. Ich schob beide Daumen in sie hinein, krümmte sie und spürte ihre Hitze. Ihr Blick wanderte zu meinen Händen, sie beobachtete, was ich tat. Mit beiden Daumen spreizte ich ihre Schamlippen, entblößte die Klit und ließ die Zungenspitze über die harte Knospe schnellen.

»Ethan.« Auf die Ellbogen gestützt, bäumte sie sich auf.

Ich leckte sie ein zweites Mal.

»Ethan, nicht!« Doch sie drängte mir die Hüften entgegen, ihr Körper sagte etwas ganz anderes als ihr Mund.

Noch einmal ließ ich die Zunge über ihre Perle schnellen, dann umfasste ich mit beiden Händen ihre Pobacken und zog sie näher zu mir heran, während ich saugte und leckte. Sie schob mir die Finger ins Haar und fuhr mir mit den Füßen seitlich am Körper hinunter. Erneut drückte ich mit den Ellbogen ihre Beine auseinander und schob die Finger in sie hinein.

Ich wusste, dass sie fast so weit war, denn sie versuchte, mich wegzuschieben. »Ethan. Oh Gott. Oh Gott. Oh Gott!«

Unter meiner Zunge begann sie zu pulsieren, und ich verringerte den Druck, als sie den Rücken wölbte und meinen Namen schrie. Verdammt, wie es mir gefehlt hatte, sie kommen zu sehen – zu sehen, wie sie vor meinen Augen förmlich explodierte!

Sie zog meinen Kopf zwischen ihren Schenkeln hervor und hoch, sodass ich ihr ins Gesicht sehen konnte. Anstatt mich zu küssen, fuhr sie mir mit der Zunge übers Kinn und leckte *sich* von mir ab. Himmel, diese Frau gehörte eingesperrt für das, was sie mit mir machte.

»Ich will dich in mir haben, Ethan. Im Ernst. Jetzt.« Sie drehte sich um und kniete sich aufs Sofa, zog die Bluse aus und umklammerte die Lehne.

Sie war noch immer so fordernd.

»Ethan«, sagte sie und riss mich aus dem Nebel, der mich einhüllte, während ich zusah, wie sie sich bückte und sich mir anbot.

Himmel.

In meinem Portemonnaie fand ich ein Kondom. Ich zog mir in Rekordzeit Hemd und Hose aus und brachte mich in Stellung, wollte diesen Moment genießen, kurz bevor ich in sie eindrang. Ungeduldig drängte sie sich mir entgegen.

»Wir haben die ganze Nacht Zeit«, flüsterte ich. Und stieß in sie hinein, um mich gleich darauf wieder vollständig zurückzuziehen. Sie keuchte. »Und auch morgen Nacht.« Erneut drang ich in sie ein. »Und die Nacht danach.« Sie wimmerte. Unzusammenhängend. Halb verrückt vor Verlangen. Ich umfasste ihre Taille, zog sie vom Sofa hoch und an mich, ihr Rücken lag an meiner Brust. »Fühlst du das, meine Schöne?«, fragte ich und drang wieder in sie ein, so tief ich konnte. Allzu lange hatte ich sie nicht spüren können, und ich wollte so tief in ihr sein wie nur möglich.

»Ja«, flüsterte sie.

»Von jetzt an wirst du meinen Schwanz jeden Tag in dir haben.« Ich wusste, dass ich nicht fähig war, mich von ihr fernzuhalten. Ich musste sie haben, ständig, jeden Tag.

»Oh Gott, ja«, antwortete sie.

Ich drückte sie an den Schultern hinunter, versuchte, noch tiefer einzudringen. Ihr Atem ging kurz und schnell. Es würde nicht mehr lange dauern.

Ich musste ihr Gesicht sehen. Als ich mich zurückzog, ließ sie sich wie willenlos nach vorn fallen. Ich hob sie hoch und trug sie durchs Zimmer zum Esstisch. Ich setzte sie an einem Ende auf die Tischplatte und drang erneut in sie ein, sie war so eng, so perfekt. Sie lehnte sich zurück, und ich beugte mich über sie, suchte in ihrem Gesicht nach der Reaktion auf das, was unsere Körper taten. Ihre Wangen waren gerötet, ein dünner Schweißfilm bedeckte ihre Stirn, in der ein paar Haarsträhnen klebten. Der glatte Bürolook, den sie tagsüber trug, war verschwunden, und die Anna, die nur ich kannte, war wieder da.

Ich ließ die Hüften kreisen, und sie versuchte mir auszuweichen. Sie war kurz davor.

»Wehr dich nicht dagegen, meine Schöne. Du musst es dir nicht aufsparen. Ich lasse dich kommen, so oft du willst.«

Ihr Körper zuckte, sie öffnete den Mund, und ich sah, wie sie zum Höhepunkt gelangte, während ich mich selbst in sie ergoss.

Sie ließ sich auf den Tisch sinken, völlig entspannt und wunderschön. Ich lächelte sie an.

»Hör auf, mich so anzusehen«, sagte sie, als sie mein Lächeln bemerkte.

»Wie denn?«

»So wissend.«

»Ich weiß tatsächlich etwas.«

»Und was?«

»Ich weiß, dass du schön bist. Ich weiß, dass wir das hier bald wieder tun werden. Und dann noch mal und immer wieder. Und ich weiß, dass ich mich freue, dich zu sehen. Ich habe dich vermisst.«

Schweigend wandte sie den Kopf ab.

»Ich habe mich auch danach gesehnt, mit dir zu schlafen«, sagte sie schließlich.

»Das habe ich nicht gesagt«, erwiderte ich. Ich zog sie hoch, bis sie aufrecht saß, dann stand ich auf und half ihr, vom Tisch aufzustehen. »Ich habe es vermisst, mit dir zu schlafen, aber ich habe auch *dich* vermisst. Wo ist das Bad?«

Sie deutete nach links, und ich schlang ihr die Arme um die Taille und trug sie rückwärts in Richtung Badezimmer. »Komm, wir duschen«, sagte ich.

Schweigend und regungslos stand sie da, während ich die Dusche aufdrehte und die Temperatur einstellte. »Komm her.« Ich reichte ihr die Hand und zog sie sanft unter den Wasserstrahl. »In New York sind wir nie dazu gekommen, es unter der Dusche zu tun.«

»Ethan«, sagte sie mit leichtem Vorwurf in der Stimme.

»*Jetzt* wirst du schamhaft? Nachdem du deinen Saft von meinem Gesicht geleckt und mich angebettelt hast, dich zu vögeln?«

Sie schlang mir die Arme um den Nacken und küsste meine Brust.

»Ich muss nur die Regeln verstehen, Ethan.«

»Später.«

»Später?«

»Ja, später.« Ich gab ihr einen Kuss auf den Scheitel.

Anna

Es fühlte sich seltsam und tröstlich zugleich an, ihn in meiner Wohnung und unter meiner Dusche zu haben. Er wusch mir das Haar, kämmte den Conditioner ein, seifte mich am ganzen Körper mit Duschgel ein und spülte es wieder ab, während er mich mit Küssen übersäte. Wir standen uns unter dem Wasserstrahl gegenüber, drängten unsere Zungen aneinander, küssten und erkundeten uns, bis das Wasser kalt zu werden begann.

»Das hier ist nicht das Mandarin Oriental, ich habe leider keine unbegrenzte Menge an heißem Wasser«, sagte ich, als ich unter der kühlen Brause eine Gänsehaut bekam.

Er lächelte, führte mich aus der Dusche und wickelte mich in ein Handtuch. »Mir ist es egal, wo wir es tun. Hauptsache, ich bin in dir.«

Ich ließ das Handtuch fallen und schloss eine Hand um seine Erektion. Sein Blick brannte sich in meinen, und ich ging auf die Knie. Ich hatte zwar Erfahrung mit Blowjobs, hatte es aber immer nur dem Empfänger zuliebe getan. Aber jetzt *wollte* ich ihn in meinem Mund haben. Allein bei dem Gedanken wurde ich schlagartig feucht. Kniend blickte ich zu ihm auf, und bevor meine Lippen ihn berührten, stöhnte er bereits. Ich umfasste die Wurzel und leckte über die Unterseite seines Schafts, vom Ansatz bis zur Spitze, und meine Hand folgte gleich darauf und massierte ihn. Vor Überraschung weiteten sich seine Augen, während ich meine schloss, die Eichel mit der Zunge umspielte und ihn dann tief in den Mund nahm.

Seine Hände fuhren in mein Haar, und ich merkte, dass er sich zurückhielt, um nicht noch tiefer in mich einzudringen. Ich wollte nicht, dass er diesem Drang widerstand. Während er in meinem Mund war, legte ich ihm beide Hände auf die Hinterbacken und drückte, forderte ihn auf, meinen Mund zu vögeln. Er knurrte, als er tiefer eindrang, und hielt meinen Kopf noch fester. Ich wollte, dass er sich nahm, was er brauchte. Dass ich ihm das geben konnte, war der absolute Kick für mich. Ich ging wieder auf die Knie, und er wurde langsamer. Ich legte meine Hände auf seine, die auf meinem Kopf lagen, und versicherte ihm auf diese Art, dass ich genau das wollte. Er hatte die Kontrolle. Er konnte alles von mir bekommen, was er wollte. Seine Stöße wurden jetzt fordernder, er drang in meinen Mund ein und zog sich zurück, immer wieder.

Inzwischen berührte er fast meine Kehle, so tief drang er in meinen Mund ein. Die Nässe zwischen meinen Schenkeln nahm zu. Ich wollte ihn in mir haben.

Er wusste es. Er zog sich aus meinem Mund zurück, nahm mich auf die Arme und trug mich zum Bett.

»Du bist so verdammt sexy«, knurrte er, als ich mich zurücklegte und er vor mir kniete, über mir aufragte.

»Ethan.« Ich bebte vor Lust. Ich fragte mich, warum er noch nicht in mir war, und dann hörte ich ein Kondompäckchen knistern. Er legte sich auf mich und drang in mich ein. Als ich ihn endlich in mir spürte, bäumte ich mich auf und warf den Kopf in den Nacken. Als wäre er nicht eine halbe Stunde zuvor bereits in mir gewesen. Als spüre ich zum ersten Mal, wie er mich ganz ausfüllte. Als hätte sich mein Körper noch nicht ganz an seine Größe gewöhnt. Ich brauchte seine Nähe, schlang ihm die Arme um den Nacken und drückte ihn an mich.

»Du bekommst einfach nicht genug, stimmt's, meine Schöne?«

Er hatte recht. *Er* hatte diese unersättliche Frau erschaffen, die vor Lust auf ihn wie betrunken war und alles tun würde, um den Mann über sich in sich zu spüren. Es war genauso erregend wie beängstigend. Ich wollte nicht dermaßen die Beherrschung verlieren.

Er zog den Kopf zurück, um die Antwort auf seine Frage in meinem Gesicht sehen. Ich schüttelte kaum merklich den Kopf, und er stöhnte und vergrub das Gesicht an meinem Nacken, biss mir sanft in die Haut. Eine Welle der Lust, vermischt mit Schmerz, raste durch mich hindurch. Der nahende Orgasmus begann, in meinem Körper zu brodeln.

Meine Hände wanderten zu seinen Schultern, und ich versuchte ihn sanft wegzuschieben.

»Nein«, sagte er energisch. »Du wirst für mich kommen, Anna. Du wirst dich nicht mehr dagegen wehren.« Er stieß fester zu, tiefer, und weißes Licht blendete mich, als ich fiel, tief und immer tiefer.

Vollkommen entspannt lag ich da, Ethan hatte sich auf mich sinken lassen, sein Atem an meinem Nacken beruhigte sich allmählich, ging schon fast wieder normal.

Ich ließ die Hände über seinen Rücken wandern. Ihn in meinem Bett zu haben, war einfach fantastisch. In meiner Stadt. Aber für wie lange? Darüber wollte ich nicht nachdenken.

Schließlich löste er sich von mir und ging ins Bad, und als er wieder herauskam, sah er so scharf aus, dass es wehtat. Sein Haar war zerzaust, und seine Augen wirkten blauer denn je.

»Ich glaube, du hast mich endgültig fertiggemacht. Ich habe schon gestern Nacht kein Auge zugetan«, sagte Ethan. Er hechtete unter die Bettdecke und gab mir ein Zeichen, mich in seine Armbeuge zu legen.

»Jetlag?«, fragte ich.

»Ja, schon möglich. Und die Arbeit und das Wiedersehen mit dir. Du bist wie eine Kur gegen Jetlag und Stress, alles zusammen in einem hübschen kleinen Päckchen.« Er gab mir einen Kuss auf den Scheitel. »Sag mal, kann ich eigentlich bleiben? Ich wollte nur …«

Mich freute, dass er meine zuckenden Mundwinkel nicht sehen konnte. »Schon okay.«

»Also, was hast du so getrieben, seitdem du New York verlassen hast?«, fragte er.

»Ich war mit Überstunden in der Anwaltskanzlei beschäftigt, die ihr gerade übernommen habt.«

»Mit der wir fusioniert haben«, berichtigte er mich.

»Was auch immer.«

»Enttäuscht, dass ich nicht im Baugewerbe bin?« Er grinste.

»Ich habe nie geglaubt, dass du im Baugewerbe tätig bist, du Verrückter. Bist du überrascht, dass ich Anwältin bin?«

Er atmete tief durch. »Überrascht, dass du bei Allen & Smith arbeitest? Ja. Überrascht, dass du nicht nur sexy, sondern auch clever und tüchtig bist? Nein, absolut nicht.«

»Das mit den Regeln habe ich ernst gemeint. Mein Job ist mir wichtig. Wenn es bei heute Nacht bleibt – wegen deiner No-Dating-Regel oder so –, dann ist das okay, aber im Büro müssen wir uns professionell verhalten, bis du wieder nach New York zurückgehst. Ich will keine Dramen.«

Ethan antwortete nicht, streichelte mir nur weiter den Rücken. Klammerte ich etwa oder dachte ich nur praktisch? Nein, ich dachte eindeutig praktisch. Ich verlangte keinen Ring von ihm, sondern nur ein paar Grenzen. Dass wir für dieselbe Firma arbeiteten, machte die Dinge noch komplizierter.

»Hör mal …«, setzte er an. Offensichtlich wollte er mir den Laufpass auf die sanfte Tour geben.

»Ich will dir keinen Druck machen.«

Er zog mich fester an sich. »Ich weiß. Und du hast recht, dass wir Kollegen sind, macht alles noch schwieriger. Weißt du, dass es im Gesellschaftsvertrag von Flanders, Case & Burling ein strenges Beziehungsverbot gibt?«

»Was für ein Verbot?«

»Eine Regel, die besagt, dass die Teilhaber nicht mit den Angestellten vögeln dürfen.«

»Dann verrate ich dir jetzt mal ein Geheimnis: Du hast diese Regel gebrochen. Und das ist gut so.« Ich kicherte, verstummte aber plötzlich. Er war gerade dabei, mir beizubringen, dass zwischen uns nichts mehr laufen würde.

Mein Körper verkrampfte sich, und ich versuchte von ihm abzurücken, aber er zog mich an sich.

»Also, kein Bullshit«, sagte er. Ich wusste nicht, ob das eine Frage oder eine Feststellung war. »Die Sache ist aus mehreren Gründen ziemlich kompliziert. Ja, im Prinzip bin ich dein Vorgesetzter. Es gibt dieses Beziehungsverbot. Und solange ich hier bin, habe ich verdammt viel zu tun.«

»Schon gut, Ethan. Du bist mir nichts schuldig.« Erneut versuchte ich, von ihm abzurücken, aber sein Arm hielt mich umklammert.

»Lass mich ausreden. Ich versuche dir zu sagen, was ich denke, und das tue ich bei Frauen nur sehr selten, darum wirst du Geduld mit mir haben müssen.« Ich hörte auf mich zu winden, und sein Arm entspannte sich. »Wie du weißt, habe ich keine Dates. Ich weiß nicht mal, wie so was geht.« Erneut spannte ich mich an, versuchte aber, locker zu bleiben und ihn ausreden zu lassen. »Trotzdem würde ich gern Zeit mit dir verbringen, solange ich in London bin.«

»Hast du wirklich noch nie ein Date gehabt?«, fragte ich.

»Anna, ich rede keinen Mist. Nein, ich hatte noch nie ein Date.«

»Aber wie kommt das? Du hast doch sicher schon mal daran gedacht. Das kann doch gar nicht anders sein.«

»Dafür gibt es alle möglichen Gründe. Die Arbeit stand für mich immer an erster Stelle. Ich bin von jeher ehrgeizig, und wenn man das ist, muss man sich auf seine Arbeit konzentrieren. Ich habe gesehen, wie meine Freunde diesen Fokus verloren, wenn sie in irgendwelchen Beziehungsdramen steckten.«

»Meinst du Andrew und Mandy?«

»Kann schon sein. Eigentlich meinte ich meine Kollegen,

als wir noch jünger waren, aber ja, bis zu einem gewissen Grad gilt das auch für Andrew. Und schließlich bin ich in letzter Zeit keiner Frau begegnet, mit der ich gern mehr Zeit verbracht hätte, und ich erzähle keine Lügen. Ich mache immer sehr deutlich, dass ich an einer Beziehung nicht interessiert bin, und bisher hat mich noch keine dazu gebracht, meine diesbezügliche Regel zu ändern. Jedenfalls nicht, ehe wir … na ja, du weißt schon … eine Woche gemeinsam verbracht haben.«

Bei seinen Worten wurde mir warm. Ich wollte mehr hören.

»Und hast du dir nie gewünscht, es mal zu versuchen? Du musst doch unter Druck gestanden haben, weil du keine Frau hattest, die du zu Partys mitnehmen konntest. Ist es nicht leichter, in einer Beziehung zu sein?«

»Ist das ein guter Grund, um jemanden zappeln zu lassen? Um eine Frau parat zu haben, wenn ich an einem Event teilnehmen muss?«, fragte er.

»Ich glaube nicht, aber ich glaube, dass viele Partnerschaften auf diese Art entstehen.«

»Vielleicht hast du recht, aber ich finde, das ist wirklich Bullshit. Wenn du mit jemandem zusammen sein willst, dann sei es. Wenn nicht, dann eben nicht. Keine Unklarheiten.«

»Wann fliegst du zurück? Samstag?«, fragte ich, einstweilen zufrieden mit seiner Erklärung.

Ruckartig drehte er den Kopf und blickte mich an. »Nein. Ich bleibe ein Vierteljahr lang hier.«

Mein Magen begann verrücktzuspielen, und ich setzte mich auf und zog die Knie an die Brust. Ein Vierteljahr. In einem Vierteljahr konnte ich mich in diesen Mann verlieben. Die Sache war weit komplizierter, als ich gedacht hatte.

Ethan strich mir über den Rücken. »Hey. Komm her.«

18. Kapitel

Ethan

Ich hatte nicht gründlich genug nachgedacht. Bislang war mein Schwanz derjenige gewesen, der für mich gedacht hatte. Und der interessierte sich nur dafür, endlich wieder in sie einzudringen. Sie fühlte sich so gut an. Erneut begann er, sich zu regen. Er bekam einfach nicht genug von ihr.

Ich verschränkte die Hände hinterm Kopf und versuchte eine Lösung zu finden. Ich wollte sie. Ich hatte sie in New York gewollt, und in London wollte ich sie immer noch. Dass Kollegen miteinander Sex hatten, kam in der Firma überhaupt nicht gut an. Die Vertragsklausel war bereits mehrmals angewendet worden, um leistungsschwache Partner loszuwerden. Wer seine Sekretärin vögelte, aber dennoch rekordverdächtige Umsätze einfuhr, kam damit allerdings durch. Außerdem war ich mir sicher, dass ich es ohnehin vermasseln würde. Ich hatte noch nie ein Date gehabt. Für mich war das absolutes Neuland.

»Anna?« Ich hatte geglaubt, sie wüsste bereits, dass ich eine Zeit lang bei Allen & Smith sein würde. Und ehrlich gesagt versetzte es mir einen Stich, dass sie aus dem Bett sprang, anstatt sich auf meinen Schwanz zu setzen, als ich es erwähnte. Sie kaute auf dem Daumen herum, wie sie es immer tat, wenn sie nachdachte. Waren drei Monate nicht besser als eine Woche? Vielleicht nicht, wenn sie sich gerade wieder mit ihrem Ex zusammenraufte oder mit einem anderen Mann ausging. »Hör mal, es ist nicht schlimm, wenn du es beim gemeinsamen Arbeiten belassen willst.«

»Ach, du erzählst den Frauen also keine Lügen?« Sie wirbelte herum und blickte mich an. »Willst du wissen, was ich glaube?« Ich nickte. Genau das wollte ich. »Ich glaube, dass die Sache zwischen uns aus all den Gründen, die du genannt hast, kompliziert ist. Und ich will nicht mit meinem Boss schlafen, das finde ich nämlich falsch.« Meine Güte. Ich fühlte mich, als hätte sie mir ein Messer in den Bauch gerammt. »Aber die Vorstellung, nicht mit dir zu schlafen, finde ich noch falscher.« Okay, das klang schon besser. »Und dann … ein Vierteljahr. Das war mir neu.«

Sie kam wieder ins Bett und kniete sich vor mich. »Es ist schrecklich und gleichzeitig großartig.«

»Beides auf einmal?« Himmel, ich kam nicht mehr mit.

»Aber ja«, sagte sie, als hätte ich etwas völlig Offensichtliches übersehen. »Ethan, als ich nach London zurückkam, habe ich dich vermisst, obwohl wir nur eine Woche zusammen waren. Wie soll es mir dann gehen, wenn wir uns nach einem Vierteljahr voneinander trennen müssen?« Mein Herz schlug so heftig, als wolle es mir aus der Brust springen. Es ging also nicht um einen anderen Typen. Sondern darum, dass sie mich wollte. Ihr Geständnis macht mir Mut.

Ich zog sie an mich, und sie ließ es geschehen.

»Im Ernst, vielleicht solltest du jetzt besser gehen«, sagte sie.

»Wenn du das wirklich willst, verschwinde ich«, antwortete ich.

»Nein, ich will es nicht. Aber …«

»Aber?«

»Ich möchte nicht verletzt werden«, flüsterte sie. »Und ich will meinen Job nicht verlieren.«

»Du glaubst, ich feuere dich, wenn du mich nicht ranlässt?«
Die Frage war eigentlich scherzhaft gemeint, aber gleichzeitig
fragte ich mich, ob Anna tatsächlich besorgt war.

»Nein, das habe ich nicht gemeint. Ich meine nur … es ist
kompliziert.«

»Ich will dich nicht verletzen«, sagte ich.

»Das glaube ich dir.«

Das Nächste, woran ich mich erinnere, ist, dass ich im Mor-
genlicht erwachte. Anna schlief noch in meinen Armen. Es
fühlte sich gut an. Ich griff nach meiner Uhr. Mist. 7 Uhr 30.
Ich sollte bereits im Büro sein.

Es war gut, dass wir am Abend zuvor miteinander geredet
hatten. Es erleichterte mich, dass ich ihr hatte sagen können,
was ich dachte, und ich platzte immer noch fast vor Freude,
weil sie mit keinem anderen ausging. Aber wir hatten die Probleme unserer Situation nicht gelöst.

Unglücklicherweise blieb mir keine Zeit mehr, in ihr zu
sein. Allmählich gefiel mir der morgendliche Sex. Sie aus dem
Schlaf zu holen, dafür zu sorgen, dass sie hellwach war und
meinen Namen schrie, war großartig, aber nicht an diesem
Morgen. Ich schob sie sanft von meiner Brust, stieg leise aus
dem Bett und ging unter die Dusche.

Als ich bereit zum Aufbruch war, schlief sie noch. Ich hatte
im Büro ein sauberes Hemd, also musste ich keinen Umweg
zum Hotel machen, sondern konnte direkt zur Arbeit fahren,
und das war gut so, denn ich würde ohnehin zu spät kommen.
Ich wollte sie nicht wecken, aber auch nicht gehen, ohne ihr
Auf Wiedersehen zu sagen.

Ich setzte mich neben sie aufs Bett und sah, dass ihre Lider zu flattern begannen. Ich strich ihr über die Wange, und sie schlug die Augen auf.

»Hey«, sagte ich.

»Hey«, antwortete sie schläfrig. »Wie spät ist es?«

»Viertel vor acht. Ich muss los.«

»Ich habe verschlafen.« Sie setzte sich auf. »Mein Wecker. Ich muss vergessen haben, den Wecker zu stellen.«

Ich lächelte sie an. Sie sah unglaublich aus, so zerknittert und zerzaust. Mein Schwanz regte sich, also stand ich auf. Ich durfte mich nicht ablenken lassen. Ich musste aufbrechen.

»Ich muss jetzt gehen, meine Schöne.« Sie nickte. »Wir sehen uns bei der Arbeit.«

»Okay«, sagte sie.

Sollte ich ein Treffen am Abend vorschlagen? Ich wollte sie nicht unter Druck setzen, aber ich wünschte mir wirklich sehr, sie zu sehen. Am Abend zuvor waren wir noch zu keinem Entschluss gelangt. Wir hatten keine Regeln festgelegt.

»Ich werde dich vermissen«, sagte sie leise. Ich fühlte den vertrauten Stich in die Eingeweide, den nur sie mir versetzen konnte.

»Wollen wir uns treffen? Heute Abend? Und weiterreden?«, fragte ich. Das hier war totales Neuland für mich. Normalerweise wusste ich immer genau, was ich von den Frauen in meinem Leben wollte. Die Regeln waren klar. Ich nahm mir, was ich wollte, und gab ihnen, was sie wollten. Es war ganz einfach. Aber das hier war vollkommen anders. Ich wollte sie glücklich sehen. Ich wollte sie glücklich *machen*.

Als Antwort auf meine Frage nickte sie, und gegen meinen Willen musste ich grinsen. Ich beugte mich über sie und versuchte an etwas anderes zu denken als an ihren unglaublichen nackten Körper unter den Laken. Ich strich ihr das Haar aus der Stirn und küsste sie.

»Tu mir einen Gefallen«, sagte ich, als ich mich schon zur Tür drehte.

Sie setzte sich auf und stützte sich auf die Ellbogen. »Trag keine sexy Dessous unter deinem Kostüm.«

Sie kicherte. »Du weißt doch gar nicht, was ich darunter trage.«

»Oh doch. Also, bis heute Abend. Meine Nummer ist in deinem Handy gespeichert.«

Ich blickte mich noch einmal um. Sie lächelte.

Anna

Ich konnte mich beim besten Willen nicht konzentrieren. Dass Ethan sich in London aufhielt, war völlig bizarr. Es war äußerst seltsam, mit ihm und Richard zusammenzusitzen und über die Arbeit zu reden. Richard war ein furchtbarer Schleimer, er hing förmlich an Ethans Lippen. Ein richtiger Kriecher. Aber er war mir einen Schritt voraus, denn ich hörte kein Wort von dem, was Ethan sagte. Wenn ich sah, wie er im Arbeitsmodus die Feinheiten der Firmenstruktur erklärte, dann war es, als würde ich ihn überhaupt nicht kennen. Mein Körper war noch wund von seinen Fingern, von seiner Zunge, seinen Hüften und seinem Schwanz, aber ich wollte ihn schon wieder. Das Blut rauschte mir in den Ohren, meine Brustwarzen drückten gegen die Spitze meines BHs, und zwischen den Beinen war ich feucht.

»Was meinen Sie, Anna, ergibt das Sinn?«, fragte Ethan. Er blickte mir unverwandt ins Gesicht und riss mich so aus meinen Gedanken. Als er meine Miene sah, schloss er die Augen. »Richard, vielleicht können Sie sich dieser Sache annehmen, und Anna hilft mir bei der Ikarus-Akte. Würden Sie mir ein paar Unterlagen bringen, bevor Sie heute Abend nach Hause gehen?« Richard nickte, verließ eilig den Raum und ließ mich mit Ethan allein, der mir gegenübersaß. Sobald die Tür ins Schloss gefallen war, blickte er mich an. »Anna«, flüsterte er.

Ich antwortete nicht, mir fiel einfach nichts ein, denn alles, woran ich denken konnte, war er. Er kam auf meine Seite des Konferenztisches, sodass wir beide in Richtung Tür blickten, und nahm neben mir Platz. »Anna«, sagte er noch einmal. Ich drehte den Kopf in die Richtung, aus der seine Stimme kam, und spürte seinen Atem an meinem Nacken. Ich hielt mich mit beiden Händen am Tisch fest, um die Situation halbwegs unter Kontrolle zu halten. Seine Hand berührte meinen Schenkel. Ich keuchte. Das durfte nicht sein. Im Büro durfte er mich nicht anfassen. Seine Finger schoben sich unter den Saum meines Rocks und hielten abrupt inne, als sie den oberen Rand meines Strumpfes ertastet hatten. »Anna. Ich habe dich doch gewarnt.«

Ich konnte nicht anders, seine tadelnden Worte ließen mich stöhnen.

»Himmel, du leibhaftige Versuchung, sie werden uns noch beide feuern«, murmelte er, während seine Finger immer höher wanderten. Ich sollte ihn daran hindern, aber ich konnte mich nicht rühren. Ich *wollte* es nicht. Er berührte den Saum meines Slips und schob die Hand darunter. »*Fuck*, du bist so feucht.« Er fuhr über meine zwischen meine Schamlippen, vor und zurück, und ich beugte mich vor, stützte die Ellbogen auf den Schreibtisch, krallte mir die Hände ins Haar, während mich seine Hand bearbeitete. »Du wirst den ganzen Tag nach Sex riechen. Eine ständige Erinnerung an das, was ich mit dir mache«, flüsterte er, als er zwei Finger in mich hineinschob. Ich versuchte mich zusammenzureißen, um kein

Geräusch von mir zu geben. Ich wollte seinen Namen schreien, steckte aber all meine Energie in den Versuch, ganz leise zu sein.

»Du bist immer so verdammt schön, aber jetzt ganz besonders. Wenn meine Finger in dir sind, wenn ich deine Nässe spüre. Das gefällt dir, stimmt's?«

Wenn ich jetzt etwas sagte, wäre ich verloren und würde ihn lauthals anflehen, mich kommen zu lassen.

»Anna«, sagte er mit schmeichelnder Stimme.

Ich nickte.

»Schönes Mädchen.« Sein Daumen kreiste um meine Klitoris, fest und gnadenlos. Fast hätte ich mich gegen ihn gewehrt, doch dann fiel mir ein, dass er mich ermahnt hatte, das nicht zu tun. Es geschah instinktiv, ich wusste nicht, wieso. Ich wusste nicht, ob ich es bei meinen früheren Freunden genauso gemacht hatte, aber keiner von ihnen hatte mich so oft und so heftig zum Orgasmus gebracht wie Ethan. Unwillkürlich presste ich die Schenkel zusammen, und er zwang mir grob die Knie auseinander. »Auch davor habe ich dich gewarnt. Ich entscheide, wann du kommst.« Mehr als diese Worte brauchte ich nicht. Ich begann zu beben, zuckte zurück, packte die Stuhllehnen und stieß die Hüften in die Luft, als der Orgasmus durch mich hindurchraste. Ich weiß nicht, ob es die Stille war, der Ort oder die Tatsache, dass sich tausend Leute unmittelbar in unserer Nähe aufhielten und jeden Moment jemand hereinkommen konnte, jedenfalls war das Gefühl noch intensiver als sonst.

Als die Lust verebbte, überfiel mich die Panik. Ich öffnete die Augen, und Ethan zog seine Hand zurück, stand auf und ging zu seinem Schreibtisch.

»Ethan«, sagte ich leise. Meine Stimme verriet, wie bestürzt ich war. Was hatten wir uns nur dabei gedacht?

»Ja, ich weiß«, fiel er mir ins Wort. »Wir brauchen Regeln. Du hast recht. Heute Abend. Wir reden heute Abend darüber.«

Ich stand auf und hob mein Notizbuch auf. Meine Beine waren wackelig, und meine Hände zitterten. »Ich muss jetzt gehen.«

Er nickte.

»Was ist mit der Ikarus-Akte?« Ich erinnerte mich, dass er sie Richard gegenüber erwähnt hatte, ehe er gegangen war.

»Die gibt es nicht. Ich wollte nur mit dir allein sein. Wie du mich manchmal ansiehst, Anna … Das macht mich verrückt. Wir werden strenge Regeln brauchen, wenn wir weniger als hundert Meter voneinander entfernt arbeiten müssen.« Er ließ sich in seinen Schreibtischsessel fallen.

»Sehe ich irgendwie … äh …«

»Ob du aussiehst, als wärst du gerade unter meinen Händen gekommen?«, brachte er lächelnd meinen Satz zu Ende. Meine Wangen brannten. »Nein, du siehst hübsch aus, aber auch sehr professionell.

Ich musste dringend hier raus und mich wieder in Ordnung bringen. »Ethan, wir müssen uns aus dem Weg gehen, bis wir nachher über alles reden können.«

»Einverstanden.«

»Ach, noch etwas«, sagte ich und blickte ihn über die Schulter an. »Niemand lässt mich so kommen wie du.«

Er stöhnte. »Gönn mir eine Pause, meine Schöne, ich habe jetzt schon einen Hormonstau.«

Ich grinste und ließ ihn mitsamt seiner Erektion an seinem Schreibtisch zurück.

»Heute hast du bessere Laune«, sagte Lucy, eine der anderen Teilhaberinnen, und ließ sich auf meinem Schreibtisch nieder. Ich hatte in mich hineingelächelt. »Hattest du Sex?«

Ich warf ihr einen finsteren Blick zu, und sie lachte. »Ich kann dir sagen, mit wem *ich* gern mal Sex hätte. Dieser Typ von Flanders, Case & Burling, dieser große, der so scharf aussieht, Ethan Scott.«

Mit hochgezogenen Augenbrauen starrte ich sie an, denn ich fürchtete, mich zu verraten, wenn ich etwas dazu sagte.

»Er hat wahnsinnig blaue Augen. Hast du das gesehen? Ich glaube, bei dem würde ich schon kommen, wenn er mich nur ansieht.«

»Lucy!« Ich fand es schrecklich, dass sie so über ihn redete.

»Und er trägt keinen Ehering. Hast du gesehen?«, fragte sie. »Ich wette, er will sich ein bisschen amüsieren, solange er hier in London ist. Dabei würde ich ihm gern ein paar Monate lang helfen.« Sie zwinkerte mir zu.

Lucy war der Bürovamp und stand in dem Ruf, eine furchtbar schlechte Anwältin zu sein. Ich fragte mich, warum sie den Job überhaupt noch hatte. Vermutlich, weil sie wie wild mit allen männlichen Teilhabern flirtete und dabei vollkommen wahllos war. Jung, alt, klein, groß – das war ihr egal. Ich fragte mich, ob sie sich noch unter Kontrolle hatte. Offenbar war sie Männern gegenüber von Natur aus so. Mich hatte das nie gestört – bis jetzt. Ich konnte den Gedanken nicht ertragen, dass Ethan ihren Annäherungsversuchen ausgesetzt sein würde.

»Lucy, ich habe wahnsinnig viel zu tun. Verschwinde!«

»Aber ich wollte mir bei dir ein paar Ideen holen. Du arbeitest doch mit ihm zusammen, oder?« *Ja, könnte man so sagen.* »Wie kann ich die Sache ans Laufen bringen?«

»Lucy, ich meine es ernst, verschwinde.«

»Das mit der guten Laune nehme ich zurück. Du *bräuchtest* mal wieder Sex, Süße.«

Sex ist genau das, was ich gerade hatte.

Ich stöberte in der Handtasche nach meinem Handy und scrollte durch meine Kontakte, um Ethans Nummer zu finden. Erneut hatte er sich unter »Sexgott« abgespeichert. Natürlich.

Ich freue mich auf den Abend mit dir. Gut, dass du in London bist.

Er antwortete sofort. *Ich freue mich, hier zu sein. Gut, dass wir uns gefunden haben. Bis heute Abend, meine Schöne.*

Mein Magen probte den Aufstand.

19. KAPITEL

Ethan

Um kurz nach neun klopfte ich an Annas Wohnungstür. Es war ein langer Tag gewesen, und ich freute mich darauf, sie zu sehen. Bei ihr würde ich mich entspannen. Als die Tür sich öffnete, konnte ich den Blick nicht von ihr abwenden.

»Hey«, sagte sie.

Ich antwortete nicht, wollte keine Sekunde verschwenden. Ich marschierte auf sie zu, griff, ohne stehen zu bleiben, nach ihrem vollkommenen Hintern und schob sie rückwärts in den Flur, während ich gleichzeitig den Saum ihres Shirts anhob und ihr das Teil über den Kopf auszog. Ich konnte an nichts anderes mehr denken als daran, mich endlich in ihr zu vergraben und sie kommen zu sehen.

»Hey Anna, wie war dein Tag?«, zog sie mich auf.

Ich ignorierte sie und zog ihr die Jogginghose aus. Da stand sie im Slip, was mir nicht weiterhalf, mich aber auch nicht aufhalten konnte. Himmel, sie war so schön! Ich zog an meiner Krawatte, während sie ihr Selbstgespräch fortsetzte. »Er war großartig, Ethan, danke. Ich habe viel geschafft, obwohl ich im Büro häufig abgelenkt wurde. Wie war's bei dir? Ich hatte auch einen guten Tag, danke, Anna, ich habe mehrere Meetings geleitet ...«

»Dreh dich um und leg die Hände an die Wand«, unterbrach ich ihren Redeschwall und ließ meine Hose auf den Boden fallen. Wortlos tat sie, was ich gesagt hatte, und begab sich in Stellung. Ich nahm ein Kondom aus meinem Portemonnaie. Ich war steinhart und konnte keine Sekunde mehr warten. Die Wölbung ihres Rückens und der freie Blick auf ihren perfekten, von Spitze bedecken Hintern waren alles, worauf ich mich konzentrieren konnte. Ich zog ihren Slip zur Seite und drang sofort in sie ein.

»*Fuck!*«, schrie sie. Ich zog mich zurück, dann stieß ich erneut heftig in sie hinein. Meine Hände wollten sie überall gleichzeitig berühren – ihre Hüften, ihre Brüste, ihre empfindlichste Stelle, ihr Haar, ihren Bauch. Himmel, ich bekam einfach nicht genug. Ich begann in ihr zu pulsieren – in ungefähr zehn Sekunden würde ich kommen.

»Härter, Ethan.«

Erneut drang ich tief in sie ein, kostete das Gefühl aus, wie sie mich umfing. Sie war für mich gemacht. Sie stöhnte, als ich noch einmal zustieß, und krallte die Fingernägel in die Wand. Ich griff nach ihren vollkommenen Brüsten. Bei der Berührung wurden ihre Brustwarzen steinhart, und ich massierte sie, vielleicht zu heftig, denn sie warf den Kopf zurück, berührte meine Schulter. Sie hatte so vieles zu bieten, ich wusste kaum, wo ich anfangen sollte mit dem Genießen.

»Du bist so bereit, Anna. Warst du schon den ganzen Tag so feucht für mich?«, flüsterte ich ihr ins Ohr.

Sie nickte.

»Sag's mir, Anna.«

»Ich wollte dich schon den ganzen Tag. Ich habe mir vorgestellt, wie du in mir bist.«

Nun konnte ich mich nicht mehr zurückhalten. Das Geräusch ihres Pos, der gegen meine Hüften prallte, und ihr Stöhnen, all das war zu viel für mich. Sie anzusehen, sie zu fühlen, zu riechen und zu schmecken. Sie war alles für mich. Warum nur hatte ich sie nach London zurückgehen lassen? Warum hatte ich sie in all diesen Wochen nicht haben können? Was hatte ich mir nur dabei gedacht?

Sie drängte sich fester an mich, und ich drang tiefer in sie ein. Ich umfasste ihre Schultern, glitt in sie hinein und wieder heraus. Sie krampfte sich um mich zusammen, ihre Atemzüge wurden kürzer. Ich schob meine Hand an ihrer Hüfte nach vorn und unten, bis ich ihre Perle berührte. Anna bäumte sich unter mir auf. Ich umkreiste die empfindliche Knospe, und um meinen Schwanz herum wurde es noch nasser.

»Ja. Genau. So«, flüsterte sie.

Sie ließ den Kopf zwischen den Armen hängen, als hätte ich sie besiegt, als hätte sie sich gefügt, mir und der überwältigenden Lust. Sie drehte den Kopf, sodass unsere Blicke sich trafen. Und dann kam sie, mit einem Gesichtsausdruck, in dem sich Verletzlichkeit mit purer Lust mischte. Dieser Blick machte mich fertig, und auch ich war so weit, ich kam und ergoss mich in sie.

Einige Sekunden lang hielt ich inne, versuchte wieder zu Atem zu kommen, während sie den Kopf an die Wand vor sich lehnte. Als ich mich aus ihr zurückzog, wimmerte sie leise, denn dass mein Schwanz sie verließ, war das Letzte, was sie wollte. *Himmel.* Sie hätte den Papst verführen können. Ich zog sie an mich und führte sie ins Schlafzimmer. Dort legte ich sie aufs Bett und zog uns schnell die restlichen Klamotten aus, dann deckte ich uns beide zu und zog sie an mich, sodass ihr Hintern an meinem Schoß lag.

Ich legte ihr die Arme um die Taille und schmiegte das Kinn an ihren Nacken.

»Hey, wie war dein Tag?«, fragte ich, und sie kicherte.

»Hey, jetzt fragst du ja doch«, sagte sie und streichelte meinen Arm.

»Tut mir leid, ich musste einfach in dir sein.«

»Ich weiß. Es gefällt mir.«

»Dir gefällt es, wenn ich in dir bin?«

»Ja, und dass du dieses Bedürfnis hast, dass dich nichts aufhalten kann, weil du dir nimmst, was du haben willst.«

»Das klingt, als wäre ich ein Neandertaler.«

»Ich find's gut«, sagte sie nur. »Aber genau darum brauchen wir Regeln. Und Regel Nummer eins muss lauten: keine Orgasmen im Büro.«

Ich lachte an ihrem Nacken. »Hat der dir nicht gefallen?«

»Viel zu gut.«

»Ich glaube, im Büro sollten wir so wenig Kontakt wie möglich haben, und mit Sicherheit keinen Körperkontakt. Was meinst du?«

»Klingt schrecklich, aber ja, du hast recht.«

»Und was noch?«, fragte ich. Sie hatte eindeutig viel über dieses Thema nachgedacht. Mir war es egal, welche Regeln sie einführen würde. Ich war zu jedem Spiel bereit, das sie mir vorschlug.

»Im Büro können wir es niemandem sagen. Wegen dieser Sache mit dem Beziehungsverbot, von der du mir erzählt hast, und weil ich nicht die Frau sein will, von der alle behaupten, sie schliefe sich nach oben. Das bedeutet, dass niemand davon erfahren darf. Und ich meine damit: wirklich niemand.«

»Okay.«

»Nur okay? Siehst du das etwa anders?«

Mir gefiel, dass sie das leichte Zögern in meiner Stimme bemerkt hatte. »Nein, aber ideal ist es auch nicht, oder?«

»Aber …«

»Ich sagte doch, ich bin einverstanden. Was noch?«

»Weiter bin ich noch nicht gekommen.«

Ich zog ihre Beine zwischen meine. »Willst du mich am

Wochenende auf der Jagd nach einer Wohnung begleiten? Und danach zum Dinner bei meiner Schwester?«

Sie schürzte die Lippen. »Das heißt, wir haben ein Date?«

Eigentlich hatte ich meinem Vorhaben im Geist noch kein Etikett aufgeklebt. Alles, woran ich gedacht hatte, war sie und dass ich Zeit mit ihr verbringen und sie vögeln wollte, solange ich in London war.

Ich zuckte mit den Schultern. »Scheint so.«

»Du überschlägst dich ja fast vor Begeisterung.« Sie stieß mir den Finger in den Oberschenkel, und ich zuckte übertrieben zurück. »Also, hör zu. Ich habe noch mehr Regeln«, fuhr sie fort.

Stöhnend rollte ich mich auf den Rücken, und sie legte sich auf mich. »Und zur Belohnung bekomme ich einen Blowjob?«

»Wenn du mit mir schläfst, dann schläfst du mit keiner anderen.«

»Babe, von einem flotten Dreier habe ich nie was gesagt.«

Das brachte mir einen spielerischen Faustschlag in die Magengrube ein, aber ich packte ihre Hand und hob sie an meine Lippen. »Meine Schöne, wenn ich dich haben darf, warum sollte ich dann noch eine andere wollen?«

»Ich meine es ernst«, sagte sie leise.

Ich zog sie an mich. »Ich auch. Du wirst geduldig mit mir sein müssen. Ich habe dir gesagt, dass ich noch nie ein Date hatte, also werde ich nicht immer alles richtig machen. Aber ich spiele keine Spielchen, und ich werde nicht anfangen, dich zu belügen. Wenn ich mit dir zusammen bin, bin ich mit dir zusammen, damit fängt es an, und damit hört es auf.«

Ich sah, dass sie ein Lächeln unterdrückte. »Das mit uns ist also exklusiv?«

»Oh mein Gott, und du bist eine unserer cleversten Anwältinnen? Verdammt, wir sind erledigt.« Diesmal grinste sie breit. »Ja, das mit uns ist exklusiv. Ich will nicht, dass dir irgendein anderer nahekommt.«

In ihr zu sein, wurde bald zu meiner abendlichen Lieblingsbeschäftigung. Wenn sie danach einschlief, kuschelte sie sich in meine Armbeuge, die speziell dafür gemacht schien. Plötzlich fand ich es aufregend, in London zu sein. Das lag an meinem Job, der eine neue Herausforderung war, aber auch daran, dass ich mit ihr zusammen sein konnte. Sie war so schön, wie ich sie in Erinnerung hatte, so lustig, so cool, so fordernd, aber auch genauso zerbrechlich. Zum ersten Mal in meinem Leben fand ich es aufregend, länger mit einer Frau zusammen zu sein.

Ich versuchte, ohne sie zu stören nach meinem Handy auf dem Nachttisch zu greifen, und tippte eine Nachricht an meine Schwester ein.

Ich: Dinner am Samstag klingt gut. Kann ich jemand mitbringen?

Obwohl es nach zwei Uhr war, schrieb sie sofort zurück. So was machen Kinder mit einem.

Jessica: Ein Mädchen?

Ich: Eine Frau.

Jessica: Ist sie 'ne Nutte?

Ich: Sei nett. Du wirst sie mögen.

Jessica: Wer sind Sie, und was haben Sie mit meinem Bruder gemacht?

Ich: Bis Samstag. Hdl.

Jessica: Ich habe kein Lösegeld, also behalten Sie ihn einfach.

Ich legte auf und grinste in mich hinein.

Anna

Wir verbrachten den Tag damit, Wohnungen zu besichtigen. Ethan war zwar im Prinzip immer noch im Hotel eingecheckt, aber in dieser Woche hatte er jede Nacht bei mir verbracht. Und mir gefiel es. Es gefiel mir wirklich. Und ganz besonders mochte ich den Sex, der immer besser zu werden schien, aber ich mochte auch *ihn*. Er brachte mich zum Lachen. Er ließ sich nichts von mir gefallen, war äußerst selbstbewusst, und er schien mich zu mögen. Bislang hatte er keins der Spiele gespielt, die ich von anderen Männern gewöhnt war. Er machte mir nichts vor, log mich nicht an, und das war ein gutes Gefühl. Es fühlte sich richtig an. Und frei.

Weil ich wusste, dass wir nur ein Vierteljahr hatten, wollte ich jede Sekunde ausnutzen. Ich schätze, er sah das genauso, denn er kam jeden Abend nach der Arbeit zu mir, ohne Vorwände oder Erklärungen. Am Abend zuvor hatte er sogar seinen Laptop mitgebracht und beim Essen ein wenig gearbeitet, ehe wir ins Bett gingen, wo er dann meinen Körper bearbeitet hatte.

Ich stand in der Tür und wartete auf ihn, damit wir uns auf die Suche nach einer Wohnung machen konnten.

»Hast du was vergessen?«, rief er mir aus dem Wohnzimmer zu.

»Nope.« Ich lächelte.

Er erschien in der Tür und sah mir forschend ins Gesicht.

»Lachst du etwa über mich?« Er beugte sich zu mir herab und küsste mich auf den Mund.

»Vielleicht.«

»Weißt du was? Ich kann dir dieses Grinsen in genau zwei Sekunden aus dem Gesicht wischen. Deine kleinen Lippen öffnen sich augenblicklich und werden feucht, wenn ich mit meinen Fingern das hier mache ...«

Er griff nach unten und umschloss mein Geschlecht. Und tatsächlich erlosch mein Grinsen, und mein Höschen wurde feucht. Ein Teil von mir wollte, dass er weiterführte, was er begonnen hatte, aber wir mussten los und mit der Wohnungssuche beginnen.

»Ethan, wir müssen jetzt gehen, und ich will auf keinen Fall nach Sex riechen, wenn wir uns all diese Mietwohnungen ansehen.«

Ethan zuckte mit den Schultern und ging mir voran aus der Wohnung. »Es ist erst unser zweites Wochenende. Zehn bleiben uns noch. Zehn Wochenenden, an denen du nackt bleiben und ich dich zwei Tage lang ans Bett fesseln kann. Wir werden auf keinen Fall ausgehen.«

Hatte er im Kopf bereits mit dem Countdown begonnen? Noch zehn Wochenenden? »Versprechen, lauter leere Versprechen«, witzelte ich gezwungen, um zu verbergen, dass in meinem Geist die Uhr schon zu ticken begann.

»Also, was sagen wir, wenn uns jemand zusammen sieht?«, fragte ich, als Ethan ein Taxi heranwinkte, das uns zum ersten Besichtigungstermin bringen sollte.

»Ach was, uns sieht keiner.«

»Letzte Worte berühmter Männer. Was ist, wenn doch?«

»Darum kümmern wir uns, wenn es wirklich dazu kommt, aber wir sind hier in einer Stadt mit acht Millionen Einwohnern. Mach dir nicht ins Höschen.«

»Mein Höschen soll trocken bleiben? Das ist ja eine Hundertachtzig-Grad-Wendung für dich. Langweile ich dich schon?«

»Wie gesagt, nackt und ans Bett gefesselt, das ganze nächste Wochenende.«

Ethan hatte mir erzählt, dass er den Auftrag für die Maklerin leicht geändert hatte, um sicher zu sein, dass alle Wohnungen, die wir an diesem Tag besichtigen würden, in der Nähe meiner Wohnung lagen. Ich erklärte ihm, dass ich bald umziehen würde, aber das schien ihn nicht zu kümmern. Ein Teil von mir fragte sich, ob er sich insgeheim wünschte, dass ich ihm anbot, bei mir zu wohnen. Ein Teil von mir hätte das gern getan. Aber ich schlug es ihm nicht vor, und er fragte auch nicht danach.

Wir wollten uns vier Wohnungen ansehen. Alle waren zehnmal so groß wie die, die ich besichtigt hatte. Ich war überzeugt, dass jede davon gut genug sein würde. Zwei lagen in ein und demselben Block, sodass unsere Besichtigungstour nicht allzu lange dauern würde. Ethan schien von diesem Vorhaben begeistert zu sein, vielleicht ging ihm mein enges Apartment bereits auf die Nerven. Seine Wohnung am Hudson war fantastisch und gehörte einer ganz anderen Liga an als mein bescheidenes Zuhause.

Zum ersten Termin kamen wir ein paar Minuten zu spät, und die Maklerin erwartete uns bereits.

»Ich bin Marie, wir haben miteinander telefoniert.« Sie reichte Ethan die Hand, der sie schüttelte und sich dann zu mir drehte. »Das ist meine Freundin Anna.«

Marie reichte auch mir die Hand, während mein Magen sich krampfhaft zusammenzog. *Seine Freundin?* Angst stieg in mir auf. Die Unklarheit, die dieses Wort zwischen uns erzeugte, gefiel mir nicht. *Freundin* konnte vieles bedeuten, aber für mich hieß es vor allem Enttäuschung und Kummer. Ich bedachte Marie mit einem gezwungenen Lächeln und schwieg.

Maries und Ethans Begeisterung für die Wohnungssuche überspielte die Peinlichkeit, für die ich möglicherweise gesorgt hatte. Alle vier Wohnungen waren fantastisch, und Ethan schien jede zu mögen. Ich nickte nur und lächelte, als er die Vorzüge der einzelnen Wohnung herausstellte.

Er vereinbarte mit Marie, dass er ihr am selben Nachmittag mitteilen würde, wie er sich entschieden hatte. Als sie gegangen war, atmete ich erleichtert auf. Wenn ich mit Ethan allein war, war alles viel einfacher. Ich musste nicht über ein Etikett für unsere Beziehung nachdenken. Ich musste nicht an die Zukunft denken. Ich konnte mich einfach auf ihn konzentrieren.

»Also, willst du nach Hause und zu Mittag essen oder willst du nach Hause und vögeln?«, fragte er.

Ich lachte über seine unerwartete Frage. »So kenne ich dich, Ethan«, antwortete ich.

»Also nach Hause und vögeln«, sagte er. Mit einer Hand zog er mich an sich, mit der anderen winkte er ein Taxi heran.

Meine Wohnung lag in fußläufiger Entfernung. Ich wusste nicht, ob er seine Sachen mitgebracht hatte oder ob er sowieso keine Zeit mehr in Klamotten verschwenden wollte.

»Hey, jetzt, wo du weißt, dass du deinen Spaß haben wirst, strahlst du wieder«, sagte er, als wir im Taxi nebeneinandersaßen, und stieß mich sanft mit dem Ellbogen an.

»Habe ich vorhin etwa lustlos gewirkt?«, fragte ich.

»Du hast ausgesehen, als müsstest du dich übergeben, weil

ich dich meine Freundin genannt habe. Einen Mann mit einem kleineren Ego hätte das vernichtet.«

Ich wusste nicht, was ich antworten sollte. »Tut mir leid. Ich war nur überrascht.«

»Aber du hast es nicht gern gehört«, fügte er zögerlich hinzu.

»Mir machen die Nebenbedeutungen dieses Wortes zu schaffen.«

»Hmm«, war alles, was ich als Antwort bekam.

»Jedenfalls glaube ich, dass du mich damit nur provozieren wolltest. Du hast es immer vermieden, dich an eine Frau zu binden.«

»Ich versuche nichts zu vermeiden. Ich glaube, du solltest dich lieber fragen, ob du nicht selbst diejenige bist, die manchen Dingen aus dem Weg geht«, sagte er und bedachte mich mit einem Blick, den ich nicht recht deuten konnte. Ich beugte mich vor und fuhr das Fenster des Taxis herunter, um besser Luft zu bekommen, da fuhren wir bereits bei mir zu Hause vor. Ich sprang aus dem Wagen und wollte den Fahrer bezahlen, aber Ethan reichte ihm im Auto bereits Bargeld.

Schweigend betraten wir das Gebäude, die Luft zwischen uns knisterte förmlich vor Spannung. Ich wünschte, seine Gedanken stünden in Sprechblasen über seinem Kopf.

Als ich die Tür aufgeschlossen hatte, ging ich in die Küche und schaltete den Wasserkocher ein. Fast hatte ich damit gerechnet, von ihm gepackt zu werden, sobald wir drin waren, hatte geglaubt, dass wir uns die Anspannung aus dem Leib vögeln würden, aber Ethan steuerte direkt aufs Wohnzimmer zu. Ich verlagerte das Gewicht von einem Bein aufs andere, während ich meine Gedanken zu sortieren versuchte und gleichzeitig darüber nachdachte, was Ethan durch den Kopf gehen mochte. Erst in einigen Stunden würden wir zum Dinner bei Ethans Schwester aufbrechen. Wir hatten Zeit.

Er stand im Wohnzimmer am Fenster und blickte hinaus, als ich mit Kaffee für uns beide hereinkam. »Danke, aber ich glaube, ich fahre lieber zurück ins Hotel und rufe die Maklerin an«, sagte er. Mein Herz setzte einen Schlag aus. Ich wollte nicht, dass er wegging. Und vor allem wollte ich nicht der Grund dafür sein.

»Ich dachte, wir vögeln?«, sagte ich und versuchte gleichmütig zu klingen.

»Himmel, Anna, ist das dein Ernst? Willst du immer noch so tun, als ginge es hier nur um Sex?«, fragte er und blickte weiterhin aus dem Fenster. Mit dem Rücken zu mir stand er da, griff in seine Hosentasche und zog seine Schlüssel heraus. Diese Seite von ihm kannte ich noch nicht. Normalerweise ärgerte er sich nicht. Er war immer ruhig und beherrscht.

»Ethan«, sagte ich und trat näher. Ich wollte ihm über den Arm streichen, doch er wich mir aus. Angst überkam mich. Hatte ich ihn verärgert? Hatte ich wirklich die Macht, ihn wütend zu machen? Ich hasste dieses Gefühl. »Ethan, bitte. Ich möchte nicht, dass du gehst.«

»Ich weiß nicht, ob ich das mit dir kann, Anna, ich kann nicht damit umgehen, wenn du mir wichtige Dinge vorenthältst«, sagte er nur und blickte mich noch immer nicht an.

Mein Herz verkrampfte sich, und ich rang nach Luft. Ich nickte, ohne dass er es sah. Ich versuchte ruhig zu bleiben, aber innerlich war ich alles andere als das. Was konnte ich sagen, damit er blieb? Vielleicht war es besser so. Zumindest im Büro würde es auf diese Art leichter für uns sein. Der Gedanke, ihn in der Kanzlei zu sehen und gleichzeitig zu wissen, dass wir keine Rolle mehr füreinander spielten, ließ meinen Magen rebellieren; ich ballte die Faust, drückte sie in meine andere Hand und drehte sie hin und her in der Hoffnung, den Schmerz damit zu verlagern.

»Ich verstehe. Es ist kompliziert«, sagte ich und versuchte, mit fester Stimme zu sprechen, aber es gelang mir nicht, und der Satz endete mit einem hässlichen Geräusch, halb Flüstern, halb Schluchzen. Ethan bemerkte es. Er drehte sich zu mir um und blickte mich an.

»Was ist?«, fragte er. »Bist du traurig? Was habe ich falsch gemacht?«

Ich zuckte mit den Schultern, und eine Träne stahl sich auf meine Wange.

»Anna. Würdest du bitte mit mir reden? Ich kann keine Gedanken lesen. Ich weiß nicht, was in dir vorgeht. Du willst eine exklusive Beziehung, aber du rastest aus, wenn ich dich als meine Freundin vorstelle. Was ist los? Im Taxi warst du distanziert, und als wir hier ankommen, geht es plötzlich nur noch um Sex? Was ist los?«

»Ich tue mein Bestes«, brachte ich mühsam heraus. »Dass ich schon Freunde hatte, bedeutet nicht, dass ich gut in solchen Sachen bin.«

Ich wandte mich ab und bedeckte mit beiden Händen mein Gesicht. Warum beunruhigte es mich so, wenn er mich alleinließ? Was war mit dem Versprechen, das ich mir selbst gegeben hatte – dass ich mit Männern in Zukunft nur noch Spaß haben würde?

»Dann sei ehrlich zu mir. Mit Ausreden komme ich nicht klar.«

»Ich ziehe hier keine Nummer ab.«

»Aber ehrlich bist du auch nicht.«

»Ich habe Angst«, platzte ich heraus.

»Vor mir? Davor, ehrlich zu sein?«

Ich spürte, dass er näher kam. Ohne zu ihm aufzublicken, nickte ich. Er zog mir die Hände vom Gesicht und senkte den Kopf, um mir in die Augen zu sehen.

»Anna, sprich mit mir. Wovor hast du Angst?«

Es war, als hätte er eine Flasche Sekt entkorkt, denn nun sprudelte alles aus mir heraus. »Ich fürchte mich, dass das hier ... dass wir ... dass es um mehr als nur Sex geht. Ich habe Angst, wenn du gehst, und Angst, wenn du bleibst. Ich habe Angst vor meinen Gefühlen für dich. Es ist eben kompliziert, und das sollte es doch nicht sein. Du könntest mich ernsthaft verletzen, Ethan. Du wärst schon jetzt in der Lage, mir wirklich wehzutun.«

Ich wich seinem Blick aus, denn ich fürchtete mich vor dem, was ich in seinen Augen sehen würde. Doch er nahm mich einfach in die Arme und hielt mich fest. »Ich weiß«, flüsterte er in mein Haar.

20. Kapitel

Ethan

Dass sie auf diese Art reagierte, als ich sie meine Freundin nannte, tat mir verdammt weh. Ich weiß, so sollte es nicht sein, aber zum ersten Mal in meinem Leben wollte ich eine Frau meine Freundin nennen dürfen, und als ich es tat, zuckte sie fast zusammen, verdammt noch mal. Ich versuchte, mir darüber keine Gedanken zu machen, aber vergebens. Es machte mir tatsächlich etwas aus.

Bei dem, was danach passierte, blickte ich nicht mehr durch. Ihre Stimmung schien ständig zu schwanken, immer, wenn ich glaubte, wieder auf dem Laufenden zu sein, warf sie mich erneut aus der Spur. Offenbar konnte sie innerhalb einer Minute von schweigsam über wütend zu traurig wechseln.

Ich hatte sie dazu gebracht, sich mir gegenüber ein wenig zu öffnen, aber so etwas war Neuland für mich. Abgesehen von meiner Schwester hatte ich noch nie eine aufgebrachte Frau beruhigen müssen.

Da stand ich, hielt sie im Arm und fragte mich, was ich sagen sollte. *Fuck.*

»Meine Schöne, wie können wir es weniger kompliziert machen? Wie kann *ich* dafür sorgen? Ich hasse es, wenn du traurig bist.« Wusste sie, was sie wollte, und fürchtete sich nur davor, es mir zu sagen?

An meiner Brust gab sie Geräusche von sich, die mit ziemlicher Sicherheit keine Worte waren. Meine Güte. Sonst war sie so temperamentvoll; diese traurige Seite hatte ich noch nie an ihr gesehen. Wie viele Seiten hatte sie noch? »Was denkst du? Aber erzähl mir keinen Mist«, sagte sie.

Verdammt.

»Ich denke über dich nach«, antwortete ich und hoffte, sie damit zu besänftigen.

»Und was denkst du über mich? Dass ich ein verrückter und sehr emotionaler Mensch bin?«

»Schon möglich.«

Sie lachte an meiner Brust, und ich war verflixt erleichtert. Auf keinen Fall sollte sie wieder auf sauer umschalten.

»Sorry, ich wollte nur … also …«

Ich hielt sie fest im Arm. »Bitte, reg dich nicht so auf. Ich will nicht, dass du Angst hast. Ich will dich nicht verletzen. Niemals. Ich will Zeit mit dir verbringen, heißen Sex haben, mit dir zusammen sein, glücklich sein.«

»Das will ich auch«, sagte sie leise. »Aber was passiert, wenn du wieder zurückgehst?«

Ich hatte noch nicht darüber nachgedacht, was in drei Monaten passieren würde. Normalerweise verbrachte ich nicht mal die Nacht mit den Frauen, die ich vögelte, darum fühlte sich jeder Tag mit Anna anders und ganz besonders an – wie ein Abenteuer. Ich wusste nicht, was mir auf diesem Weg noch begegnen würde. »Ich kenne auch nicht alle Antworten. In einem Vierteljahr wirst du mich vielleicht hassen. Ich weiß nur, dass ich diese Zeit lieber mit dir verbringe und ein gebrochenes Herz riskiere, als einfach zu verschwinden. Aber wenn du das Risiko nicht eingehen willst, dann …«

Sie beugte sich zurück und betrachtete mich mit einem sanften Lächeln. »Oh mein Gott, Ethan. Du bist einfach vollkommen. Und ich will all diese Dinge auch tun. Ich weiß einfach, dass ich dich in drei Monaten nicht hassen werde.« Erneut legte sie den Kopf an meine Brust.

»Ich bin alles andere als perfekt, Miss Anna.«

»Bitte, brich mir nicht das Herz«, flüsterte sie.

Ich hatte das Gefühl, dass sie womöglich als erste Frau überhaupt imstande sein würde, *mir* das Herz zu brechen, aber der Gedanke beunruhigte mich nicht. Mit ihr zusammen zu sein war mir wichtiger, als mich zu schützen. Ich wollte ihr all ihre Zweifel und Sorgen abnehmen.

Wir standen einfach so da – es kam mir vor wie Stunden – und hielten uns im Arm, denn keiner wollte den anderen als Erster loslassen.

Schließlich trennte uns das Klingeln ihres Handys.

»Hey, Leah.«

Ich rieb mir mit beiden Händen das Gesicht. Dieser Beziehungskram war … Anna sah mir in die Augen, während sie ins Handy sprach. Sie lächelte mich an. Sie war einfach verdammt heiß, trotz ihrer Stimmungsschwankungen. Dieser Beziehungskram war es absolut wert.

»Okay, ich frage ihn. Keine Ahnung. Äh … sobald du aufgelegt hast.«

Ich ließ mich aufs Sofa fallen, und als das Gespräch beendet war, setzte sie sich rittlings auf mich.

»Leah hat uns für Dienstag zum Dinner zu sich eingeladen«, erklärte sie.

»Großartig.«

»Willst du, dass wir hingehen?«, fragte sie.

»Natürlich.« Ich freute mich darauf, Einblick in ihr Londoner Leben zu bekommen. In New York hatte Leah einen netten Eindruck auf mich gemacht, und Armitage schien ein anständiger Kerl zu sein.

Sie nahm mein Gesicht in beide Hände.

»Sind wir gut?«, fragte sie.

Ich drehte sie auf dem Sofa auf den Rücken, und sie umschlang meinen Nacken. »Wir sind sogar sehr gut«, sagte ich und küsste sie auf den Hals. Sie hob das Kinn, um mir leichteren Zugang zu verschaffen. Ich liebte es, ihre Finger in meinem Haar zu spüren. Irgendwie kam mir das sehr intim vor, ich war Samson und sie Delilah – und ich wusste, dass sie mich auf genau die Art zerstören konnte, wie sie von mir zerstört zu werden fürchtete.

»Soll ich das Dinner bei meiner Schwester absagen?«

»Nein, warum?«

»Na ja, wir könnten hierbleiben und die ganze Nacht so weitermachen«, antwortete ich und begann an der Haut unter ihrem Schlüsselbein zu saugen.

»Du machst mir schon wieder einen Knutschfleck«, sagte sie.

»Hoffentlich.« Ich wechselte auf die andere Seite ihres Halses. Mir gefiel die Vorstellung, dass jeder den Abdruck meiner Lippen auf ihr sehen konnte.

»Willst du wirklich absagen?«, fragte sie.

»Ja, aber es ist den Ärger nicht wert, den sie mir deswegen machen würde. Hast du was dagegen?«

»Nein. Ich habe durchaus Lust, sie kennenzulernen.«

»Izzy ist viel interessanter.«

»Izzy?«

»Meine Nichte. Sie ist hinreißend. Von meiner Schwester hat sie das nicht, so viel steht fest.«

»Ach komm, sei nett.«

»Du kennst sie nicht. Sie ist schrecklich.«

»Ich bin mir sicher, dass sie nur dein schlechtes Benehmen in Schach halten will.«

»Großartig. Seitdem wir über meine Schwester reden, hat

meine Erektion sich verabschiedet, also können wir genauso gut zu diesem Dinner gehen.« Ich richtete mich auf und zog sie mit, sodass wir nebeneinandersaßen.

»Ich dachte, wir sollten um sieben dort sein.«

Ich nickte.

»Dann haben wir noch Zeit«, sagte sie und strich über den Stoff meiner Jeans, der meinen Schwanz verhüllte, wobei sie mich halb verschämt, halb neckisch musterte.

»Mal sehen, ob ich deine Erektion davon überzeugen kann, noch mal wiederzukommen. Du warst schon seit heute Morgen nicht mehr in mir, und ich kann nicht mehr warten, bis es an der Zeit ist, zu Bett zu gehen.« Ihr Blick war verhangen, ihre Stimme lediglich ein Hauch. Auch vor ihr hatten Frauen solche Dinge zu mir gesagt, entweder um mir zu gefallen oder weil sie glaubten, so etwas sagen zu müssen. Bei Anna klang es, als hätte sie selbst das dringende Bedürfnis, diese Dinge zu sagen. Was in ihrem Kopf war, kam einfach heraus und machte mich an. Ich spürte bereits, wie das Blut in meinen Schwanz strömte.

Trotz eines fantastischen Blowjobs und obwohl ich mich gefühlt stundenlang in ihr vergraben hatte, schien ich in ihrer Gegenwart eine Dauererektion zu haben. Keine Ahnung, ob es an dem rückenfreien Top lag, das sie trug, an den High Heels oder einfach nur an ihrem Lächeln.

»Alles okay?«, fragte sie, als wir vor dem Haus meiner Schwester vorfuhren.

»Ja. Bereit für die Abnahme.«

Ich ging davon aus, dass Jessica sie unter die Lupe nehmen würde. Gehörte das zu den Dingen, die sie vorhin so aufgebracht hatten? Ich wollte nur meine Schwester besuchen und den Abend trotzdem mit Anna verbringen. Für mich war dieses Dinner keine große Sache. Sie lernte eben meine Familie kennen.

»Nur, damit du's weißt: Die Meinung meiner Schwester interessiert mich einen Dreck, egal, worum es geht.«

Sie stieg aus dem Taxi und tat, als wollte sie mit ihrer Handtasche auf mich einschlagen. »Sag so was nicht, es ist einfach nicht nett.«

»Ich wollte damit nur sagen, dass dies hier kein Test ist. Nur ein Dinner.«

»Mach dir um mich mal keine Sorgen. Du bist der Nächste, der einen Nervenzusammenbruch erleiden wird. Ich freue mich schon drauf.«

»Wir leben also im Augenblick.«

Sie blieb vor dem Gartentor stehen und lächelte mich an. Gegen meinen Willen erwiderte ich ihr Lächeln.

»Küss mich«, sagte sie.

Ich beugte mich über sie, um ihr einen Kuss auf den Mund zu geben, und sie schlang die Arme um mich. Ihre Zunge drang in meinen Mund ein, drängte sich leidenschaftlich an meine. Ich ließ die Hände über ihren nackten Rücken gleiten und zog sie an mich. Ihre vollkommenen Brüste drückten sich an meine Brust. Verdammt, sie trug keinen BH.

Plötzlich zog sie sich zurück. »Im Augenblick leben, genau. Vor allem in Augenblicken wie diesem. Sag deinem Schwanz, dass er jetzt ein paar Stunden frei hat.« Sie grinste, und ich nahm sie bei der Hand und betrat mit ihr den Weg, der zur Haustür meiner Schwester führte.

»Du bist grausam«, beschwerte ich mich.

»Und du hast das sexuelle Verlangen eines Neunzehnjährigen.«

»Aha. Und du bist die Heilige Jungfrau Maria?«

»Ich glaube, du bist der Grund dafür, dass ich auch so scharf wie ein Neunzehnjähriger bin.«

»Lass uns einfach nach Hause fahren«, bedrängte ich sie. Das Letzte, was ich jetzt tun wollte, war, einen Abend mit meiner Schwester zu verbringen. Anna trat einen Schritt vor und drückte auf die Klingel, und bevor ich ihr noch einmal vorschlagen konnte, einfach abzuhauen, tauchte ein Schatten hinter der mattierten Glasscheibe auf.

Schwungvoll öffnete James die Tür. »Die Frauen in diesem Haus sind gerade nicht gut drauf.«

»Ach verdammt, James!«, rief Jessica aus dem ersten Stock herunter, und Izzy begann zu schreien. »Jetzt sieh nur, was du angerichtet hast.«

»Willkommen am glücklichsten Ort auf Erden«, sagte James und trat zur Seite, sodass wir ins Haus gehen konnten.

»Das ist Anna.« Das Wort »Freundin« vermied ich bewusst.

Anna und James begrüßten sich, und ich fragte mich, ob Anna unbehaglich zumute war. Meine Schwester von oben ins Erdgeschoss schreien zu hören, war nicht gerade eine freundliche Begrüßung. Aber Anna lächelte und wirkte entspannt.

»Wie ihr hört, versucht Jessica gerade, Izzy bettfertig zu machen. Sie kommt gleich runter. Und sobald sie ein Glas Merlot getrunken hat, wird sie fast wieder ein Mensch sein.«

»Das habe ich gehört«, trällerte Jessica und kam in die Küche, in der wir uns versammelt hatten. James goss uns Drinks ein. »Für mich am besten gleich zwei Gläser.«

»Ist Izzy im Bett?«, fragte ich.

»Hey, Bond. Ja, fragt sich nur, wie lange.«

»Bond?«, fragte Anna.

»Jessica, das ist meine … das ist Anna.«

Anna drehte sich zu mir, lächelte und sagte dann an Jessica gewandt: »Ich bin Ethans Freundin, freut mich, dich kennenzulernen.«

Mein Herz vollführte einen Sprung in meiner Brust, und in meinem Bauch hämmerte es dumpf. Als ich von Anna zu Jessica blickte, sah meine Schwester mich an, als warte sie darauf, dass ich etwas sagen würde. Ich versuchte, die Mundwinkel herunterzuziehen, aber es funktionierte nicht. Sie war meine Freundin, und darüber war ich verdammt glücklich. Ich legte ihr den Arm um die Hüfte und zog sie an mich.

»Tja, Wunder gibt es eben immer wieder. Izzy schläft, und Bond hat eine Freundin. Leck mich am Arsch!«

»Hey, keine Kraftausdrücke!«, sagte James.

»Izzy ist oben. Sie kann uns verdammt noch mal nicht hören.«

»Wir versuchen, in ihrer Gegenwart Schimpfwörter zu vermeiden«, erklärte James.

Ich nickte nur, denn ich wollte mich nicht in die Auseinandersetzung hineinziehen lassen. Jessica brauchte dringend ihren Merlot.

»Also, warum wirst du Bond genannt?«, fragte Anna.

Ich stöhnte.

»Oh, das wird spannend! Ich kann dir jede Menge peinlicher Geschichten über Ethan erzählen«, sagte Jessica und strahlte vor Schadenfreude. Ich verdrehte die Augen.

»Jessicas Datingkatastrophen im Teenageralter toppen alles, was sie über mich zu erzählen hat. Fang ruhig an«, erwiderte ich.

Jessica lachte. »Das kann ja heiter werden.«

Ethans Schwester war hübsch. Sie war sogar schön. Vermutlich hätte mich das angesichts von Ethans gottähnlichen Zügen nicht überraschen sollen. Die Ähnlichkeit war deutlich zu sehen. Das eigentlich Interessante aber war seine Beziehung zu ihr. Sie neckten sich, waren verspielt und liebevoll. Mit den beiden zusammen zu sein erinnerte mich an den Besuch in den Hamptons – alle waren entspannt und glücklich. In Ethans Leben gab es viele gute Menschen, die ihn liebten. Glückliche Paare, die ein glückliches Leben führten. Ich fragte mich, warum er vor mir noch nie ein Date gehabt hatte – wünschte er sich ein solches Leben nicht auch?

»Ich wette, du hast immer noch alle Bücher, die zu diesem Thema je auf den Markt gekommen sind. Wahrscheinlich willst du die Manie deiner Kindertage jetzt mal rational betrachten«, stichelte Jessica. Sie hatte ausführlich über Ethans Faible für James Bond berichtet. Es gab Schlimmeres.

»Die Bücher sind wertvoll. Lauter Erstausgaben«, antwortete er und wirkte leicht verletzt. »Und intellektueller als deine Schwärmerei für Boyz II Men ist meine Leidenschaft auch.«

»Ja, aber an meinen Wänden hängen keine Poster von Boyz II Men mehr. Die habe ich entfernt, als ich die ersten echten Dates hatte. Na ja, ich hätte sie hängen lassen sollen. Fantasien über Rockstars sind viel besser als die Wirklichkeit mit gierigen Teenagern.«

»Oder Dates mit alten Männern. Nicht nur Teenies sind gierig«, sagte ich, ohne nachzudenken. »Anwesende natürlich ausgeschlossen.« Vor Verlegenheit zuckte ich zusammen, und Jessica lachte.

»Da hast du vermutlich recht. Der letzte Typ, mit dem ich ausgegangen bin, bevor ich James kennenlernte, hat mich nicht nur für das Dinner bezahlen lassen, sondern auch noch den ganzen Abend mit seiner Ex getextet. Zur Begründung hat er gesagt, es ginge ihr wegen einer Trennung gerade schlecht.«

Ich nickte. »Ich hatte mal ein Date, bei dem ich von der Toilette kam und den Typen dabei erwischte, wie er sich die Nummer der Kellnerin geben ließ.«

»Himmel.« Ethan riss die Augen auf.

»Und auf dem College hat mich mein Dauerfreund mit meiner besten Freundin betrogen. Dasselbe ist Leah passiert, bevor sie Daniel begegnet ist. Was soll ich sagen, ich ziehe die Mistkerle förmlich an.«

»Und was bin ich dann?«, fragte Ethan.

»Hm. Der Prinz, der den Turm erklimmt und die Prinzessin rettet?« Ich lächelte ihn an, und er lächelte zurück.

»Oh mein Gott, zitierst du etwa *Pretty Woman*?«, fragte Jessica und lächelte mich erwartungsvoll an.

Ich nickte. »Ich habe gehört, du bist auch ein Fan des Films?«

»Ich liebe diesen Film! Hab ihn schon hundert Mal gesehen. Ich habe Ethan gezwungen, ihn immer wieder mit mir anzusehen.«

»Das hat sich offenbar gelohnt«, sagte ich. »Hat er dir erzählt, was er in New York gemacht hat?«

»Verdammt, Anna, die Geschichte erzählst du nicht, auf keinen Fall!« Ethan stöhnte. »Ich glaube, das Gerede über Ex-Freunde ist mir lieber als das hier.«

»Doch, du musst es mir unbedingt erzählen!«, rief Jessica, und ihre Stimme überschlug sich fast vor Begeisterung.

»Nein, Anna. Jessica will nicht hören, was ihr Bruder macht, wenn er nackt ist«, fiel Ethan ihr ins Wort.

»Das stimmt«, sagte Jessica. »Keine Sexgeschichten. Niemals. Na gut, nicht über meinen Bruder jedenfalls. Wenn es um einen sexy Mann geht, mit dem ich nicht verwandt bin, dann immer her damit! Ich selbst habe schon lange nichts mehr zu erzählen, ich brauche eine Stellvertreterin, die etwas für mich erlebt!«

»Ich will auch nichts über meine nackte Schwester hören, um Himmels willen.« Ethan verdrehte die Augen.

»Okay, also noch mehr Geschichten über Ex-Freunde – mein letzter Ex schuldete Leuten Geld, denen man besser nichts schuldig bleibt, und schließlich sind sie in meine Wohnung eingebrochen, um mir Angst einzujagen.«

Ethan schob seinen Stuhl vom Tisch weg, die Stuhlbeine kratzten über den gefliesten Boden. »Verdammt noch mal, ist das dein Ernst?«

Ich blickte ihn an. Seine Miene wirkte finster, sein Blick bohrte sich in meinen. Ich war erstaunt über seine Reaktion, aber mir blieb keine Zeit, um zu antworten. »Die Wohnung, in der du jetzt wohnst?«

»Ethan.« Ich nahm seine Hand. »Ich verkaufe sie, das weißt du, und die Polizei ist an der Sache dran.«

»Warum hast mir das nicht erzählt?« Er blickte mir forschend ins Gesicht, als könnte er dort die Antwort finden.

»Es hat sich nicht ergeben. Und es gibt auch nichts zu erzählen.«

»Du bleibst nicht länger in dieser Wohnung«, knurrte er.

»Ethan, ich bin seitdem immer in meiner Wohnung gewesen, die Sache liegt Monate zurück, und du warst vor Kurzem auch mit mir dort.« Beruhigend drückte ich seine Hand.

»Du bleibst dort nicht noch einmal allein.« Seine Stimme klang jetzt ruhiger, aber immer noch entschlossen.

»Okay«, sagte ich und meinte es auch so. Mir gefiel, dass er sich genug aus mir machte, um mich zu beschützen. Es fühlte sich gut an. Sicher. Lächelnd drückte er mir die Hand.

»Wow«, sagte Jessica, und unsere Köpfe fuhren gleichzeitig zu ihr herum.

»Was denn?«, fragte Ethan.

Sie zuckte nur mit den Schultern und begann das Geschirr abzuräumen. Ich stand auf und wollte helfen, aber Ethan hielt mich zurück.

»Komm, ich helfe dir«, sagte ich und versuchte erneut aufzustehen. Ethan zog mich und meinen Stuhl mit einer Hand zu sich, mit der anderen hielt er meine Hand. »Nein, bleibt ruhig sitzen. James und ich erledigen das«, sagte Jessica.

Ich lehnte den Kopf an Ethans Schulter. »Arbeitest du mit ihm zusammen?«, fragte er einen Moment später.

»Nein, um Gottes willen. Er war kein … nein.«

»Siehst du ihn noch?«

Ich schüttelte den Kopf. »Nein, absolut nicht.«

»Oder sprichst mit ihm?«

»Nein, Ethan. Bitte. Lass uns zu Hause darüber reden, aber nicht, solange wir hier sind.« Ich lächelte angespannt, denn mir war bewusst, dass Jessica und James jeden Augenblick zurückkommen konnten.

»Das gefällt mir alles nicht«, blaffte er.

»Ich sehe es.«

Mit zwei Flaschen Wein kam James wieder ins Zimmer. »Ich dachte, wir brauchen vielleicht einen extra Vorrat. Ich sage immer, im Zweifel lieber betrunken.«

»Das ist das Einzige, was wir nach wie vor gemeinsam haben«, sagte Jessica und kam mit einem Tablett Mousse au Chocolat herein. »Wir betrinken uns, um die Realität auszublenden.«

»Ich habe gehört, so kommt man am besten klar, wenn man kleine Kinder hat«, sagte ich.

»Absolut richtig«, sagten James und Jessica wie aus einem Mund und fingen an zu lachen.

Ich lächelte und drehte mich zu Ethan um, der mich anstarrte, als hätte er von dem Wortwechsel überhaupt nichts mitbekommen. Ich drückte seine Hand, und er blinzelte und wandte den Blick ab.

»Was ist das für ein Zeug, das ihr da trinkt?« Grinsend trank er ein Glas von etwas Undefinierbarem auf ex. Er hatte sich offenbar wieder beruhigt.

»Also, was machst du beruflich?«, fragte mich Jessica.

»Oh, ich bin Anwältin. Ich arbeite für die Kanzlei, die gerade von Ethans Firma übernommen worden ist.«

Jessica blickte erst ihren Bruder und dann mich an. »Ihr habt euch also bei der Arbeit kennengelernt? Ist das erlaubt?«

»Wir sind uns in New York begegnet, im Sommer. Dass wir jetzt zusammenarbeiten, ist purer Zufall. Wir wussten nichts davon«, erklärte Ethan.

Eindeutig, Ethan hatte Jessica kaum etwas über mich erzählt.

»Dann bist du also gar nicht nach London gekommen, um Zeit mit deiner Schwester und deiner Nichte zu verbringen. Das ist mal wieder typisch.« Jessica machte eindeutig Scherze.

»Nein, ich bin hier, um meine Arbeit zu erledigen. Ich wusste nicht, wo Anna arbeitet, bis wir uns im Büro über den Weg gelaufen sind.«

»Oh, wow«, sagte sie. »Das klingt ja richtig romantisch.«

»Es ist, wie es ist.« Ohne meine Hand loszulassen, setzte Ethan sich zurück auf seinen Stuhl.

»Wann fängst du eigentlich wieder an zu arbeiten?«, fragte er. »Jessica ist Zahnärztin. In diesem Land muss sie damit ein Vermögen verdienen.«

Ich stieß ihm den Ellbogen in die Rippen.

»Nächste Woche sehe ich mir tatsächlich ein paar Praxen an. Ich fürchte mich ein bisschen davor, wieder zu arbeiten. Wahrscheinlich habe ich alles vergessen. Ich bin schon über ein Jahr lang raus.«

»Hey, du bist super in deinem Job. Du hast mit Sicherheit gar nichts vergessen.« Ethan blickte mich an und sagte: »Jessica ist brillant. Sie war Jahrgangsbeste.«

Ich fand es süß, dass er so stolz auf sie war. Lächelnd sagte ich: »Das liegt bestimmt in der Familie. Was machen eure Eltern?«

»Dad ist auch Zahnarzt. Mom ist Hausfrau. Sie führen das perfekte Leben. Hast du was von Onkel Alec gehört?«, fragte Jessica ihren Bruder.

Ethan nickte. »Ich habe gestern mit Mom gesprochen.«

Ich entschuldigte mich und ging ins Bad, solange die beiden sich über Familieninterna austauschten. Das hier war ein neuer Ethan für mich. Der Familien-Ethan. Stolz und loyal. Es war schön. Aber ich hätte keinen Grund gebraucht, um ihn noch mehr zu mögen.

21. Kapitel

Ethan

Ich war stinksauer. Endlich hatte sie mir von diesem Ex erzählt. Nachdem ich sie in New York mehrmals nach ihm gefragt und sie sich geweigert hatte, über ihn zu sprechen, erzählte sie meiner Schwester alles ganz beiläufig beim Dinner. Wobei sich herausstellt, dass der Typ der totale Bastard und sie in ihrer eigenen Wohnung nicht mehr sicher ist. Ich bin sauer auf sie, auf ihren Ex und auf mich selbst, weil ich das nicht eher herausbekommen habe.

Während des Dinners konnte ich meine Wut unterm Deckel halten, aber als wir von meiner Schwester wegfuhren, fiel mir alles wieder ein, und ich konnte nicht mehr aufhören, daran zu denken.

Wir saßen im Taxi und fuhren zurück zu ihrer Wohnung, aber dort würden wir auf keinen Fall bleiben. Ich würde sie nicht in diesem Bett vögeln, in dem sie es mit anderen Männern getrieben hatte, vor allem mit solchen, die sie gar nicht verdienten. Himmel, bei dem Gedanken hätte ich am liebsten jemandem die Faust in den Magen gerammt.

»Du bist so still«, sagte sie. Seitdem wir uns von Jessica und James verabschiedet hatten, hatte ich nichts mehr gesagt.

Ihre Hand lag in meiner wie meistens an diesem Abend, und ich drückte sie. Als wollte ich irgendetwas beteuern. Keine Ahnung, was genau.

»Tut mir leid, dass ich dir nichts von Ben erzählt habe. Ich weiß, du hast mich nach ihm gefragt.«

»Sprich seinen Namen in meiner Gegenwart nicht aus«, sagte ich und starrte stur geradeaus.

»Ich habe dich nicht belogen. Ehrlich nicht«, sagte sie endlich. Sie hatte recht, streng genommen hatte sie nicht gelogen, aber ich fand es schrecklich, dass ich so viele Dinge nicht über sie wusste. Sie gehörte mir, und ich wollte alles erfahren.

Als wir vor ihrer Wohnung anhielten, spürte ich, dass sie sich fragte, ob ich mitkommen würde. Als hätte ich sie je allein gelassen! Sie würde keine Nacht mehr in dieser Wohnung verbringen, und schon gar nicht allein.

Ich bezahlte den Fahrer, und sie versuchte sich aus meinem Griff zu lösen, aber ich ließ sie nicht los. Wir betraten die Wohnung. »Pack deine Tasche. Wir bleiben heute Nacht bei mir im Hotel«, sagte ich, ohne sie anzusehen.

»Ethan ...«

»Streite dich nicht mit mir. Nicht darüber.«

Sie schwieg. Ich ließ ihre Hand los, und sie lief durch die Wohnung, um ihre Sachen zusammenzusuchen. Ich wartete an der Wohnungstür auf sie.

Nachdem wir die Wohnung verlassen hatten und in einem anderen Taxi saßen, ging es mir schon besser. Aber nicht gut genug, um mich mit ihr zu unterhalten. Ich befürchtete, dass ich die Nerven verlieren würde. Ich war es nicht gewöhnt, mit solchem Mist umzugehen. Sie hatte nichts falsch gemacht, aber ich nahm ihr immer noch übel, dass sie mir die Sache verschwiegen hatte. Und dass sie vor mir mit anderen Männern ausgegangen war. Es war irrational, aber so empfand ich es nun mal. Ich war sauer auf mich selbst, weil ich ihr nicht eher begegnet war als Ben der Bastard, eher als all die anderen Typen, mit denen sie Dates gehabt hatte.

Als wir beim Hotel ankamen, holte ich meine Post an der Rezeption ab und führte Anna zu den Aufzügen; ihren Rollkoffer zog ich hinter mir her. Sie hatte ziemlich viel eingepackt, und das war gut so, denn in diese Wohnung würde sie nicht zurückkehren.

»Wann ist der Verkauf deiner Wohnung unter Dach und Fach?«, fragte ich, als die Fahrstuhltüren aufglitten.

»Übernächste Woche.«

Ich nickte. »Welche der Wohnungen, die wir heute gesehen haben, hat dir gefallen?«

»Die waren alle großartig.«

»Welche gefällt dir am besten?«

»Die sind nichts für mich.«

»Anna.«

»Also gut, die zweite.«

Ich nickte. »Okay, ich rede mit der Maklerin. Die Räume stehen leer, also sollten wir bald dort einziehen können. Bis dahin bleiben wir hier.«

»Ethan …«

»Kein *fucking* Wort mehr, Anna.«

»Ich darf nichts sagen?«

»Jetzt nicht.«

»Wann denn?«

»Wenn ich dich so heftig genommen habe, dass du vergessen hast, was du sagen wolltest.«

Sie schwieg. Wir betraten das Hotelzimmer, und ich schlug die Tür hinter uns zu. Ich stellte ihren Koffer ab und ging durch den Wohnbereich zum Bett.

»Komm her«, sagte ich und versuchte den Ärger zu verbergen, den ich empfand. Es war Zorn mit Lust vermischt. Ich konnte sie nicht ansehen, während ich ihr das rückenfreie Top auszog. Ich konzentrierte mich auf ihre weiche, glatte Haut.

Ich wollte ein Zeichen darauf hinterlassen, drückte sanft ihren Kopf zur Seite und presste die Lippen auf ihren Hals. Ich saugte heftig. Es würde definitiv ein Zeichen zurückbleiben, und diese Vorstellung verstärkte mein Verlangen nach ihr und milderte meinen Zorn. Sie klagte nicht, hielt sich nur an meinen Schultern fest. Ich verlagerte mich auf ihre andere Seite und bearbeitete sie dort auf dieselbe Art.

»Zieh deine restlichen Klamotten aus«, befahl ich und begann ebenfalls, meine Kleidung abzulegen.

Schweigend leistete sie meiner Anordnung Folge. Ich spürte, dass sie mich ansah, mir in die Augen zu sehen versuchte, aber ich war nicht bereit, mich dem zu stellen, was ich dort sehen würde.

Nackt ging ich vor ihr auf die Knie. Ich roch den Duft ihres perfekten Körpers, der sich direkt vor mir befand. Ich umfasste ihren Hintern, und sie schob mir die Hände ins Haar. Ich berührte sie mit der Zunge. Sie war so feucht, und ich konnte ein Stöhnen nicht unterdrücken. *Fuck*, sie schmeckte köstlich. Schon immer hatte ich es geliebt, eine Frau zu lecken. Bei den meisten lag das daran, dass sie irgendwann so erregt waren, dass sie alles taten, was ich ihnen vorschlug. Aber bei Anna machte mich dieser verhangene Blick fertig. Die Art, wie sie innerlich an einen anderen Ort zu gehen schien. Fast sofort begann sie unter meiner Zunge zu pulsieren. Sie war so weit. Eine Hand legte ich auf ihren perfekten Hintern und drückte sie an mich, mit der anderen folgte ich der Nässe zwischen ihren Schamlippen, dann schob ich die Finger in sie hinein, und sie zog sich um mich herum zusammen. Verdammt, mein Schwanz begann schon bei dem bloßen Gedanken zu pulsieren, dass er meine Finger bald ersetzen würde. Ihr Atem ging jetzt schneller. Lange würde sie nicht mehr durchhalten, aber ich hatte nicht vor, es ihr so leichtzumachen.

»Ethan«, maunzte sie.

Ich zog mich zurück, weigerte mich, sie mit meiner Zunge zu erlösen. So würde es nicht laufen. So leicht würde sie nicht an ihre Belohnung kommen. Ich stand auf, hob sie hoch und warf sie grob aufs Bett.

»Dreh dich um«, schnauzte ich, und sie rollte sich auf den Bauch.

Hinter ihr kniend schob ich ihre Oberschenkel nach vorn, sodass ihr vollkommener Hintern aufragte, bereit, mich aufzunehmen, während sie Gesicht und Brust auf die Matratze drückte. Ich stieg vom Bett, um ein Kondom zu holen und mir eine bessere Aussicht auf sie zu verschaffen.

»Halt still«, sagte ich, als sie Anstalten machte, die Brust vom Bett zu heben. Erneut gehorchte sie, ohne zu widersprechen. Das war es, was ich brauchte. Sie musste mir zeigen, dass ich der Mann war, den sie wollte. Dass sie alles tun würde, was ich von ihr verlangte.

Anna

So wie an diesem Tag hatte ich Ethan noch nie gesehen. Er schien kurz davor, die Selbstbeherrschung zu verlieren. Vielleicht war das nicht richtig, aber ich fand es heiß.

Ich spürte einen leichten Hauch auf den Lippen, als ich so auf dem Bett kauerte, entblößt und mit dem Hintern in der Luft. Ich wusste, dass er mich ansah, dass er nachsah, ob ich bereit für ihn war. Bei dem Gedanken musste ich ein Stöhnen unterdrücken. Er hatte mich mit der Zunge bis an den Abgrund getrieben und dann aufgehört. Ich hätte ihn vor Frust anschreien mögen, aber gleichzeitig wollte ich ihm geben, wonach er verlangte, was er offenbar brauchte. Er versuchte, mit seinem Zorn fertigzuwerden, indem er mich bestrafte. Vielleicht war es nicht okay, aber mir machte es nichts aus, im Gegenteil. Ich wollte ihm alles geben.

Seine großen Hände bedeckten meinen Hintern, und hinter mir sank das Bett ein. Ich rührte mich nicht. Ich wusste, dass ich in dieser Position bleiben sollte. Ich gehörte ihm, und er konnte mit mir machen, was er wollte.

Er strich mit dem Finger von meiner Klit hoch bis zum Po, und ich biss ins Kopfkissen, um meine Lust nicht zu deutlich zu zeigen.

»Ich kann dich fühlen, Anna, so feucht, nur für mich. Aber hier geht es nicht um deine Lust«, knurrte er. Er stieß in mich hinein und zog sich sofort wieder zurück.

Das Herz hämmerte mir in der Brust, und ich konnte mich auf nichts anderes konzentrieren als auf ihn. Seine Stimme schien aus mir selbst zu kommen, als wäre ich ein Teil von ihm und er ein Teil von mir. Erneut drang er in mich ein, meine Hände umklammerten die Bettdecke.

»Fühlst du das?«, fragte er, schob sich noch einmal in mich hinein und verfiel dann in einen unbarmherzigen Rhythmus. »Fühlst du, was mein Schwanz mit dir machen kann?«

Meine Antwort war ein Keuchen.

»Niemand sonst kann das mit dir machen, stimmt's, Anna? Niemand fickt dich so wie ich.«

»Nein. Niemand.« Ich schluckte hart.

»Du kannst nichts dagegen tun, stimmt's? Du kommst so leicht, wenn mein Schwanz in dir ist. Aber jetzt noch nicht. Ich lasse dich jetzt noch nicht kommen, hast du gehört?«

Bei seinen Worten durchströmte ein wundervolles, süßes Gefühl meine Perle, und ich wusste, noch ein paar strafende Stöße, und der Orgasmus würde mich überwältigen.

»Antworte«, knurrte er.

»Ethan, ich …« Ich war kurz davor und konnte es nicht mehr zurückhalten, es war, als rase ein Güterzug auf mich zu. Und dann war er weg. Er war nicht mehr in mir, seine Hände lagen nicht länger auf meinen Hüften. Ein leises Wimmern entfuhr mir und verklang, zusammen mit dem Höhepunkt.

Ich sank in mich zusammen, drückte die Stirn aufs Bett, als Ethan ins Badezimmer ging.

Verdammt, er war wirklich wütend auf mich. Hinter der Tür ertönte ein lauter Knall. Ich rappelte mich auf, stieg aus dem Bett, durchquerte den Raum und steckte den Kopf zur Tür hinein.

Ethan saß auf dem Rand der Badewanne, den Kopf in die Hände gestützt, die Fingerknöchel aufgeschürft.

Ich ging vor ihm in die Knie und legte ihm die Hände auf die Oberschenkel.»Es tut mir leid«, sagte ich leise.

Er sah mich nicht an.»Du bist wütend, weil ich dir etwas Wichtiges verschwiegen habe. Und obwohl es keine Lüge war, hätte ich es dir erzählen sollen, als du mich danach gefragt hast. Es tut mir leid.«

»Es ist nicht nur das«, antwortete er.

Mein Herz setzte einen Schlag lang aus. Was würde er sagen? Dass er nicht darüber hinwegkommen würde? Allein der Gedanke daran, dass er mich verlassen könnte, erfüllte mich mit grauenhafter Angst.

»Sag es mir«, brachte ich mit rauer Stimme heraus.

»Ich hasse den Gedanken, dass du mit einem anderen zusammen warst. Egal, mit wem.«

Das war nicht das, womit ich gerechnet hatte, und meine Furcht verwandelte sich in Wärme.

»Ich bin mit keinem anderen zusammen. Ich weiß nicht, ob ich das überhaupt jemals war.« Ethan war anders. Das wurde mir genau in diesem Moment klar.

Er hob den Kopf und sah mir in die Augen, als versuche er, in ihnen zu lesen. Ich wünschte, er könnte in mich hineinblicken. Was ich zu Ethan gesagt hatte, meinte ich ernst. Die Männer vor ihm spielten keine Rolle für mich. Die Zeit vor ihm spielte keine Rolle.

Er strich mir mit dem Daumen über die Wange. »Das hier ist schwer. Ich habe das Gefühl, dass ich alles versaue.«

War es zu schwer? »Ich will nur dich, Ethan. Ich habe immer nur nach dir gesucht, und du wirst es nicht kaputt machen – das lasse ich nicht zu. Und du musst auch mich daran hindern, das hier kaputt zu machen.«

Er wirkte gequält, als er die Hände auf meine Schultern sinken ließ. Ich nahm eine und küsste die Fingerknöchel.

»Was hast du gemacht?«, flüsterte ich.

»Ist schon gut«, sagte er.

»Schlag nicht gegen die Wand. Rede mit mir. Wenn du willst, dass ich mich dir mitteile, dann gilt das umgekehrt auch für dich. Wir lernen noch, einander zu verstehen, es wird ein steiniger Weg, aber du hattest recht, als du sagtest, dass wir über alles reden müssen, um diesen Weg zu bewältigen.«

Er nickte. Ich stand auf und reichte ihm die Hand, um ihm aufzuhelfen. Stattdessen zog er mich an sich, schlang mir die Arme um die Taille und legte seinen Kopf an meine Brust. Ich küsste ihn auf den Scheitel und strich ihm durchs Haar.

So saßen wir mehrere Minuten lang, bis wir uns ein wenig beruhigt hatten. An jenem Tag zeigten wir einander neue, bislang verborgene Teile von uns selbst. Es geschah nicht absichtlich, war aber grundlegend. Entblößt und verletzlich saßen wir dort auf dem Rand der Wanne. Es war, als hätten wir gerade einen Berggipfel erklommen und bräuchten jetzt Zeit, um uns zu erholen und wieder zu Kräften zu kommen, bevor wir aufstehen und die Aussicht genießen konnten.

Schließlich erhob sich Ethan und führte mich wieder zum Bett. Wir verschlangen Arme und Beine miteinander und schmiegten uns so eng wie möglich aneinander, beruhigten uns selbst und den anderen.

Ethan gab mir einen Kuss auf den Scheitel. »Tut mir leid, dass ich so überreagiert habe«, sagte er.

»Es gibt nichts, was dir leidtun müsste.«

»Doch. Ich habe dich unterschätzt ... dich, mich ... uns. Ich wollte dich bestrafen.«

»Ethan, Sex mit dir wird niemals eine Strafe für mich sein. Es ist immer ein Vergnügen.«

Er zog mich an sich. »Also ist zwischen uns alles gut?«

»Es ist mehr als gut.«

»Kann ich dich dann jetzt richtig ficken?«, fragte er grinsend, und ich lachte laut.

»Aber jederzeit, Baby.«

Ehe die Worte meinen Mund verlassen hatten, drückte er mich schon mit den Hüften auf die Matratze, presste seine Erektion an meine Schenkel, die Lippen auf meinen Hals.

»Ich habe ein Zeichen auf dir hinterlassen«, sagte er.

»Für immer«, antwortete ich und ließ die Hände an seinem Rücken hinunterwandern.

Er hob den Kopf und sah mir ins Gesicht. »Ich meine es ernst, Anna. Auf deinem Hals.«

»Schon gut. Ich mag das.«

»Du magst das?«, fragte er und musterte mich mit gerunzelter Stirn.

»Ja. Das bedeutet, dass ich dir gehöre.«

»Himmel, ich bin schon wieder hart.«

»Das mag ich auch«, sagte ich, als er sich an meinem Schenkel zu reiben begann, auf und ab, immer höher, immer näher an meiner Mitte.

»Wirklich?«

Ich nickte. Er stupste mich an, und ich schlang ihm die Beine um die Hüften.

»Du bist unersättlich«, sagte er und berührte meine Klitoris mit der Spitze seines Schwanzes. Ich wölbte mich ihm entgegen.

»Nur für dich«, flüsterte ich.

Ich nahm ein Kondom vom Nachttisch, und er zog es rasch über seine Erektion. Er tauchte in mich ein und hielt inne, füllte meinen Körper und meine Seele aus. Er drängte sich an mich, legte die Stirn an meine, und begann, sich langsam zu bewegen, schob sich tiefer in mich hinein, immer tiefer. Unter seinem Gewicht fühlte ich mich beschützt und geborgen, seine Hände unter meinen Schultern drückten mich an ihn. Hitze und Schweiß bildeten sich zwischen uns, vermischten sich.

»Anna«, flüsterte er mir in den Mund, und ich drückte ihm die Fersen in den Hintern, damit er noch näher bei mir war. Ich hatte gedacht, dass es zwischen uns nicht mehr besser werden konnte, aber das hier war anders, näher, intimer. Ich strich ihm über die Wangenknochen.

»Ethan«, flüsterte ich zurück.

Es überflutete mich. Liebe. Ich liebte ihn. Urplötzlich war es mir klar. An jenem Tag waren all meine Gefühle auf mich eingestürzt, weil ich das, was zwischen uns war, zu unterdrücken versucht hatte – und was ich für ihn empfand. Ich war in diesen Mann verliebt. In den schönen Mann, der auf mir war und in mir. »Ethan.« Ich sprach nicht aus, was ich im ganzen Körper fühlte. Dieser Tag war schon kompliziert genug gewesen. Wir hatten Zeit.

Mein Mund streifte seine Lippen, ich zog die Muskeln um ihn zusammen, und er stöhnte. Ich liebte es, zu hören, was mein Körper in ihm auslösen konnte – es törnte mich unglaublich an. Meine Brustwarzen wurden noch härter, als sie seine Brust streiften. Er steigerte das Tempo, aber seine Bewegungen waren immer noch kurz und intensiv. Seine Muskeln waren so angespannt, als stecke er all seine Energie in diese kleinen Bewegungen.

Er ließ die Hüften leicht kreisen, und das Stöhnen blieb mir im Hals stecken. Er sah mich an, als ich den Atem anhielt. Er drang in mich ein, immer wieder, immer tiefer, und dann waren wir beide so weit. Genau gleichzeitig, in diesem weißen Licht, gemeinsam, und wir blickten einander in die Augen.

Einige lange Sekunden versteifte sich sein ganzer Körper, dann ließ er sich auf mich sinken, sein Kopf lag an meinem Hals, und er rang nach Luft, leckte, saugte an meiner Haut.

»Fuck, meine Schöne«, keuchte er.

Allmählich beruhigten sich meine Atemzüge. »Hmmm.« Mehr brachte ich nicht heraus. Ich ließ die Fingerspitzen auf seinem Rücken auf und ab wandern. Und wünschte mir, er würde für immer so auf mir liegen.

22. Kapitel

Anna

Danach war die Lage immer noch kompliziert, aber wenigstens ein bisschen einfacher. Unsere Beziehung war genau so, wie sie sein sollte. Was zwischen uns ablief, war mehr als eine Sommerromanze oder eine Urlaubsaffäre – wir hatten einander unser Herz geöffnet.

Meine Wohnung wurde verkauft, und ich ging mit Ethan nur noch ein einziges weiteres Mal hin, um meine Sachen zu packen. Ich blieb nicht länger dort. Ein paar Möbel brachten wir in die Wohnung, die Ethan gemietet hatte, den Rest lagerte ich ein.

Ich sollte mich nach einer neuen Bleibe umsehen, aber dann hätte ich über die Zukunft nachdenken müssen und darüber, was ich tun wollte. Mit Ethan hatte ich abgemacht, dass ich zum ersten Mal überhaupt nur in der Gegenwart leben würde. Um die Zukunft würde ich mir keine Sorgen machen. In der Gegenwart war Ethan in London, und genau dort wollte ich auch sein. In dieser Beziehung wollte ich nicht vorspulen – mir vorstellen, wie er meine Eltern kennenlernte, wie wir richtig zusammenzogen, wie er als Vater und als Ehemann sein würde –, über all das Zeug, wegen dem ich mir bei meinen früheren Freunden den Kopf zerbrochen hatte, würde ich bei Ethan nicht nachdenken. Nur das Hier und Jetzt spielte eine Rolle.

Ich schaffte es, mich der Arbeit für Ethan zu entziehen, indem ich behauptete, zu sehr mit einem bestimmten Mandanten beschäftigt zu sein, und meine Begründung wurde nicht infrage gestellt. Die Leute standen Schlange, um meinen Platz einzunehmen, denn sie wollten die Leute im New Yorker Büro beeindrucken. So war es einfacher. Ich konnte den Ethan bei der Arbeit von *meinem* Ethan trennen. Na ja, meistens jedenfalls. Hin und wieder begegneten wir uns auf dem Flur, unsere Blicke trafen sich, und dann wurde mein Höschen feucht, und ich wusste, dass er eine Erektion zu unterdrücken versuchte.

Die sexuelle Anziehung zwischen uns ließ nicht nach, keine einzige Sekunde. Bei jeder sich bietenden Gelegenheit war er in mir, und er hatte recht, wenn er mich als unersättlich bezeichnete. Ich bekam einfach nicht genug von ihm. Abends lechzte mein Körper nach ihm, während ich wartete, dass er vom Büro nach Hause kam. Ethan arbeitete hart, zu hart. Er arbeitete immer länger als ich. Er kam nach Hause – es fühlte sich an wie unser Zuhause – und war erschöpft und gestresst, und dann goss ich ihm einen Whiskey ein, den wir uns letztlich immer teilten, und danach nahm er mich. Mein Körper gehörte ihm. Wenn wir nackt waren, bebte ich oftmals schon vor Erwartung, als wäre sein Körper etwas, das ich nur selten zu spüren bekam und nicht jeden Tag, manchmal sogar mehrmals am Tag. Jedes Mal war besser als das Mal zuvor, denn wir ließen uns immer tiefer aufeinander ein.

Freitags verließen Ethan und ich das Büro um dieselbe Zeit, früher als an den restlichen Wochentagen, um unser Wochenende so weit wie möglich auszudehnen. Doch obwohl wir die Kanzlei gleichzeitig verließen, taten wir es niemals zusammen. Niemand wusste, dass wir zusammen waren – das wäre gegen die Regeln gewesen. Die anderen Teilhaber stellten Mutmaßungen über Ethans Liebesleben an, und es gab zahlreiche

Gerüchte über eine amerikanische Freundin oder einen britischen schwulen Liebhaber. Ich hörte nur zu, vollkommen gleichmütig. Ich freute mich, dass sie Ethan nicht kannten. Ich wollte ihn für mich allein haben.

Ich schloss die Wohnungstür auf. Ethan stand mit dem Rücken zu mir und starrte aus dem Fenster, die Stirn an die Scheibe gedrückt. Als ich die Tür schloss, drehte er sich um und lächelte mich an. Ein müdes Lächeln, aber dennoch ein Lächeln.

Ethan

»Hallo, meine Schöne.« Wie schaffte sie es nur, immer so verdammt großartig auszusehen? Allein ihr Anblick genügte, damit mein Schwanz sich regte. Es war noch nie vorgekommen, dass ich mich über eine so lange Zeit hinweg körperlich zu einer Frau hingezogen gefühlt hatte. Und der Sex zwischen uns wurde immer nur besser. Sie schien meinen Körper so gut zu kennen, dass sie genau wusste, wann sie drücken, beißen, stöhnen oder um mehr betteln musste. Nach all den vielen Wochen musste ich mich immer noch konzentrieren, um keine Erektion zu bekommen, wenn sie mir auf einem der Büroflure begegnete. Vor allem, wenn sie mir diesen Blick zuwarf. Diesen Blick, der mir das Gefühl gab, tatsächlich ihr Gott zu sein. *Fuck.*

»Hallo, mein wundervoller Mann.«

Ich brauchte sie. Jetzt. Ihr Körper musste meinen Geist besänftigen. Im Büro türmte sich die Arbeit, und es würde nicht weniger werden. Dass ich in London alles auf den Weg bringen und mich gleichzeitig um meine Mandanten in den Staaten kümmern musste, führte dazu, dass ich viele Überstunden machte. Anna hatte nichts gesagt, aber ich fragte mich, ob sie sich ärgerte, dass ich nicht genug Zeit mit ihr verbringen konnte, vor allem unter der Woche. Ich wette, ihre früheren Freunde hatten mehr Zeit für sie.

»Whiskey?«, fragte sie.

Ich nickte und folgte ihr in die Küche.

»Du siehst verdammt fantastisch aus … aber das weißt du ja.« Mein Blick schweifte zu ihrem vollkommenen Hintern, der vom eng anliegenden roten Stoff ihres Kleides bedeckt war.

»Nein, weiß ich nicht. Aber ich bin froh, dass du es so siehst.«

Ich stellte mich hinter sie, legte ihr die Arme um die Taille und vergrub das Gesicht an ihrem Nacken, während sie Whiskey in zwei Gläser goss.

»Haben wir dieses Wochenende eigentlich etwas vor, abgesehen davon, dass ich dich tausendmal kommen lassen werde?«, fragte ich.

»Guter Plan.« Sie entspannte sich an meinem Körper, und mein Schwanz drückte sich an sie. Wie lange würde ich noch warten müssen, um endlich in ihr zu sein? »Ich glaube, ich muss allmählich mal ein paar Besichtigungstermine vereinbaren.«

Das war das Letzte, wozu ich Lust hatte – durch London ziehen und mir ansehen, wo sie in Zukunft ohne mich leben würde. Verdammt. Ich hatte gehofft, sie würde in Erwägung ziehen, mit mir nach New York zu gehen, aber wenn sie immer noch vorhatte, sich hier eine Wohnung zu kaufen, dachte sie vermutlich nicht im Geringsten daran. Und ich konnte das Thema nicht ansprechen. Wir redeten nicht über die Zukunft, denn es war abgemacht, dass wir im Hier und Jetzt leben wollten, und das musste ich respektieren.

»Ich dachte, wir sind zum Dinner mit Daniel und Leah verabredet.« Ich wollte sie vom Thema »neue Wohnung« ablenken. Sanft knabberte ich an ihrem Nacken, und sie neigte den Kopf, damit ich besser an ihren Hals herankam.

»Ja, morgen Abend.«

Ich biss fester zu, und Anna stöhnte und umklammerte meinen Nacken. Sie genoss es, von mir markiert zu werden, und das nutzte ich gründlich aus. Ich ließ die Hände an ihr hinaufgleiten, schloss sie um ihre Brüste und drückte sie zusammen. Ich stellte mir meinen Schwanz zwischen beiden Rundungen vor, und presste mich fester an sie.

»Wie ich sehe, hat die Arbeit dich scharf gemacht«, flüsterte Anna.

»*Du* machst mich scharf. Du und nichts und niemand sonst.« Ich wollte Anna klarmachen, dass es für mich keine andere gab. Zwar hatte ich nicht das Gefühl, dass sie diese Beteuerung brauchte, aber ich wollte es ihr dennoch sagen.

Meine Hände wanderten von ihren Brüsten zu ihren Hüften, und ich schob ihr den Rock hoch. *Fuck*, sie trug wieder Strümpfe. Ich hatte sie doch gewarnt.

»Anna«, sagte ich tadelnd.

»Aber heute habe ich dich gar nicht gesehen, also konnte ich dich auch nicht ablenken. Wo ist das Problem?«

»Warum trägst du sie dann?«

»Weil ich weiß, wie du darauf reagierst. Und die Vorstellung gefällt mir.«

Ich ließ meine Hose auf den Boden fallen – mein Schwanz würde nicht mehr lange außerhalb von ihr überleben müssen. Ich schloss die Arme um ihre Taille und zog sie an mich. »Beug dich vor, meine Schöne.« Ich legte ihr die Hand in den Nacken und drückte sie an die Küchentheke.

»Wenigstens hast du dir diesmal einen Slip angezogen. Vermutlich ein Kompromiss.« Ich zog ihr das Spitzenhöschen herunter, das auf ihren High Heels landete. Meine Finger wanderten wieder zu ihrer köstlichen, feuchten Hitze. Ich wollte so schnell wie möglich in ihr sein, aber erst, wenn sie bereit war.

»*Fuck*, du bist so nass, meine Schöne.«

Als Antwort bekam ich ein Wimmern; ich verstand nicht, was sie sagte, und solange es nicht »Halt!« oder »Nein!« war, war es mir auch egal, und so, wie sie sich anfühlte, hatte sie mit Sicherheit nicht Stopp gesagt. Dass sie meinetwegen so feucht wurde, törnte mich wahnsinnig an. Manchmal fragte ich mich, ob sie ständig leicht erregt und deshalb immer in Sekundenschnelle für mich bereit war. Himmel.

Ich fuhr mit dem Schwanz über ihre Schamlippen, und sie lag bebend vor mir, wartete ungeduldig darauf, dass ich in sie eindringen würde. Ich zog die Backen ihres vollkommenen Hinterns auseinander. Sie glänzte für mich, ihre rosafarbene Haut lächelte mich förmlich an. Dort oben hatte ich sie noch nie berührt. Aber sie schien so bereit für mich. Bei dem Gedanken wurde ich noch härter. Nur ganz leicht berühren. Meine Finger ersetzten meinen Schwanz, glitten einmal über ihre Schamlippen, dann noch einmal und dann, benetzt von ihrer Erregung, ein bisschen höher.

»Ethan«, sagte sie. In ihrer Stimme lag eher Neugier als Furcht. Ich umkreiste die gekräuselte Stelle mit nassen Fingern und streichelte sie sanft. »Ethan«, sagte sie noch einmal, und Lust überlagerte die Neugier. Mit der anderen Hand griff ich um sie herum und legte sie auf ihre Klit. »Ethan, oh Gott, *fuck*.« Sie bäumte sich auf, presste sich an mich, sodass ich sie mit dem Finger aufspießte. Keuchend klammerte sie sich an mich, und wir hielten beide inne. So weit hatte ich nicht gehen wollen.

»Alles okay?«, fragte ich.

Sie nickte, schwieg aber, und ich bewegte mich nicht. Mein Finger war immer noch halb in ihrem Hintern vergraben, der Daumen der anderen Hand lag auf ihrer Perle. Sie atmete aus und lockerte den Griff um meine Arme ein wenig. Das Herz hämmerte mir in der Brust, in meinen Ohren rauschte das Blut, doch ich hielt so still, wie ich nur konnte. Langsam begann sie sich zu bewegen; zuerst glaubte ich, sie wolle meinen Finger aus ihrem Po entfernen, aber als sie die Hüften kreisen ließ, war klar, dass sie sich nicht von mir wegbewegte, sondern mich im Gegenteil in sich hineinzuziehen versuchte. Ich stöhnte, als mir klar wurde, dass sie es genoss.

»Gefällt dir das, meine Schöne?«, fragte ich, während ich in kleinen, kreisenden Bewegungen tiefer in sie eindrang.

Sie keuchte, als sie nickte, als müsste sie sich auf zu vieles gleichzeitig konzentrieren. Nie zuvor war ich so hart gewesen wie jetzt, als ich sah, wie ihr Po meinen Finger aufnahm und ihre Nässe meine Finger benetzte. Bevor ich den Gedanken zu Ende denken konnte, sprach sie ihn für mich aus.

»Ich will dich in mir haben«, keuchte sie. »Schnell, Ethan, bitte.«

Diese schöne, erotische, unersättliche Frau würde mein Untergang sein.

»Du willst mich in deiner engen Pussy haben, während ich deinen perfekten Hintern mit dem Finger ficke?«

»Ethan!«, schrie sie, als ich meinen Schwanz und den Finger gleichzeitig in sie hineinschob. Sie fiel nach vorn, ihre Hände knallten auf die Theke, und ich stieß in sie hinein, wieder und immer wieder.

Herrgott, was für ein Gefühl, wie sie mich überall umschloss, sich um meinen Schwanz und meinen Finger gleichzeitig zusammenzog, ich konnte mich nicht mehr beherrschen, wollte tiefer in sie eindringen, näher, und erneut stieß ich heftig in sie hinein, immer wieder, bis ihr Körper sich unter dem einsetzenden Orgasmus zusammenzuziehen begann. Sie warf den Kopf zurück, ihre Finger umklammerten die Theke. Gleich war es so weit.

Sie wehrte sich nicht mehr, kurz bevor sie kam. Sie versuchte nicht mehr, das Unvermeidliche zu vermeiden. Sie kapitulierte. Sie kapitulierte vor mir. Sie wusste, dass ihr nichts anderes übrig blieb, als für mich zu kommen. Um mich herum begann sie zu pulsieren, dann atmete sie tief ein, und jetzt war es so weit, sie stürzte in den Abgrund. Rasch zog ich den Finger zurück, und sie keuchte.

Mit beiden Händen auf ihren Hüften konzentrierte ich mich darauf, das letzte Quäntchen ihres Höhepunkts aus ihr herauszuvögeln, bevor ich mich selbst in sie ergießen würde. Immer wieder drang ich in sie ein, und als ich spürte, wie ihr Körper sich entspannte, begann sich in meinem Kopf alles zu drehen, und mein eigener Orgasmus überwältigte mich.

Verdammt, sie war so schön, und sie gehörte mir.

Meine Wange ruhte auf ihrem Rücken, während ich allmählich auf die Erde zurückkehrte. Gott, ich brauchte sie nackt, musste sie überall an meinem Körper spüren, genau jetzt. Langsam zog ich mich aus ihr zurück und entsorgte das Kondom. Ihre Ellbogen ruhten auf der Theke, und sie rang noch immer nach Luft.

Anna drehte sich um, blickte mich an, ihr Haar war zerzaust und sah so wundervoll aus wie nie zuvor, und ich küsste sie auf den Mund. »Du bist wunderbar«, flüsterte ich ihr ins Ohr.

»*Du* bist wunderbar«, flüsterte sie zurück, und ich nahm sie bei der Hand und führte sie ins Schlafzimmer. Unterwegs hob ich eine orangefarbene Einkaufstasche auf, die ich mit nach Hause gebracht hatte.

23. KAPITEL

Anna

Ich kuschelte mich in seine Armbeuge, während er eine Geschenktüte auf dem Bauch balancierte.

»Was hast du da?«, fragte ich.

Er zog mich an sich. »Das ist für dich. Ein Geschenk.«

»Oh, Frauen, die auf Analverkehr stehen, bekommen also Geschenke.« Ich lachte. »Du hattest das schon die ganze Zeit vor.«

»Anna«, knurrte er und teilte mir auf diese Art mit, dass mein Witz ihm nicht gefiel. Er hatte mir noch nie ein Geschenk gekauft. Nicht, dass mir das aufgefallen wäre. Ob sich jetzt herausstellen würde, dass er einen grässlichen Geschmack hatte? Das bezweifelte ich, denn seine Wohnung war fantastisch und sein Modegeschmack einwandfrei ... obwohl er sich nicht besonders für Klamotten zu interessieren schien – es sei denn, er schälte mich gerade aus ihnen heraus.

Ich drehte die Tüte um und entdeckte das Logo von Hermès. Um nicht zu lächeln, schürzte ich die Lippen.

»Und wofür ist das?«, fragte ich.

»Na ja, wie du selbst gesagt hast: Ich weiß deinen Hintern zu schätzen.«

Ich stieß ihm scherzhaft den Zeigefinger in die Brust. »Du bist ein Ferkel.«

»Aber du liebst mich.«

»Ja«, sagte ich leise.

Es sollte nur eine Neckerei sein, aber nun lag das Thema offen zutage. Ich liebte ihn, und wir hatten uns versprochen, einander nichts zu verheimlichen. »Kein Bullshit.«

Er ließ die Tüte auf den Boden fallen, zog mich vom Bett herunter und setzte sich auf mich. »Das will ich auch hoffen«, sagte er. »Denn ich habe gehört, dass es nicht lustig ist, jemanden zu lieben, der diese Liebe nicht erwidert.« Er schwieg. »Ich liebe dich, Anna. Kein Bullshit.«

Ich hielt sein Gesicht in beiden Händen, und er blickte mich an, seine Augen strahlten. Er war glücklich. Wir liebten uns. Alles war perfekt.

In der Hermès-Tüte befanden sich Halstücher. Halstücher, die die Zeichen verbergen sollten, die Ethan auf mir hinterlassen hatte. In letzter Zeit hatte ich ziemlich häufig Rollkragenpullis getragen, aber dafür war das Wetter eigentlich zu gut. Die Vorstellung, ein Halstuch zu tragen, gefiel mir, vor allem eines, das Ethan für mich gekauft hatte.

»Wie wär's mit diesem?« Posierend stand ich in der Badezimmertür, nackt bis auf ein Tuch, das ich mir um den Hals gebunden hatte.

»Ich glaube, das hier entwickelt sich gerade zum besten Freitagabend meines Lebens«, antwortete Ethan. »Und ich hätte da ein paar Ideen, wofür so ein Halstuch zu gebrauchen ist. Zum Beispiel könnte ich dich ans Bett fesseln, das würde mir gefallen. Ich glaube, ich habe es schon mal erwähnt.«

»Immer nur eine perverse Sache nach der anderen, Mister«, antwortete ich und löste den Knoten im Tuch. Ich warf es ihm zu und stieg wieder ins Bett.

»Okay, belassen wir es bis zum nächsten Wochenende dabei.«

Als er das folgende Wochenende erwähnte, rutschte mir das Herz in die Magengrube. Es war das letzte vollständige Wochenende, das wir zusammen verbringen würden, ehe er gehen musste.

Wir hatten nie über seine Abreise gesprochen. Er hatte mir einige E-Mails mit Details zu den Reisedaten weitergeleitet, aber darauf hatte ich nicht geantwortet, und im direkten Kontakt hatte er sie nie erwähnt. Ich atmete durch und versuchte, den Gedanken an den Abschied zu unterdrücken. Zwei Wochen waren eine lange Zeit. Sehr viel Zeit für ihn, um mich zu fragen, ob ich mit ihm gehen würde.

»Nächste Woche bringen wir ein Stück USA nach London und feiern Thanksgiving bei deiner Schwester, schon vergessen? Du kannst mich also nicht als Thanksgiving-Geschenk aufs Bett binden.«

»Da irrst du dich. Und ich wäre sehr dankbar, wenn du mein Geschenk wärst.«

Zur Antwort biss ich ihm in die Schulter, und er drückte mich an sich. Ich wollte ihn fragen, was als Nächstes passieren würde. Ich wollte ihn fragen, ob wir eine Fernbeziehung führen konnten. Ich wollte ihn bitten, mich mitzunehmen.

»Woran denkst du?«, fragte er und strich mir die Haare aus dem Gesicht.

Ich schüttelte den Kopf. »Ich stelle mir gerade vor, ans Bett gefesselt zu sein.«

Ich grinste, er aber nicht. »Lüg mich nicht an.«

Ich blickte auf seine Brust hinab und fuhr mit dem Finger über die harten Muskeln. »Nicht jetzt. Noch nicht.«

Er hob mein Kinn an, aber ich hielt den Blick gesenkt. »Sieh mich an, Anna.«

Auf ein Gespräch über das, was als Nächstes passieren würde, war ich nicht vorbereitet. Und auch nicht darauf, dass es vorbei war. Ich wollte weiterhin genießen, was wir hatten. Ich wollte Ethan länger als nur drei Monate haben. Die Sache hatte ganz anders laufen sollen. Er war der Mann, der mich über meinen Ex hinwegtrösten sollte. Nicht der, in den ich mich verliebte.

Ich hob den Blick und sah ihm in die Augen, die dunkel wirkten, durchdringend – als wollte er etwas aus mir herausziehen. »Wann?«, fragte er. »Irgendwann müssen wir darüber reden.«

Ich löste mein Gesicht aus seinem Griff und legte die Wange an seine Brust. »Bald«, murmelte ich.

Wir trafen uns regelmäßig mit Daniel und Leah zum Dinner – Ethan und Daniel schienen sich gut zu verstehen.

Vor dem Essen spielten die Männer eine Partie Pool in Daniels Spielezimmer und ließen Leah und mich in der Küche allein, wo wir uns unter dem Vorwand, wir würden kochen, gegenseitig auf den neuesten Stand brachten. Tatsächlich hatte Daniels Haushälterin bereits alles erledigt, und wir mussten das Essen nur aufwärmen.

»Also, ich bin verliebt in ihn«, sagte ich unvermittelt zu Leah, die im Ofen herumstocherte.

Sie wirbelte herum und sah mich an. »Hast du es dir endlich eingestanden?«

»Wieso *endlich?*«

»Na, du warst doch schon in New York in ihn verliebt.«

»In New York habe ich ihn erst eine Woche gekannt.«

»Das heißt nicht, dass du nicht verliebt warst.«

Seit sie mit Daniel zusammen war, hatte Leah sich zu einer hoffnungslosen Romantikerin entwickelt. Es war sinnlos, sich mit ihr zu streiten.

»Ich habe es ihm gesagt.«

Sie starrte mich an, dann setzte sie sich auf einen Hocker an der Frühstückstheke und begann wie eine Geistesgestörte mit dem Kopf zu nicken. »Und?«, fragte sie.

»Und was?«

»Sei nicht so begriffsstutzig. Empfindet er genauso? Hat er dich gefragt, ob du mit nach New York kommst? Dir einen Heiratsantrag gemacht?«

»Mach dich nicht lächerlich«, sagte ich und versuchte, cool zu wirken.

»Er empfindet also nicht wie du?«, fragte sie mit zusammengezogenen Augenbrauen.

»Doch, tut er.«

»Aber das ist doch toll! Endlich habt ihr euch eingestanden, was wir alle schon immer gewusst haben.«

»Hör auf, Leah. In diesem Fall gibt es kein Happy End. Wir leben auf unterschiedlichen Kontinenten. Unsere Leben spielen sich auf zwei *unterschiedlichen Kontinenten* ab.«

»Soll das heißen, dass du nicht mit nach New York gehen würdest, wenn er dich fragt? Wage es ja nicht. Denn er ist es mehr als wert. Er macht dich glücklich, du liebst ihn, und er liebt dich und behandelt dich wie eine Königin und …«

»Ich habe nicht gesagt, dass ich nicht mitgehen würde, Leah, um Himmels willen.«

»Du würdest es also tun?«

»Ja!« Ich war genervt. Sie zwang mich, über Dinge zu reden, die ich nicht aussprechen wollte, an die ich aber in jeder freien Minute dachte.

»Hast du es ihm gesagt?«

Ich schüttelte den Kopf. »Wir haben vereinbart, nur in der Gegenwart zu leben und uns über die Zukunft keine Gedanken zu machen, solange er hier ist.«

»Aber ...«

»Ich weiß. Ich bin einfach nicht bereit, ihn zu verlieren, falls er etwas anderes will als ich.«

»Aber er liebt dich. Warum glaubst du, dass du ihn verlieren wirst?«

»Es ist kompliziert.«

»Was ist kompliziert?«, fragte Daniel, als er und Ethan in die Küche gepoltert kamen.

»Risottobällchen zu machen«, sagte ich rasch.

»Klar, ihr redet darüber, wie man Risottobällchen macht«, sagte Ethan spöttisch. »Du kannst doch höchstens ein Spiegelei braten.«

»Wie auch immer.« Ich zuckte mit den Schultern, und er legte mir die Arme um die Taille.

»Keine Sorge, du hast andere Fähigkeiten, von denen ich nicht genug bekommen kann.« Er vergrub das Gesicht an meinem Nacken und küsste mich.

»Oh nein! So genau wollte ich es nicht wissen!«, rief Leah aus.

Alle lachten, und wir machten uns daran, das Essen zu servieren. Ich war erleichtert, weil ich Leah und Ethan gleichzeitig abgelenkt hatte.

Ethan

Wir hatten ein perfektes Wochenende miteinander verbracht. Ich wusste nicht, wie Anna auf ein Geschenk reagieren würde. Sie schien keins dieser New Yorker Mädels zu sein, die sich mit Designerlabels behängten und erwarteten, dass man ihnen ständig etwas kaufte. Aber die Halstücher passten zu ihr. Ich liebte es, sie darin nackt zu sehen, und ich liebte es auch, sie bei der Arbeit zu sehen, in ihrem Kostüm und mit einem Tuch, das sie sich ordentlich um den Hals geknotet hatte, um die Zeichen zu verbergen, die verrieten, dass sie mir gehörte.

Es war unser letztes vollständiges Wochenende. Mein Flug war für den darauffolgenden Sonntag gebucht. Ich hatte die Abreise so lange wie möglich hinausgeschoben, darum würde ich die letzte Maschine nehmen, obwohl mich am Montag ein langer Arbeitstag mit zahlreichen Meetings erwartete. Das war nicht besonders clever, aber ich wollte keine Minute in New York sein, die ich mit ihr in London verbringen konnte.

Obwohl wir abgemacht hatten, in der Gegenwart zu leben und uns keine Sorgen darum zu machen, was nach meiner Abreise passieren würde, hatte ich mehrmals vorsichtig anzusprechen versucht, ob Anna mit mir nach New York gehen würde. Zuerst hatte ich ihr ein paar E-Mails geschickt, denen zu entnehmen war, wann ich wieder in New York sein musste. Sie hatte nicht geantwortet, darum hatte ich das Thema gemieden. Aber an diesem Wochenende tauchte es wieder auf. Ich ahnte, was ihr durch den Kopf ging, aber aus irgendeinem Grund wollte sie nicht darüber sprechen. Ich wollte sie nicht bedrängen, sie sollte glücklich sein, und wenn es ihr half, nicht darüber zu reden, dann würde ich damit leben, zumindest vorläufig.

In einer solchen Situation war ich noch nie gewesen. Mit Komplikationen kam ich nicht besonders gut klar, mir war es lieber, wenn die Dinge einfach lagen, und für mich wäre es einfacher gewesen, über alles zu reden. Ich wollte, dass sie mit mir nach New York ging. Das war einfach. Und wenn sie nicht umziehen wollte, würden wir eine Fernbeziehung führen, bis ich eine Lösung für uns beide gefunden hatte. Ich hatte versucht, meinen Aufenthalt in London zu verlängern, aber mein größter Mandant saß mir bereits im Nacken, und New York hatte Nein gesagt. Sie wollten die Umsätze aus meinen gebührenpflichtigen Stunden in New York. Ich könnte die Firma wechseln, obwohl es nicht leicht sein würde, sich in London einen Kundenstamm aufzubauen. Aber sie war es wert. Sie musste nur mit mir darüber reden, mir sagen, was sie wollte. Wenn sie mich nicht wollte, würde ich gehen und nie wieder von mir hören lassen, aber daran glaubte ich nicht.

Es war Freitagabend, und ich war später als üblich nach Hause gekommen, weil ich in London noch ein paar Dinge zu regeln hatte. Obwohl es schon spät war, kam ich in eine leere Wohnung. Ich sah auf dem Handy nach, ob sie mir geschrieben hatte. Nichts. Ich hängte mein Jackett über einen der Stühle am Esstisch und ging in die Küche, um mir einen Drink zu machen. Ihr Schlüsselbund baumelte am Schloss, und ich griff lächelnd nach einem zweiten Glas. Ich freute mich darauf, sie zu sehen. In dieser Woche hatte ich mich zweimal mit Kunden zum Dinner getroffen, und als ich nach Hause kam, hatte ich sie jedes Mal schlafend vorgefunden, mit einem Zettel auf dem Nachttisch, ich solle sie wecken, wenn ich da sei. Ich hatte sie nicht geweckt, und beide Male hatte sie am nächsten Morgen mit mir geschimpft. Sie war so schön, wenn sie schlief, ich konnte sie auf keinen Fall wecken, obwohl ich gern in ihr gewesen wäre.

»Hallo, meine Schöne, ich bin in der Küche«, rief ich.

Sie steckte den Kopf zur Tür herein. »Ach, du bist wieder da«, sagte sie lächelnd. »Ich habe ein Geschenk für dich.«

»Das letzte Geschenk, das du mir gemacht hast, ist mehr, als ich mir je wünschen könnte.« Himmel, mein Schwanz regte sich schon bei dem Gedanken an ihre Brüste in dieser schwarzen Seidenschleife.

»Das war kein richtiges Geschenk, sondern mein Körper. Aber die hier habe ich gekauft. Gleich zwei davon.« Sie stellte eine Einkaufstüte auf die Theke und zog die Seiten der Tüte herunter, sodass ein Kürbis zum Vorschein kam. Sie strahlte mich an, als hätte sie mir gerade eine Segeljacht gekauft. Verdammt, sie war so süß.

»Das andere Geschenk gefiel mir besser«, sagte ich, aber das überhörte sie.

»Du hast Thanksgiving verpasst, also dachte ich, wir machen ein ganzes Wochenende daraus. Morgen Nachmittag fahren wir zu Jessica und James, und übermorgen könntest du mir beibringen, wie man Kürbisse schnitzt oder was ihr Amis um diese Jahreszeit sonst so treibt.«

»Tja, Kürbisse schnitzen wir an Halloween, nicht an Thanksgiving. Da vögeln wir. Wir verbringen das ganze Wochenende nackt und vögeln.«

Sie gab mir einen Klaps auf den Arm. »Tut ihr nicht.«

Ich umschlang ihre Taille und zog sie an mich. »Doch, tun wir. Das ist eine sehr wichtige Tradition.«

»Du bist wahnsinnig.«

»Ja, wahnsinnig in dich verliebt.«

Das hatte die gewünschte Wirkung, denn sie drehte sich in meinen Armen um und drückte ihre Lippen auf meine. »Okay, dann schnitzen wir die Kürbisse eben nackt. Ist das ein guter Kompromiss?«

»Versprichst du mir, dabei nackt zu sein?«

Sie zuckte mit den Schultern. »Klar.«

»Abgemacht.« Nacktschnitzen. Das würde eine fantastische neue Tradition werden.

»Dann warst du also die ganze Zeit unterwegs, um Kürbisse zu kaufen?«

»Ich habe mir auch eine Wohnung angesehen.«

»Oh, das hast du gar nicht erzählt«, sagte ich und spürte einen Stich in den Eingeweiden. Sie plante also ihr Leben ohne mich. Sie bereitete sich schon darauf vor, allein weiterzumachen. »Wie war sie denn?«

»Schrecklich. Sie ist gerade frisch auf dem Markt, und die Maklerin hat mich am Telefon total bedrängt, aber die Bude war schlimm.«

»Du weißt, dass ich die Miete für diese Wohnung bis März bezahlt habe. Das habe ich Anfang der Woche erledigt. Ich wollte nicht, dass du … Na, du weißt schon – so kannst du dir Zeit lassen.« Selbst wenn sie bereit war, nach New York zu ziehen, musste sie immer noch die Kündigungsfrist einhalten, und ich wusste, dass sie nicht gezwungen sein wollte, bei Leah und Daniel zu wohnen.

Ihr Blick war nun sanfter, aber sie schweig. Dies war der perfekte Augenblick, um über das Danach zu sprechen, über die Zukunft.

»Anna?«

»Das ist wirklich … Ach, Ethan, du bist wundervoll!« Sie legte mir die Hände in den Nacken und schob sie mir ins Haar. Gott, ich liebte es, ihre Hände in meinen Haaren zu spüren.

»Anna? Wir müssen reden.«

Sie zog eine Hand aus meinen Haaren zurück und fing an, meinen Schwanz zu streicheln, der sofort hart wurde. Keine besonders raffinierte Ablenkungstaktik. »Bald«, flüsterte sie und rieb auf und ab. Ich sollte sie davon abhalten und darauf bestehen, mit ihr zu reden, aber sie wusste, wie sie genau das bekam, was sie wollte.

»Wann?«, fragte ich stöhnend.

Sie zog den Reißverschluss auf und ließ die Hand in meinen Slip gleiten.

»Sonntag. Jetzt will ich dich in mir haben.«

Das Geräusch ihres Föns weckte mich, und ich beobachtete, wie sie sich am Frisiertisch die Haare richtete. Aus irgendeinem Grund sah ich ihr gern zu, wenn sie sich stylte. Ich fand es faszinierend. All die Cremes und Tinkturen, die sie in zahlreichen Varianten besaß. Sie sah schon unglaublich aus, ehe sie überhaupt mit dem Ritual anfing, darum fragte ich mich, warum sie sich solche Mühe gab. Am schönsten war sie, wenn sie gerade gekommen war, und mit diesem Argument konnte ich sie meistens dazu bringen, den ganzen Morgen über nackt zu bleiben.

Nacktkürbisschnitzen hatte sich schnell in Nacktficken verwandelt, meine neue Lieblingstradition für Thanksgiving. Ich hatte sie zu überreden versucht, meiner Schwester abzusagen, aber das hatte nicht funktioniert, und darum blieb ich im Bett, um mich von ihr fernzuhalten, während sie sich fertig machte. Aus irgendeinem Grund fand sie die Vorstellung unangenehm, nach Sex zu riechen, wenn wir bei meiner Schwester zu Besuch waren.

»Du siehst schön aus«, sagte ich, nachdem sie den Fön ausgeschaltet hatte.

»Das sagst du immer.« Sie wandte mir den Rücken zu, aber unsere Blicke begegneten sich im Spiegel.

»Weil es stimmt.«

»Geh duschen, du Faulpelz.«

»Rubbelst du mich ab? Mein Schwanz ist echt schmutzig.«

Sie lachte. »Wie alt bist du? Fünfzehn? Hast du etwa Angst, dass ich dir etwas vorenthalte? Wir haben uns den größten Teil des Tages auf deinen Penis konzentriert.«

24. Kapitel

Anna

Als ich Ethan auf dem Teppich im Wohnzimmer mit seiner Nichte Izzy spielen sah, sprang mir fast das Herz aus der Brust. Er wusste, wie man mit Frauen umging, egal, wie alt sie waren. Er redete mit ihr, als verstünde sie jedes Wort von dem, was er sagte, und sie blickte ihn an, als täte sie das tatsächlich. Hin und wieder streckte sie eine Hand aus und patschte ihm begeistert auf die Wange.

»Er würde einen großartigen Vater abgeben«, flüsterte Jessica mir zu, als ich dastand und Ethan beobachtete.

Ich zuckte mit den Schultern, wandte den Blick von den beiden ab und ging wieder zur Frühstückstheke hinüber.

»Glaubst du nicht?«, fuhr Jessica fort.

»Darüber habe ich noch nicht … Ja, vermutlich schon.«

Während der vergangenen drei Monate hatte ich versucht, nicht an solche Dinge zu denken. Ich hatte versucht, nicht genau dasselbe zu tun wie in meinen anderen Beziehungen – ich hatte sie mit »Was-wäre-wenn«-Fragen ruiniert, bevor sie überhaupt richtig angefangen hatten.

»Erzähl mir nicht, du hättest nie darüber nachgedacht. Du bist eine Frau. So etwas machen wir alle.«

»Über so was reden wir nicht«, antwortete ich. Und das stimmte. Wir hatten nie darüber gesprochen, und obwohl mir Gedanken an die Zukunft in den Sinn gekommen waren, schob ich sie seit Ethans Ankunft zusammen mit der unbezahlten Kreditkarten-Rechnung vom Vormonat und den geschwänzten Kursen im Fitnessstudio immer wieder unter den dicken Teppich der Verleugnung.

»Worüber? Über Kinder?«

»Kinder. Die Zukunft. Jetzt sind wir hier, und wir sind glücklich, nur darauf konzentrieren wir uns.«

»Aber ihr *müsst* darüber nachdenken. Morgen reist er ab.« Sie war unerbittlich. Merkte sie denn nicht, wie unbehaglich mir zumute war?

»Ich versuche, es zu vermeiden. Kann ich dir irgendwie helfen? Ich kann großartig Kartoffeln stampfen.« *Bitte, lass uns das Thema wechseln.*

Endlich hatte sie den Hinweis verstanden und beauftragte mich, einen Salat zu machen. Obwohl sie schwieg, merkte ich, dass sie gern noch einmal auf Ethan und unsere Zukunft zurückgekommen wäre, aber ich sagte kein einziges Wort. Ich kam mir vor wie ein Hase, der ins Scheinwerferlicht starrt, gefühlt schob ich dieses Gespräch schon seit einer Ewigkeit vor mir her, aber wir mussten reden. Bereits übermorgen würden wir uns auf zwei verschiedenen Erdteilen aufhalten. Ich wusste nicht, für wie lange. Er würde nicht in London bleiben, sonst hätte er es mir gesagt, und ich würde nicht mit ihm gehen. Wir hatten nicht geplant, zusammenzubleiben, hatten kein Flugticket für mich gekauft. Ich hatte ein Leben, einen Job, Familie und Verpflichtungen in London, aber ich wollte ihn – ich wollte mit ihm zusammen sein.

Ethan und James gesellten sich zu uns an die Küchentheke, Izzy saß zappelnd auf Ethans Hüfte.

»Du lässt sie doch nicht etwa kochen, oder?«, fragte Ethan, als er sah, dass ich eine Salatgurke klein schnitt. »Glaub mir, sie kocht schrecklich.«

»Stimmt gar nicht, und außerdem koche ich nicht. Ich schneide.«

»Gott sei Dank, auf einem Transatlantikflug kann ich keine Lebensmittelvergiftung gebrauchen.«

Mein Magen rebellierte, als er seine Heimreise erwähnte, und meine Miene muss das gezeigt haben, denn er streckte die Hand aus und rieb mir mit kleinen kreisenden Bewegungen den Rücken. Ich zwang mich zu lächeln.

»Dann geht dein Flug also morgen Abend?«, fragte Jessica.

»Ja, der letzte an dem Abend, und am Montag bin ich den ganzen Tag in Meetings.«

»Aua«, sagte James.

»Dann wollt ihr beiden also eine Fernbeziehung führen?«, fragte Jessica. Himmel, sie hatte sich völlig in dieses Thema verbissen.

Ethan seufzte. »Ich hoffe wirklich, du hast Anna wegen uns kein Loch in den Bauch gefragt, Jess. Du wirst es bald genug erfahren, also lass es einfach sein. Bitte.«

»Ethan, die Frage ist doch nicht unangemessen. Es ist wunderbar, euch zwei zusammen zu sehen. Ich finde es wunderbar, dass mein Bruder so glücklich ist, denn genau das wünsche ich dir. Ich will, dass du glücklich bist.«

Sie hatte recht. Die Frage war berechtigt. Wir hätten längst darüber sprechen sollen. Selbst wenn wir zu dem Schluss kamen, dass diese Nacht unsere letzte sein würde, hätte ich gern gewusst, was der Plan war. Ich hätte gern gewusst, *dass* es überhaupt einen Plan für uns gab.

»Und dafür liebe ich dich, aber bitte, hör jetzt auf, sonst verdirbst du uns den Abend.« Wenn er es ernst meinte, war es zwecklos, sich mit Ethan zu streiten. Seine Schwester schien das zu wissen, denn sie erwähnte das Thema nicht mehr, aber dennoch lag es den ganzen Abend in der Luft. Wir umgingen es, als wir über unsere Pläne für Weihnachten sprachen. Ich erklärte, dass ich die Feiertage wie immer mit meinen Eltern verbrachte, und Ethan sagte, er würde mit seinen Eltern nach Aspen fliegen.

»Und hast du an Silvester auch schon etwas vor?«, fragte Jessica mich.

»Hm. Meistens lande ich auf irgendeiner Party, auf der ich gar nicht sein will, und gehe um zehn nach zwölf nach Hause. Ich bin kein großer Silvesterfan.«

Meine Güte. Ohne Ethan das neue Jahr zu begrüßen, klang nach dem schlimmsten Abend aller Zeiten. Ich wünschte, er würde sagen, dass er an Silvester nach London kommen würde, dass wir den Abend nackt verbringen und uns das Feuerwerk über den Dächern der Stadt ansehen würden.

»Und wie läuft's bei der Arbeit?«, fragte sie. Ihr Blick huschte zwischen uns hin und her. »Ist seit der Fusion alles wieder in Ordnung?«

Ich zuckte mit den Schultern. Ethan nickte und sagte: »Ja, alles gut. Es gibt noch eine Menge zu tun, aber es wird großartig, wenn wir erst ein europäisches Netzwerk haben.« Er klang begeistert. Begeisterter als ich.

»Die Arbeit hat zurzeit ihre Anziehungskraft für mich verloren«, sagte ich leise, aber ehrlich. Bisher hatte ich es nicht ausgesprochen, aber als mir die Worte über die Lippen kamen, wurde mir klar, dass die Gedanken, die mir seit Kurzem durch den Kopf gingen, mehr waren als der übliche Wochenendblues, wenn ich eine weitere Arbeitswoche vor mir hatte.

»Tatsächlich?« Ethan drehte sich zu mir, die Augenbrauen zusammengezogen.

»Ein bisschen.« *Fast vollständig.* Der Gedanke, dass ich ihm im Büro nicht mehr über den Weg laufen würde, ließ mir den Arbeitsbeginn am Montag noch trostloser erscheinen.

»Führt Adams sich wie ein Arschloch auf?« Paul Adams war der Teilhaber, mit dem ich am häufigsten arbeitete.

»Deine Ausdrucksweise!«, zischte Jessica und deutete auf den Buggy, in dem Izzy fest schlief.

Ethan verdrehte die Augen.

»Nicht schlimmer als sonst auch«, antwortete ich. »Es ist nur … Ach, ich bin mir sicher, es kommt wieder in Ordnung, und wenn nicht, kann ich immer noch kündigen, nach Indien gehen und Yogalehrerin werden.«

Alle lachten, aber Ethans Lachen klang gezwungen. Ich streichelte sein Knie, und er nahm meine Hand.

In diesem Moment wollte ich gehen. Ich wollte mit ihm allein sein. Ich drehte den Kopf zur Seite, und unsere Blicke begegneten sich. Er wusste es. Er sah, was ich wollte, und darum würden wir aufbrechen, sobald es nicht mehr unhöflich wirkte, und unsere letzte gemeinsame Londoner Nacht verbringen.

Ethan

Sosehr ich meine Schwester auch liebte – ich wollte mit Anna allein sein. In unserer letzten Nacht sollte es nur um uns gehen. Wir mussten endlich über unsere Zukunft reden. Glaubte sie, dass wir eine hatten? Warum zögerte sie dieses Gespräch bis zur allerletzten Minute hinaus?

Wenn sie mich ansah, wusste ich, dass sie gern mitkommen wollte. Ich liebte es, dass ich lesen konnte, was hinter diesen schönen Augen vor sich ging, jedenfalls konnte ich das meistens.

Ich stand auf und half Jessica, den Tisch abzuräumen.

»Danke, Bond. James hält mich nämlich für seine Leibsklavin.« Ihr Mann verdrehte die Augen. »Wenn du nicht davon besessen wärst, das Geschirr abzuräumen, sobald der letzte Gast den letzten Bissen hinuntergeschluckt hat, hätte ich vielleicht eine Chance, dir zu helfen, bevor du zu meckern anfängst.«

Himmel, liebten die beiden sich eigentlich noch? Ich konnte mich nicht erinnern, ob sie immer so miteinander umgegangen waren. Schnippische Bemerkungen, bissige Kommentare flogen zwischen ihnen hin und her. Ich war schon vom Zuhören erschöpft. Ich vögelte viel lieber mit Anna, als mich mit ihr zu streiten.

Zu viert räumten wir den Tisch ab, und danach entschuldigte ich uns. Ausnahmsweise nahm Jessica es einfach hin. Ich glaubte ihr, als sie sagte, sie wünsche sich, dass die Sache mit Anna funktionierte. Vielleicht machte sie es mir deshalb nicht schwer, als wir gleich nach dem Essen aufbrechen wollten.

»Sorg dafür, dass ihr euch aussprecht. Ich möchte, dass ihr miteinander glücklich werdet«, rief Jessica, während wir auf dem kleinen Weg zur Straße gingen.

Anna blickte mich an und verdrehte die Augen. »Deine Schwester ist wirklich hartnäckig.«

Ich lächelte. »Das stimmt. Aber sie hat recht. Es ist so weit. Wir müssen reden.«

Anna nickte und wartete schweigend ab, bis ich ein Taxi herangewinkt hatte. Im Wagen schmiegten wir uns aneinander, und ich hielt ihre Hand in beiden Händen, rieb ihr mit dem Daumen über die Fingerknöchel. Die Spannung zwischen uns wuchs. Schweigend sahen wir zu, wie die Straßen Londons an uns vorüberflogen. Ich würde diese Stadt vermissen. New York war ein Teil meiner Seele, aber dasselbe galt für Anna – und für mich ging es in London nur um Anna, darum war es der beste Ort der Welt.

Ich überlegte, wie ich ausdrücken sollte, was ich ihr sagen wollte. Wochenlang, nein, monatelang, hatte ich Zeit gehabt, darüber nachzudenken, und nun war der Augenblick gekommen, und ich wusste nicht, wie ich meine Gefühle für sie in Worte fassen sollte. Ich liebte sie. Ich wollte mit ihr zusammen sein. Aber dazu musste sie sich dasselbe wünschen wie ich, und ich wusste nicht, ob mir gleich das Herz aus der Brust gerissen werden würde.

Als das Taxi rechts ranfuhr, atmete Anna durch. Ich versuchte, ihrem Blick zu begegnen, aber sie wich mir aus. Es fühlte sich an wie ein dumpfer Schlag vor die Brust. *Fuck.* Ob ich das hier überleben würde?

Noch immer schweigend betraten wir die Wohnung. Anna sprach als Erste; sie dankte mir, als ich ihre die Jacke abnahm.

»Whiskey?«, fragte sie.

Ich nickte. Ich folgte ihr in die Küche, wo sie die inzwischen vertrauten Handgriffe ausführte: Gläser auf den Tisch stellen, Eiswürfel zerkleinern, die bernsteinfarbene Flüssigkeit daraufgießen.

Wir nahmen unsere Drinks in die Hand und Anna lächelte mich gezwungen an. Fuck. Fuck. *Fuck.*

Wir setzten uns aufs Sofa, und ich zog ihre Beine auf meinen Schoß. Ich liebte es, sie immer dann berühren zu können, wenn mir danach war. Ich liebte es, dass ihre Beine mir gehörten, sobald wir auf diesem Sofa saßen.

»Also«, sagte sie.

»Also«, antwortete ich.

»Du willst dieses Gespräch wirklich jetzt führen?«

Natürlich wollte ich das. Sie etwa nicht? In meinem Hals bildete sich ein Kloß. Ich konnte nicht sprechen, also nickte ich nur.

»Okay«, sagte sie.

Ich nickte erneut. Bei der Arbeit benutzte ich Schweigen als Verhandlungstaktik. Es war fantastisch, wie weit die anderen einem entgegenkamen, wenn man auf ihr ursprüngliches Angebot nicht einging. Oftmals verhandelten sie dann zu ihrem eigenen Nachteil. Aber in diesem Moment schwieg ich, denn sonst wäre ich auf die Knie gefallen und hätte sie angefleht, mit mir nach New York zurückzugehen. Ich musste wissen, was *sie* wollte. Konnte sie sich eine gemeinsame Zukunft vorstellen?

»Also, wo fangen wir an?«, fragte sie.

»Du fängst an«, brachte ich mühsam heraus und trank einen großen Schluck Whiskey, denn ich hoffte, das würde jeglichen Schmerz ausschalten und mir erlauben, zu gegebener Zeit zu sagen, was ich zu sagen hatte.

»Was willst du von mir hören?«, fragte sie.

Verdammt, jetzt ärgerte ich mich wirklich. Was glaubte sie denn, was ich von ihr hören wollte? Wenigstens schien der Zorn meine Nerven ein bisschen zu beruhigen.

»Ich will, dass du mir sagst, was du willst. Kein Bullshit, keine Unklarheiten.«

»Und was ist mit dir?«

»Wie, mit mir?«

»Sollte ich nicht dasselbe auch von dir hören?«, fragte sie.

»Ja.«

»Na also, leg los.«

Verdammte Anwältin! Ich lachte in mich hinein. »Auf keinen Fall, meine Schöne. In diesem Fall habe ich das letzte Wort. Du fängst an, und du wirst mir die Wahrheit sagen. Ich will jeden einzelnen Gedanken erfahren, der dir durch deinen schönen Kopf geht und zu deinem schönen und sehr talentierten Mund herauskommt. Und jetzt fang an.«

Sie musterte mich, überlegte offenbar, was sie sagen sollte. Sie hatte doch sicher schon vorher darüber nachgedacht? Und wusste, was sie wollte?

»Ich mag dich«, sagte sie schließlich.

»Du *magst* mich?« Mit gerunzelter Stirn erwiderte ich ihren Blick.

»Na ja, du weißt schon. Ich mag dich *wirklich*.« Sie fing an zu lachen und verdrehte die Augen. »Ethan, du weißt, dass ich dich liebe.«

Ich beugte mich vor und drückte ihr einen Kuss in den Mundwinkel. Ich musste es tun. Ich wurde nie müde, diese Worte von ihr zu hören. »Das klingt, als käme jetzt ein *Aber*.«

»Na ja, das *Aber* besteht darin, dass wir auf verschiedenen Kontinenten leben. Du hast ein Leben und eine Karriere in New York, und ich habe beides in London. Ich würde sagen, das ist ein ziemlich großes *Aber*.«

Ich nickte. Für mich war es eigentlich keine große Sache. Es gab Mittel und Wege, die Sache zwischen uns am Laufen zu halten. Sah sie das genauso?

»Also, wenn ich mich wie eine Anwältin ausdrücken wollte«, fuhr sie fort, »dann würde ich sagen, dass wir mehrere Optionen haben.«

Ich nickte ungeduldig; sie sollte endlich zur Sache kommen.

»Wir könnten übereinkommen, dass sich unsere Wege hier und jetzt trennen. Keine Komplikationen, keine Unklarheiten, kein Bullshit …« Sie blickte mich an, und ich wusste nicht, ob ich antworten sollte. Sie benutzte meine Worte. Glaubte sie etwa, dass dies meine bevorzugte Option war?

»Fürs Protokoll: Diese Option gefällt mir am wenigsten von allen.« Die Worte stürzten aus mir heraus, bevor ich sie daran hatte hindern können.

Langsam breitete sich ein Lächeln in ihrem Gesicht aus. »Woher willst du wissen, dass die anderen Optionen nicht noch schlechter sind?«

»Ich kann mir nichts Schlechteres als ein Leben ohne dich vorstellen.«

»Ethan.« Sie flüsterte meinen Namen fast. »Es wird kompliziert.«

»Ich habe versucht, mich zu beherrschen, damit du mir sagen kannst, was du willst, aber ich halte das jetzt keine Sekunde mehr aus. Ich will dich, Anna. Um jeden Preis.«

»Um jeden Preis?«

Ich nickte.

»Also, du scheinst darüber nachgedacht zu haben. Hast du einen Plan?« Sie lächelte, als sie mir diese Frage stellte.

»Erst will ich hören, was du willst. Wie viel Überzeugungsarbeit muss ich leisten?«

»Du glaubst, dass du mich überzeugen musst?«

Ich zuckte mit den Schultern.

Nun kletterte sie vollends auf meinen Schoß, ihre Knie lagen links und rechts an meinen Hüften. »Du musst mich überhaupt nicht überzeugen. Ich bin nur gut darin, Dinge kompliziert zu machen.«

Ich spürte, wie die Luft aus meiner Lunge strömte und mein Körper sich entspannte, als ich ihr Gesicht in beide Hände nahm und meine Lippen auf ihren Mund drückte. Ich löste mich von ihr und sagte: »Ich fliege morgen.« Warum hatten wir nicht eher darüber geredet? Wir hätten noch Pläne schmieden können.«

»Dann zählt von jetzt an jede Sekunde. Glauben Sie bloß nicht, dass Sie heute Nacht zum Schlafen kommen, Mr Scott.«

25. KAPITEL

Ethan

Mir war noch nie aufgefallen, dass man sich regelrecht körperlich krank fühlen konnte, wenn man jemanden vermisste.

Wir waren seit zwei Stunden in der Luft, was bedeutete, dass ich Anna drei Stunden lang nicht gesehen hatte, aber ich vermisste sie schon jetzt. Auch in London hatten wir viel Zeit getrennt voneinander verbracht, wenn wir bei der Arbeit waren, aber es hatte sich anders angefühlt. Es hatte sich nicht angefühlt wie ein unerwarteter Schlag. In die Magengrube. Ins Herz.

»Ich möchte noch einen Whiskey. Ach was, sorgen Sie einfach dafür, dass mein Glas nicht leer wird«, sagte ich zu der Stewardess. Ich weiß nicht mehr, was sie mir geantwortet hat. Ich starrte einfach die ganze Zeit auf den Bildschirm vor mir und blendete sie aus. Ich sah mir *Pretty Woman* an. Natürlich tat ich das. Ich war ein verdammtes Klischee auf zwei Beinen. Ich war zu einer Tussi geworden, die sich im Trennungselend wälzte. Nur, dass wir uns gar nicht getrennt hatten. Aber auf diese Weise fühlte ich mich ihr näher, denn ich wusste, dass sie den Film eine Million Mal gesehen hatte und jede Zeile auswendig konnte. Sie würde lachen, wenn ich ihr das erzählte. Und ich brachte sie furchtbar gern zum Lachen.

Vor mir lag ein Berg an Vorbereitungen für die Meetings am nächsten Tag, aber ich konnte mich der Aufgabe einfach nicht stellen. Zum ersten Mal in meinem Leben war es mir egal, ob ich verkatert und schlecht vorbereitet zu einem Meeting erschien. Es spielte keine Rolle. Nichts spielte mehr eine Rolle. Nichts, außer mit Anna zusammen zu sein. Das war mein Ziel, und ich würde dafür sorgen, dass ich es erreichte.

Ich hätte den Flug beinahe verpasst, weil ich mich nicht von ihr trennen wollte. Gefühlt hatten wir stundenlang vor der Sicherheitskontrolle gestanden, bis zum letzten Augenblick. Wir hielten einander im Arm, umklammerten uns förmlich, und schwiegen – wir hatten alles gesagt, was gesagt werden musste. Und sie hielt mich so fest, als wäre dies das Ende – oder zumindest der Beginn von etwas sehr Kompliziertem.

26. Kapitel

Anna

Wie lange ich bereits dort gestanden hatte, wusste ich nicht. Ich betrachtete die Köpfe der Passagiere, die auf der anderen Seite der Sicherheitskontrolle auf den Duty-Free-Bereich zusteuerten. Vielleicht würde er seine Meinung ja noch ändern und wieder umkehren. Vielleicht würde er nachsehen, ob ich noch da war und nach ihm Ausschau hielt. Und falls er das tat, wollte ich sichergehen, dass es auch tatsächlich so war.

Ein kleines Kind rannte in mich hinein, und ich trat einen Schritt zurück, um das Gleichgewicht nicht zu verlieren. Als ich in die Hocke ging, um das kleine Mädchen zu beruhigen, rannte es davon. Der Vorfall hatte mich aus meinen Grübeleien gerissen, und ich blickte auf die Uhr. Fünf Minuten nach der Abflugzeit. Ich überprüfte die Anzeigetafel. Keine Verspätungen. Er war bereits in der Luft. Verschwunden.

Die dumpfen Magenschmerzen, die schon seit der Nacht zuvor in mir rumorten, kamen jetzt richtig durch. Mit unsicheren Schritten ging ich zu einer nahe gelegenen Bank, setzte mich und stützte den Kopf in die Hände. Er war tatsächlich weg.

Endlich hatten wir unser Gespräch über die Zukunft geführt. Ethan hatte mich nicht gebeten, nach New York zu ziehen. Ich hatte mir gewünscht, dass er das tun würde, aber den Gefallen tat er mir nicht. Andererseits hatte er die Sache zwischen uns auch nicht beendet. Er hatte gesagt, dass er mich liebte. Er hatte gesagt, er wünsche sich, dass es funktionierte, und ich beteuerte, dass auch ich mir das wünschte. Wir würden eine Fernbeziehung führen. Erleichterung und Euphorie hatten mich einige Stunden lang von den Komplikationen abgelenkt. Bis zu diesem Augenblick. Nun war ich wieder mit der Wirklichkeit konfrontiert, und die bestand darin, dass er in ein anderes Land ging. Wir lebten auf verschiedenen Kontinenten, was bedeutete, dass es Komplikationen geben würde. Diese Realität war nahezu unerträglich für mich.

Ich durchwühlte meine Tasche und holte Schlüssel und Handy heraus. Was musste ich als Nächstes tun? Ich konnte mich nicht mehr erinnern.

Entschlossen stand ich auf. Nach Hause fahren. Das musste ich jetzt tun. Ich ging zum Ausgang und nahm ein Taxi. Hatte ich dem Fahrer eigentlich gesagt, wohin die Reise gehen sollte? Ich schloss die Augen und lehnte den Kopf an die Rückbank.

»Miss? Hallo, Miss?«

Ich hob den Kopf. Es war der Taxifahrer. Er hatte angehalten. Ich blickte aus dem Fenster. Zu Hause.

»Tut mir leid, dass ich Sie wecke, Schätzchen«, sagte er. »Schlimmer Fall von Jetlag?«

Dabei hatte er mich gar nicht geweckt, jedenfalls nicht aus dem Schlaf.

Ich murmelte etwas Unverständliches und drückte ihm ein paar Geldscheine in die Hand.

Als ich die Wohnung betrat, beruhigte mich die vertraute Umgebung sofort. Es war zwar im Grunde kein Zuhause, kam dem aber immerhin recht nahe. Der Schmerz in meinem Magen wurde stärker, als mir einfiel, dass ich mir eine neue Wohnung würde suchen müssen. Diese hier blieb mir noch bis Ende März. Was würde bis dahin alles passieren? Zwischen

Ethan und mir war nichts entschieden; wir wussten nur, dass wir irgendwie zusammen weitermachen wollten.

Ich streifte die Schuhe ab, ging ins Schlafzimmer und kroch vollständig angezogen unter die Decke. Ich konnte ihn immer noch riechen. Und fühlen.

Das gedämpfte Klingeln meines Telefons, das ich unter ein Kissen geschoben hatte, weckte mich. Es war immer noch dunkel. Ich strich mit dem Finger über das Wort »Sexgott« auf dem Display.

»Hey«, krächzte ich.

»Himmel, du klingst wahnsinnig sexy, wenn du gerade erst wach geworden bist.«

Obwohl ich noch halb schlief, musste ich grinsen.

»Du klingst immer sexy«, sagte ich. »Wo bist du?«

»In einem Taxi. Tut mir leid, dass ich dich geweckt habe.«

»Das muss dir nicht leidtun. Ich habe dich vermisst.«

»Jetzt schon?«

Ich nickte. »Ja.«

»Nur drei Wochen, meine Schöne.«

Sobald wir Weihnachten hinter uns gebracht hatten, würde ich nach New York fliegen. »Ja, drei Wochen«, wiederholte ich.

»Und ich werde dich immer noch jeden Tag kommen lassen.«

Stöhnend presste ich die Schenkel zusammen. Ethan hatte mir versichert, dass diese Fernbeziehungsgeschichte funktionieren würde, weil er wusste, wie guter Telefonsex geht, aber der Gedanke, dass wir einander drei Wochen lang nicht berühren würden, war einfach schrecklich.

»Wenn ich dich so stöhnen höre, bekomme ich augenblicklich eine Erektion. Das ist unfair, du weißt doch, dass ich in einem Taxi sitze.«

Erneut musste ich grinsen. Ich konnte ihn also auch auf

fünftausend Kilometer Entfernung scharf machen – das linderte meinen Trennungsschmerz ein wenig.

»Tut mir leid. Das wollte ich nicht.«

»Musst du auch nicht. Es reicht, dass du existierst.«

»Gott, Ethan, ich liebe dich.«

»Ich liebe dich auch. Und jetzt geh duschen. Du hast doch dieses Meeting um 8 Uhr 30.« Es gefiel mir, dass er meinen Terminplan kannte. Wie lange das wohl so bleiben würde? Er wusste, was ich in dieser Woche vorhatte, aber galt das auch für die folgende?

»Wie spät ist es?«

»Kurz vor sieben in deiner Zeitzone«, antwortete er.

Ich stöhnte erneut. Ich könnte eine ganze Woche schlafen, oder vielleicht sogar, bis es Zeit war, nach New York zu fliegen.

»Hör auf damit, Anna.«

»Entschuldige. Bitte, leg nicht auf.«

»Du musst jetzt unter die Dusche. Ich rufe dich wieder an, wenn ich geschlafen habe. Und hör auf zu schmollen.«

Ich musste lachen, denn ich schmollte tatsächlich.

»Also gut. Ich liebe dich. Schlaf gut.«

»Das werde ich. Und ich werde von dir träumen.«

Wie die meisten Londoner fuhr ich mit der U-Bahn zur Arbeit, aber ich fühlte mich nicht so wie die meisten Londoner. Irgendwie kam mir die Stadt weniger strahlend vor als sonst, es war, als hätte jemand den Kontrast runtergedreht – die Menschen waren von einem leichten Grauschleier überzogen. Ich fühlte mich ausgeschlossen, so als wüsste ich etwas, was sie nicht wussten. Ich bewegte mich in meinem eigenen Tempo, und die Leute, die rechts und links an mir vorbeigingen, rempelten mich an, aber das war in Ordnung, denn ich war *anders*. Ich *wusste* es. Ich wusste, wie es war, jemanden wirklich und wahrhaftig zu lieben. Es war unglaublich und ließ mich vor Angst erstarren. Noch nie hatte ich mich derart ausgeliefert und verletzbar gefühlt.

Wir hatten nicht über Dinge gesprochen, die noch in ferner Zukunft lagen, aber wir hatten einige Grenzen festgelegt und Regeln aufgestellt. Natürlich hatten wir das.

Regel Nummer eins war, dass wir jeden Tag miteinander sprechen würden. Und wenn es nur für zwei Sekunden wäre. Regel Nummer zwei lautete, dass wir uns jeden Monat sehen und immer wissen würden, wann wir uns das nächste Mal trafen. Regel Nummer drei war absolute Ehrlichkeit. Wenn einer von uns meinte, dass etwas nicht funktionierte, dann würden wir darüber reden und dafür sorgen, dass es wieder besser lief.

Aber Regeln waren da, um gebrochen zu werden, oder etwa nicht?

»Nicht zu fassen, dass ich ins Büro muss, obwohl ich mir Sexy Scott nicht mehr ansehen kann.« Kaum war ich von meinem Meeting zurück, pflanzte Lucy schon ihren Hintern auf meinen Schreibtisch.

Glaubte sie etwa, dass ich sie mochte? Ich war mir ziemlich sicher, ihr niemals Grund zu dieser Annahme gegeben zu haben.

Ich berührte den Hermès-Schal, den ich trug, um etwas von Ethan bei mir zu haben, und versuchte sie zu ignorieren. Während ich meinen Posteingang öffnete und meine E-Mails durchsah, plapperte sie weiter, aber ich schaffte es, sie auszublenden.

»Anna? Hörst du mir zu? Er war richtig scharf auf mich.«

»Wenn du meinst, Lucy«, sagte ich, ohne den Blick vom Bildschirm zu lösen.

»Meine Güte, du bist ja echt 'ne Zicke.«

»Wenn du meinst.«

Schließlich ließ sie mich in Ruhe, und ich umgab mich mit einem Kokon aus Schweigen, der hoffentlich deutlich signalisierte, dass sie mich nicht erneut ansprechen sollte. Ich wollte einfach nur meine Arbeit erledigen und nach Hause gehen. Doch obwohl Lucy mir auf die Nerven ging, hatte sie recht: Ohne Ethan gab es hier keine Freude. Nicht für mich. Nicht in diesem Moment.

Leah rief an, vermutlich, weil ich auf ihre E-Mails und Textnachrichten nicht geantwortet hatte.

»Wie wär's mit einem Mädelsabend bei mir? Daniel ist bei einem Geschäftsessen«, sagte sie.

»Ich muss noch jede Menge Wäsche waschen und meine Eltern anrufen. Vielleicht an einem anderen Tag in dieser Woche?« Ich wimmelte sie ab, und das merkte sie. Ich wollte einfach keine Gesellschaft. Ich wollte Ethan um mich haben. Und in der Wohnung fühlte ich mich ihm nahe, auch wenn er nicht dort war.

»Entwickele dich bloß nicht zur Einsiedlerin. Das würdest du mir nicht erlauben, und umgekehrt gilt das genauso.«

»Ich weiß deinen Dienst bei dem Eremiten-Spähtrupp zu schätzen und bin dir dankbar dafür, aber es ist alles in Ordnung. Wir sprechen uns später.«

Ich tauchte wieder in die Arbeit ab, wo ich allein sein konnte.

Am frühen Nachmittag summte mein Handy. »Hey«, flüsterte ich.

»Ich habe von dir geträumt«, sagte er.

Ich stand auf und schloss die Tür zu meinem Büro.

»War es ein schöner Traum?«, fragte ich.

»Du hast mir einen geblasen, also würde ich sagen, ja, es war ein schöner Traum.«

»Wie romantisch. Du sagst immer so süße Sachen.« Ich lachte.

»Es gefällt mir nicht, ohne dich aufzuwachen«, sagte er, und mein Herz setzte einen Schlag lang aus.

»Ich weiß. Ich mag es auch nicht, ohne dich aufzuwachen. Aber bis zu deinem nächsten Blowjob in der Wirklichkeit sind es nur noch drei Wochen«, sagte ich, um die Stimmung aufzuheitern.

Ich hörte ihn am anderen Ende der Leitung stöhnen und musste lachen. »Nimm eine kalte Dusche, du Faulpelz. Ich rufe dich an, wenn ich wieder zu Hause bin.«

Ethan

Ich legte das Handy weg und begab mich ins Badezimmer. Galt Masturbieren als Betrug, wenn sie dabei nicht am Telefon war? Ich musste dahingehend dringend noch ein paar Regeln festlegen. Ich hatte die härteste Erektion aller Zeiten, und das störte meine Konzentration. Erneut griff ich nach dem Handy, um nachzusehen, was für E-Mails über Nacht gekommen waren. Vielleicht würde das helfen, das Blut wieder gleichmäßiger in meinem Körper zu verteilen.

Seit meiner Abreise hatten wir nur zwei kurze Gespräche miteinander führen können. Würde das so weitergehen? Als wir endlich über unsere gemeinsame Zukunft gesprochen hatten, hatte ich mich verdammt zusammennehmen müssen. Am liebsten hätte ich sie mir einfach über die Schulter geworfen und mit nach New York genommen. Aber ich hatte es geschafft, mich unter Kontrolle zu halten. Offenbar war es ihr wichtig gewesen, zu verstehen, was ich wollte, und mir wiederum war es schwergefallen, genau zu begreifen, was sie glücklich machen würde. Als ich vorschlug, es mit einer Fernbeziehung zu versuchen, schien sie erleichtert.

Ich wusste nicht, welche Alternative ihr mehr Angst machte – der Gedanke, dass ich sie mitnehmen oder dass ich es beenden würde. Aber ich hatte Anna nicht unter Druck gesetzt. Vielleicht fürchtete ich mich nur vor ihrer Antwort. Wir hatten zwar absolute Ehrlichkeit vereinbart, aber ich spürte genau, dass sie etwas zurückhielt, und mir ging es genauso. Ich hatte nicht von ihr verlangt, mit mir nach New York zu gehen. Die Vorstellung, dass sie allein in London zurückbleiben würde, war jedoch verdammt erschreckend – sie konnte jederzeit ihre Meinung über uns ändern oder einen anderen kennenlernen. Auch die Vorstellung, ohne sie zu sein, war schrecklich – für mich war sie inzwischen fast so lebensnotwendig wie die Luft zum Atmen. An mein Leben *vor* ihr konnte ich mich kaum erinnern, und das Wenige, das ich noch wusste, gefiel mir nicht. Ich wollte nicht wieder zu komplikationslosem Sex zurück. Anna verkörperte alles, wogegen ich mein Leben lang angekämpft hatte, aber jetzt war sie alles, was ich wollte.

Drei Wochen. Wie sollte ich drei Wochen ohne sie überleben? Es fiel mir schon schwer, ein paar Stunden zu überbrücken. Ich brauchte einen Plan. Ich würde trainieren gehen. Das könnte funktionieren. Ich würde zahllose Stunden im Büro verbringen. Auch das war eine gute Ablenkung. Und ich könnte dieses Wochenende mit Andrew und Mandy, meinen Collegefreunden, abhängen. Ja, das war doch ein Plan. Jetzt musste ich nur noch dafür sorgen, dass Anna von nichts und niemand außer mir abgelenkt wurde. Ich würde dafür sorgen, dass sie ständig an mich dachte.

»Dann stehst du jetzt also offiziell unter dem Pantoffel?«, fragte Andrew. Ich lächelte und zuckte mit den Achseln. »Ich wusste, dass das irgendwann passieren würde«, sagte er.

Andrew hatte ein gemeinsames Mittagessen vorgeschlagen, und ich hatte meinen Assistenten einen Tisch in dem Lokal reservieren lassen, in dem ich am Morgen nach unserer ersten gemeinsamen Nacht nicht ganz zufällig auf Anna und Leah gestoßen war. Schon damals war ich verrückt nach ihr gewesen.

»Was soll ich dazu sagen? Dieser Pantoffel ist es wert.«

»Und, kommt sie Weihnachten rüber?«

»Zum Jahreswechsel«, stellte ich richtig. »Ich lade meine Eltern über Weihnachten nach Aspen ein. Sie sind enttäuscht, dass Izzy nicht da ist, also dachte ich, Aspen macht es vielleicht wieder wett. Anna kommt am siebenundzwanzigsten dazu.«

»Und dann?«

»Wie, und dann?«

»Na ja, ich meine, zieht sie dauerhaft in die Staaten? Gehst du nach London? Wirst du sie heiraten?«

Ja, ja und ja? Nein, vielleicht und irgendwann? Ich kannte die Antworten nicht und zuckte erneut mit den Schultern.

»Aber du liebst sie doch, oder?«

Ich konnte nichts gegen das Grinsen tun, das sich in meinem Gesicht ausbreitete. »Ja, ich liebe sie.«

»Dann zieh es durch, Alter.«

Andrew war ein toller Freund. Er hätte unzählige Argumente anführen können, um mir Anna auszureden, aber stattdessen wollte er, dass ich mein Mädchen bekomme.

»Danke, Mann. Ich werde einen Weg finden, damit wir beide wieder auf demselben Kontinent zusammen sein können.«

»Gut so. Mädchen wie Anna und Mandy trifft man nicht allzu oft. Mach bloß keinen Mist.«

»Guter Tipp. Und so eloquent formuliert.«

»Also, wollt ihr Silvester mit Mandy und mir verbringen oder habt ihr andere Pläne?«

»Ich weiß, dass Anna euch gern sehen würde, aber können wir uns an einem anderen Abend treffen? Vielleicht am Tag davor? Zum Brunch oder so? An Silvester habe ich andere Pläne für uns.«

Ich hatte vor, den letzten Abend des Jahres zu etwas Besonderem zu machen, wusste aber noch nicht genau, wie.

»Viel zu tun bei der Arbeit?«, erkundigte sich Andrew.

»Ja, aber jetzt, wo ich wieder zurück in den Staaten bin, wird es hoffentlich besser. Die Mandanten sind verdammt anspruchsvoll. Es war schwer, alles von London aus zu managen, aber jetzt sollte es leichter werden.« An diesem Abend würde ich nicht lange bleiben. Um neunzehn Uhr wollte ich zu Hause sein, denn ich hatte ein Versprechen zu halten. Ich musste dafür sorgen, dass mein Mädchen jeden Tag ihren Orgasmus bekam. *Fuck*, bei dem bloßen Gedanken begann sich mein Schwanz zu rühren. »Wie geht es Mandy?«, fragte ich, denn ich wusste, dass ich mich wieder beruhigen würde, wenn wir über sie redeten.

»Gut. Sie will, dass wir zusammen essen gehen, damit sie dir die Hölle heißmachen kann, weil du Anna in London zurückgelassen hast.«

»Ich habe sie nicht *zurückgelassen*. Sie wohnt da.«

»Ich weiß, Mann, aber du kennst Mandy doch. Sie ist total begeistert, dass du endlich jemanden gefunden hast.«

Gegen meinen Willen musste ich grinsen. Auch ich war begeistert, dass ich Anna gefunden hatte. Jetzt mussten wir es nur noch schaffen, auf demselben Kontinent zu leben.

27. Kapitel

Ethan

Auf dem Rückweg ins Büro schrieb ich Anna eine Nachricht.

Ich: Bin um 19:00 Uhr zu Hause. Kannst du so lange aufbleiben?

Anna: Für dich die ganze Nacht.

Ich: Gut. Ich will, dass du nackt im Bett liegst, wenn ich anrufe.

Anna: Sehr wohl, Sir.

Ich: Hör mit dem »Sir« auf, ich werde hart.

Anna: So gefallen Sie mir, Sir.

Verdammt, mit einer Nachricht aus fünftausend Kilometern Entfernung verpasste sie mir eine Erektion. Wenn es um Anna ging, war ich wie ein Teenager. Vielleicht sollten wir eine »Keine-Nachricht-während-der-Arbeitszeit«-Regel einführen.

Allmählich fand ich zu meiner Arbeitsroutine zurück. Nachdem ich drei Monate lang alles von London aus geregelt hatte, schien in New York alles viel einfacher zu sein und viel schneller zu gehen. Um zwanzig Uhr hatte ich noch eine Telefonkonferenz, aber die konnte ich auch von zu Hause aus führen. Das bedeutete, dass ich eine Stunde mit Anna hatte. Der Gedanke an sie – wie sie nackt im Bett lag, ihre samtweiche Haut nur von unseren Laken bedeckt – ließ meinen Schwanz zucken, also unterdrückte ich die Vorstellung und widmete mich weiter dem Tagesgeschäft.

Es war kurz vor neunzehn Uhr, und ich steckte im Stau. Verdammt. Ich wollte keine einzige Minute mit ihr verlieren, also rief ich sie aus dem Taxi an.

»Hallo, mein stattlicher Mann.«

»Oh Gott, Anna, ich liebe dich.« Ich konnte nicht anders, ich liebte sie, und sie liebte mich.

»Ist alles in Ordnung?« Ihre Stimme klang besorgt. Aber warum? Weil ich ihr gesagt hatte, dass ich sie liebte? Wenn das Fragen aufwarf, tat ich es wohl nicht oft genug.

»Ja, ich wollte dir nur sagen, dass ich dich den ganzen Tag lang vermisst habe.«

»Ich habe dich auch vermisst. Ich bin nicht gerne ohne dich hier. Es fühlt sich irgendwie falsch an.« Mein Magen zog sich zusammen, als ich ihre Worte hörte. Offenbar vermisste sie mich genauso sehr wie ich sie.

»Wo bist du?«

»Ich bin im Bett.«

»Habe ich dich geweckt? Hast du schon geschlafen?«

»Nein, ich habe auf deinen Anruf gewartet. Du hast gesagt, ich soll nackt im Bett liegen, und genau das tue ich gerade.«

Ich stöhnte, und der Taxifahrer warf mir im Spiegel einen Blick zu.

»Verdammter Verkehr«, brachte ich hastig hervor.

»Wo bist du?«

»In einem Taxi. Der Verkehr ist zum Kotzen. Na ja, allzu lange kann es nicht mehr dauern. Ich konnte es nur nicht erwarten, deine Stimme zu hören.«

»Ist schon in Ordnung. Keine Eile.« Von der Telefonkonferenz um zwanzig Uhr hatte ich ihr nichts erzählt, denn sie sollte nicht glauben, dass ich sie zwischen zwei Termine quetschte oder dass es für unser Gespräch ein zeitliches Limit gab. »Wie war dein Tag?«

»Ganz okay. Ich war mit Andrew essen und habe eine Menge geschafft.«

»Wie geht es ihm und Mandy?«

»Gut. Sie wollen dich sehen, wenn du herkommst. Ich gehe irgendwann diese Woche mit den beiden essen.«

»Ich bin froh, dass du sie hast.«

»Ich auch. Ich habe dir etwas dagelassen, in der obersten Schublade, die, in der meine Sachen waren. Geh mal nachsehen.«

Anna

»Tatsächlich? Was denn?«, fragte ich.

»Geh nachsehen«, wiederholte er.

Ich kletterte aus dem Bett, ging zu Ethans Schublade und zog sie heraus. Beim Anblick der leeren Lade zog sich mein Magen zusammen. Noch eine Erinnerung daran, dass er nicht da war. Aber die Schublade war nicht ganz leer. Eine kleine orangefarbene Schachtel mit dem mittlerweile vertrauten Hermès-Logo lag darin. Ich grinste, nahm das Kästchen und ging wieder ins Bett.

»Hast du es gefunden?«

»Ja. Aber du musst mir keine Geschenke machen.«

»Möchte ich aber. Ich glaube, du bist die einzige Frau auf der Welt, die sich darüber beschwert, Geschenke zu bekommen.«

»Ich beschwere mich ja gar nicht. Ich will nur nicht, dass du dich verpflichtet fühlst, mir etwas zu schenken.«

»Ich tue das gern. Gefällt es dir?«

»Ich habe es noch nicht geöffnet.«

»Wir sollten das hier per Facetime machen. Ich will dich sehen.«

»Drei Wochen noch. Wo bist du jetzt?«

»Kurz vorm Ziel. Mach dein Geschenk auf.«

Ich gehorchte. Ich liebte es, dass er daran gedacht hatte, vor dem Abschied etwas für mich zurückzulassen. Er machte seine Sache als fester Freund sehr gut, obwohl er kaum Übung darin hatte. In dem Kästchen lag ein wunderschönes blaues Emaille-Armband. »Himmel, Ethan, es ist wunderschön. Danke, vielen Dank!«

»Leg es an. Ich möchte mir vorstellen, wie du aussiehst, wenn du außer dem Armband nichts trägst.«

Bei dem Gedanken, zugleich eine Fantasie und eine Realität für ihn zu sein, musste ich lächeln. »Es passt hervorragend, danke schön. Ich werde dir ein Bild schicken.«

Am anderen Ende der Leitung wurde der Straßenlärm nun lauter. »Wo bist du?«, fragte ich.

»Ich bin ausgestiegen und gehe zu Fuß. Bin gerade am Anfang des Blocks.«

»Ich will mehr über deinen Tag hören.«

»Komplett uninteressant verglichen mit dir … nackt in unserem Bett«, erwiderte er.

Unser Bett. Er sah es immer noch als unseres an.

»Erzähl schon. Ich will alles hören, so als lägst du neben mir«, sagte ich.

»Wenn ich bei dir wäre und du nackt wärst, würde ich bestimmt nicht von meinem Tag erzählen.«

Ich fragte mich, wie viele Frauen wohl heute mit Ethan geflirtet hatten, an einem Tag, an dem ich nicht die Hände um seinen Schwanz legen und dafür sorgen konnte, dass es meine Augen waren, in die er blickte, wenn er kam. Ich musste den Gedanken beiseiteschieben.

»Nein? Was würdest du denn tun? Sag's mir.«

»Du wirst noch mein Tod sein, meine Schöne. Aber ich werde glücklich sterben, so viel ist sicher.«

Mir wurde am ganzen Körper heiß. Der Gedanke, die eine zu sein, die ihn glücklich machte … Konnte ich diese Frau wirklich sein? Es war alles, was ich mir wünschte. Der Straßenlärm wurde wieder leiser.

»Wenn ich jetzt da wäre«, fuhr Ethan fort, »dann würde ich dich auf den Rücken in unser Bett legen und eine Weile deinen Duft einatmen. Ich liebe deine Haut, wie weich sie ist, und wie sie schmeckt. Ich liebe das Gefühl, meine Finger auf dir zu haben, in dir … überall.«

Seine Worte riefen die vertraute Nässe zwischen meinen Schenkeln hervor. Es war, als würde er meinen Körper anbeten.

Seine Stimme und das Prickeln auf meiner Haut ließen mich seine Abwesenheit noch deutlicher spüren. Ich war mir all dessen bewusst, was ich nicht fühlen konnte. All dessen, was er mit meinem Körper gemacht hätte, wäre er hier bei mir gewesen. Der ein wenig zu feste Druck seiner Daumen an meinen Hüften. Wie er seine Lippen über jeden Zentimeter meiner Haut wandern ließ. Wie sich sein muskulöser Körper unter meinen Fingern, meinen Lippen, meiner Zunge anfühlte.

Meine Brustwarzen wurden hart und drückten sich in die Laken, unter denen ich lag. Ich presste die Beine zusammen.

»Ich wünschte, du wärst hier bei mir.«

»Meine Schöne, in dieser Sekunde gibt es nichts, was ich mir mehr wünsche.« Am anderen Ende der Leitung klimperten Schlüssel, und eine Tür schlug zu.

»Bist du hart?«, fragte ich, nur ein wenig verlegen. Bis jetzt war es in unserer Beziehung so sehr um die physische Sache gegangen. Auf diese Weise kommunizierten wir miteinander, und dabei fühlten wir uns wohl. Hier aber befanden wir uns auf neuem Gebiet. Sein Begehren hatte mir immer Selbstvertrauen gegeben. Aber jetzt war ich blind, und ich wollte mich nicht lächerlich machen. Ich musste bei ihm sein, um ihn zu sehen und zu fühlen.

»Steinhart, verdammt. Wie gesagt, dafür reicht schon deine bloße Existenz. Allein die Vorstellung, dass du nackt am anderen Ende der Leitung bist, macht mich wahnsinnig. Wenn ich jetzt da wäre, wärst du bereit für mich, Baby? Sag mir, wie feucht du bist.«

»Ethan.« Ich wusste nicht, ob ich das hier konnte. Es fühlte sich fremd und ungewohnt an.

»Ich will, dass du zwischen deine Beine fasst. Streichele dich und sag mir, wie feucht du bist.«

Zögernd bewegte ich meine freie Hand über meinen Bauch und ließ sie tiefer hinabgleiten. Ich war bereit für ihn, ich wollte tun, was er von mir verlangte.

»Sag's mir, Anna.«

Meine Finger waren sofort nass. »Ich bin bereit für dich, Ethan. Absolut bereit.«

»Bereit für meine Zunge, meine Finger oder meinen Schwanz?«

Ich konnte nicht anders, ich musste stöhnen. »Ethan.«

»So ist gut, du wirst sie alle bekommen.«

Ich begann, meine Klit zu umkreisen und wölbte den Rücken.

»Himmel, ich möchte in dir sein. Jetzt. Er ist so hart. Ich will von dir umfangen sein. Nirgendwo bin ich lieber. Ich liebe es, dich zu fühlen, wenn ich in dich hineingleite. Wie sich deine Augen weiten, jedes Mal, als ob ich fast zu groß wäre.

»*Fuck*, Ethan«, wimmerte ich.

»Ja, so ist es richtig, meine Schöne, streichele deine hübsche Perle. Stell dir vor, es wäre meine Zunge.«

Ich war kurz davor, da entglitt mir das Telefon. Als ich es mir wieder ans Ohr hielt, schien mir auch Ethan entglitten zu sein. Mir wurde kalt, und seine Abwesenheit verwirrte mich.

Irgendetwas fehlte, und ich würde es nicht schaffen. Es reichte nicht, mir vorzustellen, dass er mich berührte. Tatsächlich machte es das nur schlimmer. Es brachte mir nur noch deutlicher zu Bewusstsein, dass er nicht bei mir war, um das zu tun, was er am besten konnte.

»Er ist so hart, nur für dich. Bist du kurz davor? Ich will, dass wir zusammen kommen«, sagte er.

»Ja … ich liebe dich, Ethan.« Ich wollte, dass er fertig wurde, auch wenn ich es nicht konnte. Ich wollte sichergehen, dass er nicht mit einer Erektion herumlaufen musste, wenn ich nicht in der Nähe war. Ich wollte einfach, dass es funktionierte.

»Anna?« Sein Tonfall hatte sich verändert. Er klang jetzt todernst. »Anna, machst du mir was vor?«

»Ich … ich …« Was sollte ich ihm darauf antworten?

»Hast du mir etwas vorgespielt?«

»Nein! Niemals. Das würde ich niemals …«, brachte ich stotternd heraus.

»Aber du warst nicht kurz vorm Kommen.« Es war eine Feststellung, keine Frage.

»Es tut mir leid. Ich war kurz davor, und dann hab ich dich nicht mehr gehört, und das Gefühl war weg.« Tränen stiegen mir in die Augen.

»Es muss dir nicht leidtun. Nichts muss dir jemals leidtun. Himmel, ich wünschte, ich wäre jetzt bei dir. Ich möchte meine Arme um dich schlingen.«

Ich lachte. »Und alle anderen Körperteile auch.«

Das löste die Spannung, und auch Ethan musste lachen. »Ja, alles andere auch. Aber mal im Ernst: Diese Situation geht mir ganz schön auf die Nerven.«

»Ja, mir auch.«

»Du hast mir doch nie etwas vorgemacht, oder?«

Erneut musste ich lachen. Ethan war sich der Macht, die er über meinen Körper besaß, immer sicher gewesen – der Gedanke, dass er auch nur im Geringsten an meiner Reaktion auf ihn zweifelte, war einfach lächerlich. »Ich habe in unserer Beziehung noch nie etwas vortäuschen müssen – schon gar nicht, dass du mich zum Kommen gebracht hast. Ich würde lügen, wenn ich behauptete, dass ich noch nie etwas vorgespielt habe – aber nicht dir. Selbst wenn ich es versuchen würde – wenn du mich berührst, komme ich, ich könnte es gar nicht verhindern.«

»Das ist wirklich süß von dir. Wenn ich bei dir wäre, würde ich dich sofort noch einmal nehmen.«

»Und jetzt hast du immer noch gehörig Druck.«

»Ja, was das angeht ... zählt es eigentlich als Betrug, wenn ich mir einen runterhole, ohne dass du am Telefon bist?«

»Nein. Ich meine, hast du es getan, als du in London warst? Würdest du selbst es für Untreue halten?« Warum fragte er mich so etwas? Es war seltsam, darüber zu reden, aber gleichzeitig freute ich mich auch. Ethan schien keine Hemmungen zu haben. Er verschwieg mir kaum etwas, und ich liebte das, war aber nicht daran gewöhnt. In meinem ganzen Leben war niemand so offen zu mir gewesen wie Ethan. So unwohl ich mich auch manchmal dabei fühlte, war es doch genau das, was ich brauchte.

»Nein, in London habe ich es mir kein einziges Mal selbst gemacht. Aber da habe ich auch die Hälfte der Zeit in dir verbracht.«

Ich lächelte. »Warum glaubst du, dass mich das stören könnte?«

»Ich wusste nur nicht, wie du darüber denkst. Also habe ich gefragt.«

»Du bist der beste Freund und Geliebte, den ich mir vorstellen kann. Soll ich dir ehrlich sagen, wie ich darüber denke? Ich denke, dass du dir von mir aus zwanzigmal am Tag einen runterholen kannst, wenn du das brauchst. Alles, was dafür sorgt, dass du nicht mal daran denkst, dich in die Nähe einer anderen Frau zu begeben, solange wir getrennt sind.«

»Okay … Das überrascht mich. Machst du dir Sorgen, dass ich dich betrügen könnte?«

Tat ich das? Ich hatte Angst, ihn zu verlieren, aber ob ich auch befürchtete, dass er mich betrügen würde? Ich wusste nicht, ob er enthaltsam sein konnte, bis wir uns das nächste Mal sahen. Immerhin besaß er den sexuellen Appetit eines Neunzehnjährigen und hatte nie zuvor über Monogamie nachdenken müssen. »Ich glaube nicht, dass ich mir Sorgen machen muss. Aber es ist nur natürlich, dass du andere Frauen wahrnimmst, und ich denke, dass du eher auf sie reagierst, wenn du eine Zeit lang keinen Sex hattest.« Ich versuchte, vernünftig zu klingen. Ich versuchte, vernünftig zu *sein*. »Du hast dir noch nie etwas verkneifen müssen, Ethan.«

Am anderen Ende der Leitung herrschte Stille.

28. KAPITEL

Ethan

Ihr Geständnis hatte mich verletzt. Ich war verletzt, weil sie glaubte, ich sei fähig, sie zu betrügen. Weil sie glaubte, dass meine Selbstbeherrschung nicht ausreichte, um ihr treu zu sein. Aber vor allem bestürzte mich, dass sie für mich nicht so empfand wie ich für sie – denn sonst hätte sie nicht befürchtet, dass ich jemals wieder eine andere begehren könnte.

Wenn sie glaubte, dass Sex mit einer anderen Frau sich mit dem vergleichen ließ, was zwischen uns war, dann hatte sie nichts begriffen. Bei dem Gedanken, irgendeine beliebige Frau aufzureißen, bekam ich eine Gänsehaut. Abgesehen davon, dass Anna mit meinem Körper Dinge anstellte wie noch keine Frau zuvor. Diese Dinge fühlten sich so gut an, dass ich mich manchmal fragte, ob sie legal waren. Der Sex zwischen uns spielte sich in einer völlig anderen Liga ab, von deren Existenz ich nichts geahnt hatte. Es war eine Verbindung, es war Verstehen. Das hatte ich jedenfalls geglaubt. Aber möglicherweise sah sie das anders. Vielleicht hatte sie so etwas schon einmal erlebt. Vielleicht war der Sex für sie gut, aber nichts Besonderes. Sie begriff nicht, was ich für sie empfand. Sie *konnte* nicht begriffen haben, was ich für sie empfand, denn sonst hätte sie gewusst, dass es mir beinahe unmöglich war, eine andere Frau auch nur anzusehen. In meinem Hirn, meinem Herzen, meiner Seele würde nie wieder Platz für eine andere sein.

»Ethan«, flüsterte sie.

»Was kann ich tun?«, fragte ich. »Was kann ich tun, damit du mir glaubst, dass es für mich keine andere mehr geben wird?«

Nun war sie es, die schwieg.

Und gab mir damit die Antwort, die ich brauchte: Ich konnte nichts tun. Nichts würde sie davon überzeugen, dass sie nicht nur irgendeine Frau für mich war. Ich wusste, dass sie anders war, und auch das, was wir hatten, war anders als alle meine kurzen Beziehungen davor. Sie empfand es nicht so, und es gab nichts, was ich tun könnte, um es ihr zu zeigen. Schon gar nicht in fünftausend Kilometern Entfernung.

Der Griff um mein Herz wurde fester.

Ich würde sie verlieren.

Vielleicht hätte ich niemals etwas mit ihr anfangen sollen.

»Erzähl mir von deinem Tag«, sagte sie.

Ich wusste nicht, ob ich das Thema ansprechen und darauf bestehen sollte, mit ihr darüber zu reden. Mein Instinkt drängte mich dazu, aber ich hatte das Vertrauen in unsere Vereinbarung verloren, absolut ehrlich zueinander zu sein. Es schien nicht genug zu sein.

Ich begann, ihr haarklein zu erzählen, was den Tag über passiert war. Aus irgendeinem Grund war es wichtig, detailgenau zu sein. Damit alles klar zutage lag. Damit sie alles genau wusste. Die Zeit verging. Es war kurz vor acht, aber ich wollte das Gespräch noch nicht beenden. Eigentlich müsste sie jetzt schlafen. Versuchte sie angestrengt, wach zu bleiben?

»Wie hast du es geschafft, so früh nach Hause zu kommen?«, fragte sie.

»Wie meinst du das?«

»Es war der erste Tag nach deiner Rückkehr. Du musst das Büro schon um 18 Uhr 30 verlassen haben, um jetzt zu Hause zu sein.«

»Ich habe mir Arbeit mitgenommen. Ich wollte mit dir reden. Du … Wir. Das ist meine Priorität.«

Erneut schwieg sie.

»Es tut mir leid, dass ich es kaputtgemacht habe«, sagte sie.

»Du hast nichts kaputtgemacht.«

»Aber es ist nicht so gelaufen, wie du es geplant hast.«

»Das mit dir habe ich auch nicht geplant, aber was für ein Glück, dass ich dich gefunden habe! Ich liebe es, dir Lust zu verschaffen, ich liebe es, dich kommen zu lassen, aber das ist nicht alles, meine Schöne. Nicht für mich.«

»Für mich auch nicht. Aber ich will, dass du … na, du weißt schon«, beendete sie verlegen den Satz.

Ich lachte. »Was denn?«

»Na ja … ähm … ich will, dass du befriedigt bist.«

Ich glaubte, die Hitze ihrer geröteten Wangen durch den Hörer spüren zu können. »Nach allem, was wir miteinander angestellt haben, kannst du mir nicht sagen, dass ich für dich kommen soll?«

»Ethan.«

»Was denn? Das ist echt lustig.« Ich liebte den Klang ihres Lachens. »Ich verspreche, dass ich mir unter der Dusche einen runterhole.«

»Versprich mir, dass du dabei an mich denkst«, sagte sie.

»Meine Schöne, ich denke Tag und Nacht an nichts anderes.« Es stimmte, ich war ihr total verfallen, und ich wollte, dass sie das wusste. »Wir werden dafür sorgen, dass die Sache funktioniert, ist das klar?«

»Aber muss es so mühsam sein?« Jetzt kicherte sie nicht mehr, sondern klang sehr ernst.

Ihre Zweifel waren dermaßen ausufernd, dass sie förmlich darin schwamm. Und ich wusste nicht, wie ich die Flut aufhalten sollte.

»Ich weiß nicht, wie es sein ›sollte‹«, antwortete ich. »Ich kenne nichts, womit ich uns vergleichen könnte. Ich weiß nur, was ich mir mehr wünsche als alles andere auf der Welt – dass das mit uns funktioniert.«

Sie seufzte. Machte ich zu viel Druck? »Aber dann musst du mit mir reden. Ich kann deinen Gesichtsausdruck nicht lesen, weil ich nicht bei dir bin. Du musst mir schon sagen, was du denkst.«

Ich glaubte, durch das Telefon zu hören, wie ihr Gehirn arbeitete. »In meinem Kopf geht gerade alles durcheinander. Ich bin mir nicht sicher, ob ich die richtigen Worte finde«, antwortete sie.

»Sie müssen in keiner bestimmten Reihenfolge sein. Rede einfach.« Himmel, sie sollte endlich damit herauskommen, sie sollte mit mir reden! Wenn ich verstand, was in ihrem Kopf vorging, würde ich mit allem klarkommen. Ich glaube, ehe ich ihr begegnet war, hatte ich nicht gewusst, was das Wort »Besorgnis« wirklich bedeutet. Vielleicht, weil sie die Macht hatte, mich zu verletzen – die Macht, mich zu verlassen. Ich konnte und wollte sie nicht kontrollieren, sondern sie sollte sich für mich *entscheiden.*

»Ich wünschte mir nur, du wärst hier, das ist alles.«

»Ich wünschte auch, ich wäre bei dir. Oder du hier bei mir. Dass wir einfach irgendwo zusammen wären. Egal, wo.«

»Hey, pass auf, du verwandelst dich noch in einen Romantiker.«

»Nope. Ich bin nur ehrlich, und so sieht es nun mal aus.«

»Ja, ich weiß«, sagte sie.

»Du *weißt?*«

»Ja. Ich kann es fühlen. Genau wie du. Ich kann nur nicht …«

»Was willst du damit sagen? Dass du dasselbe schon einmal hattest, aber verletzt worden bist?«

»Oh Gott, nein. Nein! Absolut nicht. So etwas wie mit dir hatte ich noch nie. Nicht so. Ich glaube, das ist der Grund. Dass es so anders ist.« Ihre Stimme wurde leiser, fast als wollte sie die Worte nicht aussprechen. »Ich würde mich nie mehr davon erholen.«

Dieses Geständnis beruhigte mich ein wenig. Ihre Zweifel beruhten also nicht auf einem Mangel an Gefühl für mich – wenn das, was sie sagte, tatsächlich stimmte.

»Das wirst du auch niemals müssen.«

»Ich dachte, du machst keine Versprechungen, die du nicht halten kannst.«

»Das stimmt.«

»Ethan.«

»Ich meine es ernst. Dazu wird es niemals kommen. Das lasse ich nicht zu.« Aber natürlich hatte sie recht. Ich konnte die Sache nicht steuern. Wir hatten beide unsere Rolle in diesem Schauspiel, und dabei würden wir vermutlich irgendwann auch eine große Portion Glück brauchen.

»Manchmal musst du dir wohl für uns beide sicher genug sein.« Ihre Stimme wurde leiser, klang jetzt gedämpft.

»Das schaffe ich schon«, versicherte ich ihr.

»Es tut mir leid.«

»Es gibt nichts, was dir leidtun müsste. Gar nichts.«

»Aber ich wünschte, ich könnte dich jetzt ... na ja ... du weißt schon.«

Fuck, sie war einfach anbetungswürdig – noch immer konnte sie nicht aussprechen, dass sie mich zum Kommen bringen wollte.

»Oh, das wirst du noch. Und du weißt, dass ich nichts verspreche, was ich nicht halten kann.«

Erneut lachte sie, und ich begann mich zu entspannen. Aber nur ein bisschen. Ich blickte auf die Uhr. Verdammt, meine

Konferenzschaltung rückte immer näher, und ich wollte viel lieber bei ihr am Telefon bleiben. Die ganze Nacht, und in dieser Nacht ganz besonders. Ich wollte nicht auflegen, solange die Zweifel noch so dicht unter der Oberfläche lauerten. Ich wollte sie noch ein paar Minuten länger trösten.

»Es ist schon spät. Ich sollte jetzt schlafen. Und du musst noch arbeiten. Morgen wird es wieder besser sein«, sagte sie.

Ja, das würde es, dafür würde ich sorgen.

Ein paar Minuten nach acht legten wir auf, und ich wählte mich rasch in die Konferenz ein, während mein Laptop noch hochfuhr.

Ich hatte vor, ihr während der Zeit unserer Trennung hin und wieder ein Geschenk zu schicken. Ich wollte sie zum Lächeln bringen und ihr klarmachen, dass ich die ganze Zeit an sie dachte, auch wenn ich nicht bei ihr war. Als ich ihr die Schals gekauft hatte, hatte ich es genossen, mir zu überlegen, was ihr gefallen könnte. Ich liebte es, dass ich das Richtige ausgesucht hatte und ihre Augen zu leuchten begannen, als sie den auspackte, der zu ihrem Haar passte, oder den, der so schön mit ihrer Haut harmonierte oder mit dem neuen Kostüm, das sie sich gekauft hatte. Es war eine Erweiterung des Sex zwischen uns. Es machte mir Freude, ihr eine Freude zu machen. Für mich war das eine Weiterentwicklung. Ich hatte nicht gewusst, dass ich glücklich sein konnte, weil jemand anderes glücklich war. Ich fragte mich, ob Andrew auf diese Weise für Mandy empfand oder James für Jessica.

Ich hatte versucht, wach zu bleiben, um mit ihr sprechen zu können, bevor sie ganz wach war. Ich liebte den Klang ihrer schlaftrunkenen Stimme. Ich konnte nicht genug davon bekommen.

Aber irgendwann musste ich eingeschlafen sein, denn ich

wurde von Hupgeräuschen geweckt; mein Laptop und meine Papiere waren auf dem Bett verteilt. Wenigstens schlief ich jetzt wieder im Hauptschlafzimmer. Sie um mich zu spüren, sie vor meinem geistigen Auge in meiner Wohnung zu sehen, war genau das, was ich wollte. Es tat weh, war aber notwendig. Bevor ich nach London gegangen war, hatte ich alles getan, um jede Erinnerung an sie aus meiner Wohnung zu verbannen, und jetzt tat ich genau das Gegenteil.

Ich blickte auf mein Telefon. Vermutlich war sie jetzt bei der Arbeit. Ich konnte mich in den neuen Tag stürzen, vielleicht sogar trainieren gehen. Ich checkte meine Nachrichten und fand mehrere von Anna. Nicht nur einige wenige, sondern fast ein Dutzend. Mist, hoffentlich war alles in Ordnung. Ich öffnete eine nach der anderen, und als mir klar wurde, was ich sah, wurde mir am ganzen Körper heiß, und ich spürte, wie mir das Blut durch die Adern rauschte.

Bilder. Viele Bilder. Nahaufnahmen.

Ich scrollte sie durch – ihre Lippen waren leicht geöffnet, so war es immer, wenn sie kam. Die Innenseite ihrer Oberschenkel. Ihre fantastischen Brüste, hochgeschoben und zusammengedrückt, ihre Hand war teilweise noch zu sehen. Die Wölbung ihres Hinterns. Ihre Finger an der Stelle, an der ich meine so gern gehabt hätte.

Himmel, ich war steinhart. Ich wollte sie bei mir haben, aber das hier war immerhin das Zweitbeste. Sie war wunderschön. Diese Haut. Diese Finger, die so unglaubliche Dinge mit mir anstellen konnten. Dieser Hintern, mit dem ich Unglaubliches anstellen konnte.

Nach dem ersten Klingeln hob sie ab. Ich grinste. Sie hatte meinen Anruf erwartet.

»Du bist früh wach.«

»Und du willst mich umbringen.«

»Das war nicht meine Absicht. Nur eine kleine Erinnerung an die Frau, die du in London zurückgelassen hast – und die dich in drei Wochen besuchen kommt.«

Ich stöhnte und fasste nach unten, um meinen harten Schwanz zu streicheln.

Anna

Ich liebte dieses Geräusch, das klang, als wäre er halb verrückt vor Lust. Ich musste ungefähr hundert Fotos gemacht haben, etwa zehn davon hatte ich ihm geschickt. Ich hatte versucht, mich so zu fotografieren, dass die Bilder nicht obszön wirkten, sondern nur etwas andeuteten.

»Ethan«, flüsterte ich, während ich meine Bürotür schloss.

»Ich will dich auf meinem Schwanz haben, genau jetzt.«

»Ethan«, flüsterte ich noch einmal.

»Ich brauche dich.«

»Du hast mich.«

Ich hörte, wie sein Atem schneller wurde. Ich stellte mir vor, was er gerade tat und spürte, dass mein Slip feucht wurde. Allein der Gedanke an ihn, nackt, in seinem Bett. Himmel, ich brauchte eine kalte Dusche.

»Bleib am Telefon.«

»Ich bin hier.« Aus irgendeinem Grund gefiel mir die Tatsache, dass er mich am Telefon nehmen wollte. Ich hoffte, das würde ihn ein bisschen für die Nacht zuvor entschädigen. Ich wollte das hier nicht vermasseln. Ich wollte *das zwischen uns* nicht vermasseln.

»Das Bild von deinen Lippen, das gefällt mir am besten.« Er keuchte jetzt. Ich hörte einen Rhythmus in seiner Stimme. »So sehen sie aus, wenn du kommst.«

»Wenn du mich dazu bringst, zu kommen«, flüsterte ich.

Erneut stöhnte er.

»Ja, wenn ich dich dazu bringe. So siehst du dann aus. Und ich kann nicht genug davon bekommen. Ich bin süchtig danach.« Seine Stimme bebte jetzt. »Ich kann nicht genug von deinem Körper bekommen, von deinem Verstand, von deiner Seele.«

»Das gehört alles dir.«

Er atmete jetzt heftig, hin und wieder keuchte er. Vor meinem inneren Auge sah ich, wie sich sein Nacken anspannte, als der Orgasmus ihn überwältigte. Er war so weit, und es war das Erotischste und Intimste, das ich je gehört hatte. Ich wünschte, ich wäre in meiner Wohnung, irgendwo, wo ich ihn ein zweites Mal dazu bringen könnte.

Aber ich war nicht in meiner Wohnung, und ein Klopfen an der Tür holte mich in die Wirklichkeit zurück.

Paul Adams, der Teilhaber, für den ich hauptsächlich arbeitete, steckte den Kopf zur Tür herein, sah, dass ich telefonierte, und bedeutete mir wortlos, dass ich ihn anrufen sollte. Ich war überzeugt, dass er mir ansah, dass ich meinem Freund gerade über das Telefon einen runtergeholt hatte. Er hatte es garantiert in meinem Gesicht gelesen. Ich nickte, und er schloss die Tür hinter sich.

»Ist alles in Ordnung?«, fragte Ethan.

Ich lachte. »Ja, es war Paul. Ich komme mir vor, als hätte er mich bei etwas Verbotenem erwischt.«

»Gut, dass wir nicht geskypt haben.«

»Ja, das wäre wohl der ultimative Verstoß gegen das Beziehungsverbot gewesen.«

Der Rest des Tages verlief besser. Ich liebte es, ihn so gelöst zu hören, und obwohl wir fünftausend Kilometer voneinander entfernt waren, kam es mir vor, als wären wir an diesem Morgen näher zusammengerückt.

Irgendwann nach dem Mittagessen kam ich nach einem Meeting in mein Büro und fand zwei Postsendungen auf meinem Schreibtisch vor. Die erste war ein Päckchen, die zweite ein von Hand beschrifteter Umschlag, auf dem »Privat und vertraulich« stand. In der Erwartung, Dokumente eines Mandanten vorzufinden, öffnete ich das Päckchen zuerst, hielt aber stattdessen ein Buch in der Hand. Aber nicht irgendeines. Es hieß »Kürbisschnitzen in New Jersey«, aber jemand hatte handschriftlich das Wort »Nackt« vor »Kürbisschnitzen« gesetzt.

Genau diesen Augenblick suchte sich Lucy für ihren Auftritt aus, und wenn sie hereinkam, war das immer ein Auftritt.

»Was hast du da?«, fragte sie, als sie mich mit einem Buch in der Hand und einem Grinsen im Gesicht sah. Nicht, dass das Grinsen von Dauer gewesen wäre.

»Was gibt es, Lucy?« Ich war fest entschlossen, mir von nichts und niemandem die Laune verderben lassen.

»Ich wollte nur Hallo sagen, mehr nicht. Was ist das?«, fragte sie und nahm das Buch in die Hand.

»Nichts.« Ich nahm es ihr wieder ab. Ich hatte noch nicht mal Zeit gehabt, mich selbst daran zu erfreuen, und es war ein wohlüberlegtes, albernes und zugleich perfektes Geschenk. Ich drückte es an meine Brust.

»Du meine Güte, da ist aber jemand empfindlich. Bist du etwa immer noch stinkig, weil du nicht mehr mit Sexy Scott zusammenarbeitest?«

»Er ist wieder in den Staaten.«

»Ja, aber ich arbeite immer noch mit ihm. Er schickt mir ständig E-Mails. Kann sich einfach nicht zurückhalten. Was für ein Draufgänger.«

Wenn ich ihr das Knie in den Unterleib hätte rammen können, ohne dass es jemand bemerkt hätte, dann hätte ich es getan. Ich war gegen körperliche Gewalt, aber sie verhielt sich, als wollte sie mich auf die Palme bringen. Wusste sie von Ethan und mir? Vermutete sie etwas?

»Na, dann genieß das mal«, zischte ich. »Ich habe viel zu tun, Lucy.« Ich stand auf und steuerte auf die Tür zu. Wenn ich nicht im Büro war, konnte sie auch nicht mit mir reden. Sie verstand den Wink, und ich ging auf die Toilette.

Als ich an meinen Schreibtisch zurückkehrte, blickte ich selig grinsend auf das Buch, das Ethan mir geschickt hatte. Ich blätterte es durch und sah, dass er es mit Kommentaren versehen und jedes Mal, wenn das Wort »Kürbisschnitzen« auftauchte, ein »Nackt« davorgesetzt hatte. Das Buch war voller hübscher Fotos von kunstvoll geschnitzten Kürbissen vor typischen Gebäuden und Landschaften in New England. Es war süß und aufmerksam von ihm, und ich liebte es.

Ich schickte ihm rasch eine Nachricht.

Ich: Ich liebe dieses Geschenk. Und ich liebe es, wie besessen du von Nacktheit bist. Ach ja, und dich liebe ich auch.

Immer noch grinsend, wandte ich meine Aufmerksamkeit dem handbeschrifteten Briefumschlag zu, der neben dem Päckchen auf dem Schreibtisch gelegen hatte. Es war nicht Ethans Schrift, und ich hatte keine Ahnung, von wem der Brief stammen konnte. Im Innern lag ein handgeschriebener Brief. Er begann mit »Liebe Anna«, aber ich erkannte die Handschrift immer noch nicht, sodass ich gleich zum Ende sprang.

Der Brief war von Ben. Ben dem Biker. Ben dem Bastard. Mein Exfreund, der dafür verantwortlich war, dass in meine Wohnung eingebrochen worden war, der mich dieser Gefahr ausgesetzt hatte. Warum zum Teufel schrieb er mir?

29. Kapitel

Anna

»Hast du ihn dabei?«, fragte Leah. Ich hatte eine Notfall-Weinverkostung anberaumt, um über den Brief von Ben dem Bastard zu reden.

Ich gab ihn ihr, und sie las ihn durch, während ich mich auf meinen Wein konzentrierte.

Die nächsten fünf Minuten war nichts zu hören außer »oh Gott«, »wow« und »okay, das ergibt Sinn«. Schließlich fragte sie mich: »Und du hattest wirklich keine Ahnung?«

Ich schüttelte den Kopf. »Er schreibt ja selbst, dass er sehr geschickt darin war, es zu verbergen.«

Sie nickte, als verstünde sie mich. Als wäre es durchaus verständlich, dass ich seine Sucht nicht bemerkt hatte. Ich war mir da nicht so sicher. Was sagte das eigentlich über meine Menschenkenntnis aus?

Leah las weiter. »Oh, und jetzt will er es wiedergutmachen. Verstehe. Das ist mutig.« Sie blickte auf, und ich nickte. Es war tatsächlich mutig.

Als sie den Brief durchgelesen hatte, seufzte sie dramatisch. »Was sagt Ethan dazu?«

»Ich habe es ihm noch nicht erzählt. Ich rufe ihn an, wenn ich nach Hause komme. Aber es ist egal, das ist ja alles vor Ethan passiert. Bevor wir uns kennengelernt haben.«

»Also ändert es nichts?«

»Was sollte es denn ändern? Etwas zwischen mir und Ethan?« Ich blickte sie an, um sicherzugehen, dass *sie* nichts genommen hatte. »Natürlich ändert das nichts. Was denn auch? Ethan und ich sind ein Paar.«

»Okay, ich habe mich nur gefragt … vielleicht hast du ja doch noch Gefühle, die jetzt, wo du eine Erklärung für alles bekommen hast, wieder zum Vorschein kommen.«

»Leah!« Ich konnte nicht glauben, was sie da von sich gab. Sie wusste … sie musste doch wissen, was ich für Ethan empfand! Er war für mich viel mehr als nur eine weitere belanglose Affäre.

»Was ist? Ich frage ja nur.«

»Du weißt, wie es zwischen mir und Ethan ist. Wie kannst du mich so etwas fragen?«

»Ich weiß nur, dass ihr Tausende Kilometer voneinander getrennt seid und keinen Plan habt, wie es weitergehen soll.«

»Ich habe einen Plan. Ich habe einen verdammten Plan, Leah.« Meine Stimme begann leicht zu zittern, und ihre Miene verriet, dass sie eine so heftige Reaktion nicht von mir erwartet hatte.

»Es tut mir leid, Anna. Bitte, reg dich nicht auf, das wollte ich nicht. Ich will, dass du glücklich bist.«

»Ja, ich weiß. Also, pass auf, ich breche jetzt auf. Ich will nach Hause und mit Ethan sprechen.«

»Es tut mir wirklich leid. Bitte, geh nicht, ich fühle mich ganz schrecklich.«

»Es gibt nichts, was dir leidtun müsste. Wirklich nicht. Ich muss jetzt los, das ist alles.« Ich war bereits aufgestanden, denn ich musste so schnell wie möglich nach Hause. Aber ich wollte nicht, dass Leah sich noch schlechter fühlte, als sie es ohnehin schon tat, also setzte ich mich und füllte unsere Gläser auf.

»Ich freue mich, dass du Ethan gefunden hast«, sagte sie,

aber ich schwieg. Diese Diskussion wollte ich nicht weiter-
führen.

»Und ich bin froh, dass du einen Plan hast«, fuhr sie fort. In
Wahrheit hatte ich keinen Plan, außer, dass ich fest entschlossen war, mit Ethan zusammenzubleiben.

»Vielleicht feiern wir ja eine Doppelhochzeit«, meinte Leah,
die mich offensichtlich zum Lachen bringen wollte.

»Ach, halt den Mund, Leah.« Sie wusste, wie ich über die
Sache mit dem Heiraten dachte.

»Aber warum denn? Ich glaube, die Idee ist *brillant*.«

»Wir werden nicht heiraten.«

»Niemals?«

»Du weißt, was ich vom Heiraten halte. Es ist altmodisch
und albern, und am Ende hassen sich die Eheleute, bleiben
aber trotzdem zusammen. Außerdem kann ich den Gedanken nicht ertragen, dass ich so ein Baiser-Kleid tragen muss,
während meine Verwandten überteuertes Hühnchen essen und
versuchen, ihre gegenseitige Verachtung zu überspielen.«

»Na gut, dann eben keine Doppelhochzeit. Aber wenn du
meine Brautjungfer bist, werde ich dafür sorgen, dass du ein
Baiser-Kleid trägst. Und du wirst Hühnchen essen. Alle anderen bekommen Wildbret.«

Gegen meinen Willen musste ich doch lachen

Ethan

Die ganze Welt schien nur noch Müll zu reden. Seit ich im
Büro angekommen war, hatte niemand etwas Vernünftiges von
sich gegeben. Als hätten sich alle gegenseitig mit einem Virus
angesteckt, das Idiotie übertrug. Ich selbst war offensichtlich
immun, aber alle anderen waren schwer krank.

»Nein, ich halte das für keine gute Idee. Es lässt die Tatsache außer Acht, dass der Gesamtwert dieses Geschäfts noch nicht festgelegt wurde.«

Verdammt, das war doch vollkommen offensichtlich. Warum musste ich extra darauf hinweisen?

Ich checkte mein Telefon und musste über die Nachricht lächeln, die Anna mir geschickt hatte. Sie mochte das Buch. Es war das am wenigsten provokative unter den Geschenken, das mir für sie eingefallen war. Ich hatte das Handy noch in der Hand, als eine weitere Nachricht eintraf.

Anna: Wann hast du Zeit? Können wir reden?

Ich: Ist alles in Ordnung? Ich bin gerade in einem Meeting, aber ich kann mich entschuldigen.

Anna: Nein, erst, wenn du zu Hause bist. Ich hatte gerade einen Streit mit Leah und ich möchte deine Stimme hören.

Himmel, die Frau schaffte es immer wieder, dass ich mich wie ein Gott fühlte.

Ich: Ich bin gegen 19 Uhr wieder zu Hause, meine Schöne.

Zum zweiten Mal in zwei Tagen verließ ich das Büro vor neunzehn Uhr. Das konnte nicht so weitergehen. Dass ich von zu Hause aus weiterarbeitete, nachdem ich mit Anna gesprochen hatte, war nicht genug. Ich musste im Büro sein. Drei Wochen noch, dann würde sie endlich bei mir sein, und dann mussten wir reden.

Ich rief sie an, sobald ich meine Wohnung betreten hatte. Sie klang schläfrig, und mir schoss sofort das Blut in den Schwanz.

Das Gefühl, bereit für sie zu sein, obwohl sie nicht da war, ließ einfach nicht nach.

»Wie war dein Tag?«, fragte sie.

»Ein verdammter Albtraum. Ich hasse es, mich mit dummen Mandanten abgeben zu müssen.«

Sie lachte, und auf einmal fand ich die Anspannung in meiner Stimme irgendwie lächerlich. Ich konnte nicht anders, ich musste grinsen.

»Egal, ist nicht weiter wichtig. Erzähl mir von Leah. Sieht euch gar nicht ähnlich, dass ihr zwei euch streitet.«

»Ach, zwischen uns ist wieder alles gut. Es ist nur ... Ich habe einen Brief von Ben gekriegt.«

»Von wem?« Die Vene an meinem Hals pulsierte.

»Hör mir zu, Ethan.«

»Ich soll dir zuhören, wenn du von deinem idiotischen Exfreund erzählst?«

Sie seufzte, und ich kam mir selber vor wie ein Idiot, aber trotzdem ...

»Ach, was weiß ich. Ich dachte nur, du wolltest es vielleicht wissen.«

»Anna, was zum Teufel steht in dem Brief?« Ich brauchte gar nicht zu fragen. Natürlich hatte er sie um Vergebung gebeten und sie angefleht, zu ihm zurückzukommen. Dieser verdammte Schwachkopf war nicht in der Lage gewesen, sie zu halten, und jetzt wollte er eine zweite Chance.

»Erst einmal musst du dich beruhigen.«

»Und du musst mir sagen, was in dem verdammten Brief steht. Sonst nehme ich den nächsten Flug nach London und lese ihn selbst.« Das Pochen in meiner Halsvene nahm zu.

»Beruhige dich, verdammt noch mal. Wenn du mir eine Minute Zeit gibst und aufhörst, dich wie ein Arschloch zu benehmen, erzähle ich es dir.«

Dem hatte ich nichts entgegenzusetzen. Sie hatte recht. Offenbar hatte mich dieser Idioten-Virus doch erwischt.

»Okay, tut mir leid, fang an.«

»Ich bin keiner deiner Angestellten, die du rumkommandieren kannst, Mr Oberboss. Jedenfalls nicht außerhalb des Schlafzimmers.«

Das brachte mich zum Lächeln.

»Also, ich habe heute auf der Arbeit einen Brief von Ben bekommen.«

Lag es an mir, oder zögerte sie es absichtlich hinaus? Sie sollte endlich zur Sache kommen, verdammt. Und danach würde ich einen Auftragskiller auf ihn ansetzen oder so was in der Richtung.

»In dem Brief geht es um Wiedergutmachung.«

»Das kann ich mir vorstellen. Verdammter Schlappschwanz.«

»Nein, es scheint Teil seiner Therapie zu sein. Er ist wegen seiner Alkohol- und Drogenabhängigkeit bei den Anonymen Alkoholikern oder so. Und es war ein wirklich netter Brief. Er schreibt, wie leid es ihm tut, dass er mich in Gefahr gebracht, betrogen und manipuliert hat. Dass nichts davon meine Schuld war ...«

»Natürlich war es nicht deine Schuld!«

»Ethan, hör zu. Der Brief war nett. Zu erfahren, dass er süchtig ist, hat mich schockiert. Ich wusste das nicht. Aber jetzt bekommt alles einen Sinn. Er hat seine Sucht gut versteckt, und ich freue mich, dass er jetzt die Hilfe bekommt, die er braucht.«

»Und er will dich zurück?«

»Nein, darum geht es nicht.«

Mein Puls beruhigte sich wieder.

»Na gut, aber warum hast du dich dann mit Leah gestritten? Oder hängt beides nicht miteinander zusammen?«

»Doch, irgendwie hängt es damit zusammen.« Sie zögerte.

»Dann sprich mit mir.«

»Es war nichts, ich habe einfach überreagiert. Es ist mir peinlich, ehrlich.«

»Nun sag schon.«

»Okay, aber du musst versprechen, dass du mich ausreden lässt. Reg dich nicht wieder so auf.«

»Nun komm schon, Anna.«

»Na ja, Leah hat mich gefragt, ob bei mir womöglich wieder Gefühle für Ben hochkommen, jetzt, wo ich den Brief gelesen habe. Und ich war stinksauer, dass sie an so etwas auch nur *gedacht* hat, obwohl sie genau weiß, wie ich für dich empfinde. Sie weiß, dass das zwischen uns etwas ganz anderes ist, verglichen mit meinen früheren Liebhabern. Ich meine, wenn sie für Daniel nur ein Zehntel von dem empfände, was ich für dich empfinde, hätte sie so etwas niemals sagen können. Ich bin ausgerastet. Total ausgerastet, und jetzt habe ich ein schlechtes Gewissen. Ich habe mich entschuldigt, und alles ist wieder gut, aber ich war einfach so wahnsinnig sauer.«

Ich glaubte, mir würde das Herz stehen bleiben. Buchstäblich stillstehen. Ich hätte nicht für möglich gehalten, dass ich Anna noch mehr lieben könnte, als ich es ohnehin schon tat, aber offensichtlich war es doch möglich.

»Ethan?«

»Ja, ich bin hier, meine Schöne. Es tut mir leid, dass du diesen Streit mit Leah hattest – nein, streich das, es tut mir überhaupt nicht leid. Heute brauche ich es, so etwas von dir zu hören.«

»Tatsächlich?«

»Alles ist gut. Aber wir brauchen einen Plan, Anna. Wir können nicht auf lange Sicht fünftausend Kilometer voneinander entfernt leben. Das macht mich einfach fertig.«

»Das sehe ich genauso.«

»Also, dann lass uns überlegen, wie wir die nächsten Wochen überstehen. Und danach, wenn du in New York bist, gehen wir alle Möglichkeiten durch, von Angesicht zu Angesicht.«

»Ich hatte auf etwas weniger Konversation und mehr Action gehofft, wenn wir uns wiedersehen – *a little less conversation and a little more action*.«

»Du zitierst Elvis?«

»Oh ja.« Sie lachte.

»Mädchen ist es nicht erlaubt, Elvis zu zitieren. Das ist ein Gesetz.«

»Ja, Sir.«

»Tatsächlich? Und jetzt sorgst du auch noch absichtlich dafür, dass ich hart werde?«

»Ähm … vielleicht …?« Ihre Stimme verriet, dass sie lächelte.

»Es wird eine Menge Action geben, da musst du dir keine Sorgen machen.«

»Ich kann's kaum erwarten. Darf ich mir etwas wünschen?«

»Ein erotischer Wunsch? Aber ja. Was immer du willst.«

»Hahaha, Mr Scott. Du weißt, dass ich Andrew und Mandy sehr gern habe …«

»Ich nehme alles zurück. Partnertausch oder flotte Vierer kommen nicht infrage.«

»Du bist so witzig. Ich lach mich tot.« Sie war vermutlich der sarkastischste Mensch, dem ich jemals begegnet war, und ich liebte es. »Ich würde sie gerne sehen, aber ich möchte, dass wir beide so oft wie möglich allein sind.«

Und wieder wollte mein Herz stehen bleiben.

Anna

Die folgenden Wochen waren ein einziger Countdown. Ethan und ich hatten eine gewisse Routine entwickelt. Wir sprachen miteinander, wenn er aufstand, und manchmal auch, kurz bevor ich schlafen ging. Seit er wieder in New York war, arbeitete er jedes Wochenende. Es war zwar ein bisschen selbstsüchtig, aber mir gefiel es, dass sein Leben nur aus Arbeit bestand. Wenn er ausging, gab es dafür immer einen geschäftlichen Grund. Er hatte Andrew und Mandy nur ein einziges Mal gesehen, seit er zurück in den Staaten war.

Meine eigene Arbeit interessierte mich immer weniger. Schwer zu sagen, ob Ethan mich zu sehr ablenkte oder ob es am Job selbst lag, an den Mandanten oder an der Firmenpolitik. Vielleicht war es alles zusammen. Jedenfalls sah ich für mich keine Zukunft mehr in dieser Firma. Als mir das klar geworden war, fiel es mir immer schwerer, morgens aufzustehen. Ich musste an einer Alternative arbeiten, aber ich wollte, dass Ethan ein Teil davon war. Eigentlich wollte ich keine Frau sein, deren Zukunft von einem Mann abhing, aber der Zug war längst abgefahren. Eine Zukunft ohne Ethan war für mich undenkbar. Er bedeutete mir mehr als jeder noch so tolle Job, so einfach war das. Und wichtiger als ein Job, bei dem ich inzwischen gemischte Gefühle hatte, war er mir sowieso. Je länger ich darüber nachdachte, desto stärker wurde mein Wunsch, zu kündigen.

Am Wochenende vor Weihnachte hatte mich Leah zu sich und Daniel nach Hause zum Essen eingeladen. Ich war froh über diese Ablenkung. Als ich bei ihnen eintraf, war es draußen bereits dunkel und nasskalt.

»Mmmm, es riecht köstlich, Leah«, sagte ich, als ich ihr in die Küche folgte. »Hast du gekocht?«

»Ja. Ich hoffe, es schmeckt.«

»Ich glaube, ich würde mir die Mühe mit dem Kochen sparen, wenn ich eine Haushälterin hätte.«

»Ja, ich weiß, aber ich fühle mich irgendwie schuldig, weil sie ständig alles für uns erledigt. Und außerdem koche ich gern. Daniel war heute den ganzen Tag im Arbeitszimmer beschäftigt, und ich war in der Küche. Genau wie in einem Film aus den Fünfzigern. Wein?«

»Natürlich Wein. Und wo ist Daniel jetzt?«

»Hinter dir«, sagte Daniel, der gerade die Küche betrat. »Mein untrügliches Gespür hat mir gesagt, dass ihr kurz davor seid, irgendeinen miesen Wein aufzumachen, und deshalb komme ich, um euch zu retten und das gute Zeug rauszuholen.«

Leah grinste. »Wie geht es eigentlich Ethan?«

»Gut. Er hat mich immer noch nicht gebeten, nach New York zu ziehen. Aber wir werden darüber reden, wenn ich über Neujahr hinfliege, also ist alles gut.«

»Hast du ihm angeboten, in die Staaten zu ziehen?«, fragte Daniel.

»Nein, ich will, dass er mich fragt. Ich möchte nicht, dass er sich bedrängt fühlt.«

»Er liebt dich. Er wird sich nicht bedrängt fühlen«, sagte Leah.

»Warum fragt er mich dann nicht?«

»Hast du ihn denn gebeten, nach London zu ziehen?«, fragte Leah.

Ich schüttelte den Kopf. »Nein. Das wäre ziemlich schwierig für ihn.«

Daniel begann zu lachen. »Du weißt schon, wie lächerlich das klingt, oder?« War es wirklich lächerlich, dass ich mir von Ethan ein Zeichen wünschte, wie ernst es ihm mit uns tatsächlich war? »Er ist in einer unmöglichen Lage. Er kann dich nicht bitten, nach New York zu ziehen, ohne Gefahr zu laufen, wie ein Egoist zu wirken, weil er eine Frau bittet, ihr Leben und ihre Karriere für ihn aufzugeben.«

So hatte ich das noch nicht gesehen. »Schon möglich.«

»Und nach London zu ziehen ist ziemlich hart für einen New Yorker Anwalt. Ich meine, natürlich ist deine Karriere auch wichtig, aber er ist Teilhaber, er hat eine Kanzlei aufgebaut. Es wäre sehr schwer für ihn, wieder von vorn anzufangen.«

»Ich weiß. Und ich ziehe gern nach New York. Sosehr liebe ich meinen Job nicht. Er langweilt mich, und ich könnte eine neue Herausforderung durchaus gebrauchen.«

»Du wirst mir schrecklich fehlen«, sagte Leah, als der Küchenwecker summte. »Geht rüber und setzt euch. Ihr lenkt mich hier nur ab.«

»Bist du dir sicher, dass wir dir nicht helfen sollen?«, bot ich an.

Leah ignorierte mich, und Daniel führte mich zu dem großen Tisch am anderen Ende der Küche.

»Du glaubst also, dass es für dich New York werden wird?«, fragte Daniel.

Ich zuckte mit den Achseln. »Ich glaube, dass wir Neujahr darüber reden werden.«

»Hör mal, ich weiß nicht, ob das für dich interessant ist, aber ich brauche einen Rechtsberater für meine Hotels in New York. Ich habe erst vor Kurzem ein neues Management eingesetzt. Anfang des Jahres ist eine Menge Mist passiert, und ich will, dass jemand, dem ich vertrauen kann, mit den Leuten vor Ort zusammenarbeitet.«

Mein Magen revoltierte. Meinte er das ernst? »Daniel ...«

»Was sagst du dazu? Eigentlich wollte ich einen Headhunter engagieren, aber wenn du interessiert bist ...«

»Hat Leah dich dazu angestiftet?«

»Worüber redet ihr? Ich habe meinen Namen gehört«, rief Leah von der Kücheninsel aus.

»Gar nichts. Ich erzähle es dir gleich. Brauchst du Hilfe?« Sie antwortete nicht.

»Warum sollte Leah mich dazu anstiften?«

»Weil sie meine beste Freundin ist. Und weil sie mich liebt und immer versucht, sich um mich zu kümmern.«

»Hm, okay, ja, das stimmt alles … Aber nein, sie hat mich nicht dazu angestiftet.«

»Fuck.« Das war alles, was ich sagen konnte. In meinem Kopf überschlugen sich die Gedanken. Möglicherweise war es die perfekte Lösung – aber ich hatte bislang immer in einer Rechtsanwaltskanzlei gearbeitet. Unternehmensberaterin zu sein, hatte ich nie in Betracht gezogen. Ob das funktionieren würde?

»Vielleicht müsstest du die Nutzung des F-Worts im Büro ein bisschen einschränken«, sagte Daniel und lachte leise.

»Meinst du das ernst?«

»Natürlich. Bist du interessiert?«

»Interessiert woran?«, unterbrach uns Leah, als sie sich mit einem großen Topf in Händen dem Esstisch näherte.

»Ich habe Anna gerade einen Job angeboten.«

»Hast du nicht. Erst mal musst du ein Vorstellungsgespräch mit mir führen und so weiter«, sagte ich. Ich konnte nicht klar denken. Das konnte doch alles gar nicht wahr sein!

»Wenn du den Job willst, hast du ihn, Anna.«

»Welchen Job?«, fragte Leah. Sie holte Teller aus dem Schrank und stellte sie auf den Tisch.

»Den Job als Justiziar bei Palmerston.«

»Oh mein Gott, das wäre ja perfekt!«, rief Leah und begann, den köstlich duftenden Inhalt des Topfes auf unsere Teller zu verteilen. »Hast du nichts davon gewusst?«, fragte ich.

Leah schüttelte den Kopf.

»Und es ist auch kein erfundener Job? Du wolltest wirklich jemanden suchen?«, fragte ich Daniel.

»Ja, habe ich doch gesagt. Denk darüber nach. Ich schicke dir die Jobbeschreibung. Du würdest nicht für mich arbeiten, sondern für die Leute in den Staaten. Mach dich ein bisschen mit dem Business vertraut. Wir sprechen in ein paar Tagen noch einmal darüber.«

Himmel. Vielleicht hatte Leah ja tatsächlich recht, wenn sie behauptete, das Universum versuche Ethan und mich zusammenzubringen. Als Nächstes würde ich anfangen, Horoskope zu lesen und zum Psychiater zu gehen.

30. KAPITEL

Anna

Weihnachten hatte ich schon immer geliebt. Das Chaos und die nutzlosen Geschenke, die Hektik, um alles rechtzeitig zu erledigen, und die Zeit, die ich mit meinen Eltern und meinem Bruder verbrachte. Dieses Jahr fühlte es sich so an, als diene Weihnachten nur dem Aufwärmen für die Hauptattraktion: Ethan wiederzusehen.

Der eigentliche Tag war lustig, aber nicht so lustig, wie er hätte sein können, wenn Ethan und ich zusammen gewesen wären. Mum hatte gespürt, dass ich abgelenkt war. und als ich mich verabschiedete, signalisierte sie mir mit einem vielsagenden Blick, dass ich auf mich »aufpassen« solle. Dad hatte nichts gemerkt, was mir aber nur recht war.

Zurück in London, gab ich mich der Erregung hin, Ethan bald wiederzusehen. Ich hatte mich lange genug geduldet. Am liebsten wäre ich schon jetzt in New York gewesen. Ungefähr sieben Mal packte ich meinen Koffer ein und wieder aus. Ich würde nur eine knappe Woche im Big Apple verbringen, und ich hatte vor, die meiste Zeit davon nackt zu sein, aber für den Fall, dass wir ausgehen würden, wollte ich auf alle Eventualitäten vorbereitet sein.

Mein Telefon summte, und »Sexgott« blitzte auf dem Display auf. Ich grinste. Immerhin machte er seinem Spitznamen alle Ehre.

»Hey«, meldete ich mich.

»Hast du schon gepackt?«

»Dir auch einen schönen Tag, mein Hübscher.«

»Entschuldige, aber ich wünschte, du wärst schon hier.«

Ich wusste nicht, wann diese heftige Sehnsucht nach ihm begonnen hatte. Vielleicht schon in New York, nach unserer ersten gemeinsamen Nacht. Vielleicht, als er London verlassen hatte. Ich wusste nur, dass sie immer größer, verzweifelter und dringlicher wurde. Die Telefonate mit ihm machten es nur schlimmer.

»Ich habe gepackt und werde bald aufbrechen.«

»Nimm nur Handgepäck mit. Du wirst sowieso keine Kleidung brauchen. Außerdem musst du dann nicht auf dein Gepäck warten.«

Ich lachte. »Ich nehme auch einen Koffer mit. Anders geht das bei Mädchen einfach nicht. Okay, bei mir jedenfalls nicht. Und abgesehen von allem anderen, muss ich auch ein paar von den Geschenken mitnehmen, die du mir geschickt hast.«

»Nun, keins der Geschenke, die du von mir aus mitbringen solltest, nimmt viel Platz weg.«

Alle paar Tage war ein neues Geschenk von Ethan eingetroffen. Hauptsächlich handelte es sich um Dessous. Es gab aber auch ein gerahmtes Poster von *Pretty Woman*, signiert von Richard Gere und Julia Roberts. Dafür hatte ich ihm einen Blowjob für jede Stunde versprochen, die wir über Neujahr zusammen verbringen würden. Auch ein Vibrator war dabei, aber ich weigerte mich, ihn zu benutzen, wenn er nicht dabei war, und wenn er dabei war, würde ich ihn nicht brauchen. Außerdem eine Menge Dessous. Dessous, die ich anprobieren und in denen ich Fotos von mir machen musste, damit er sehen konnte, »ob sie auch passten«. Ich heuchelte Empörung, aber ich liebte es, dass er Andenken an mich haben wollte. Und ich fand es lustig, dass er glaubte, mich überreden zu müssen, damit ich sie ihm schickte.

Die Dessous nahmen nicht viel Platz weg, dabei hatte ich sämtliche Teile eingepackt.

Es klingelte an der Tür, aber ich wollte das Gespräch mit Ethan nicht unterbrechen, also manövrierte ich meinen Koffer aus der Wohnung hinaus in das wartende Taxi, während Ethan mir von dem Tag erzählte, an dem er aus Aspen zurückgekehrt war. Am liebsten hätte ich ihn gefragt, ob er seinen Eltern von uns erzählt hatte, aber ich hielt mich zurück. Ich wusste nicht, was New York diesmal mit mir anstellen würde. Das letzte Mal hatte es mir Ethan gebracht, aber würde dieser Besuch ihn mir vielleicht wieder nehmen? Konnten wir einen Weg finden, um zusammenzubleiben? Ich verbannte diesen Gedanken aus meinem Gehirn und versuchte, mich auf seine Worte zu konzentrieren.

»Waren deine Eltern traurig, weil ihr nur so wenig Zeit miteinander verbracht habt?«

»Ich glaube nicht. Und offensichtlich freuen sie sich, dass der Name Scott möglicherweise doch weitergeführt wird. Ich bin mir sicher, dass sie mich für schwul gehalten haben.«

Mir blieb die Luft weg. »Du hast ihnen also erzählt, dass ich zu Besuch komme?« Es gelang mir tatsächlich, die Worte aus meiner immer noch luftleeren Lunge zu pressen.

»Natürlich. Sollte ich nicht?«

»Doch, doch. Es ist nur …«

»Hast du deiner Familie von mir erzählt?«

Himmel, würde das jetzt zu einem Problem werden?

»Ähm … ja … irgendwie schon.«

»Versuch nicht, mich auf den Arm zu nehmen, Anna. Du hast also kein Wort über uns verloren?« Er klang eher verblüfft als verärgert.

»Na ja, ich habe mich ziemlich bedeckt gehalten. Meine Beziehung zu ihnen ist nicht besonders eng. Aber sie haben gemerkt, dass irgendetwas los ist. Ich meine, ich habe während meines Besuchs die ganze Zeit entweder mit dir telefoniert oder dir Nachrichten geschrieben.«

»Wow.«

»Es ist keine große Sache, Ethan.«

»Offensichtlich nicht«, sagte er. Ich war mir nicht sicher, was er damit meinte. »Hör zu, es ist schon spät. Wir sehen uns am Flughafen.«

»Ethan.«

»Guten Flug. Ich liebe dich, Anna.« Und weg war er.

Meine Sehnsucht nach Ethan vermischte sich mit der Angst, die nach unserem letzten Gespräch in mir gekeimt war. Ich musste ihn einfach sehen. Dann würde alles so sein, wie es immer war, wenn wir uns begegneten, nicht wahr?

Die Zeit im Flugzeug schien langsamer zu vergehen als im richtigen Leben. Ich konnte mich weder auf mein Buch noch auf irgendeinen Film konzentrieren. Ich brauchte einfach nur Ethan. Er musste mir sagen, dass alles gut werden würde.

Als das Flugzeug gelandet war und ich die Sicherheitskontrolle passierte, zitterte ich vor Erregung und Nervosität am ganzen Körper. Ich befürchtete, die Zollbeamten würden glauben, dass ich etwas einzuschmuggeln versuchte, und ich wunderte mich, dass sie mich nicht durchsuchten.

Ethan hatte mich entdeckt, ehe ich ihn sah, und bei seinem Lächeln verkrampfte sich mein Magen. Himmel, ich hatte ganz vergessen, wie gut er aussah. Es fehlte nicht viel, und ich wäre auf der Stelle über ihn hergefallen. Unsere Blicke trafen sich, und er nahm mein Gesicht in beide Hände und ließ seine Lippen sanft über meinen Mund gleiten.

»Oh Gott, wie herrlich du duftest«, sagte er in meinen Mund. »Und du schmeckst so gut«, fuhr er fort und streifte mit der Zunge meine Unterlippe. »Und du siehst auch fantastisch aus. Bist du sicher, dass du echt bist?«

Sanft drang er in meinen Mund ein; seine Zunge spielte mit meiner. Ich stöhnte. Himmel, wie sehr hatte ich es vermisst, ihn zu fühlen! Ich ließ die Hände über seine Schultern zu seinem Nacken gleiten, dessen Muskeln sich unter meinen Fingern anspannten. Er zog mich an sich, vertiefte den Kuss, presste meinen Körper an seinen und drückte seine Erektion an meinen Bauch. Ich brauchte ihn, in jeder Hinsicht, genau in diesem Augenblick. Er ließ die Hüften kreisen, dann beugte er sich leicht zurück.

»Wir sollten jetzt gehen, sonst werde ich noch verhaftet.«

»Ich glaube, das wäre es wert.«

Er knurrte und griff mit einer Hand nach meinem verwaisten Koffer, mit der anderen nach meinem Arm und begann auf den Ausgang zuzusteuern. Ich musste fast rennen, um mit seinen großen, entschlossenen Schritten mitzuhalten.

»Ich bin selbst gefahren, ich Idiot«, sagte er leise. »Ich dachte, das hält mich davon ab, dich vor Rorys Augen auf dem Rücksitz zu nehmen.«

Ethan

Ich hörte Anna lachen und drehte mich um. Sie sah mir ins Gesicht und lachte mich aus.

»Was ist?«, fragte ich, ohne unser halsbrecherisches Tempo auf dem Weg zum Wagen zu reduzieren.

»Du.«

»Lachen Sie mich etwa aus, Miss Anna?«

»Allerdings.«

»Freut mich sehr, dass ich für Ihr Amüsement sorge.«

»Die Fahrt dauert nur vierzig Minuten. Ich dachte, *ich* wäre unglaublich scharf auf dich, aber es sind nur vierzig Minuten!«

Aber ich konnte tatsächlich nicht mehr warten, oder vielleicht wollte ich es einfach nicht. Es war zu lange her, und jetzt wollte ich sie fühlen, berühren und schmecken. Ich wollte keine einzige Sekunde vergeuden.

»Erzähl mir, was du heute für uns vorgesehen hast.«

Wir hatten das Auto erreicht. Ich öffnete den Kofferraum und blickte sie fragend an, während ich ihren Koffer einlud.

»Meine Pläne bestehen im Großen und Ganzen darin, dass wir beide für den Rest des Tages nackt sind.«

»Verstehe. Erzähl mir genau, was du vorhast.«

Ich musterte sie einen Moment lang, und sie hielt meinem Blick stand. Sie rechtfertigte sich nicht. Drängelte nicht. Sie wartete einfach ab.

»Nun, ich habe dir etwas versprochen, das ich nicht halten konnte, also habe ich einiges wiedergutzumachen«, sagte ich, als wir einstiegen.

»Ja, Mr Scott, Sie haben mir versprochen, mich an jedem Tag Ihrer Abwesenheit kommen zu lassen. Demnach schulden Sie mir zweiundzwanzig Orgasmen.«

Ich grinste sie an. »Du hast mitgezählt?«

»Ich habe die Tage gezählt, bis ich dich wieder in mir habe.«

»*Fuck*, Anna.« Ich legte energisch den Gang ein und raste vom Parkplatz. »Und sieh mich nicht so an. Nicht jetzt. Noch nicht. Nicht, wenn ich nichts dagegen tun kann.«

»Was denn zum Beispiel?«, fragte sie und klimperte unschuldig mit den Wimpern.

»Du weißt doch, dass ich unbedingt in dir sein muss, wenn du mich so ansiehst.«

»Ich weiß gar nicht, was du meinst.« Sie grinste, und ich musste mich verdammt beherrschen, um nicht auf den Seitenstreifen zu fahren und augenblicklich über sie herzufallen.

Selbst zu fahren war eine sehr schlechte Idee gewesen. Schon unter günstigen Umständen war ich ein ungeduldiger Mensch, aber jetzt, als Anna neben mir saß und quasi darum bettelte, gevögelt zu werden, war ich kurz davor, einen Unfall zu bauen.

»Ich habe nachgedacht«, sagte sie. »Lässt du dich eigentlich … äh, du weißt schon … regelmäßig untersuchen?«

Ruckartig drehte ich den Kopf und blickte sie an. »Auf Geschlechtskrankheiten? Warum fragst du? Stimmt etwas nicht?«

»Nein, es ist nur … ich hatte meine jährliche Untersuchung, und … ich nehme die Pille. Deshalb dachte ich, wenn du dich auch untersuchen lässt, dann …«

»Ich habe mich vor einem halben Jahr durchchecken lassen. Ein paar Wochen, nachdem du aus New York abgereist warst.«

»Oh.«

Ich hörte die unausgesprochene Frage hinter dieser einen Silbe, und ich griff über die Mittelkonsole und streichelte ihren Schenkel. »Seitdem gab es keine andere«, sagte ich ruhig.

Sie legte ihre Hand auf meine. Ich drehte sie um und drückte sie fest.

»Ehrlich?«

»Keine andere seit unserem ersten Mal. Ehrlich.«

»Okay.« Sie zögerte. »Ich auch. Kein anderer seit dir.«

Die Enthüllung schwebte bedeutungsvoll in der Luft zwischen uns.

Schließlich fuhren wir in die Tiefgarage des Hauses, in dem ich wohnte. Ich sprang aus dem Wagen und zerrte ungeschickt ihren Koffer aus dem Kofferraum.

»Hast du's eilig?«, trällerte sie.

»Wie kommst du denn darauf?« Ich zog eine Braue hoch und hielt ihre Hand fest umklammert, während wir zu den Aufzügen gingen.

»Erinnerst du dich an die mitternachtsblauen Dessous, die du mir geschickt hast?«, fragte sie kokett, als wir den Aufzug bestiegen.

»Äh ... ja.« Es hatte eine Menge Dessous gegeben. Und eine Menge Bilder. Aber ich wusste, welches Set sie meinte.

»Das hat dir gut gefallen, wenn ich mich recht erinnere.«

»Die haben mir alle gut gefallen.«

»Dann ist das hier also nichts Besonderes?«, fragte sie, als sie sich vor mich stellte, ihren Rock hochzog und einen hauchzarten blauen Slip enthüllte.

»Verdammt.« Instinktiv streckte ich die Hand aus und schloss sie um ihren Venushügel. Sie war heiß. Sie ließ den Kopf in den Nacken sinken, aber ihr Blick blieb auf mich gerichtet. Ich presste meinen Körper an ihren. »Ich dachte, du wolltest dich vielleicht erst frisch machen, bevor ...«

»Frisch machen? Dafür bin ich noch nicht schmutzig genug. Ich will, dass du mich schmutzig machst, Ethan.«

Ein Geräusch entrang sich meiner Kehle. Oh Gott, ich wollte diese Frau. Ich drückte meine Lippen auf ihren Mund, und die Türen des Aufzugs öffneten sich.

Meine Erektion pochte, sehnte sich verzweifelt nach ihr – es war beinahe schmerzhaft. Sie stieß mir mit den Händen vor die Brust, um uns voneinander zu trennen. Sie keuchte. Widerstrebend löste ich mich von ihr und zog sie hinter mir her in den Hausflur.

Während ich nach meinen Schlüsseln suchte, blieb sie hinter mir stehen. Sie küsste mich zwischen die Schulterblätter, umfasste meinen Hintern und meinen Schritt mit den Händen. Mit einem Knurren ließ ich die Schlüssel fallen und drehte mich um. Ich nahm ihr Gesicht in beide Hände und knabberte an ihrer Unterlippe. Sie schmeckte köstlich. War das schon immer so gewesen? Mit der Zunge fuhr ich über die Innenseite ihrer Unterlippe und folgte den Konturen ihres Mundes. Ich wollte jeden Zentimeter von ihr spüren, innen und außen.

Sie ließ die Hände über meinen Rücken und die Schultern wandern. Aber das war nicht genug, ich wollte uns Haut an Haut.

Widerstrebend hob ich die Schlüssel auf und unternahm einen entschlosseneren Versuch, sie zu benutzen. Es bedurfte mehr Anstrengung und Konzentration als üblich, aber schließlich öffnete sich die Tür und schloss sich hinter uns wieder. Da waren wir also – zusammen, allein und ohne weitere Pläne für den Tag, außer, ihn zusammen zu verbringen. Der Gedanke beruhigte mich. Sie war hier. Wir hatten Zeit.

Die Atmosphäre zwischen uns hatte sich geändert. Im Auto hatte ich an nichts anderes denken können als daran, wie es sich anfühlen würde, wenn ich in ihr steckte. Jetzt war das nur noch eines von vielen Dingen, die ich mit ihr anstellen wollte.

Ich lächelte sie an, und sie erwiderte das Lächeln. Ich wusste nicht, wo ich anfangen sollte. Es gab so vieles, das ich mit ihr teilen wollte. Ich konnte es kaum erwarten, ihr endlich meine Wohnung genau zu zeigen. Ich wollte wissen, wie ihr Flug gewesen war und wie es an ihrem Arbeitsplatz lief. Ich wollte ihr vom Büro erzählen, von meiner Nichte Izzy, und ich wollte ihr das Neueste vom neuen Job meiner Schwester mitteilen. Und ich wollte sie so sehr, dass ich kaum noch aufrecht stehen konnte.

Wir hatten Zeit.

Ich zog sie an mich, ihr Kopf lag an meiner Brust, und wir standen eng umschlungen in meinem Korridor.

Endlich sagte sie etwas.

»Weißt du was, ich glaube, eine Dusche wäre tatsächlich eine gute Idee. Kannst du so lange warten?«

»Möchtest du Gesellschaft dabei?«

Bevor sie antworten konnte, klingelte mein Telefon.

Mist. »Scott!«, bellte ich in mein Handy. Annas Arm umfing immer noch meine Hüfte, und sie folgte mir, als ich ihren Koffer in mein Schlafzimmer trug. Sie drückte mir kleine, unschuldige Küsse auf die Brust, während ich sie rückwärts ins Badezimmer schob und gleichzeitig das Gespräch mit meinem Büro fortführte, bei dem es um etwas ging, das nicht mal ansatzweise wichtig oder interessant war. Ich hatte einige Kosmetikartikel gekauft, von denen ich glaubte, dass sie ihr gefallen würden, und öffnete einen der Schränke, um sie ihr zu zeigen. Sie lächelte mich auf eine Art an, dass ich mich wie ein Gott fühlte. Ich drehte die Dusche auf und nahm ein paar Handtücher aus dem Regal.

»Höchstens zehn Minuten. Tut mir leid«, flüsterte ich.

»Muss es nicht. Alles ist perfekt«, formte sie mit den Lippen.

Sie war perfekt.

Um ihr etwas Privatsphäre zu lassen, schloss ich die Tür hinter mir, obwohl ich sie viel lieber nackt unter der Dusche gesehen hätte. Dann streifte ich die Schuhe ab und legte mich aufs Bett.

Es hatte eine Meinungsverschiedenheit zwischen zwei Angestellten darüber gegeben, wie man mit einem Problem umgehen sollte, das bei einem meiner Mandanten aufgetreten war. Die Rechtslage war widersprüchlich, und sie vertraten entgegengesetzte Standpunkte. Zweifelsohne versuchten sie, mich zu beeindrucken. Da sie aber meine Zeit mit Anna störten, gelang ihnen das nicht im Geringsten.

Die Geräusche der Dusche waren durch die Badezimmertür zu hören. Der Gedanke, wie Anna dort stand und ihr das

Wasser über die Haut, die perfekten Brüste und zwischen die Schenkel lief, rückte meinen harten Schwanz wieder in den Mittelpunkt meiner Aufmerksamkeit. Das Wasser hörte früher auf zu laufen, als ich erwartet hatte. Ich musste dieses Gespräch schleunigst beenden.

»In fünf Minuten lege ich auf. Wenn Sie also eine Entscheidung von mir wollen, dann fragen Sie. Alles, was ich bis jetzt gehört habe, ist ein Kampf zweier Egos. Und im Kampf der Egos gewinne ich immer, also kommen Sie verdammt noch mal endlich auf den Punkt.«

Eine Sekunde, nachdem ich aufgelegt hatte, öffnete sich die Badezimmertür, und Anna erschien. Außer einem Lächeln trug sie ein Nichts von Slip, das eigentlich als illegal deklariert sein müsste.

31. KAPITEL

Anna

Ich beobachtete, wie Ethan sich die Lippen leckte, und musste ein Lächeln unterdrücken, während sich mein Magen zusammenzog. Der Anblick erinnerte mich an den Abend, als wir uns kennengelernt hatten. Die Aussicht, gleich von ihm verschlungen zu werden, war einerseits erregend, andererseits aber auch beängstigend. Langsam ging ich auf das Bett zu.

»Woran denkst du?«, fragte er. »Ich sehe, dass deine Gedanken rotieren.«

»An dich«, sagte ich.

»Und?«

Immer wollte er mehr, jedes Mal. »Ich bin nervös.«

Er streckte die Hand aus und zog mich rittlings auf seinen Schoß.

»Erzähl's mir.«

Dass ich seinen Körper nun so deutlich spürte, machte mich noch nervöser. »Es ist die Erwartung. Wir haben beide so lange darauf gewartet. Vielleicht wird es ja ganz anders, als wir glauben.«

»Der Sex?«, fragte er.

Ich nickte. »Und …«

Er nickte, berührte meine Brust und zwickte mir sanft in den Nippel. Der richtete sich auf, als wollte er auf sich aufmerksam machen, um mehr zu bekommen.

»Zweifelst du daran, dass es gut für dich wird, meine Schöne?«

»Nein«, flüsterte ich. Ich zweifelte nicht im Geringsten daran, dass es gut werden würde, dafür würde er mit Sicherheit sorgen.

»Beruhigen wir zunächst einmal deine Nerven. Wenn du gekommen bist, wirst du dich besser fühlen.«

Er drückte mich an den Schultern zurück, sodass ich auf dem Rücken landete. Sanft strich er mit den Fingern über meinen Körper, bis er endlich den Saum meines Höschens streifte. Seine Berührungen hatten mir so sehr gefehlt. Seine Haut, sein Geruch. Meine Sehnsucht nach ihm war überwältigend. Ich wollte, dass er mich überall berührte.

Er hakte die Daumen in meinen Slip und zog ihn mir aus, beinahe aufreizend langsam. Ich wollte, dass es schnell und heftig ging, gewartet hatte ich lange genug. Er legte sich meine Füße über die Schultern und küsste meine Unterschenkel. Mit den Händen fuhr er mir über die Beine, und ich erschauerte. Es war, als erwachte ich bei jeder seiner Berührungen ein wenig mehr zum Leben. Langsam glitt sein Mund innen über meinen Schenkel, leckte, saugte, knabberte an meiner Haut. Ich drückte die Hüften auf das Bett und krallte mich in die Bettlaken, um das Bedürfnis zu unterdrücken, die Hüften an seinen Mund zu drängen.

Als er das obere Ende meines Schenkels erreicht hatte, atmete er tief durch.

»Du schmeckst köstlich. Wie Honig.«

Die Aussicht, dass er mich jeden Moment probieren würde, ließ mich aufstöhnen.

»Ich sehe, wie gierig du darauf wartest, dass ich dich lecke, Anna. *So* gierig.«

»Ethan!«, rief ich frustriert aus, und dann ließ er geschickt seine Zunge zwischen meinen Schamlippen hinunter- und wieder hinaufgleiten, und begann, meine Klitoris zu umkreisen. Die Lust baute sich schnell auf, ich hatte so lange darauf warten müssen, ihn wieder auf diese Art zu spüren. Ich konnte mich nicht mehr zurückhalten und griff ihm ins Haar, drückte seinen Kopf tiefer, während ich unter ihm die Hüften kreisen ließ.

»Oh Baby, du bist ja heute ganz verrückt nach meinem Mund«, murmelte er.

»Nicht aufhören«, keuchte ich und hob unwillkürlich die Hüften, um ihm noch näher zu kommen. Seine Zunge erhöhte den Druck, wurde schneller, war überall, und dann drangen seine Finger in mich ein. Ich war verloren. Wie ein Flächenbrand raste der Orgasmus über jeden Quadratzentimeter meiner Haut. Seine Zunge bewegte sich nun langsam, aber sie hörte nicht auf, meine pulsierende Klitoris zu lecken, um meinen Genuss zu verlängern, bis der Höhepunkt schließlich verebbte.

Ich hob seinen Kopf an, wollte ihm ins Gesicht sehen. Er legte sich auf mich. »Sie haben überhaupt nichts verlernt, Mr Scott«, sagte ich atemlos, beugte mich vor und leckte ihm über das Kinn.

»Gut zu wissen, Miss Anna.« Seine Zunge spielte mit meiner.

Wir lagen Seite an Seite und blickten uns in die Augen. Ethans Hand wanderte über meinen Körper, und allmählich normalisierte sich meine Atmung wieder. Er hatte recht gehabt, seine Zunge hatte meine Nervosität besänftigt. Jetzt gab es nur noch Ethan und Anna – keine Unklarheiten, keine Versprechungen, keinen Bullshit.

»Du bist so wunderschön«, flüsterte er. »Ich hatte vergessen, *wie* schön du bist.«

»Und du hast zu viel an«, lachte ich. Er war immer noch vollständig bekleidet. Er lächelte mich an, als ich sein Hemd aufzuknöpfen begann. Er keuchte, als meine Finger an seinem offenen Hemd entlang zu seiner Gürtelschnalle wanderten.

Für ihn ganz untypisch, schien Ethan zufrieden damit zu sein, einfach nur dazuliegen, während ich ihn auszog, und er bewegte sich nur gelegentlich, um mir dabei zu helfen, ihn aus seiner Kleidung zu schälen.

Seine Erektion drückte gegen die Boxershorts. Ich konnte den Blick nicht von ihm abwenden, während ich mit der Hand unter den Bund schlüpfte und sie über seine Länge gleiten ließ.

Er biss die Zähne zusammen und warf den Kopf zurück. »*Fuck.*«

Erneut stieg Hitze in mir auf, und zwischen meinen Schenkeln sammelte sich die Nässe. Eilig zog ich ihm die Boxershorts aus und kniete mich zwischen seine Beine. Unsere Blicke trafen sich, und er sah zu, wie ich ihn von der Wurzel bis zur Spitze leckte. Er griff mir ins Haar und hielt es hinter meinem Kopf zusammen, damit er mir ungehindert ins Gesicht sehen konnte. Ich nahm die Spitze in den Mund und stöhnte.

Ethan setzte sich auf. »Anna, nein. Ernsthaft, wenn du das tust, komme ich sofort.«

Für eine Sekunde entließ ich ihn aus meinem Mund. »Genau darum geht es, mein Hübscher. Ich bringe dich schon wieder auf Touren. Bei dir ist einmal nie genug.«

Erneut ließ er sich auf das Bett sinken. Ich nahm ihn in den Mund, so tief ich konnte, und genoss, wie er schmeckte und sich anfühlte. Er stöhnte, drehte sich zur Seite, und ich ließ von ihm ab.

»Ethan, bitte, fick mich in den Mund.« Er sollte, nein, er musste die Kontrolle haben.

Das musste ich kein zweites Mal sagen. Ehe ich mich versah, lag ich flach auf dem Rücken, und Ethan zog mich zum Rand der Matratze. Ich legte leicht den Kopf zurück und sah ihn vor mir stehen. Sein Schwanz berührte meine Lippen, und er knetete meine Brüste. Mein Verlangen nach ihm wurde immer heftiger. Ich fasste mir zwischen die Beine, berührte meine Perle.

»Oh, meine Schöne, du bekommst einfach nie genug, stimmt's?«, stöhnte er. Ich verlagerte das Gewicht, versuchte ihm näher zu kommen. Ich wollte ihn in meinem Mund.

»Willst du meinen Schwanz, Baby?«

»Ja.« Ich nickte.

»Berühr dich weiter selbst«, knurrte er, als er in mich eindrang. Er gab sich Mühe, sanft zu sein, aber das war nicht, was ich wollte. Ich wollte, dass er mich nahm, dass er Besitz von mir ergriff.

»Himmel, Anna. Dein Mund fühlt sich so gut an. So weich, so feucht. *Fuck.*« Er drang tiefer in mich ein, so, wie ich es wollte, und sehr bald schon begannen seine Hüften zu beben, und sein Elixier lief mir die Kehle hinunter.

»Du machst mich fertig, Anna.«

Genau das wollte ich hören.

Er zog mich in seine Arme, und wir lagen nebeneinander, Haut an Haut, mit nichts zwischen uns.

»Ich glaube, das haben wir gebraucht, stimmt's?«, fragte ich.

»Das und noch viel mehr. Ich will in dir sein, ohne dass uns etwas trennt.« Er drückte seine wachsende Erektion an meinen Schenkel. Ich legte mein Bein über seine Hüfte, fasste zwischen uns und rieb ihn an meiner Nässe.

Er stöhnte. »So feucht, so willig«, keuchte er, als er den Kopf senkte, mir über den Hals leckte und eine Spur von Küssen bis zum Schlüsselbein legte. Wir bewegten uns in demselben Rhythmus, hielten einander fest, rieben uns aneinander – Lippen, Zungen, Haut und Schweiß.

»Benutz deine Zähne«, flüsterte ich. Meine Bissspuren waren verblasst, und ich wollte neue an den Stellen, wo die alten gewesen waren. Ethan stöhnte wieder, warf mich vorsichtig auf den Rücken und kroch wieder auf mich, den Mund noch immer an meinem Hals.

»Ohne Kondom?«, fragte er.

Ich war absolut sicher. »Ja, Ethan.«

»Bist du bereit?« Mir war nicht klar, ob er seinen Mund oder seinen Schwanz meinte, aber ich wollte sowieso beides. Ich nickte gierig und keuchte, als er Zentimeter für Zentimeter in mich eindrang. Oh Gott. Es kam mir vor, als wäre es unser erstes Mal – so lange war er nicht in mir gewesen. Ich hatte vergessen, wie er mich zu dehnen und auszufüllen vermochte. Mein Körper musste sich erst wieder daran gewöhnen. Ich zog die Knie an, in der Hoffnung, dadurch weiter zu werden.

»Himmel, du bist so eng.« Die Adern an seinem Hals pulsierten, während er die Worte hervorstieß, als fiele es ihm schwer, sich noch länger zurückzuhalten. »Du fühlst dich großartig an, Anna.«

Langsam zog er sich aus mir zurück, und ich erlaubte mir, tief durchzuatmen, ehe er erneut in mich eindrang und mir den Atem nahm. Ich krallte mich in seine Schultern, bohrte die Fingernägel in seine Haut und versuchte, ihn und dieses Gefühl festzuhalten.

Er nahm einen langsamen Rhythmus auf, und zwischen Küssen auf meinen Hals und meine Mundwinkel schaffte er es, mir in die Augen zu sehen. Es war liebevoll und intim, rau und perfekt.

Ein dünner Schweißfilm bedeckte unsere Körper.

»Meine Schöne, ich habe dich gewarnt, wenn du mich so ansiehst …«

Er beschleunigte den Rhythmus, und ich wölbte den Rücken, als mein Orgasmus sich ankündigte. Er kam aus größerer Tiefe als der vorhergegangene, entsprang genau in meiner Mitte.

»Härter, Ethan, ich bin kurz davor«, schrie ich, und er stieß unerbittlich in mich hinein, wieder und immer wieder. Sein Gesicht berührte meinen Hals, seine Zähne streiften meine Haut. »Oh Gott, oh Gott, oh Gott.« Er war überall, seine Zähne, sein Schwanz, seine Haut, und der Orgasmus zerriss mich, nur eine Sekunde, bevor Ethan in mir explodierte.

Schwer lag er auf mir, das Gesicht immer noch an meinem Hals vergraben, und ich ließ die Fingerspitzen über sein Rückgrat wandern. Da lagen wir und ließen die letzten Wellen unseres Höhepunkts verebben.

»Hast du immer noch Angst, dass es nicht gut für dich wird?«, fragte er.

Ich lachte unter ihm. »Es ist immer gut. *Du* machst es so gut.«

Ethan

In den nächsten Stunden und Tagen blieben wir so, nackt, zusammen und nie länger als ein paar Sekunden, ohne einander zu berühren. Es war, als versuchten wir, die verlorene Zeit in der Gegenwart nachzuholen, darum war alles viel konzentrierter, viel intensiver.

Verschwitzt lagen wir nebeneinander, nachdem Anna mich zu einem markerschütternden Höhepunkt geritten hatte.

»Ich glaube, ich spüre meine Beine nicht mehr.«

»Baby, das war einfach großartig.« Ich strich ihr sanft mit dem Handrücken über die Brüste.

»Vielleicht sollten wir mal aufstehen und spazieren gehen oder so«, schlug sie vor.

»Hast du schon genug von mir?« Ich beugte mich über sie, nahm eine Brustwarze in den Mund und knabberte daran.

»Himmel, nein. Das ist ja das Problem. Ich habe nie genug von dir. Ich bin seit zwei Tagen in New York, und wir haben dieses Bett noch kein einziges Mal verlassen.«

»Das stimmt nicht. Wir waren zwischendurch mal im Bad. Außerdem haben wir es in der Küche und im Wohnzimmer getrieben. Und ich glaube, wir haben sogar etwas zu essen bestellt, aber irgendwie ist alles ist so verschwommen, vielleicht bilde ich mir das auch nur ein.« Ich grinste sie an.

Anna schlug spielerisch nach mir. »Ich meine es ernst. Wir sollten uns mal für eine Stunde oder so wie normale Menschen benehmen. Wir müssen reden. Ich muss dir etwas erzählen.«

Irgendwo klingelte mein Telefon. Ich wollte es ignorieren, aber Anna griff über mich hinweg und reichte es mir. »Es ist Mandy. Geh dran.«

Ich stöhnte, nahm das Gespräch aber an. »Hi, Mandy. Was gibt's?« Meine Güte. Wie ein Wasserfall redete sie auf mich ein und versuchte, mich zu einem gemeinsamen Abendessen zu überreden. »Ich gebe dich an Anna weiter. Sie hat hier das Sagen.«

Anna lächelte mich an und begann, mit Mandy zu reden. Ich war nicht sonderlich überrascht, dass die beiden sich mochten, aber ich musste immer noch grinsen, weil alles so schnell zu gehen schien. Ich wollte, dass Anna Freundinnen in New York hatte. Vielleicht würde sie das motivieren, in diese Stadt zu ziehen.

»Dinner heute Abend wäre perfekt«, sagte Anna. Ich schüttelte den Kopf und versuchte, ihr das Telefon zu entwinden. Sie drehte sich von mir weg, aber ich packte sie an den Beinen und kniete mich zwischen ihre Schenkel. Ich strich über die weiche Haut ihres Bauches, betrachtete ihr lachendes Gesicht und genoss ihre Lebendigkeit. Ihr Haar bildete einen Kranz um ihren Kopf. Sie sah absolut perfekt aus. Ich wollte sie mit niemandem teilen.

»Um sieben? Wie spät ist es denn jetzt?«, fragte sie und blickte mich an.

Ohne den Blick von ihrem Gesicht abzuwenden, legte ich einen Daumen auf ihre Klitoris und ließ ihn kreisen. Ihre Hüften begannen sich zu bewegen, offenbar waren meine Hände durchaus willkommen. Ich zog sie näher zu mir. Die Spitze meines Schwanzes berührte ihren Körper, und ihr Blick trübte sich.

»Fünf Uhr schon? Geht auch acht Uhr?« Sie legte sich die Hand auf den Mund, um ein Stöhnen zu unterdrücken, als ich langsam in sie eindrang.

»Okay, wir sehen uns dann. Ich muss auflegen.«

»Ethan«, rief sie, als sie aufgelegt hatte. »Ethan«, schrie sie, als ich erneut in sie eindrang. Ich würde nie genug davon bekommen, dass sie meinen Namen schrie, als wäre ich ihr Gott.

Zu diesem Dinner würden wir wohl zu spät kommen.

32. Kapitel

Ethan

Andrew und Mandy wohnten in der Upper East Side. Rory, mein Fahrer, besuchte gerade seine Familie in Irland, also nahmen wir ein Taxi.

»Ein Fahrer ist ja schön und gut, aber nur auf dem Rücksitz eines Taxis habe ich wirklich das Gefühl, in New York zu sein«, verkündete Anna.

»Wenn du meinst. Du wolltest ja unbedingt aus dem Bett. Um zu tun, was normale Menschen tun. Bist du zufrieden?«

»Ich bin immer zufrieden, wenn ich mit dir zusammen bin«, sagte sie und klimperte übertrieben mit den Wimpern.

»Hm. War das jetzt sarkastisch? Ich bin mir nicht sicher.«

»Genau so soll es sein, mein Freund.« Sie legte den Kopf zurück und lachte. »Aber um das klarzustellen: Nein, es war nicht sarkastisch gemeint.«

Ich zog sie an mich. »Also, was wolltest du mir erzählen?«

»Ach, frag mich das nicht auf dem Weg zum Dinner. Reden wir lieber morgen darüber.«

»Das klingt, als würde es unangenehm werden.«

»Oh nein, das wird es nicht. Ich will dich nur auf dem Laufenden halten. Wir haben uns immerhin drei Wochen lang nicht gesehen, da ist einiges passiert.«

Ich hatte den Eindruck, dass sie mir etwas verheimlichte. Hatte sie sich mit ihrem bescheuerten Exfreund getroffen?

Das Taxi hielt an einer Straßenbaustelle, zwei Blocks von Andrews und Mandys Appartement entfernt.

»Und jetzt? Können Sie der Baustelle nicht einfach ausweichen?«, fragte ich den Taxifahrer. Doch der zuckte nur mit den Schultern und blieb wortlos sitzen. Offenbar würden wir die letzten zwei Blocks laufen müssen. »Meine Güte, da draußen herrschen ungefähr minus fünf Grad.« Plötzlich vermisste ich meinen Fahrer.

»Komm schon, wir halten uns gegenseitig warm. Stell dich nicht so an«, sagte Anna und stieg aus dem Taxi. »So kalt ist es nun auch wieder nicht.«

»Bist du betrunken? Es ist arktisch kalt, wie du es ausdrücken würdest«, entgegnete ich, als ich neben ihr auf dem Gehweg stand.

»Hör auf zu jammern und nimm mich in den Arm.« Sie lächelte mich an, und sosehr ich auch versuchte, sauer zu bleiben – ich musste ihr Lächeln erwidern. Es war ansteckend.

»Ethan?« Eine männliche Stimme mit britischem Akzent erklang in der Kälte. Anna und ich drehten uns um und erblickten ein dem New Yorker Winter entsprechend gekleidetes Pärchen. »Hi.« Der Mann vor uns nahm seinen Hut ab und streckte die Hand aus. »Oh, Anna. Das hätte ich ja nicht … äh … hallo!« Es war Al, ein Juniorpartner aus dem Londoner Büro. Obwohl Anna und ich in verschiedenen Niederlassungen arbeiteten, unterlagen wir dennoch dem Beziehungsverbot. Mist. Er hatte mich erkannt. Er hatte Anna erkannt. In einer Acht-Millionen-Stadt auf der anderen Seite des Atlantiks. »Das ist meine Frau, Beverly.«

Wir begrüßten uns mit einem Händedruck.

»Wir verbringen die Feiertage hier«, sagte Al, der offensichtlich erklären wollte, warum er in der falschen Stadt war. Ich wusste nicht, was ich sagen sollte, und nickte nur.

»Hatten Sie eine schöne Zeit?«, fragte Anna. Das Ganze war äußerst unangenehm, denn das Offensichtliche ließ sich nicht leugnen.

Auch Beverly nickte.

»Nun, ich glaube, jetzt verstehe ich manches ein bisschen besser«, sagte er und blickte zwischen uns hin und her. Ich schaute zu Anna; sie lächelte gezwungen. »Lassen Sie uns reden, wenn Sie wieder im Büro sind, Anna.«

»Ja, natürlich. Aber hier ist es ziemlich kalt, also sollten wir vielleicht lieber gehen, bevor mir noch das Gesicht einfriert«, sagte Anna. »Einen schönen Abend noch, auf Wiedersehen.«

Schweigend gingen wir weiter. Ehe ich ein weiteres Wort sagte, drehte ich mich um, um zu sehen, wie weit Al und Beverly schon entfernt waren. »*Shit*.« Mehr brachte ich nicht heraus, nachdem ich mich versichert hatte, dass Al mich nicht mehr hören konnte. »Verdammter Mist! Hoffentlich beruft er sich nicht auf das Beziehungsverbot und feuert dich, wenn ihr euch wiederseht.«

»Ach, der feuert mich nicht«, antwortete Anna. »Wie weit ist es denn noch?«

»Nur bis zur nächsten Ecke. Du scheinst da ja sehr zuversichtlich zu sein.«

»Bin ich auch.«

»Na ja, vielleicht hast du recht. Vermutlich bin nur ich an das Beziehungsverbot gebunden und du nicht.«

Anna nickte. »Aber dich werden sie auch nicht entlassen.«

»Die nehmen das ziemlich ernst. Ich will nicht behaupten, dass noch keiner damit durchgekommen ist, aber es sind durchaus schon Leute deswegen entlassen worden.« Wir hatten das Haus erreicht, in dem Andrew und Mandy wohnten. Anna legte mir eine Hand auf den Arm, um zu verhindern, dass ich den Türklopfer betätigte.

»Mach dir keine Sorgen, es passiert schon nichts. Sie werden dich nicht entlassen. Ich arbeite sowieso nur noch bis zum Ende meiner Kündigungsfrist dort. Warum sollten sie dich feuern, wenn ich sowieso gehe?« Und damit griff sie selbst nach dem Klopfer.

Anna

Ich hatte mir nicht überlegt, wie ich es ihm sagen würde. Aber der Augenblick, in dem wir bei Andrew und Mandy zum Dinner eintrafen, war definitiv nicht der beste Zeitpunkt, um die Bombe platzen zu lassen. War es überhaupt eine Bombe? Obwohl ich mir noch nicht sicher war, dass ich Daniels Jobangebot annehmen würde, hatte ich beschlossen, zu kündigen. Ich wollte mit Ethan zusammen sein, und es war nicht realistisch, von ihm zu erwarten, dass er umzog. Ich mochte New York, und Daniels Angebot bewies zumindest, dass ich durchaus noch Karrierechancen besaß.

Ethan griff nach meiner Hand auf dem Türklopfer, aber es war schon zu spät, ich hatte unsere Ankunft bereits angekündigt.

»Was hast du da gerade gesagt?« Ich spürte, dass er mich durchdringend musterte, sah ihm aber nicht ins Gesicht.

»Du hast gehört, was ich gesagt habe. Lass uns später darüber reden.« Hinter der Tür war bereits ein Rascheln zu hören.

»Nein, ich will jetzt darüber sprechen. Du reichst deine Kündigung ein, ohne mich darüber zu informieren?« Ich fragte mich, ob er wütend war oder nur überrascht. Jedenfalls freute er sich nicht, obwohl ich genau das eigentlich erwartet hatte. Ehrlich gesagt, war ich davon ausgegangen, dass er begeistert sein würde.

»Natürlich wollte ich dich darüber informieren, deshalb habe ich ja gesagt, dass ich dir etwas erzählen muss.«

»Und hast du schon einen neuen Job? Gehst du als Yogalehrerin nach Indien? Oder hast du vor, dich einer Sekte anzuschließen? Was zum Teufel …«

Die Tür flog auf, und Mandy begrüßte uns mit strahlendem Lächeln und wippendem Haar.

»Ich freue mich ja so, dass ihr hier seid!« Sie umarmte mich. »Kommt rein, bevor es hier drin auch noch kalt wird. Andrew ist im Keller und sucht nach einem Wein, den Ethan nicht sofort angeekelt ausspuckt.«

Ich vermied es, in Ethans zorniges Gesicht zu sehen, als wir unsere Mäntel, Stiefel und Schals ablegten und in die Küche gingen.

»Mandy, ich muss nur kurz mit Anna unter vier Augen …«

»Nein, musst du *nicht*«, sagte ich. Jetzt war nicht der richtige Zeitpunkt zum Reden.

»Gut, dann eben vor Mandy«, erwiderte Ethan.

»Habt ihr Streit?« Mandy musterte uns besorgt.

»Nein, wir streiten uns nicht. Ich habe nur vor dreißig Sekunden erfahren, dass Anna ihren Job gekündigt hat.«

»Ethan!« Ich konnte nicht glauben, dass er das gerade gesagt hatte. Diese Sache ging nur uns etwas an, und sie hätte auch unter uns bleiben sollen.

»Du hast gekündigt?«, fragte Mandy.

»Wer hat gekündigt?« Andrew tauchte mit mehreren Flaschen Wein im Arm aus dem Keller auf.

»Anna«, sagte Mandy. Herr im Himmel, es war einfach lächerlich.

»Na prima. Ziehst du nach New York?« Damit hatte Andrew die Eine-Million-Dollar-Frage gestellt.

Ich schwieg. Mein Mund klappte auf und wieder zu, als wäre

ich ein Fisch. Ich war immer noch schockiert, dass die Nachricht, die ich sorgsam für mich behalten hatte, um sie ihm zum richtigen Zeitpunkt zu überbringen, jetzt herumgereicht wurde wie der Kuchen auf einem Kindergeburtstag.

»Du hast gesagt, dass du in letzter Zeit nicht besonders motiviert warst, aber ich dachte, das sei nur vorübergehend. Ich dachte, du magst deinen Job«, sagte Ethan und versuchte, mir in die Augen zu sehen.

Er klang nicht aufgeregt. Er klang auch nicht glücklich. Vielmehr wirkte er besorgt, ja sogar ängstlich.

»Ja, so ist es auch. Oder besser gesagt: So war es.«

Glücklicherweise begann Andrew jetzt, die sehr vollen Weingläser zu verteilen. »Es ist nur … na ja … meine Begeisterung ist einfach weg. Ich habe über die Gründe nachgedacht und festgestellt, dass dieser Job für mich nicht mehr funktioniert. Wenn wir zusammenbleiben, ist da dieses Beziehungsverbot, und wenn wir uns trennen, könnte ich sowieso nicht in der Firma bleiben, auf gar keinen Fall … Also habe ich einfach …« Hatte ich einen Fehler gemacht? Ich hatte es kaum erwarten können, Ethan davon zu erzählen. Ich hatte gedacht, er würde sich freuen, aber vielleicht war das ja ein Irrtum gewesen.

»*Wenn* wir zusammenbleiben?«, fragte Ethan. »Seit wann gibt es denn zwischen uns ein *Wenn*?«

»Hör mit diesen Wortklaubereien auf, Ethan«, sagte Mandy. »Setzt euch. Sollen wir euch ein paar Minuten allein lassen?«

Ich hätte weiß Gott kein Publikum gebraucht. Das hier war eine sehr persönliche Angelegenheit, und ich bin Britin. Ich war es nicht gewöhnt, so etwas quasi in der Öffentlichkeit abzuhandeln. Aber Ethan schüttelte den Kopf, und ich wollte nicht noch unhöflicher werden, als wir es ohnehin schon waren.

»Es hat nichts zu bedeuten, dass ich ›wenn‹ gesagt habe, Ethan. Ich dachte, diese Entscheidung würde uns guttun. Aber ich verstehe, dass es vielleicht zu früh ist, und das ist auch in Ordnung, wir müssen keine große Sache daraus machen«, sagte ich. »Es tut mir furchtbar leid«, sagte ich, an Mandy gewandt. Tränen stiegen mir in die Augen, aber ich wollte auf gar keinen Fall vor den anderen weinen.

Ethan zog mich an sich. In seinen Armen zu liegen, war für mich das Schönste auf der Welt. »Es tut mir leid«, murmelte ich an seiner Brust.

»Du musst dich für nichts entschuldigen. *Mir* tut es leid. Ich möchte nur, dass du mir solche Sachen in Zukunft erzählst«, flüsterte Ethan mir ins Ohr.

»Ich wollte uns nicht unter Druck setzen. Ich will nicht, dass du glaubst, irgendetwas tun zu müssen«, antwortete ich.

»Was meinst du mit *unter Druck?*«, fragte Ethan.

»Du spielst hier echt den Macker, Ethan«, sagte Mandy. »Sie will doch nur nicht, dass du dich unter Druck gesetzt fühlst, sie nach New York einzuladen. Und du hör auf, so ein Mädchen zu sein, Anna«, fuhr sie fort. »Ethan *will* dich in New York haben. Er wünscht sich von ganzem Herzen, dass du hierherziehst, und trotzdem läuft er hier herum und versucht herauszukriegen, wie er nach London ziehen kann, damit du nicht alles für ihn aufgeben musst.«

Nun begannen die Tränen zu fließen, ich konnte sie nicht mehr aufhalten, und Ethan drückte mich fester an sich. »Glaubst du das wirklich? Dass ich mich unter Druck gesetzt fühle, wenn du kündigst?«

Ich zuckte mit den Achseln. »Vielleicht.«

»Aber das ist doch Unsinn. Wenn du nach New York kommen willst, machst du mich zum glücklichsten Mann in Manhattan. Aber du wenn dir etwas anderes wünschst ...«

»Nein. Nein, ich will hier bei dir sein.«

»Haben wir Champagner im Keller?«, hörte ich Mandy fragen. Ethan hob mein Kinn an. Als ich ihm endlich in die Augen sah, drückte er seine Lippen auf meinen Mund.

»Ich kann es einfach nicht glauben«, sagte er und fuhr sich mit den Fingern durchs Haar. »Ich dachte ... na ja, ich dachte, wir würden lange über alles diskutieren, und am Ende würde ich dann doch nach London ziehen. Ich hätte meine Kanzlei neu aufbauen und neue Klienten finden müssen, und alles wäre verdammt nervig gewesen. Und jetzt winkst du mit dem Zauberstab, und das Leben ist plötzlich viel einfacher. Ich meine, bist du dir sicher? Ist das okay für dich? Du wirst deine Meinung nicht wieder ändern?«

Ich musste grinsen, als er mir forschend ins Gesicht sah. Offenbar glaubte er, ich würde ihm gleich sagen, dass alles nur ein alberner Scherz gewesen war. Dabei war ich so glücklich, dass er mich in New York haben wollte, dass er nicht wütend war und sich nicht in die Ecke gedrängt fühlte.

»Ja, ich bin mir sicher. Ich bin mir sogar absolut sicher.«

»Wo bleibt der verdammte Champagner, Andrew?«, brüllte Ethan.

»Und wann ziehst du um?«, wollte Mandy wissen.

»Tja, es hat sich alles gerade erst ergeben, also weißt du genauso viel wie ich«, antwortete ich, wobei ich Ethan immer noch anstrahlte. »Ich muss meine Kündigungsfrist einhalten. Drei Monate.«

»Drei Monate, so ein Quatsch! Die musst du nicht einhalten, wenn du nicht willst.«

»Na ja, bevor ich gehe, muss ich in London noch einiges planen und erledigen. Ich kann also nicht einfach hierbleiben.«

»Oh, meine Schöne, drei Monate kann ich nicht mehr warten. Bitte sag, dass du früher kommst.«

Ich streichelte sein schönes Gesicht. »Ich werde in London mit den Gesellschaftern reden und sehen, was sich machen lässt. Vielleicht entlassen sie mich früher aus dem Vertrag.«

»Meine Güte, ist das aufregend!«, rief Mandy. »Ich könnte dir in Manhattan alles Wichtige zeigen. Zu schade, dass ihr nicht in Uptown wohnt, drei Blocks von hier gibt es ein fantastisches Nagelstudio.«

»Wir könnten umziehen, wenn du willst.« Ethan musterte mich erwartungsvoll.

»Wow, das ist wirklich eine Menge auf einmal«, sagte ich.

»Du bedrängst sie doch nicht etwa, Mandy?«, fragte Andrew, der gerade aus dem Keller kam. »Vielleicht möchte Anna sich lieber auf einen neuen Job als auf neue Fingernägel konzentrieren.«

»Du weißt, dass du dir darüber keine Sorgen machen musst«, sagte Ethan. »Aber wenn du arbeiten willst, kann ich natürlich meine Kontakte spielen lassen. Ich würde garantiert etwas für dich finden.«

»Vielleicht habe ich ja meine eigenen Kontakte ... Und *natürlich* will ich arbeiten.« Ich schlug ihm spielerisch auf den Arm. »Also ... Es kann sein, dass Daniel etwas für mich hat. Er braucht eine Anwältin hier in New York.«

»Grundgütiger, was für Geheimnisse hast du denn noch?«

33. KAPITEL

Ethan

Es kam mir vor, als würde mein Herz explodieren. Am liebsten hätte ich sie mit Fragen gelöchert, was sie sich sonst noch überlegt und geplant hatte. Das alles war zu schön, um wahr zu sein. Und ich war mir sicher, dass sie nicht die kompletten drei Monate bis zur Wirksamkeit ihrer Kündigung würde arbeiten müssen. Einen Monat vielleicht, und dann hätte ich sie endlich hier bei mir in New York.

»Wir sollten umziehen«, platzte ich heraus.

»Ethan«, ihre Hand lag auf meinem Bein, »wir müssen nicht alles sofort entscheiden. Lass uns einen netten Abend mit Andrew und Mandy verbringen.«

»Verstehst du denn nicht?«, fragte Mandy. »Ethan ist unser ältester Freund. Du kannst diesen Abend gar nicht besser machen, als du es schon getan hast. Sein ganzes Leben lang hat er auf dich gewartet.«

»Mandy, du bringst mich zum Weinen«, sagte Anna.

»Aber so ist es. Er hat es nicht gewusst, und es hat verdammt lange gedauert, aber du bist das fehlende Puzzlestück in seinem Leben. Und jetzt bist du hier, bereit und willens, nach New York zu ziehen, und darum glaube ich, dass du ihn so sehr liebst, wie er es verdient. Das macht mich verdammt glücklich.«

Ich drehte mich zu Anna; sie hatte Tränen in den Augen.

»Nicht weinen, meine Schöne.« Ich nahm ihr Gesicht in beide Hände und berührte ihre Lippen mit meinen. »Lass uns feiern.«

»Es ist Zeit für einen Toast«, verkündete Andrew und hob sein Glas. »Auf unser neuestes Familienmitglied.«

»Ihr macht mich echt fertig«, brachte Anna gerührt hervor.

Im Verlauf des Abends lehnte ich mich hin und wieder zurück und beobachtete uns vier wie ein Fremder, der heimlich zum Fenster hereinspäht. Da waren so viel Liebe und Lachen, und alle sahen so glücklich aus. Mandy hatte recht: Ob ich es gewusst hatte oder nicht, ich hatte mein Leben lang auf Anna gewartet. Und in diesem Augenblick wurde mir klar, wie ich Silvester zu etwas Besonderem machen konnte – ich würde ihr einen Antrag machen. Unter dem Tisch drückte ich Annas Hand, ich wollte ihr noch näher sein, wenn das überhaupt möglich war. Sie schenkte mir ein wunderschönes Lächeln und erwiderte den Händedruck.

Wir waren gerade erst ins Taxi gestiegen, um zurück nach Downtown zu fahren, da fragte sie mich: »Warum hast du eigentlich vorgeschlagen umzuziehen? Ich dachte, du liebst deine Wohnung und das Viertel, in dem du lebst?«

Ich zuckte mit den Achseln. »Ja, das ist so. Aber ich möchte, dass du glücklich bist. Vielleicht hättest du ja lieber ein Haus? Oder wir ziehen in Mandys und Andrews Nähe oder wohnen in einer Wohnung, die mir nicht schon vorher gehört hat, damit wir dort zusammen neu anfangen können.«

Anna grinste mich an.

»Was ist?«, fragte ich.

Sie lachte. »Nichts, ich dachte nur, dass du der süßeste, romantischste und aufmerksamste Mann bist, den es gibt.«

»Verdammt, sag das bloß nie in der Öffentlichkeit. Ich habe

einen Ruf zu verlieren«, lachte ich. »Die Nettigkeiten sind nur für dich reserviert. Allen anderen gegenüber bin ich ein Arschloch.«

»Das Arschloch gefällt mir auch«, antwortete sie und rutschte näher an mich heran. Ich legte den Arm um sie. »Lass uns nicht umziehen. Noch nicht. Ich möchte deine Gegend und Manhattan noch ein bisschen besser kennenlernen.«

»Trotzdem sollst du nicht das Gefühl haben, dass du in meiner Wohnung untergekommen bist, Anna. Ich will, dass sie dein Zuhause ist.«

»Mein Zuhause ist da, wo du bist.«

Dem hatte ich nichts entgegenzusetzen.

»Dann ziehst du also erst mal bei mir ein, und wenn du alles ein bisschen besser kennengelernt hast, denken wir übers Umziehen nach.«

»Also ziehen wir sofort zusammen?«

»Natürlich. Wenn es nach mir geht, lasse ich dich in Zukunft nicht mehr aus den Augen.«

»Okay.«

»Okay?«

Sie lachte. »Ja, okay. Der Plan gefällt mir.«

»Ich rede mit den Gesellschaftern, damit sie dich früher gehen lassen.«

»Nein, Ethan, das möchte ich nicht. Ich glaube nicht, dass Al irgendetwas sagt, jetzt, wo ich gekündigt habe, und es gibt keinen Grund, die anderen mit der Nase darauf zu stoßen.«

Aber ich wollte Anna so früh wie möglich bei mir haben.

»Ich rede mit ihnen, wenn ich zurück bin«, sagte sie. »Sie haben mich gebeten, es mir über die Feiertage zu überlegen, also hat sich meine Kündigung noch nicht herumgesprochen. Offenbar glauben sie, dass ich es mir vielleicht noch anders überlege.«

»Und du warst damit einverstanden?«

»Womit?«

»Es niemandem zu sagen. Glaubst du, dass du es dir noch anders überlegen könntest?«

»Nein, natürlich nicht. Wie gesagt, für mich gibt es aus vielen verschiedenen Gründen keinen Sinn mehr, weiterhin dort zu arbeiten. Und du scheinst dich ja wirklich über meine Entscheidung zu freuen, also …«

»Falls du immer noch Zweifel hast: Ich bin absolut begeistert.« Ich lächelte sie an und konnte nicht widerstehen, ihr einen Kuss auf den Mundwinkel zu drücken. »Okay, ich überlasse die Verhandlungen dir. Aber wenn du es nicht schaffst, sie auf maximal einen Monat herunterzuhandeln, dann sehe ich mich gezwungen, einzugreifen.«

»Ich bin großartig im Verhandeln, du wirst schon sehen.«

Ich hatte das Gefühl, dass wir jetzt nicht mehr nur über Kündigungsfristen redeten. Von mir würde sie alles bekommen, was sie wollte. Was das betraf, würden wir keine Verhandlungen brauchen.

»Also, können wir jetzt endlich wieder im Bett bleiben? Ich weiß nicht, dieses Angezogen-in-der-Öffentlichkeit-sein-Ding gefällt mir irgendwie nicht«, sagte ich.

»Oh nein. Bevor ich umziehe, musst du das Touristenprogramm mit mir abspulen. Wie soll ich hier leben, ohne die Freiheitsstatue oder den Washington Square Park gesehen zu haben? Und auf dieser Brücke im Central Park war ich auch noch nie.«

»Oh Gott, ist das dein Ernst? Ich soll dir sämtliche Sehenswürdigkeiten zeigen? Mein Schwanz reicht dir nicht?«

»Hm. Gibt es nur Entweder-Oder? Ich möchte eigentlich beides.«

»Okay, damit kann ich leben«, lenkte ich ein und lachte leise.

»Heute Abend geht es jedenfalls nur um deinen Schwanz«, flüsterte sie mir ins Ohr, legte eine Hand auf die Wölbung vorn in meiner Hose und leckte mir sanft über das Kinn.

Am nächsten Morgen wachte ich vor ihr auf. So leise wie möglich griff ich nach meinen Boxershorts, einem T-Shirt und dem Telefon und begab mich in mein Arbeitszimmer. Ich musste Pläne schmieden, ein paar Sachen einkaufen – und eine erinnerungswürdige Nacht organisieren.

Zuerst rief ich Mandy an. »Hey, vielen Dank für gestern. Es war ein sehr schöner Abend.«

»Ja, es war wirklich schön, euch zu sehen. Ihr beiden zusammen seid einfach unglaublich. Die reinste Augenweide.«

»Danke. Übrigens, ich bräuchte mal deine Hilfe. Ich hab das nicht so drauf ... du weißt schon ... dieses ganze romantische Zeug ...«

»Ach, ich finde, du kriegst das ganz gut hin.«

»Schon möglich, aber das hier ist etwas anderes. Ich will auf keinen Fall Mist bauen, wenn ich ihr einen Antrag mache.«

Am anderen Ende der Leitung war nur noch ein Kreischen zu hören. »Was soll ich tun? Was brauchst du?«, fragte Mandy, als sie sich endlich wieder beruhigt hatte.

»Du glaubst also nicht, dass es zu früh ist? Dass sie vielleicht Nein sagt?«

»Ethan, wegen dir hat sie ihren Job aufgegeben und zieht auf einen anderen Kontinent. Sie wird Ja sagen. Wann willst du sie fragen?«

»Deshalb rufe ich an. Meinst du, Neujahr wäre zu vorhersehbar? Ich weiß nicht, wie Frauen sich so was vorstellen.«

»Oh, wow. Noch bevor sie zurückfliegt!«

»Glaubst du, es ist zu früh?«

»Nein. Und ich glaube auch nicht, dass es vorhersehbar ist. Ich finde es wunderbar. Außerdem solltest du mich nicht fragen. Du kennst sie besser als ich, und darum weißt du auch besser als ich, was ihr gefällt. Du kennst die Antworten auf deine Fragen selbst. Dafür brauchst du mich nicht.«

Sie hatte recht. Das hier sollte nichts werden, was Mandy plante und ich dann ausführte. Es ging nur um Anna und mich.

»Okay, du hast recht. Vielen Dank.«

Nachdem ich das Telefon weggelegt hatte, begann ich online nach Ringen zu suchen. Ich musste schnell sein; mir blieb nur noch dieser Tag. Morgen war bereits Neujahr.

»Baby!«, rief Anna aus dem Nebenzimmer.

»Hier drin«, antwortete ich und löschte meinen Suchverlauf in dem Augenblick, in dem Anna den Kopf zur Tür hereinstreckte. »Ich wollte eine Runde laufen gehen. Ist das okay?«

»Ja, gute Idee. Dann mache ich hier ein bisschen Yoga und nehme danach ein Bad, in Ordnung?« Sie setzte sich auf meine Knie und schlang mir die Arme um den Hals.

»Das hier ist jetzt dein Zuhause, Anna. Du kannst tun, was immer du willst. In dem Schrank im Gästezimmer ist eine Matte, aber du kannst natürlich auch runter ins Gym gehen.«

Sie küsste mich auf die Schulter. »Nein, eine Matte reicht mir.« Vermutlich hätte ich nicht viel Überzeugungskraft gebraucht, um sie wieder nackt ins Bett zu bekommen, aber unglücklicherweise musste ich jetzt los.

Ich legte ihr einen Arm um die Hüfte und stand auf, woraufhin sie die Beine um mich schlang. »Du bist ja ein kleiner Affe«, neckte ich sie.

»Aber ein ziemlich hübscher, oder?« Sie tat so, als mache sie ein böses Gesicht.

Ich lachte. »Ja, ein sehr hübscher.«

Sie kam auf die Füße und sagte: »Okay, viel Spaß beim Laufen.« Dann gab sie mir einen Kuss und verschwand, um die Yogamatte zu holen.

Ich zog mich schnell um, schmuggelte meine Brieftasche in die Tasche meines Columbia-University-Sweatshirts und war schon aus der Tür.

Hoffentlich würde ich bei Harry Winston fündig werden.

Anna

Wenn ich vom Laufen zurückkam, sah ich immer aus, als wäre ich gerade einem Entführungsversuch entkommen – mein Gesicht war gerötet, ich schwitzte, und meine Haare waren zerzaust.

Ethan hingegen sah aus wie einer Gucci-Fotosession entsprungen, als er in die Wohnung zurückkam. Der dünne Schweißfilm auf seiner gebräunten Haut ließ ihn noch männlicher wirken. Ich sehnte mich danach, mich endlich wieder auf ihn zu stürzen. Genauer gesagt, hatte ich mich schon vor seinem Lauf danach gesehnt, aber er schien fest entschlossen, zu trainieren – ein Bedürfnis, das ich unglücklicherweise so gut wie nie verspürte.

»Also, ich dachte, wir könnten ins Met gehen oder ins Guggenheim«, sagte Ethan, als er sich nach dem Duschen anzog und mich aus meinen lustvollen Träumereien riss.

»Klingt gut.«

»Du klingst nicht sehr enthusiastisch.«

»Doch, doch, ich hole nur schnell meine Sachen.« Alles war gut. Normale Dinge, wie normale Paare sie eben taten. Die Sache war nur, dass ich nie genug von ihm bekam und ihn am liebsten wieder zurück ins Bett geschleift hätte.

»Fein. Ich muss noch schnell einen Anruf erledigen, dauert nur ein paar Minuten.« Er arbeitete so hart, aber irgendwie war das auch heiß. Ich liebte seinen Elan und seine Entschlossenheit.

Ich wühlte gerade in meinem Koffer herum, als Ethan ins Schlafzimmer kam.

»Ich werde mein Zeug ausmisten, wenn du wieder in London bist, aber im Schrank sind noch ein paar freie Schubladen. Pack deine Sachen doch einfach aus.«

In meinem Magen kribbelte es, und ich erwiderte sein Lächeln. Ich hatte ein paar Klamotten mitgebracht, die ich hierlassen konnte. Ein paar Kleider und ein Paar Schuhe, immerhin. »Okay, mach ich, später.«

»Bist du bereit?«

Ich nickte, setzte meine Mütze auf, nahm meine Stiefel in die Hand und folgte Ethan in den Flur.

»Verdammt, ich wusste gar nicht, dass du flache Schuhe besitzt. Ich habe dich immer nur in High Heels oder nackt gesehen. Manchmal auch mit High Heels *und* nackt.«

»Siehst du, so ist das, wenn die Wirklichkeit einen einholt. Das wahre Leben beginnt hier, mit meinen flachen Schuhen. Nacktheit und High Heels sind nicht alles, Baby. Bist du dazu bereit? Bereit, den Müll runterzubringen und Tampons für mich zu kaufen? Bereit, zu sehen, wie ich mich übergebe und keinen Sex will? Vielleicht wachse ich mir heute Abend die Oberlippe – bist du darauf vorbereitet?«

Ethan lachte mich aus, als ich ihm den Finger in den muskulösen Bauch stieß. »Du bist absolut verrückt, und ich bin absolut bereit. Auf geht's, Kleine.«

»Siehst du, früher war ich deine Schöne und jetzt bin ich die Kleine, dabei bin ich noch nicht mal eingezogen.« Ich seufzte dramatisch und folgte ihm aus dem Gebäude.

»Du wirst immer meine Schöne sein, Baby«, sagte er, schlang einen Arm um mich und legte mir die Hand auf die Schulter.

Er wollte ein Taxi rufen, aber ich hielt ihn zurück. »Nein, lass uns die U-Bahn nehmen.«

»Im Ernst? Ich fahre schon seit Jahren nicht mehr mit der U-Bahn. Da unten ist es ekelhaft.« Er wimmerte, als hätte er Schmerzen.

»Stell dich nicht so an. Ich bin noch nie *underground* gefahren, und ich will alles machen, was man von einer New Yorkerin erwartet.«

»Tatsächlich?«

»Ja, tatsächlich. Wir müssen auch den öden Alltagskram zusammen erleben, Ethan. Das ist gut für uns.«

»Okay, du nimmst die U-Bahn, ich nehme ein Taxi, und dann treffen wir uns. Das ist doch ein guter alltäglicher Kompromiss.«

Wir standen auf dem Bürgersteig und lachten uns an. »Oh Baby, habe ich gerade wirklich Kompromiss gesagt? Komm schon, wir nehmen die U-Bahn.« Ich zog an seinem Ärmel und setzte mich in Bewegung. Widerstrebend folgte er mir.

»Da lang geht es aber nicht zur U-Bahn.«

»Ethan!«

Er packte mich beim Handgelenk und küsste mich stürmisch.

»Was war heute deine Lieblingssache?«, fragte ich Ethan, als wir nach mehreren Stunden im Met und etwas, das er einen Erkundungsgang durch das Guggenheim-Museum nannte, wieder nach Hause kamen.

»Wie meinst du das? Der Tag ist noch nicht vorbei, und mir hat alles gefallen.«

»Es ist ein Spiel, und es heißt *Lieblingssachen*. Das habe ich schon als Kind gespielt. Komm, mach mit«, sagte ich. »Was war dein Lieblingsding? Etwas, das du gesehen oder getan hast oder ein Gespräch, das du geführt hast?«

»Lass mich nachdenken. Nur eins?«

»Wir haben immer die Top Drei aufgezählt.«

»Okay, meine drei liebsten Dinge von heute … Erstens, es gefällt mir, dass ich dich in flachen Schuhen gesehen habe.«

Ich grinste. War das sein Ernst? Flache Schuhe waren einfach bescheuert.

»Und dann gefiel mir noch, wie ich dich auf der Straße geküsst habe.«

»Ethan! Wir haben gerade einige der schönsten Kunstwerke gesehen, die jemals erschaffen wurden. Deine drei Lieblingsdinge des Tages können nicht alle mit mir zu tun haben.«

Er zog eine Augenbraue hoch. »Suchst du aus oder suche ich aus?«

»Ich will eine ehrliche Antwort.«

»Das waren zwei ehrliche Antworten, Anna. Ich lüge dich nicht an.«

»Na gut.«

»Der letzte Punkt meiner Top Drei ist ein Gemälde. Der Velázquez. Das von dem Sklaven. Das ist mein Lieblingsbild dort. Es fühlt sich an, als wolle der Mann auf der Leinwand mir etwas sagen. Wie er das eingefangen hat, ist unglaublich.«

Sein Blick wurde sanft, als er redete, aber sein Gesicht blieb ernst.

»Du magst Kunst?«, fragte ich.

»Das Faszinierende an dem Bild ist, dass es damals nur eine Übung für Velázquez' Porträt des Papstes war. Er hat nur ein bisschen geübt, und das ist dabei herausgekommen. Einfach brillant.«

»Warst du schon mal in Madrid? Ich meine, um dieses Bild von Picasso zu sehen, *Las* ...«

»*Las Meninas.*« Er beendete den Satz für mich und sah mir ins Gesicht, während er nickte. Irgendetwas in seinem Blick hatte sich verändert. »Magst du Kunst?«, gab er die Frage an mich zurück.

»Geht so. Ich bin durch London verdorben, dort gibt es eine Flut von Kunstwerken. Ich mag Barock – Caravaggio, Rubens und deinen Velázquez auch. Hast du den *Knaben, der von einer Eidechse gebissen wird* gesehen, als du in London warst? Himmel, ich liebe dieses Gemälde. Es ist klein, wirkt aber irgendwie aufwühlend.« Ich merkte, dass ich wild gestikulierte, und ließ verlegen die Arme sinken. Ich blickte zu Ethan hinüber, um zu sehen, ob er diesen Ist-sie-jetzt-endgültig-verrückt-geworden-Ausdruck im Gesicht hatte, den ich gelegentlich bemerkt hatte.

»Für mich könntest du nicht schöner sein als genau in diesem Augenblick, Anna«, sagte er, als sich unsere Blicke trafen.

Meine Wangen wurden heiß, und er kam auf mich zu und legte mir die Arme um die Hüften.

»Können wir heute Abend zu Hause bleiben?«, fragte ich. »Falls du nichts geplant hast? Ich möchte einfach nur mit dir zusammen sein.«

Er fuhr mir mit den Händen über den Rücken, und gleichzeitig drückte sich etwas Hartes an meinen Bauch.

»Es macht dich also scharf, wenn ich über Männerbilder und Eidechsen rede?«

»Anna«, knurrte er in diesem missbilligenden Ton, der mich immer zum Lachen brachte. Er umfasste meine Pobacken und hob mich hoch. Ich schlang die Beine um seine Taille. »Auf geht's, mein hübsches Äffchen.«

343

34. Kapitel

Ethan

Es dürfte kaum überraschend sein, dass es nicht das Gerede über Eidechsen gewesen war, das mich heißgemacht hatte. In ihrer Gegenwart brauchte es dafür nicht viel; wenn sie in der Nähe war, hatte ich im Grunde einen Dauerständer. Aber zu erfahren, dass sie Kunst mochte, dass sie *Las Meninas* kannte und das Zeitalter des Barock liebte – das war verdammt heiß. Nie zuvor hatte ich mir vorstellen können, dass es mit einer Frau so sein konnte. Annas Verstand erregte mich genauso wie ihr Körper – sie verschaffte mir eine neue Erfahrung nach der anderen.

»Woran denkst du?« Über die Schulter lächelte sie mich an und wackelte mit ihrem von schwarzer Spitze bedeckten Hintern. Sie hatte darauf bestanden, sich im Bad umzuziehen, also musste ich mich wohl oder übel gedulden. So gut das eben ging mit einer Erektion und einer schönen Frau, die nur einen Meter von mir entfernt und kurz davor war, mit mir zusammenzuziehen.

»Ich denke daran, dass du auch in einer Mülltüte fantastisch aussehen würdest. Komm endlich her.«

Sie blieb, wo sie war, und fuhr sich mit beiden Händen über den Körper, umfasste ihre perfekten Brüste und drückte sie zusammen. »Weißt du, wie die beiden hier noch besser aussehen würden?« Sie blickte mich unter ihren Wimpern hindurch an.

»Mit meinem Schwanz dazwischen?«

Sie biss sich auf die Lippe und nickte. Ich musste all meine Selbstbeherrschung aufbringen, um nicht auf der Stelle zu kommen.

Langsam kam sie auf mich zu, doch dann begann mein Handy auf dem Nachttisch zu summen. *Fuck. Ignoriere es.* Aber ich wartete auf einige Bestätigungen für den nächsten Abend. Er musste einfach perfekt werden. Rasch warf ich einen Blick auf meine Uhr. *Mist.* Es war schon spät, Wenn ich das Gespräch jetzt nicht annahm, gab es keine Möglichkeit mehr, zurückzurufen. Annas Blick war auf meine Augen geheftet.

»Honey, ich muss da rangehen«, sagte ich, als sie auf das Bett stieg und sich auf den Rücken legte, während ich aufstand und nach dem Handy griff.

»Tu, was immer du tun musst, Baby«, sagte sie und schob die Finger in ihren Slip. »Was es auch ist.«

Himmel, das Blut schoss mir mit solcher Macht in den Schwanz, dass mir schwindlig wurde. Mein Blick wanderte zwischen ihren Augen und ihrer Hand hin und her, als sie begann, die Finger um ihre Klit kreisen zu lassen. Verdammt, dieser Anruf kam wirklich zum falschen Zeitpunkt.

»Scott«, bellte ich in das Telefon.

Es war die Frau, die für die Arrangements nach dem Dinner zuständig war. *Verdammter Mist.* Anna wölbte den Rücken und stöhnte leise. Ich verpasste dem Bettgestell einen leichten Tritt und ging hinüber ins Arbeitszimmer. Sie durfte das Gespräch auf keinen Fall mithören.

Es dauerte zehn Minuten, bis ich wieder bei Anna war.

»Findest du, wir sollten hier einen Fernseher reinstellen?«, fragte sie. Ihre Stimmung hatte sich eindeutig verändert.

»Wenn ich hier drin bin, will ich dich entweder vögeln oder schlafen. Ich will nicht, dass wir eins von diesen Paaren werden, die im Bett nur noch zusammen fernsehen. Ein Bett sollte nur zwei Funktionen haben. Ach, übrigens, wo waren wir gerade stehen geblieben? Hast du schon mal ohne mich weitergemacht?«

»Ohne dich funktioniere ich nicht. Ich sehne mich nach dir.«

»Du sehnst dich nach mir?«

»Seit heute Morgen, als du von deinem Lauf zurückkamst und so gut aussahst, dass es fast schon verboten war.« Sie schmollte, und das war supersüß. Bei dem Gedanken, dass sie seit dem Morgen schon scharf auf mich war, musste ich grinsen. »Wonach sehnst du dich? Was soll ich mit dir machen?«, fragte ich und schob mich auf ihren in Dessous gehüllten Körper. »Das hier?« Durch die Spitze hindurch massierte ich eine ihrer Brustwarzen. Sie nickte. »Ein bisschen knabbern? Du magst meine Zähne, stimmt's, meine Schöne? Den kurzen Rausch, den der Schmerz bringt?« Sie wand sich unter mir, löste meine Hand von ihrer Brust und schob sie nach unten. »Du willst, dass ich dich anfasse, meine Schöne?«

Erneut nickte sie.

»Sag es.«

»Ich bin so feucht, Ethan. Fühl nur.«

Meine Finger ertasteten den Saum ihres Slips, schlüpften hinein und schoben sich bis zu ihren Schamlippen. Sie war so feucht, wie sie gesagt hatte, sie wartete nur darauf, dass ich sie trocken leckte. Sanft öffnete ich ihre Schamlippen, benetzte meine Finger mit ihr. Sie wand sich unter mir, zog sich zurück und drängte sich wieder an mich, als wüsste sie nicht, ob sie es noch länger aushalten konnte.

Ich schob mich an ihrem Körper hinab und zog ihr den Slip über die Schenkel.

»Ich will dich in mir haben«, flüsterte sie.

Das konnte ich ihr nicht verwehren. Ich drang mit dem Daumen in sie ein und rieb ihre inneren Wände, die mich fest umfingen.

»Nein, Ethan, ich brauche deinen Schwanz in mir. Bitte, ich brauche es«, wimmerte sie.

Ihr Betteln war zu viel für mich, ich konnte mich nicht mehr zurückhalten, selbst wenn ich es gewollt hätte.

»Oh Baby, du kriegst meinen Schwanz auf jede Art, die du dir nur vorstellen kannst.«

Ich rutschte von der Matratze und streifte die Boxershorts ab. Dann stellte ich mich vor das Bett und zog sie zu mir an den Rand.

»Du willst es?« Ich rieb meine Erektion an ihren Schamlippen, benetzte mich mit ihrer Nässe.

»Ethan, bitte«, rief sie.

Ich brachte mich in Stellung. Sie bewegte die Hüften, versuchte, mich in sich hineinzuziehen, aber ich hielt ihre Taille so fest, dass sie sich nicht rühren konnte.

»Wenn ich erst mal anfange, höre ich nicht wieder auf. Niemals«, warnte ich sie.

»Nein, Ethan, hör niemals auf. Ich will, dass du mich fickst bis in alle Ewigkeit.«

Nun konnte ich nicht länger warten. Bis zum Anschlag tauchte ich in sie ein, und als sie keuchend die Luft ausstieß, sah ich eine Mischung aus Genuss und Verlangen in ihrem Gesicht. Ich zog mich rasch zurück, um dann erneut in sie einzudringen, ein ums andere Mal. Schnelle, grobe Stöße. Sie konnte nichts tun, außer dazuliegen und zuzusehen, wie ich immer wieder in sie hineinstieß.

»Oh Gott, ja!«, schrie sie.

Dass sie mir sagte, was sie mochte und wollte, erregte mich

unglaublich stark. Ich liebte ihren Appetit – auf Sex und auf mich. Es war ansteckend.

Sie klammerte sich an mich, der beginnende Orgasmus ließ ihren Körper beben. Auch bei mir würde es nicht mehr lange dauern, aber zuvor musste ich sie so weit bringen.

Ich umfasste ihre Brust mit einer Hand, und Anna wölbte sich mir entgegen. »Ethan, ich bin kurz davor, ich kann nicht mehr warten!«

Mein Blick wanderte von ihrem Gesicht zu der Stelle zwischen uns, dorthin, wo unsere Körper vereinigt waren. Als ich ihr erneut ins Gesicht blickte, beobachtete sie gerade, wie ich tief und heftig in sie eindrang.

»Oh Gott, Ethan, ich bin so erfüllt von dir.« Ihre Stimme brach, und ich wusste, dass es so weit war. Ihr Mund öffnete sich, ihr Blick bohrte sich in meinen, als der Orgasmus sie überwältigte. Ich sah sie an, solange ich konnte, bis mein eigener Höhepunkt mich übermannte, ich mich auf sie sinken ließ und das Gesicht an ihrem Hals vergrub.

Sekunden, Minuten, Stunden später wanderten ihre Finger an meinem Rückgrat entlang, und mein Geist kehrte zurück in die Wirklichkeit.

Anna

Irgendwie wusste er immer, was ich von ihm brauchte. Ich wollte ihn schnell und hart, und genau das hatte ich bekommen. Die letzten vierundzwanzig Stunden hatten mich verunsichert, aber der Sex erinnerte mich daran, wie gut wir zusammenpassten. Das Essen mit Andrew und Mandy, bei dem beschlossen worden war, dass ich aus London nach New York ziehen würde – worüber er meiner Meinung nach nicht glücklicher hätte sein können –, war wunderbar und lebensverändernd gewesen. Und dann dieser Tag, an dem ich festgestellt hatte, dass Ethan der Alphamann, der ins Telefon bellte und so leicht die Beherrschung verlor, die Schönheit in einem bescheidenen, aber wunderschönen Gemälde zu erkennen vermochte. Ich liebte ihn für all das, aber ich fühlte mich auch ein bisschen überwältigt. Je rückhaltloser ich mich auf Ethan einließ, desto besser wurde der Sex. Es war, als wäre er in meinen Körper gekrochen und sähe mich von innen. Es war ebenso erregend wie beängstigend. Ich hatte das Gefühl, mich ihm mit Leib und Seele hinzugeben.

»Du bist unglaublich, Ethan«, sagte ich, als ich mit dem Kopf auf seiner Brust lag und die Finger über seinen Bauch wandern ließ.

»Danke, gleichfalls.« Er umfasste mein Handgelenk. »Hör auf damit, sonst muss ich es dir gleich wieder besorgen.«

Ich befreite mich aus seinem Griff, löste den Kopf von seiner Brust und schob mich nach unten. Ich wollte ihn mit dem Mund befriedigen. Ich liebte es, zu spüren, wie er auf meiner Zunge hart wurde.

Auf Knien brachte ich mich zwischen seinen Beinen in Stellung, und er öffnete sie stöhnend, ehe ich ihn überhaupt berührt hatte. Ich umfasste seine Hüften und nahm ihn in den Mund, die gesamte Länge.

Als ich aufblickte, sah ich, dass Ethan sich auf die Ellbogen gestützt hatte und mich ansah. Sein Körper reagierte schnell, und sehr bald füllte er mich ganz aus. Ich stöhnte und suchte seinen Blick, denn ich wusste, dass er es liebte, wenn ich ihm dabei in die Augen sah.

»Nein, Anna.« Er zog sich aus mir zurück, und ehe ich mich versah, lag ich auf dem Rücken, und Ethans Finger berührten meine Klit.

»Ethan, ich will dich in meinem Mund haben.«

»Ich möchte lieber in dir sein. Ich weiß, dass du für mich bereit bist.« Seine Finger bewegten sich weiterhin auf meiner Klitoris, während er in mich eindrang. »Du wirst immer so wahnsinnig feucht, wenn du mir einen bläst.« Jetzt bewegte er sich im perfekten Rhythmus auf mir. »Weißt du eigentlich, wie scharf das ist? Ich muss nichts machen, damit du feucht wirst, stimmt's? Ich muss einfach nur daliegen, dich machen lassen, und schon bist du für mich bereit.«

»Oh Ethan, hör auf! Es ist zu viel!«, schrie ich. Der Anblick seiner Muskeln, die sich unter seiner Haut bewegten … und ich spürte genau, wie sehr er sich zurückhielt … wie er alles tat, um nicht auf der Stelle zu kommen. Es fühlte sich so gut an, so richtig.

»Ich werde niemals aufhören, meine Schöne, ich werde dich ficken bis ans Ende unserer Tage.«

Ich klammerte mich an ihn, zog ihn fester an mich, meinen Worten zum Trotz. Ich krallte mich in seine Schultern, grub ihm die Nägel in die Haut und war ihm noch immer nicht nahe genug. Das Gefühl meiner Nägel auf seiner Haut steigerte die Ekstase noch weiter, Lust und Schmerz vermischten und potenzierten sich. Ich spreizte die Beine noch weiter, drängte ihm die Hüften entgegen – Haut rieb an Haut, unsere Körper vereinigten sich.

»Ja, meine Schöne, das ist es, du bist so eng, so scharf«, knurrte er an meiner Wange, ehe er mir über die Lippen leckte und mein Stöhnen in sich aufnahm. Es war schmutzig und gierig. »Sieh mich an, ich will sehen, wie sich diese schönen Augen umwölken, wenn du kommst.«

Ich wusste, sobald ich die Augen öffnete, war ich verloren. Das Gefühl, ihn auf mir zu haben, wie er mich auf das Bett drückte … sein Geruch, diese Mischung aus Sex und

Schweiß ... Wenn ich ihn jetzt ansah, war es um mich geschehen. Aber ich konnte ihm nichts verweigern, und darum tat ich, was er von mir verlangte und öffnete langsam die Augen. Mein Körper spannte sich an, ich erbebte und grub ihm die Nägel noch tiefer in die Haut. Ich hatte jede Selbstbeherrschung verloren. »Ethan, Ethan, Ethan!«, schrie ich.

Auch er war kurz davor, brachte es aber fertig, sich zurückzuhalten und den Beginn meines Orgasmus mitzuerleben, so, wie er es liebte. Das Blut pulsierte unter seiner Haut, seine Hitze übertrug sich auf mich – er schwitzte und keuchte, und sein Kiefer spannte sich an, als er sich in mich ergoss.

»Oh Gott, meine Schöne!«, rief er und ließ den Kopf auf meinen Hals sinken.

Schließlich atmeten wir wieder langsamer und im gleichen Takt, aber Ethan machte keine Anstalten, sich zu bewegen. Und das sollte er auch nicht. Ich liebte es, wenn er so auf mir lag – schwer, verletzlich und mein, ganz und gar mein.

»Hast du was dagegen, wenn ich für immer hier oben bleibe?«, fragte er.

»Nein, absolut nicht«, flüsterte ich.

Er kuschelte sich an meinen Hals und leckte über die immer noch pulsierende Ader. »Du schmeckst so gut«, murmelte er. »Ich will dich jeden Tag schmecken, bis in alle Ewigkeit.«

»Bald«, sagte ich und drehte den Kopf, damit er meinen Hals leichter erreichen konnte.

Das nutzte er aus und begann, an mir zu knabbern. »Du gehörst mir.«

»Ja.«

»Für immer«, sagte er und biss mich sanft.

Irgendwann mussten wir eingeschlafen sein, denn ich wachte auf, weil mir zu warm geworden war. Ethans Arme hielten mich noch immer umschlungen. Ich versuchte, ihn ein wenig wegzuschieben, ohne ihn zu wecken, aber das funktionierte nicht. »Schon wieder, meine Schöne?«, murmelte er und zog mich näher an sich.

»Hey, ich muss ins Bad, lass mich los.« Seine Arme entspannten sich, und ich konnte mich aus seinem Griff befreien.

Es war schon nach acht, als ich an diesem Morgen auf die Uhr sah. Ich wollte den Tag nutzen, also fasste ich, sobald ich wieder im Bett war, zwischen uns und streichelte seinen leicht erigierten Schwanz vollends zurück ins Leben. Als Antwort murmelte Ethan mit geschlossenen Augen etwas Unverständliches. Normalerweise wachte er vor mir auf, deshalb war es neu für mich, ihn zu sehen, ehe er wach und bereit für die Welt war. Ich drehte ihn sanft auf den Rücken, setzte mich auf ihn, nahm ihn in die Hand und führte ihn in mich ein.

»Fuck, Baby«, murmelte er mit geschlossenen Augen, als ich mich langsam auf ihn hinabließ. Ich spürte, wie er in mir wuchs, und begann stöhnend, mich auf ihm zu bewegen. Wenn ich oben saß, drang er sehr tief in mich ein. Ich lehnte mich zurück und ließ die Hüften kreisen, so langsam ich konnte.

Plötzlich riss Ethan die Augen auf. »Oh verdammt!«

Ich lächelte ihn an. »Sie wollten um acht geweckt werden, Sir? Kann ich sonst noch etwas für Sie tun?« Ich stützte mich auf seinem Bauch ab und hob die Hüften ein wenig an.

Sofort packte er mich und zog mich wieder auf sich. »Sie wünschen, dass ich mich auf Ihren Schwanz setze, Sir? Sie wünschen, tief in mir zu sein?« Ich ließ zu, dass er tief in mich eindrang, die Führung übernahm und die Hüften hob und senkte, sodass ich mich überhaupt nicht mehr bewegen musste.

»Himmel, Anna, was machst du mit mir? *Fuck!*« Jetzt war er hellwach und reagierte heftig darauf, dass ich mich an ihm rieb. Mit geweiteten Augen ließ er den Blick über mein Gesicht und meinen Körper bis zu der Stelle wandern, an der wir vereint waren, und dann wieder zurück, wobei er ununterbrochen auf meine Reaktion auf das achtete, was er mit mir anstellte.

»Das ist es, Ethan, ja, genau so!«, schrie ich, als er immer schneller in mich hineinstieß. So sollte es für immer bleiben, bis in alle Ewigkeit wollte ich den Berg umkreisen, kurz unterhalb des Punkts, an dem die Lust explodierte. Ich ließ mich auf seine Brust sinken, und seine Hände umfassten meinen Hintern, hielten mich an Ort und Stelle, während er weiterhin in mich hineinpumpte und mich unaufhaltsam zum Orgasmus trieb.

Er zog meine Pobacken auseinander, kühle Luft traf auf mein Geschlecht. »Willst du mich hier spüren, Baby?«, flüsterte er in mein Haar, als seine Finger meine intimste Stelle streichelten.

»Oh ja, das will ich, bitte!« Der bloße Gedanke war so erotisch wie die Realität, und mein Körper gab mir unmissverständlich zu verstehen, dass meine Erlösung kurz bevorstand.

Er schob seinen harten Schwanz in mich hinein, dann hielt er inne. »Sieh mich an, Anna.«

Ich war mir nicht sicher, ob ich mich bewegen konnte, aber ich schaffte es, die Arme auszustrecken, sodass ich über ihm schwebte wie eine Galionsfigur. Seine Finger kreisten und liebkosten mich, und dann durchbrach einer von ihnen die Barriere aus Muskeln. Das Gefühl war beinahe beruhigend, aber gleichzeitig intensiv, und ich ließ langsam die Hüften kreisen, um ihn noch intensiver zu spüren.

»Gefällt dir das?«, fragte er.

»Mir gefällt alles, was du mit mir machst«, antwortete ich. Ich hörte auf, mich zu bewegen, und ein weiterer Finger folgte dem ersten und schob sich langsam in mich hinein.

»Und das?«

»Noch tiefer, Ethan.«

Knurrend drängte er die Hüften fester an mich, drang tiefer in mich ein. Dann hielt er erneut inne und schob die Finger tiefer in mich hinein. Ich war vollständig von ihm ausgefüllt.

Das Gefühl war so stark, dass ich den Kopf zurückwarf und ihm die Hände auf die Brust legte, mich fester an ihn drückte, um ihn tiefer in mir zu spüren.

»*Fuck*, Ethan, ich komme!«

»Sieh mich an, Anna.«

Es war so intensiv, dass wir beide uns nicht mehr rührten, wie erstarrt durch die Kraft unserer Gefühle. Unsere Blicke trafen sich in dem Moment, in dem mich eine Welle intensiver Lust überspülte, einfach nur, weil er in mir war.

»Himmel, ich werde unglaublich heftig kommen«, knurrte er. Langsam zog er die Finger aus mir zurück und drehte mich auf den Rücken, ohne unsere Verbindung zu unterbrechen. Dann begann er, in mich hineinzustoßen, immer wieder, um endlich selbst Erfüllung zu finden.

»Du. Tust. Mir. So. Gut«, brachte er mit heiserer Stimme heraus, während er sich mit ein paar letzten Stößen in mich ergoss. Genau das musste ich hören, nachdem er mir Gefühle verschafft hatte, die mir kein anderer Mann je verschafft hatte oder noch jemals verschaffen würde.

35. KAPITEL

Ethan

»Also, was macht ihr New Yorker denn tagsüber so an Silvester? Kürbisschnitzen?«, fragte Anna, als ich ins Schlafzimmer zurückkam. Ich hatte noch in letzter Minute einige Vorkehrungen für den Abend getroffen.

»Nein, Silvester schnitzen wir genauso wenig Kürbisse wie an Thanksgiving.«

»Oh, und was macht ihr dann?«

Ich überlegte. Gab es da Traditionen, die ich vergessen hatte? »Gar nichts. Wir könnten noch mal dieses Touristending machen. Oder im Village spazieren gehen.«

»Was, nicht einmal heute Abend wird gefeiert?«

»Für heute Abend habe ich einen Tisch in einem Restaurant für uns reserviert. Wenn sie nicht gerade eine Party feiern, sehen sich die Leute den Jahreswechsel normalerweise auf dem Times Square im Fernsehen an.«

»Gehen wir da auch hin?«

»Klar, warum nicht? Wenn es dir nichts ausmacht, ab fünfzehn Uhr bei eisigen Temperaturen draußen zu stehen, um dir einen Platz zu sichern?«

»Das klingt nicht sehr lustig.«

»Finde ich auch. Wir werden einen schönen Abend miteinander verbringen.«

»Ich weiß, so ist es immer, wenn wir zusammen sind.«

Kurz bevor mein Herz explodierte, klingelte es an der Tür. Glücklicherweise war Anna noch nicht ganz fertig, deshalb konnte ich den Kurier von Harry Winston abfangen, ohne Misstrauen zu erregen. Ich brachte den gepolsterten Umschlag ins Arbeitszimmer und schloss so leise wie möglich die Tür. Ich wollte mir den Ring gern ansehen, konnte aber auf keinen Fall riskieren, dass sie hereingeplatzt kam.

Ich war mir ziemlich sicher, dass er ihr gefallen würde, aber sie hatten gesagt, dass wir uns etwas anderes aussuchen könnten, falls es doch nicht das Richtige war. Dieser Ring war schlichter als diejenigen, die die Frau hinter dem Tresen mir anfangs gezeigt hatte – nur ein einfacher Ring mit einem einzigen, viereckigen Diamanten. Ich glaubte nicht, dass Anna etwas Glamouröseres gefallen würde. Sie war nicht protzig. Ja – dieser Ring würde zu ihr passen.

Mein Magen begann sich zu verkrampfen. Das hier durfte ich auf keinen Fall vermasseln. Es sollte perfekt sein. Ich wollte, dass sie mit meinem Ring am Finger nach London zurückkehrte.

»Du hast recht, es ist wirklich eiskalt. Wie konnte das passieren?«, fragte Anna, als wir uns im Central Park in eine Pferdekutsche setzten.

»Wenn der Gaul anfängt, in diese Tüte an seinem Hintern zu äpfeln, steigen wir aus und gehen zu Fuß nach Hause«, sagte ich.

Anna lachte mich aus. »Konzentrier dich einfach darauf, wie verdammt kalt es ist, das wird dich von dem Mistbeutel vor dir ablenken.«

»Sind wir danach mit dem touristischen Teil fertig?«

»Ja, nach diesem Erlebnis habe ich keine Lust mehr auf weitere Erfahrungen. Ich habe es mir romantischer vorgestellt, als es tatsächlich ist. Die Kälte und die Pferdeäpfel haben dem Ganzen den Glanz genommen.«

»Wir können später noch auf Romantik machen«, antwortete ich.

»Du bist wirklich der romantischste Mann aller Zeiten.«

»Dein Sarkasmus ist auch nicht immer der Knaller, weißt du.«

»Das war jetzt gar nicht sarkastisch«, sagte sie und rutschte näher an mich heran. »Ich meine es ernst. Romantisch ist für mich jemand, der keinen Bullshit erzählt, keine Spielchen spielt und mich gut behandelt. Jemand, der mich liebt und das nicht nur behauptet, sondern es mir mit allem zeigt, was er tut. Und all das trifft auf dich zu, Ethan. Etwas anderes will und brauche ich nicht von dir.«

Ich küsste sie auf die Stirn. »Bedeutet das, dass wir jetzt aus dieser Kutsche steigen können?«

Sie lachte. »Ja, wir können aussteigen. Vorausgesetzt, dass wir uns die Brücke noch ansehen.«

»Geht klar.«

Glücklicherweise waren wir nur wenige Gehminuten von der Bow Bridge entfernt. Wir liefen bis zu ihrem höchsten Punkt, beugten uns nebeneinander über das Geländer und blickten auf das Wasser. Die Oberfläche des Sees war ruhig, und es war windstill, so als hätte der Rest der Welt eine Pause eingelegt, während wir gemeinsam diesen Moment genossen.

Anna drehte sich um, schlang mir die Arme um die Taille und blickte zu mir auf. »Das hier ist perfekt. Ich glaube, es wird mir hier gefallen.«

»Und ich glaube, *du* wirst mir hier gefallen.«

Vielleicht sollte ich nicht länger warten, vielleicht sollte ich sie jetzt fragen, genau in diesem Augenblick.

»Wir sollten häufiger hierherkommen«, sagte sie, und der Augenblick war vorbei. »Wir könnten ein Ritual für sonntags daraus machen. Wenn ich zu alt zum Laufen bin, kannst du mich im Rollstuhl hierherschieben, damit ich auf den See schauen kann.«

Es war ein Blick auf ihre Vorstellung von unserer gemeinsamen Zukunft, etwas, das sie mir nur selten gewährte.

»Geht klar. Ich mag die Vorstellung, eigene Rituale zu haben. Komm, die Sonne geht gleich unter, und dann wird es richtig kalt.«

Sie nickte. »Okay, ab nach Hause.«

Wir fanden ein Taxi und fuhren zurück zur Wohnung.

»Du hast mir noch nicht gesagt, was wir heute Abend tatsächlich vorhaben. Für welche Uhrzeit hast du reserviert?«, fragte sie, als wir wieder in der Wohnung waren.

»Es reicht, wenn wir gegen acht aufbrechen.« Ich hatte beschlossen, sie kurz vor Mitternacht zu fragen. An diesem Abend würde es mehrere geeignete Momente dafür geben, aber ich hatte kein Flugzeug mit einem Banner und der entscheidenden Frage darauf gebucht, und sie würde auch keinen Ring auf dem Boden ihres Champagnerglases finden. Für uns wünschte ich es mir intimer. Es sollte nur um uns zwei gehen.

Anna hielt inne, blickte mich an und sagte ruhig: »Ich würde heute Abend gerne New York sehen, und dann möchte ich hierher zurückkommen und alle Kissen, Decken und Oberbetten auf dem Boden stapeln. Dann löschen wir das Licht, liegen auf unserem Bettenberg, betrachten den Fluss und lauschen auf die Stadt. Nackt.«

»Ja, das ist eine gute Idee.«

»Wirklich? Durchkreuze ich damit nicht deine Pläne? Wir gehen auf keine schicke, große Party? Dagegen hätte ich auch nichts einzuwenden.«

»Natürlich nicht. Heute Abend geht es nur um uns beide.«

Anna

Ich war erleichtert, dass wir nicht auf irgendeine mondäne Benefiz-Veranstaltung gehen würden. Ich hatte zwar sicherheitshalber ein langes Abendkleid mitgebracht, aber da es nur ein Dinner war, kleidete ich mich etwas weniger feierlich. Ich schlüpfte in einen engen, seidenen Bleistiftrock und eine Seidenbluse mit durchsichtigen Ärmeln. Auch mit meinem Haar hatte ich etwas Besonderes angestellt, indem ich mir erst Locken gemacht und sie dann locker hochgesteckt hatte. Als ich fertig war, legte ich ein paar Make-up-Utensilien in meine Clutch und machte mich auf die Suche nach Ethan. Beinahe wäre ich mit ihm zusammengestoßen, als er aus seinem Büro kam.

»Hey, ich bin fertig.«

»Du siehst fantastisch aus«, sagte er und legte mir eine Hand auf den Po.

»Du bist auch nicht übel.« Was ich tatsächlich meinte, war, dass er atemberaubend aussah. Er trug einen Anzug, aber keine Krawatte. Es schien, als würde er mit der Zeit immer besser aussehen, wenn das überhaupt möglich war. »Ich mag es, wenn du dein Haar etwas länger trägst«, sagte ich und fuhr ihm mit den Fingern über den Kragen. Er beugte sich vor und gab mir einen Kuss in den Nacken.

»Du wirst deinen Mantel brauchen. Und Handschuhe und einen Schal.«

»Danke, Daddy.«

»Anna«, knurrte er.

Ethan hatte für den Abend einen Wagen gemietet, und wir fuhren zu einem Restaurant in Uptown Manhattan.

Zu meiner Überraschung hielten wir vor dem Time Warner Building. Offenbar würden wir ins Mandarin Oriental gehen.

Ich blickte zu Ethan. Er lächelte mich an und nahm meine Hand, als wir das Gebäude betraten. Aber wir gingen nicht in das Hotel. Stattdessen landeten wir in der vierten Etage in einem Restaurant namens *Per Se*.

»Ich dachte, die Aussicht hier könnte dir gefallen. Es ist etwas niedriger als die Suite, aber immer noch sehr schön, und ich weiß, wie sehr du den Blick auf die Stadt liebst.«

»Ethan, es ist wunderschön und sehr aufmerksam von dir und … dankeschön!«

Man platzierte uns schräg vor einem Fenster mit atemberaubendem Ausblick auf den Columbus Circle und den Central Park.

»Bist du schon mal hier gewesen?«

Er schüttelte den Kopf. »Nein, aber ich hatte es schon lange vor. Bis jetzt hatte sich nur keine Gelegenheit ergeben. Und heute Abend schien der perfekte Zeitpunkt zu sein, um es mit dir zu genießen.«

»Du hast recht. Es ist einfach perfekt.«

Ich hatte Schmetterlinge im Bauch. An diesem Abend fühlte ich mich großartig. Ethan hatte sich jedenfalls eine Menge Gedanken gemacht, als er diesen Ort ausgesucht hatte.

»Wollen wir ein Glas Champagner trinken?«, fragte er.

Ich nickte ein wenig zu enthusiastisch. »Eine Flasche vielleicht?«, fragte der Kellner.

»Alles okay mit dir?«, fragte Ethan, als wir wieder allein waren.

»Ja, natürlich. Nur etwas überwältigt, wieder hier zu sein?«
Er nickte. »Ja, dort, wo alles begann. Eigentlich sollte es nur
für eine Nacht sein, und jetzt ziehst du hierher.«

»Sind wir eigentlich verrückt?«, fragte ich ihn. »Ja, vielleicht
ist es ein bisschen verrückt«, sprach ich meine Gedanken aus,
und das Herz begann mir in der Brust zu hämmern.

»Was meinst du mit *verrückt?*«

»Ich meine damit, dass ich nach New York ziehe und wir
zusammenleben werden. Ich hatte einen Job, ich habe Freunde
und Familie in London, und jetzt fange ich in New York ganz
von vorne an. Ich meine, das klingt schon ein bisschen verrückt,
findest du nicht?«

»Machst du dir Sorgen? Glaubst du, dass du es vielleicht
doch nicht willst?«

Ich holte tief Luft und dachte über seine Frage nach. Beunruhigte mich etwas? Ich schüttelte den Kopf. »Nein, ich mache mir keine Sorgen. Tief in meinem Herzen weiß ich, dass
es richtig ist, aber ich glaube, wenn ich meine Entscheidung
betrachten würde, ohne zu wissen, was ich für dich empfinde,
dann würde ich mich für leicht durchgeknallt halten. Ergibt
das irgendeinen Sinn?«

Alles, woran ich denken konnte, war, dass alles so schnell
ging. Dass ich jetzt wieder in New York war, führte mir das
deutlich vor Augen. Ich musste mich beruhigen. Wenn die Sache scheiterte, konnte ich schließlich alles wieder rückgängig
machen, oder etwa nicht? Wenn ich mir sicher war, dass ich
auch mit dem Worst-Case-Szenario zurechtkommen würde – dass Ethan und ich uns nämlich trennten, kaum dass ich
nach New York gezogen war –, würde ich mich sicherlich besser fühlen.

Ethan schwieg und blickte mich nur an. Ich konnte nicht erkennen, was er dachte.

»Außerdem habe ich einen Job. Und wir werden ja wohl nicht heiraten oder so, Gott bewahre.«

»Gott bewahre?«

»Ja … ich meine, alles wird gut. Ich freue mich darauf.«

Ethan schwieg erneut. Ich griff nach seiner Hand und drückte sie, während er aus dem Fenster blickte.

»Es tut mir leid, ich habe nur laut gedacht. Das sollte ich wohl lieber lassen. Ich bin nur überwältigt davon, wieder hier zu sein und an unsere Anfänge zurückzudenken. Offenbar habe ich meinen Filter vergessen.«

»Ich will gar nicht, dass du irgendetwas ausfilterst. Ich will, dass du mir alles sagst, und ich bin froh, dass du es getan hast«, meinte er. Aber etwas in seiner Stimme verriet mir, dass er von dem, was ich gesagt hatte, enttäuscht war, so sehr er sich auch wünschte, alles zu hören, was mir durch den Kopf ging.

»Das heißt nicht, dass ich irgendwelche Zweifel hätte. Nicht, was dich oder uns betrifft, Ethan.«

Er drückte mir die Hand und küsste mich auf die Art, die mich dahinschmelzen ließ, auf den Mundwinkel. »Gott bewahre«, sagte er.

Als wir beim fünften Gang waren, hörte ich auf zu zählen.

»So was wie das hier habe ich noch nie gegessen«, sagte ich. »Ich glaube, die haben einen Zauberer in der Küche.«

»Einen Zauberer?« Ethan zog eine Augenbraue hoch.

»Ja. Kein menschliches Wesen kann solche Dinge zum Essen erschaffen. Ist es so, wie du es dir vorgestellt hast?«

»Irgendwie schon. Und irgendwie noch besser, weil ich es mit dir zusammen erlebe, denke ich.«

»Wow, heute Abend sagst du lauter tolle Sachen.«

Er lachte leise. »Ich glaube, ich habe heute Abend sogar eine oder zwei Sachen ausgelassen.«

»Wirklich?«

»Also, auf dem Weg nach Hause legen wir noch einen Zwischenstopp ein und begrüßen das neue Jahr, und dann errichten wir zu Hause einen Mount Everest aus Federn im Wohnzimmer und legen uns nackt darauf. Klingt das gut?«, fragte er.

»Klar. Wo werden wir das neue Jahr einläuten?«

»Wart's ab.«

Ich lächelte ihn an. »Ich kann kaum glauben, dass ich morgen schon zurückfliege.«

»Die Zeit ist schnell vergangen, aber bald bist du ja wieder hier. Versprichst du mir, dass du mit ihnen über die Kündigungsfrist sprichst?«

»Versprochen.«

»Wenn sie die nicht auf einen Monat verkürzen, mische ich mich ein.«

»Ethan, du wirst gar nichts machen. Das erledige ich. Du hast andere Dinge zu tun – zum Beispiel Platz im Schrank zu schaffen.«

»Wenn du magst, können wir ein paar Sachen für die Wohnung einkaufen, sobald du wieder hier bist?«

»Warum? Was brauchst du denn?«

»Na ja, falls du neu möblieren oder irgendetwas verändern willst.«

»Ich liebe deine Wohnung, so wie sie ist. Warum sollte ich neue Sachen dafür kaufen wollen?«

»Ich will, dass es *unsere* Wohnung ist.«

Erneut lächelte ich ihn an. »Na gut. Möglicherweise brauchen wir nach heute Nacht ein paar neue Kissen.«

»So, Miss Anna. Noch eine weitere schöne Aussicht, bevor es nach Hause geht.«

Ich folgte seinem Blick gen Himmel, als ich den Gehweg betreten und erkannt hatte, dass das Auto vor dem Empire State Building stand. »Ich weiß, dass du schon mit Leah hier warst, aber nachts ist es noch mal ganz anders als tagsüber.«

»Guten Abend, Mr Scott«, sagte der Portier, und wir betraten die Lobby. Ich blickte ihn an. Der Portier kannte Ethans Namen? In der Lobby war es ruhig, nur ein paar Angestellte standen herum und ließen uns nicht aus den Augen.

Wir steuerten auf den Aufzug zu, dessen Türen für uns aufgehalten wurden. Ich sah Ethan an, aber er blickte stur geradeaus und hielt meine Hand umklammert.

»Du hast einflussreiche Freunde«, sagte ich, als sich die Aufzugtüren schlossen.

Er grinste und blickte auf mich herab, sagte aber kein Wort. Wir fuhren direkt zur Hauptplattform im sechsundachtzigsten Stock. Die Aufzugtüren öffneten sich, und zum Klang von Tony Bennett, der *Manhattan* sang, betraten wir den inneren Aussichtsbereich. Ich schaute mich um und sah außer uns keine einzige Menschenseele. Hatten wir die Plattform für uns allein? War sie für die Öffentlichkeit geschlossen?

Für uns war sie jedenfalls geöffnet, das war offensichtlich. Neben der Tür stand ein kleiner Tisch, darauf ein Eiskübel mit einer Flasche Champagner und zwei Gläser.

»Ich kann nicht glauben, dass du das arrangiert hast, Ethan.« Er unterdrückte ein Lächeln und öffnete geschickt die Champagnerflasche.

»Ich möchte, dass du an deinem ersten Silvester in New York eine umfassende Vorstellung von der Stadt bekommst. Von hier oben siehst du deine Zukunft.«

»Unsere Zukunft«, sagte ich, überwältigt und atemlos. »Du

bist unglaublich, und ich habe unglaubliches Glück«, brachte ich mühsam heraus.

»Das siehst du falsch. Der Glückliche bin ich«, erklärte er, als er mir ein Glas Champagner reichte und mich sanft auf die Lippen küsste.

Dann nahm er mich bei der Hand, und wir traten auf die Plattform hinaus.

36. Kapitel

Ethan

Ich öffnete die Tür, und ein Schwall kalter Luft schlug uns ins Gesicht.

Das war's dann wohl. Es war kurz vor Mitternacht, und das Ringdöschen in meiner Tasche schien zu brennen. Es würde bleiben müssen, wo es war. *Gott bewahre*, dass ich sie bitten würde, mich zu heiraten. *Gott bewahre.*

»Ist es zu kalt?«, fragte ich, als wir langsam am Rand der Aussichtsplattform entlangspazierten und ab und zu stehen blieben.

»Ich habe ja dich, um mich warm zu halten. Und es ist viel zu schön, um nicht hier draußen zu sein. Es ist unglaublich. Wie hast du es geschafft, das hier nur für uns zu reservieren?«

Es war weder einfach noch billig gewesen, aber ich hatte es für einen unwiederbringlichen Moment meines Lebens getan.

»Ich wollte, dass dieser Abend etwas Besonderes wird, das habe ich dir doch gesagt.«

Zu ihrer vorhergegangenen Offenbarung hatte ich sie nicht weiter befragt. Hatte sie damit sagen wollen, dass sie überhaupt nicht heiraten wollte? Oder nur mich nicht? Wollte sie mich auf den Arm nehmen? Ich wusste, dass sie mich liebte. Ich fühlte es, aber solche Worte hatte ich nicht erwartet. Ich wollte sie heiraten. Ich wollte, dass sie meinen Ring trägt, und ich wollte der ganzen Welt erzählen, dass sie mir gehört. *Fuck.*

Ich spürte, dass sie mich musterte, und ohne ihr in die Augen zu sehen, beugte ich mich vor und küsste sie auf den Mundwinkel.

»Küss mich anständig, Ethan«, flüsterte sie, schob mir die Hände ins Haar und zog mich an sich. »Ich fühle mich, als hätte ich dich irgendwie verloren.« Sie fuhr mir mit der Zunge über die Lippen, und ich schloss die Augen und atmete sie ein. Sie hatte recht. Ich musste sie fühlen, musste sie schmecken. Ich öffnete den Mund, und ihre Zunge spielte mit meiner. Sie fühlte sich so gut an. Sie fühlte sich *immer* so gut an.

»Du wirst mich niemals verlieren, Anna. Du hast mich, solange du mich willst«, sagte ich und unterbrach den Kuss.

»So lange, bis du mich im Rollstuhl über die Bow Bridge schieben musst?«

»Noch länger.«

»So lange, bis du dich für mich an Dinge erinnern musst, weil ich es nicht mehr kann?«

»Das mache ich doch jetzt schon.«

»Ja, das ist wahr«, sagte sie gedankenvoll. »Okay, so lange, bis ich mir nicht mehr den BH ausziehen kann, ohne dass meine *boobies* den Boden berühren?« Meine Mundwinkel begannen zu zucken. »Und wage es nicht, zu sagen, dass das jetzt schon passiert.«

»Noch länger.«

»So lange, bis wir unsere Enkel ins College verabschieden?«

»Länger.« Mein Brustkorb zog sich zusammen, aber ich schaffte es, dieses Wort herauszubringen. Kinder waren also okay, Enkel waren okay, aber Heiraten nicht?

Unser Frage-und-Antwort-Spiel wurde durch Hupen, jubelnde Menschen und in der Ferne explodierende Feuerwerkskörper unterbrochen.

Sie packte mein Handgelenk, um auf meine Uhr und dann

in mein Gesicht zu blicken. »Frohes neues Jahr, Ethan«, sagte sie und lächelte mich an.

Ich umfasste sie in der Taille und zog sie an mich. »Frohes neues Jahr, Anna.«

Als unsere Finger und Zehen blau vor Kälte waren, fuhren wir nach Hause. Anna schien von unserem Ausflug begeistert zu sein, und obwohl ich mich freute, weil ich sie glücklich gemacht hatte, wünschte ich mir dennoch, dass der Abend anders verlaufen wäre.

»Geht es dir gut?«, fragte sie, als wir Kissen und Decken aus dem Schlafzimmer holten und auf dem Boden vor dem Fenster mit Aussicht auf den Hudson stapelten.

»Mir geht es immer gut, wenn ich mit dir zusammen bin.«

»Okay, wenn du dir sicher bist.«

Ich war mir alles andere als sicher. Irgendetwas Hartes lag mir im Magen. »Natürlich. Es ist nur, dass ich dich bald wieder vermissen werde, das ist alles.«

»Sobald ich das Büro betrete, spreche ich mit den Gesellschaftern. Ich bin zurück, ehe du überhaupt merkst, dass ich weg war. Und dann wirst du mich nie wieder los.«

»Ich kann es kaum erwarten«, sagte ich, küsste sie auf den Scheitel und versuchte, ihr die Sicherheit zu geben, die ich eigentlich selbst brauchte.

Mein Handy vibrierte auf dem Tisch. Andrew und Mandy riefen an.

Anna blickte mich an. »Gehst du nicht ran?«

Ich schüttelte den Kopf. »Nein, diese Nacht gehört nur uns beiden.« Mandy würde sterben vor Neugier, wie die Sache mit dem Antrag gelaufen war. Was sollte ich ihr sagen?

»Können wir die ganze Nacht über in dieser Höhle der Nacktheit wach bleiben?«

»Wenn du darauf bestehst, nackt in unserem Nest zu liegen, wirst du über kurz oder lang um Schlaf betteln.«

»Wetten, dass nicht?«, sagte sie herausfordernd und begann, ihre Bluse aufzuknöpfen.

»Die Wette gilt.«

Hätte ich noch länger gebraucht, hätte Mandy wahrscheinlich die Polizei angerufen, aber der Verkehr auf dem Rückweg vom Flughafen war einfach grausam.

»Hey«, sagte sie, als sie die Tür öffnete und mir einen Whiskey reichte. »Ich dachte mir, den kannst du jetzt gut gebrauchen.«

»Danke«, sagte ich, legte den Kopf in den Nacken und leerte das Glas mit zwei Schlucken. »Kann ich reinkommen?«

»Himmel, natürlich. Komm rein, hereinspaziert.«

Ich folgte Mandy in die Küche, wo sie mir das Glas abnahm und nachschenkte.

»Hey, Kumpel«, sagte Andrew, als er mich sah. Ich rang mir ein Lächeln ab, ließ mich auf einen Hocker an der Frühstückstheke fallen und fuhr mir mit den Händen durchs Haar. »Ich weiß nicht recht, wie ich mich fühlen soll«, sagte ich.

»Erzähl uns, was passiert ist. Hat sie Nein gesagt?«, fragte Mandy.

In den vorangegangenen vierundzwanzig Stunden hatte ich ungefähr dreihundert unbeantwortete Anrufe von Mandy auf mein Handy bekommen. Auf dem Weg zum Flughafen hatte ich ihr getextet, dass wir zwar wie geplant auf dem Weg zum Flughafen waren, dass aber ansonsten nicht alles nach Plan gelaufen war. Mandy hatte nur geantwortet, dass ich auf dem Rückweg bei ihnen vorbeikommen solle. Zuerst wollte ich zurückschreiben, dass ich direkt nach Hause fahren würde, aber dann wurde mir klar, dass ich etwas Gesellschaft durchaus gebrauchen konnte. Jemand musste mir helfen, zu verstehen, was geschehen war und was das alles bedeutete.

»Ich habe sie nicht gefragt.«

»Ethan!«, rief Mandy. »Sie ist perfekt für dich. Du kannst es dir doch nicht ernsthaft anders überlegt haben.«

»Mandy, Schatz, hör einfach zu, was er sagt«, sagte Andrew.

»Bevor ich überhaupt Gelegenheit dazu bekam, sagte sie, sie wolle nicht heiraten. Was hätte ich also sagen sollen? ›Ich weiß, dass du nicht heiraten willst, aber ich würde es wirklich gerne tun, und den Ring habe ich auch schon, also könntest du es dir vielleicht bitte anders überlegen?‹«

»Sie hat gesagt, dass sie dich nicht heiraten will? Bist du sicher?«, fragte Mandy mit verwirrtem Gesichtsausdruck.

Ich zuckte mit den Achseln und trank noch einen Schluck Whiskey.

»Was genau hat sie denn gesagt?«

»Ich kann mich nicht richtig erinnern, alles ist so verschwommen – wir sprachen darüber, dass sie nach New York zieht, und ich merkte, dass sie ein bisschen besorgt deswegen war. Sie redete wirklich schnell, und ihr ohnehin kaum existenter Filter war völlig verschwunden. Sie fragte sich, ob ihr Umzug das Richtige sei, und dann beantwortete sie ihre Frage selbst und sagte, dass sie ja wenigstens einen Job habe und wir ja schließlich nicht heiraten würden. Und dann meinte sie – an diesen Teil erinnere ich mich sehr deutlich –: ›Gott bewahre.‹ Ja, sie sagte: ›Und wir werden ja nicht heiraten oder so, Gott bewahre.‹ Und dann hat sie das Thema gewechselt.«

Ich blickte von meinem Glas auf und Mandy schaute mir

grimmig ins Gesicht. »Habt ihr zwei jemals zuvor übers Heiraten gesprochen? Über Kinder, Hunde? Hast du jemals irgendetwas in der Art von ihr gehört?«

Ich holte tief Luft und atmete langsam aus, während ich über ihre Frage nachdachte. »Nein. Es ging immer nur um uns im Hier und Jetzt. Sie wollte nicht über eine Zukunft in London sprechen. Und dann beschlossen wir, die Sache mit der Fernbeziehung auszuprobieren, aber plötzlich findet die Zukunft hier statt, und ich habe keine Ahnung, was los ist, verdammt. Ich glaube, ich habe einfach vorausgesetzt, dass sie zum Heiraten bereit ist, wenn sie schon einwilligt, wegen mir nach New York zu ziehen.«

»Mehr Whiskey«, sagte Andrew zu Mandy, und sie beeilte sich, mein Glas wieder aufzufüllen.

»Das klingt nicht so, als würde sie dich nicht heiraten wollen«, sagte Mandy.

»Sie hat gesagt: ›Gott bewahre‹, Mandy. Wenn ich der englischen Sprache noch mächtig bin, ist das nicht gerade die exakte Übersetzung von ›Ethan, ich sehne mich danach, deine Frau zu werden und deine Kinder zu bekommen‹.«

»Was ich sagen wollte, war: Ich glaube nicht, dass sie es persönlich gemeint hat.«

Der Whiskey hatte die beabsichtigte Wirkung, und mein Verstand brauchte einige Sekunden länger, um ihre Worte zu verarbeiten. »Ich bin mir nicht sicher, ob das wichtig ist«, sagte ich schließlich.

»Vielleicht glaubt sie ja einfach nicht an die Ehe?«, meinte Andrew.

»Das ist doch Unsinn«, erwiderte ich und kippte mein drittes, großzügig gefülltes Glas Whiskey.

Anna

Während des Flugs hatte ich nicht viel Schlaf bekommen, aber ich schaffte es noch nach Hause, um zu duschen und mich umzuziehen, ehe ich ins Büro ging. Ich textete Ethan, dass ich sicher gelandet war, denn ich wollte ihn nicht wecken. Wenn ich das nächste Mal mit ihm sprach, wollte ich in der Lage sein, ihm mitzuteilen, dass ich ein Gespräch über meinen Ausstiegstermin gehabt habe, was bedeutete, dass ich bis ungefähr elf Uhr Zeit hatte, um mit den Gesellschaftern zu sprechen.

Ich hatte mich gerade an meinen Schreibtisch gesetzt, da klingelte das Telefon. »Frohes neues Jahr«, sagte ich zu Leah.

»Dir auch ein Frohes neues. Wie war's in New York? Wart ihr auf einer Party?«

»Nein, Gott sei Dank nicht.« Und ich begann, über den perfektesten Abend aller Zeiten zu berichten.

»Er hat die oberste Etage des Empire State Buildings für euch beide gemietet?«, fragte Leah.

»Ja, es war unglaublich. Kalt, aber unglaublich. Die Lichter der Stadt waren spektakulär, und man konnte das Gehupe und den ganzen Jubel hören. Es war etwas ganz Besonderes.«

»Wow, das ist ja fantastisch. Hört sich an wie aus einem Film, wenn der Kerl einen Heiratsantrag macht.«

Mein Magen verkrampfte sich. »Er hat mir keinen Antrag gemacht, Leah, rede keinen Unsinn.«

»Nein, ich meine es ernst. Er hat dir keinen Antrag gemacht? Aber das klingt nach der perfekten Kulisse.«

Im Geist ging ich die verschiedenen Ereignisse des Abends durch. Es war der perfekte Abend gewesen, sehr romantisch, aber übers Heiraten hatten wir nicht gesprochen.

»Auf gar keinen Fall, und an einer Ehe bin ich nicht interessiert. Ethan weiß das.«

»Du hättest Nein gesagt? Jetzt redest du aber Unsinn.«

»Leah, ich habe keine Zeit, über so etwas zu diskutieren. Er hat nicht gefragt, Punkt. Ich muss mit Paul über meine Kündigungsfrist reden, wir sprechen uns später.«

Leah und ich hatten uns zum Abendessen verabredet. Ich legte auf und machte mich auf den Weg zu Pauls Büro.

Hätte ich Nein gesagt? Hätte ich Ethan etwas abschlagen können, das ich ihm geben konnte?

Darüber würde ich später nachdenken. Jetzt musste ich versuchen, Paul davon zu überzeugen, dass er sich mit einem Monat Kündigungsfrist begnügen konnte.

»Frohes neues Jahr, Anna«, sagte er, als ich meinen Kopf zu seiner Bürotür hereinstreckte.

»Frohes neues Jahr, Paul. Haben Sie fünf Minuten?«

»Ja, wenn Sie mir sagen, dass Sie sich die Sache mit Ihrer Kündigung über die Feiertage anders überlegt haben.«

Sein Gesichtsausdruck verriet mir, dass er daran im Grunde selbst nicht glaubte.

»Ja, genau darum geht es. Ich habe es mir nicht anders überlegt. Und ich habe sogar schon einen neuen Job in Aussicht. In New York. Vor dem Umzug habe ich viel zu organisieren. Ich muss hier vieles regeln und in Ordnung bringen, und das Jahr fängt gerade erst an, und ich habe im Moment nicht allzu viel Arbeit, deshalb habe ich mich gefragt, ob Sie vielleicht darüber nachdenken könnten, ob ich nicht schon ...«

»Anna, halten Sie die Luft an! Normalerweise sind Sie sehr viel eloquenter.« Paul lächelte mich an. »Sie möchten, dass wir die dreimonatige Kündigungsfrist verkürzen?«

Ich nickte.

»Werden Sie in New York in einer Anwaltskanzlei arbeiten?«

»Nein, als Justiziarin bei Palmerston Hotels wahrscheinlich. Noch ist nichts entschieden.«

Paul nickte. »Klingt interessant, Anna. Nun, die Firma ist keine Konkurrentin, und in Sachen Arbeit ist es momentan ruhig. Trotzdem erwarten wir ein arbeitsreiches Quartal. Lassen Sie mich darüber nachdenken. Ich rede mit einigen der anderen Gesellschafter und melde mich dann bei Ihnen.«

»Vielen Dank, Paul. Wenn Sie etwas für mich erreichen könnten, wüsste ich das sehr zu schätzen.«

Ich hüpfte geradezu aus dem Büro und den Korridor entlang. Das Gespräch ließ mich hoffen. Es wäre großartig, Genaueres zu wissen, wenn ich das nächste Mal mit Ethan sprach.

Normalerweise brachten sich die Kollegen in der ersten Januarwoche gegenseitig auf den neuesten Stand und vermieden es so lange wie möglich, zu arbeiten. Ich hingegen begann Listen der Dinge zu erstellen, die ich noch erledigen musste, bevor ich die Firma verließ. Wenn sie mir gestatteten, vor Ablauf der Kündigungsfrist zu gehen, wollte ich in der Lage sein, so schnell wie möglich zu verschwinden. Meine Sekretärin würde mich hassen, denn sie würde bis zur Mittagszeit alle Hände voll damit zu tun haben, Akten abzulegen.

Mittags hatte ich noch immer nichts von Ethan gehört, also schickte ich ihm eine weiter Nachricht.

Ich: Habe mit Paul gesprochen. Er denkt darüber nach. Bin hoffnungsvoll. Ich liebe dich.

Ethan: Gut. Bin verkatert, wir reden später. Liebe dich.

Verkatert? Ethan hatte noch nie einen Kater gehabt. Wo war er in der Nacht zuvor gewesen?

Ehe ich dazu kam, ihn zu fragen, platzte Lucy in mein Büro. »Ein kleines Vögelchen hat mir erzählt, dass du uns verlässt«, sagte sie.

»Ja, das stimmt.« Ich hätte ihr wirklich gerne erzählt, dass ich mit Ethan Scott zusammenziehen würde, dem Objekt ihrer Begierde in den letzten vier Monaten. Aber damit hätte ich Ethan nur unnötig Schwierigkeiten bereitet.

»Hat man dir ein Angebot gemacht, das du nicht ablehnen konntest? Ich habe gehört, dass manche Firmen einem eine Gehaltserhöhung von zwanzig Prozent anbieten, wenn man wechselt. Ist es etwas in der Richtung?«

»Ich gehe nicht wegen des Geldes. Ich ziehe nach New York.«

»New York?«, platzte sie heraus.

Ich nickte.

»Um da zu arbeiten?«

Lucy wäre ein Mensch aus London, den ich nicht vermissen würde.

»Und um dort zu leben, ja.«

»Du hast einen Job in New York?«

»Ja.«

»Nun, vielleicht komme ich auch bald rüber. Ich arbeite so eng mit Ethan zusammen, dass ich die Versetzung, die ich beantragt habe, wahrscheinlich bekommen werde«, kündigte sie an.

Ich zog eine Augenbraue hoch und musste gleich darauf grinsen, weil ich merkte, dass ich diese Geste von Ethan übernommen hatte. »Viel Glück damit«, sagte ich.

»Wäre das nicht großartig? Wir, zusammen in New York, in der Singleszene?«

»Tja, wer weiß, vielleicht gehst du bis dahin ja schon mit Ethan aus?«, erwiderte ich. Das war gemein, und ich hätte es nicht sagen sollen, aber ich konnte der Versuchung nicht widerstehen.

»Ja, vielleicht. Wahrscheinlich muss ich ihn dann ständig zu Partys oder Geschäftsessen begleiten. Aber ich kann dich sicher irgendwo dazwischenquetschen.«

»Okay, Lucy, sag mir einfach Bescheid. Und jetzt entschuldige mich bitte, ich muss telefonieren.«

Lucy wirbelte herum und stolzierte aus meinem Büro.

Den Rest des Tages verbrachte ich mit harter Arbeit. Mein Herz und meine Seele waren jetzt woanders, und ich wollte, dass mein Körper ihnen endlich folgen konnte.

Als ich das Büro um 19 Uhr 30 verließ, waren nur noch wenige Leute da. Die meisten Kollegen nutzten es aus, dass ihre Mandanten noch im Urlaub waren, und verließen das Büro früher als üblich.

Ich machte mich auf den Weg zu meinem Dinner mit Leah. In London war es kalt, aber nicht so kalt wie in New York. Der Gedanke machte mir bewusst, dass ich noch immer nichts von Ethan gehört hatte. Ich holte mein Handy heraus und zog einen Handschuh aus, damit ich die Nummer leichter wählen konnte.

Er nahm nicht ab, also legte ich wieder auf, ohne eine Nachricht zu hinterlassen. Dann beschloss ich, doch auf die Mailbox zu sprechen und ihm mitzuteilen, dass ich mit Paul gesprochen hatte. Ich wählte seine Nummer noch einmal.

Nach dem zweiten Klingeln meldete er sich. »Anna? Was gibt's?«

»Nichts, eigentlich hatte ich mit deiner Mailbox gerechnet. Ich habe gerade schon mal angerufen, und du bist nicht drangegangen.«

»Ich bin mitten in einem Meeting. Ich kann nicht einfach drangehen.« Er klang verärgert und gestresst.

»Ich weiß. Ich wollte dich nicht stören.« Ich zögerte, denn ich hoffte, dass er etwas sagen würde, aber das tat er nicht. »Ich wollte dir nur eine Nachricht hinterlassen.«

»Na gut, jetzt bin ich ja am Apparat. Also, was gibt's?«

Noch nie war er mir gegenüber derart kurz angebunden

gewesen. So kalt. Es raubte mir den Atem und verschlug mir die Sprache. »Nichts, ich wollte nur ... Ich habe mit Paul gesprochen, und er hat sich sehr entgegenkommend gezeigt, was die Kündigungsfrist betrifft. Aber das ist nicht so dringend. Wir können heute Abend darüber sprechen.«

»Fein. Ich rufe dich später an, wenn ich dazu komme. Heute haben wir ziemlich viel zu tun. Ich muss auflegen.«

»Okay, bye, ich liebe dich.«

»Später.«

»Ethan?«

»Ja?«

»Alles okay?«

»Ja, ich habe zu tun.«

»Okay«, sagte ich, und dann war die Verbindung unterbrochen.

Mir fiel auf, dass ich stehen geblieben war und dass all die anderen Leute an mir vorbeihasteten. Was war da gerade passiert? Selbst wenn Ethan beschäftigt und von der Arbeit gestresst war, so hatte er sich mir gegenüber noch nie verhalten. Er war niemals unhöflich oder bissig. Vielleicht hatte Al ihn wegen des Beziehungsverbots gemeldet? Aber warum war er dann wütend auf mich?

Irgendetwas fühlte sich falsch an.

Ich tippte etwas in mein Handy.

Ich: Ich mache mir Sorgen um dich. Du klingst gestresst. Wäre ein Nacktbild hilfreich?

Das würde ihn doch sicherlich aufmuntern, oder? Ich lächelte, steckte das Handy wieder in die Tasche und ging weiter, um mich mit Leah im Restaurant zu treffen.

37. KAPITEL

Ethan

Ich hatte Anna angeschnauzt, und dafür hasste ich mich. Ich benahm mich wie ein Mistkerl. Aber ich konnte die dunkle Wolke, die über mir schwebte, nicht vertreiben, und ein Teil von mir machte Anna dafür verantwortlich. Ich redete mir ein, dass es nur an meinem Kater gelegen hatte, aber ich wusste es besser. War es denn eine so große Sache für mich, dass sie mich nicht heiraten wollte? So sollte es nicht sein. Wir konnten doch auch glücklich zusammenleben, ohne verheiratet zu sein. Aber irgendwie war plötzlich doch eine große Sache daraus geworden.

Anna

»Daniel ist gerade auf der Toilette. Ist es okay, dass er mitgekommen ist?«, fragte Leah und goss Weißwein in das leere Glas, das vor mir stand.

»Natürlich.« Ich hätte es zwar vorgezogen, wenn nur Leah und ich gemeinsam gegessen hätten. Nicht, dass ich Daniel nicht mochte, aber wenn wir zu dritt waren, war es immer irgendwie anders.

»Alles okay bei dir?«, fragte Leah.

»Ja … es ist nur … also, Ethan ist gestresst und war am Telefon irgendwie bissig zu mir. Ich weiß, dass ich überempfindlich bin, aber so habe ich ihn noch nie erlebt, und dass er so weit weg ist, macht es nur noch schlimmer.« Ich bekam einen Kloß im Hals und trank einen Schluck Wein, damit er verschwand. »Vielleicht wird ihm das alles allmählich zu konkret, und er hat doch noch Zweifel bekommen?«

»Ethan ist verrückt nach dir, Anna. Er hat keine Zweifel. Alles wird gut. Rede später noch mal mit ihm.«

Daniel kam zurück an den Tisch und küsste mich auf die Wange. »Wie sieht's aus bei dir?«, fragte er. »Hast du schon einen Umzugstermin?«

»Ich warte noch auf Nachricht von Paul. Ich habe vorhin mit ihm gesprochen, und er hat mir noch keine Antwort gegeben, aber er klang ziemlich positiv.«

»Ich werde dich schrecklich vermissen«, sagte Leah.

»Gott, Leah, hör auf. Bei der Stimmung, in der ich gerade bin, fange ich an zu heulen, und dann müsst ihr mich nach Hause tragen.«

Daniel zog die bedrückt wirkende Leah an sich. »Ich fliege andauernd nach New York – du kannst doch einfach gelegentlich mitkommen. Auf diese Weise könntet ihr euch sogar ziemlich oft sehen.«

»Bei der Stimmung, in der Ethan zurzeit ist, wird er vermutlich alles absagen, und dann bleibe ich sowieso hier.«

»Das ist doch Unsinn«, sagte Leah. »Er wollte dir einen Antrag machen, da bin ich mir sicher.« Dann erzählte sie Daniel von unserem Silvesterabend und wie Ethan die Aussichtsplattform des Empire State Buildings gemietet hatte. »Glaubst du nicht auch, dass man so etwas nur tut, wenn man einen Heiratsantrag machen will?«, fragte Leah ihn.

»Hat er aber nicht gemacht?«, fragte Daniel mich.

Ich schüttelte den Kopf. »Dass er etwas so Aufmerksames und Romantisches getan hat, muss doch nicht heißen, dass mir einen Antrag machen wollte. Und außerdem bin ich gar nicht daran interessiert, zu heiraten.«

»Nicht?« Daniel sah überrascht aus.

»Nein, eigentlich nicht. Ich habe nie einen Grund dafür gesehen. So viele Leute sind miteinander unglücklich oder lassen sich scheiden. Ist es nicht romantischer, wenn man zusammenbleibt, weil man es will und nicht, weil man ein Stück Papier unterschrieben hat?«

Der Blick, mit dem Daniel mich musterte, wirkte nahezu besorgt.

»Und überhaupt, Kerle hassen die Vorstellung, zu heiraten«, fuhr ich fort.

»Nun, ich *bin* ein Kerl, und ich hasse die Vorstellung keineswegs«, sagte Daniel. »Ich finde es wichtig, der Welt und einander zu zeigen, dass man sich liebt und sich einander für den Rest des Lebens anvertrauen will. Ich weiß nicht, was ich empfinden würde, wenn Leah mich nicht heiraten wollte. Es stimmt, die Hochzeit ist mir ziemlich egal, aber die Hochzeitsfeier und die Ehe selbst sind zwei verschiedene Paar Schuhe.«

»Ja, aber du bist eben Daniel Armitage. Du bist nicht wie die meisten anderen Kerle.«

»Ist Ethan denn wie die meisten Kerle?«, fragte Leah.

»Ich weiß überhaupt nicht, warum wir darüber reden. Er hat mich nicht gefragt. Wir haben noch nie darüber gesprochen, und nach unserem Gespräch heute werden wir das wahrscheinlich auch niemals tun.« Scheinbar nebenbei checkte ich mein Handy. Er hatte nicht einmal auf das Angebot eines Nacktfotos geantwortet. Irgendetwas stimmte da nicht.

»Na ja, die oberste Etage des Empire State Buildings am Silvesterabend für euch alleine, das hört sich zumindest an, als wollte er, dass du glücklich bist«, gab Daniel zu bedenken. »Und das kann doch nur Gutes bedeuten.«

Zurück in meiner Wohnung hatte ich noch immer nichts von Ethan gehört. Ich wollte ihn anrufen, aber auf keinen Fall noch einmal stören. Stattdessen beschloss ich, Mandy anzurufen. In New York war es ungefähr sechs Uhr, also war sie wahrscheinlich zu Hause und Andrew noch bei der Arbeit.

»Hallo, du Bald-New-Yorkerin«, rief Mandy fröhlich, als sie das Gespräch annahm.

Ich musste lächeln. »Hey, ich rufe nur an, um euch ein Frohes neues Jahr zu wünschen. Passt es gerade?«

»Natürlich. Frohes neues Jahr. Ich freue mich, dass du anrufst. Was macht der Jetlag? Hast du schon einen Umzugstermin?«

»Nein, kein Termin, aber ich hoffe, dass ich nicht die vollen drei Monate arbeiten muss. In den nächsten Tagen sollte ich etwas hören. Ich habe aber schon angefangen, meine Sachen im Büro zusammenzupacken, und morgen werde ich damit auch in der Wohnung beginnen.«

»Du klingst nicht sehr begeistert.«

War ich auch nicht. Ich war bedrückt. »Na ja, es ist eben viel zu tun.«

»Ethan sehnt sich danach, dich so schnell wie möglich hier zu haben.«

»Hm, schon möglich.«

»Was meinst du mit ›schon möglich‹? Natürlich tut er das! Der Mann würde alles für dich tun. Er ist bis über beide Ohren in dich verliebt.«

»So klang er vorhin aber nicht. Ich glaube, wir hatten gerade unseren ersten Streit. Oder vielleicht auch nicht, und ich habe da etwas überbewertet.«

»Worüber habt ihr euch gestritten? Silvester?«

»Nein. Was ist denn mit Silvester?«

»Sag mir, worüber ihr euch gestritten habt.«

»Er war unfreundlich zu mir und hat gesagt, dass ich ihn störe und dass er einen Kater hat. Was ist denn mit Silvester?«

Hatte Mandy meine Frage absichtlich überhört?

»Ja, er hatte gestern Abend tatsächlich zu viel Whiskey.«

»Er war bei dir?«

»Ja, mit Andrew, er ist auf dem Rückweg vom Flughafen vorbeigekommen.«

Warum hatte Ethan nicht erwähnt, dass er zu Andrew und Mandy wollte? Das war absolut untypisch für ihn.

»Anna?«

Ich wusste nicht, was ich sagen sollte. Irgendetwas stimmte nicht, aber ich wusste nicht, was. Mandy hatte gerade bestätigt, dass Ethan einen Kater hatte. Ich wusste, dass ihm heute ein arbeitsreicher Tag bevorstand. Obwohl seine Antwort so bissig gewesen war, hätte sie mir nicht so wehtun dürfen, als zerspränge mir das Herz in der Brust.

»Ja, ich bin noch da. Mandy, was ist mit Silvester? Warum sollten wir uns deswegen streiten? Ich weiß, dass du mit Ethan befreundet bist, aber du musst mir sagen, welches Puzzleteilchen mir da offensichtlich fehlt.«

»Ich liebe es, dass ihr zusammen seid. Ich will, dass ihr beide das schafft ...«

»Mandy!«, unterbrach ich sie ungeduldig.

»Anna, er bringt mich um, wenn ich es dir erzähle.«

»Und ich bringe *dich* um, wenn du es nicht tust.« Mein Verstand raste. Hatte er ein uneheliches Kind oder eine schwule Vergangenheit? Was würde Mandy mir erzählen?

»Himmel, Anna, wenn du ihm erzählst, dass ich es dir gesagt habe, bringe ich dich um. Verstanden?«

»Tue ich nicht. Versprochen. Bitte erlöse mich von meinen Qualen.«

»Er wollte dir einen Antrag machen. Silvester.«

Verdammt. Leah hatte recht gehabt.

»Anna?«

»Ich bin noch da. An Silvester? Warum hat er es nicht getan?«

»Anscheinend hast du früher am Abend zu ihm gesagt, dass du ihn nicht heiraten willst.«

»Wann, früher am Abend? Übers Heiraten haben wir gar nicht gesprochen.«

»Ich weiß es nicht genau. Er hatte vor, dich oben auf dem Empire State Building zu fragen, also muss es irgendwann vorher gewesen sein.«

»Ich habe nicht gesagt, dass ich *ihn* nicht heiraten würde, ich habe es nur grundsätzlich noch nie in Betracht gezogen. Ich stehe einfach nicht so auf Heiraten. Es ist nicht wichtig für mich, aber ich glaube, das weiß er. Wollte er mir ernsthaft einen Antrag machen?«

»So wie der Ring auf dem Bild aussah, das er mir gezeigt hat, würde ich sagen, dass er noch nie etwas ernster gemeint hat.«

»Und jetzt ist er stinksauer. Ich habe ihn verletzt.« Das war keine Frage – und plötzlich bekam alles einen Sinn. Wenn ich es mir genau überlegte, war es seit jenem Abend zwischen uns nicht mehr gelaufen. Er hatte immer ein bisschen distanziert und abwesend gewirkt. Aber ich hatte dem nicht so recht Beachtung geschenkt.

»Er zweifelt an sich selbst, und er fragt sich, ob du dasselbe willst wie er. Ihr müsst einfach nur darüber reden. Ich weiß, was du für ihn empfindest. Und tief in seinem Innern weiß er es auch. Ich habe ihn daran erinnert, dass du für ihn von einem Kontinent auf den anderen ziehen wirst, aber er ist völlig darauf fixiert, dass du ihn nicht heiraten willst.«

In diesem Augenblick wünschte ich mir nichts sehnlicher, als mich nach New York beamen zu können. Ich musste ihm alles erklären. »Danke, dass du es mir erzählt hast. Gott sei Dank, jetzt weiß ich endlich, was los ist. Bitte erzähl ihm nichts von diesem Gespräch. Ich werde es wieder in Ordnung bringen.«

Ich fischte mein BlackBerry aus meiner Manteltasche und schickte Paul eine E-Mail, die besagte, dass es wirklich wichtig für mich war, so schnell wie möglich aufzuhören, und dass ich mir in der folgenden Woche auf jeden Fall freinehmen musste, egal, ob ich danach sofort aufhören konnte oder nicht.

Dann textete ich Ethan.

Ich: Ich liebe dich. Ich vermisse dich.

Ich durfte ihn keine Sekunde mehr an meiner Liebe zweifeln lassen.

Danach setzte ich mich an meinen Laptop und buchte für Samstag ein One-Way-Ticket nach New York. Mir blieben vier Tage, um mein Leben zusammenzupacken. Wenn sie mich nicht vorzeitig aus dem Vertrag entließen, würde ich eben unbezahlten Urlaub nehmen, mich krankmelden oder mir sonst etwas einfallen lassen.

Als das Nachrichten-Signal ertönte, stürzte ich mich förmlich auf mein Handy.

Ethan: Gut. Ich dich auch.

Ich lächelte. Angesichts seiner bisherigen Laune hatte ich nicht mit einer Antwort gerechnet, aber ich war froh, dass er offenbar doch nicht aufgegeben hatte.

Ich: Ich habe mit Paul geredet. Er spricht mit den anderen Gesellschaftern. Ich rede morgen wieder mit ihm.

Ich drückte auf Senden, und ehe ich mein Handy weglegen konnte, begann es zu klingeln. Das Wort *Sexgott* leuchtete auf.

»Hey, mein Hübscher. Was macht der Kater?«, begrüßte ich ihn.

»Hey. Der miaut ganz schön. Ich war gestern Abend bei Andrew und Mandy und habe zu viel Whiskey getrunken.«

»Ich wünschte, ich wäre da und könnte dir ein Bad einlassen und deinen Kopf massieren.«

»Ja?« Er klang müde. »Ich wünschte auch, du wärst hier.«

»Wirklich? Vorhin warst du ganz schön unfreundlich zu mir.«

»Ich weiß. Tut mir leid. Ich habe gerade eine Menge um die Ohren …«

»Ich dachte, wir hätten eine Regel, die besagt, dass wir alles miteinander teilen.« Ich wünschte mir tatsächlich, er würde mir erzählen, wie er sich unsere Zukunft vorstellte. Ich wollte den Kein-Bullshit-Ethan wiederhaben.

»Ach, nur langweiliges Zeug, das mit der Arbeit zu tun hat.«

Ich fragte mich, ob dies das erste Mal war, dass Ethan mich anlog.

Ethan

Ich hasste es, dass ich nicht ehrlich zu ihr gewesen war. Aber ich brauchte Zeit. Bislang hatte es immer den Anschein gehabt, als wollten wir die gleichen Dinge vom Leben. Ich musste mit ihr über unsere Zukunft sprechen, aber dieses Gespräch konnten wir nicht am Telefon führen.

Ich beschloss, laufen zu gehen. Den größten Teil des Abends hatte ich im Arbeitszimmer verbracht und versucht, mich durch einen Berg von E-Mails hindurchzuarbeiten, war aber nicht recht vorangekommen. Laufen würde mir helfen, den Kopf frei zu kriegen. Ich zog mich um und lief los. Draußen war es ruhig. Normalerweise lief ich morgens, um diese Zeit war es ungewohnt für mich. Ich hätte eine Mütze aufsetzen sollen, denn es war kälter als erwartet. Meine warme Wohnung hatte mir ein falsches Gefühl von Sicherheit vorgegaukelt. Ich steigerte das Tempo, um mich aufzuwärmen, und lief nach Osten in Richtung Washington Square Park. Ich lief durch die vertraute Abfolge kleiner Straßen bis zu meinem Ziel und dachte weder an die Arbeit noch an Anna. Ich konzentrierte mich nur auf meine Atmung und verfiel in einen beruhigenden Rhythmus.

Offensichtlich hatte niemand den zitternden Gestalten im Park gesagt, dass es kalt und an der Zeit war, nach Hause zu gehen. Die Leute saßen auf den Bänken herum, als hätten wir Hochsommer. Ich musste über ein Pärchen grinsen, das sich offensichtlich stritt, dabei aber Händchen hielt.

Die Schnürbänder meiner Laufschuhe hatten sich gelockert, und als ich nach unten blickte, war mein linker Schuh offen. Ich blieb vor einer der leeren Bänke stehen, um ihn wieder zuzubinden. Kaum hatte ich angehalten, wurde mir bewusst, wie schwer ich atmete.

»Ethan?«, fragte eine weibliche Stimme, die mir bekannt vorkam.

Ich blickte auf und sah Clarissa aus der Hamptons-Clique, die auf mich zukam. Ich richtete mich auf und begrüßte sie mit einem Kuss auf die Wange. »Hi, Clarissa. Lange nicht gesehen.«

»Stimmt, seit dem Sommer nicht mehr. Wie geht's dir? Was macht die Arbeit?«

»Alles okay«, antwortete ich und fuhr mir mit den Händen durchs Haar.

»Wie geht es Mandy und Andrew?«

»Den beiden geht's auch gut, ich habe sie gestern Abend noch gesehen. Und du? Was machst du in Downtown? Wohnst du nicht in Upper Manhattan?«

»Das weißt du noch?«, fragte sie und lächelte mich an, als teilten wir ein Geheimnis miteinander. Vor einigen Jahren hatte ich sie mal gevögelt. Es war eine einmalige Sache gewesen, aber wir verkehrten in denselben Kreisen, darum trafen wir hin und wieder zufällig aufeinander. »Ich habe mit ein paar Freunden etwas getrunken und wollte noch durch den Park gehen, bevor ich ein Taxi nach Hause nehme. Ich liebe den Park um diese späte Stunde.«

Ich nickte. »Es ist auch einer meiner Lieblingsorte.«

»Du kannst mich nach Hause bringen, wenn du willst. Ich habe einen exzellenten Single Malt da«, sagte sie.

Bei dem bloßen Gedanken rebellierte mein Magen. »Ich bin mit Anna zusammen. Du hast sie doch schon kennengelernt, oder?«

»Ach ja«, sagte sie. »Das Mädchen aus den Hamptons. Ich glaube, ich erinnere mich an sie. Aber jetzt ist sie nicht hier und ...«, sie blickte auf meine linke Hand, dann wieder in mein Gesicht, »... ich sehe auch keinen Ring.«

Ich trat einen Schritt zurück. »Dazu braucht es keinen Ring, Clarissa.« Ich blickte sie an, denn ich wollte wissen, ob sie verstand, was ich sagte. »Dazu braucht es keinen Ring«, wiederholte ich. »Gute Nacht.« Und damit lief ich zum Ausgang des Parks.

Jetzt hatte ich sie. Die Antwort, von der ich nicht gewusst hätte, dass ich sie suchte. Ich musste Anna nicht heiraten. Ich wollte sie für alle Ewigkeit, und kein Ring der Welt konnte das garantieren. Nein, ich würde einfach Tag für Tag hart arbeiten müssen, damit sie bei mir blieb. Das konnte ich schaffen.

Ich blickte auf meine Uhr. Es war bereits nach zehn, entweder zu spät oder zu früh, um sie anzurufen, aber meine düstere Stimmung war verflogen. Auch wenn sie nicht heiraten wollte, konnte ich sie vielleicht davon überzeugen, den Rest ihres Lebens mit mir zu verbringen. Und dieser Rest sollte so früh wie möglich beginnen.

38. KAPITEL

Anna

Ich musste im Londoner Flughafen eine ruhige Ecke finden, um Ethan anzurufen. Gerade hatte er mir eine Nachricht geschickt und gefragt, ob ich zu Hause sei. Er wusste noch immer nicht, dass ich nach New York fliegen würde, und ich wollte, dass es eine Überraschung blieb. Schließlich ging ich in den Gucci-Shop und tat so, als dächte ich darüber nach, mir eine Handtasche zu kaufen. Hoffentlich fand Ethan nicht heraus, wo ich war.

»Hallo, meine Schöne«, meldete er sich. Seine Laune hatte sich im Laufe der Woche gebessert. *Alles* war definitiv besser geworden, aber dennoch wollte ich mich vor Ort davon überzeugen. Ich brannte darauf, mit ihm in die gemeinsame Ewigkeit zu starten.

»Hey, mein Hübscher. Was machst du? Warum schläfst du nicht?« In London war früher Samstagmorgen, also war er lange aufgeblieben.

»Mache ich gleich. Ich muss nur noch ein paar E-Mails versenden.«

»Das klingt ja nach einer richtig wilden Freitagnacht für Sie, Mr Scott.«

Am anderen Ende der Leitung war leises Lachen zu hören.

»Und was machst du? Bist du heute Abend mit Leah unterwegs?«

»Ich bin beim Shoppen und hoffe, dass ich früh ins Bett komme.«

»Wenn du erst mal hier bist, werde ich dich jeden Abend früh ins Bett bringen.«

»Ist das ein Versprechen?«

»Das ist eine Garantie.«

»Okay, ich werde dich daran erinnern. Was machst du morgen? Hast du schon was vor?« Ich hatte nicht einmal Mandy erzählt, dass ich kommen würde, deshalb war es durchaus möglich, dass Ethan unterwegs war, wenn ich am Samstagmittag seiner Zeitzone in New York ankäme.

»Arbeiten. Laufen gehen. Und ich dachte mir, ich rufe mal den Makler an.«

»Den Makler?«

»Ja, den Immobilienhändler oder wie ihr das in England nennt. Mal sehen, was der Markt so hergibt. Falls du doch umziehen möchtest.«

»Ich liebe deine Wohnung, Ethan.«

»Unsere Wohnung. Ich will, dass wir in unserer Wohnung leben. Du bist nicht nur zu Gast. Ich habe auch eine Kreditkarte für dich bestellt.«

»Nein!«

»Doch. Was mir gehört, gehört auch dir.«

»Ich nehme deinen Schwanz – mehr brauche ich nicht.«

»Du bist krank.«

»Und du liebst mich.«

»Ja, das stimmt. Können wir morgen telefonieren? Ich muss diese Mails zu Ende bringen und dann schlafen gehen.«

»Natürlich. Ich liebe dich.«

»Ich liebe dich.«

Ich legte auf und grinste wie eine Idiotin.

Während der ganzen Reise über den Atlantik hörte ich

nicht auf zu lächeln. Sehr bald würde ich wieder in London sein, meine Sachen packen und mich verabschieden, aber jetzt war ich erst einmal auf dem Weg in meine Zukunft. Selbst der missmutige Taxifahrer, der nach Brathähnchen roch und so aussah, als hätte er sich seit 1987 nicht mehr die Haare gewaschen, konnte meine Laune nicht trüben. Er wuchtete meinen Koffer auf den Gehsteig, wie ich mir mittlerweile zu sagen angewöhnt hatte, und erwähnte das Wechselgeld nicht mal. Egal. Ich war hier, und dafür war ich dankbar.

Ethan

Es ging auf die Essenszeit zu, und ich arbeitete mich immer noch durch meine Mails. Ich hatte es geschafft, zu laufen und zu duschen, aber davon abgesehen, hatte ich nichts anderes getan, als zu arbeiten. Ich wollte sicherstellen, dass ich genug Zeit für Anna haben würde, wenn sie erst einmal hier war, vor allem in den ersten Wochen. Ich hoffte, dass sich die Situation im Büro bis dahin etwas beruhigt haben würde.

Mein Telefon begann zu summen, und das Bild meines Mädchens leuchtete auf.

»Hey, meine Schöne«, meldete ich mich.

»Selber hey. Wie war dein Morgen?«

»Mies. Nur Arbeit. Wie war denn das Shoppen? Hast du dir was gekauft? Warte mal, da klopft jemand an die Tür. Meine Güte, schläft der Pförtner denn? Wer zum Teufel belästigt mich da?«

Ich riss die Tür auf, und mir fiel die Kinnlade herunter, denn vor mir stand – Anna. »Hey, wenn ich Kaffee und Bagels dabeihabe, zählt es dann immer noch als Belästigung?«

»Was zum Teufel …?« Ich nahm sie in die Arme.

»Kann ich diesen Kaffee irgendwo abstellen, damit ich dich anständig umarmen kann?«, murmelte sie an meiner Brust.

Ich ließ sie los, und sie drückte mir den Becher in die Hand. Dann machte sie Anstalten, zwei riesige Koffer aus dem Treppenhaus in die Wohnung zu ziehen.

»Was machst du denn hier?«, fragte ich.

»Ich habe gehört, du brauchst einen Untermieter?«

»Anna«, sagte ich mit tadelnder Stimme.

»Nun, ich dachte, wir hätten uns geeinigt, dass ich bei dir einziehe, also tue ich das jetzt.«

»Du ziehst hier ein?«

»Jep.«

»Jetzt?«

»Nur, wenn du mich nicht lieber in einem Hotel unterbringen willst.«

Ich bemerkte, dass ich mitten in der Tür stand. »Lass mich das machen«, sagte ich und gab ihr den Kaffee zurück, damit ich ihr Gepäck tragen konnte.

»Bleibst du endgültig hier? Hast du dein Arbeitsverhältnis beendet?«, fragte ich, als ich die beiden offenbar mit Zement gefüllten Koffer in die Wohnung wuchtete.

»Ja, gestern war mein letzter Arbeitstag. Paul hat es mir am Dienstag gesagt. Ich bin fast gestorben, weil ich es dir nicht erzählen konnte, aber es sollte doch eine Überraschung sein.«

»Ich könnte mir keine bessere vorstellen. Aber ich wünschte trotzdem, ich hätte es gewusst. Dann hätte ich etwas vorbereiten können.«

»Was denn? Ein ›Willkommen-in-New-York‹-Banner?«

Ich zog eine Braue hoch, legte mir Anna über die Schulter und trug sie ins Schlafzimmer. Sie quiekte vor Aufregung. Rücklings warf ich sie auf das Bett und drückte ihre Arme auf die Matratze.

»Ich habe dich vermisst«, sagte ich und sah ihr in die Augen.

»Aber ich war nicht mal eine Woche weg.«

»Ich habe dich trotzdem vermisst. Es tut mir leid, dass ich so mürrisch war, als du abgereist bist …« Jetzt war alles wieder gut. Ich hatte mich noch nicht dazu durchringen können, den Ring zurückzugeben. Vielleicht würde ich Rory das für mich erledigen lassen. Aber ich hatte jetzt verstanden, dass eine Hochzeit ihrem Bekenntnis zu mir und zu unserem Zusammenleben nichts hinzufügen würde.

»Das freut mich«, sagte sie. »Können wir zusammen duschen? Ich hab das nötig nach dem Flug.«

Ich beugte mich vor und küsste sanft die Kontur ihrer Lippen, von einem Mundwinkel zum anderen. Ich war noch nicht fertig damit, als sie den Mund öffnete und unsere Zungen sich trafen.

Ich löste mich von ihr und stand vom Bett auf. »Geh schon mal duschen. Ich muss noch eine E-Mail absenden und komme in zwei Minuten nach.«

Ich hastete ins Arbeitszimmer und überflog noch einmal die Mail, an der ich gearbeitet hatte, als Anna anrief. Ich nahm zwei kleine Änderungen vor, klickte auf Senden und eilte zurück zur Dusche, in der Hoffnung, Anna dort nackt und – im wahrsten Sinne des Wortes – nass vorzufinden.

»Komm rein«, rief sie aus der Kabine. »Meine Brüste sind wahnsinnig schmutzig.«

Ich grinste und zog Hose und T-Shirt aus.

»Himmel, du bist so verdammt perfekt«, sagte ich, als ich endlich unter der Dusche stand und ihren Körper betrachtete. Sie umschlang meinen Nacken. »Ich möchte *a little less conversation and a little more action*«, sagte sie und lächelte mich an.

»Ich habe Sie bereits davor gewarnt, Elvis zu zitieren, Miss Anna«, sagte ich, während ich sie bereits gegen die Rückwand der Dusche drückte und die Hand zwischen ihre Beine gleiten ließ.

»Ethan!«, rief sie aus, als ich begann, mit den Fingern ihre Klitoris zu umkreisen und zwar mit genau dem Druck, von dem ich wusste, dass er sie verrückt machte. Sie blickte zwischen uns hinab und nahm meinen Schwanz in die Hand. »Ich will dich in mir spüren, Ethan.«

Das musste sie kein zweites Mal sagen. Ich umfasste ihren Hintern, drückte sie gegen die Wand und drang unvermittelt in sie ein.

»*Fuck!*«, schrie sie, und grub mir die Fingernägel in die Haut. »Ich habe es vergessen. Obwohl es nicht mal eine Woche her ist, habe ich tatsächlich vergessen, wie groß du bist.«

Verdammt, sie wusste genau, was sie sagen musste. Mein Schwanz zuckte bereits in ihr. Als Antwort zogen sich ihre inneren Wände zusammen.

»Bist du bereit für harten Sex, meine Schöne?« Ich zog mich aus ihr zurück, und ihr Mund formte ein vollkommenes »O«. Erneut drang ich in sie ein, schob sie weiter an den Fliesen hinauf. Ihre Fersen gruben sich in meinen Hintern, drückten mich noch enger an sie, tiefer in sie hinein.

»Schneller, Ethan, ich brauche dich.«

Von dem Moment an war ich verloren. Das Geräusch des Wassers, das zwischen uns herabströmte, das Geräusch von Haut auf Haut und ihre atemlosen Schreie, all das wurde gedämpft vom Rauschen des Bluts in meinen Ohren, während ich sie unerbittlich fickte.

Als ich den Mund auf ihre Brust senkte und sanft hineinbiss, fuhr sie mir mit den Händen durchs Haar. In dem Augenblick, in dem meine Zähne ihr Fleisch berührten, setzte ihr Orgasmus ein; sie wurde ganz still und hielt die Luft an. Ich fühlte mich unglaublich mächtig, weil ich derartige Gefühle in ihr auslösen konnte, noch dazu so schnell. Der Gedanke daran trieb auch mich über den Rand, und ich ergoss mich sie.

»Du machst das so gut, mein Schatz«, sagte Anna und klang satt und müde. Sie löste ihre Beine von meiner Taille.

»Setz dich hin, ich wasche dir die Haare«, schlug ich vor.

Sie setzte sich auf die Duschbank und lächelte mich an, während ich ihr Haar mit Shampoo und Conditioner verwöhnte und sie dann in kleinen kreisenden Bewegungen mit einem Schwamm von Kopf bis Fuß abrieb.

»Könnten Sie das vielleicht jeden Morgen vor der Arbeit machen, Mr Scott?«

»Das wirst du dir verdienen müssen«, neckte ich sie.

»Ich werde alles tun, was du jemals von mir verlangst. Alles«, sagte sie. Sie klang sehr ernst – ernster, als es das Gespräch verlangte.

Zur Antwort küsste ich sie sanft auf den Mund. Sie saß auf der Bank und sah zu, wie ich mich schnell wusch und dann die Dusche abstellte. Ich wickelte sie in ein Handtuch und gab ihr ein weiteres für ihr Haar. Während ich mir ein Handtuch um die Taille wickelte, musterte sie mich weiterhin mit ernstem Blick.

»Alles okay?«, fragte ich.

Sie nickte.

»Soll ich dir einen Kamm holen?«, bot ich ihr an. Ich sah mich suchend um und bückte mich, um die Türen des Waschtisches zu öffnen. Als ich mich wieder aufrichtete, fiel mir etwas ins Auge, eine Kritzelei auf dem Spiegel. Aber es war keine Kritzelei. Ich sah genauer hin. Auf dem beschlagenen Spiegel standen die Worte: »Heirate mich«.

Mein Herz begann zu rasen, wie erstarrt stand ich da. Hatte *ich* das geschrieben? Nein. Ich verstand gar nichts mehr. Mit beiden Händen stützte ich mich auf das Waschbecken. Und als mir allmählich dämmerte, was passiert war, war ich nicht in der Lage, mich umzudrehen. Ich spürte, wie sie sich von hinten an mich drückte und mir die Arme um die Taille schlang.

»Hey«, murmelte sie an meinem Rücken. »Sieh mich an.«

Ich holte tief Luft und drehte mich in ihren Armen um. Sie hob den Kopf, um mir ins Gesicht zu sehen. »Ist es das, was du willst?«, fragte ich.

Sie nickte. »Ich will dich für alle Ewigkeit. Ich will dich glücklich machen.«

»Woher weißt du das? Hat Mandy es dir erzählt?«, fragte ich. Das konnte doch kein Zufall sein!

»Ich habe das getan, weil ich mit dir verheiratet sein möchte. Das ist der einzige Grund.«

Ich stöhnte. Das war genau, was ich hören wollte, aber ich wusste, dass es nicht die ganze Geschichte war. »Anna, ich weiß, dass du nicht heiraten willst.«

»Ich hätte Ja gesagt. Wenn du mich Silvester gefragt hättest, hätte ich Ja gesagt.«

»Nimm mich nicht auf den Arm.«

Eng umschlungen gingen wir zurück ins Schlafzimmer.

»Nein, im Ernst, ich hätte Ja gesagt. Ich könnte dir nie etwas abschlagen, Ethan.«

»Aber du willst doch gar nicht heiraten. Das hast du mir an dem Abend gesagt. Wenn ich mich recht erinnere, waren deine exakten Worte: ›Und wir werden ja nicht heiraten oder so, Gott bewahre.‹«

»Oh verdammt, das habe ich gesagt?«

Ich nickte. Die Worte hatten sich in mein Gedächtnis eingebrannt.

Sie zog mich auf das Bett, sodass wir beide nebeneinander auf dem Rücken landeten. »So habe ich immer schon darüber gedacht.« Ich erstarrte. Ich wollte kein zweites Mal hören, dass sie mich nicht heiraten wollte. »So habe ich gedacht, bis ich erfahren habe, dass du vorhattest, mir einen Antrag zu machen.« Noch immer konnte ich mich nicht bewegen. »Ich habe nie zu den Mädchen gehört, die von einer pompösen weißen Hochzeit träumen. Allein den Gedanken finde ich schrecklich. Und ich habe die Ehe auch nie mit Glück in Verbindung gebracht. Ich glaube, meine Eltern sind nur noch aus Pflichtgefühl zusammen und nicht, weil sie es wollen. Ich habe so viele Leute gesehen, die sich scheiden ließen oder ihr Leben in einer unglücklichen Beziehung verschwendeten. Ich will das nicht. Aber als ich gehört habe, dass du mir einen Antrag machen wolltest, wurde mir klar, dass wir anders sind als all diese Leute. Wir sind nicht unglücklich, und ich glaube nicht, dass wir es jemals sein werden. Solange ich kein überdimensionales weißes Kleid anziehen und vor den Altar treten muss, will ich dich heiraten. Ich will dich heiraten, weil ich für immer mit dir zusammen sein will, und ich möchte, dass die Welt das weiß. Aber noch mehr als das wünsche ich mir, dich glücklich zu machen, und wenn Heiraten dazu gehört, dann will ich auch heiraten.«

Endlich fand ich meine Stimme wieder. »Hier kann es nicht nur um das gehen, was ich will, Anna.«

Sie stützte sich auf die Ellbogen, blickte mich an und legte mir die Hand auf die Herzgegend. »Ich will dich glücklich machen. Das ist Grund genug für mich, um Ja zu sagen. Ich würde alles für dich tun, Ethan. Aber tatsächlich wünsche ich es mir auch für uns als Paar. Die Welt soll sehen, dass du mir gehörst und ich dir. Ich hätte nie gedacht, dass ich einmal so empfinden könnte, aber mit dir geht es mir so. Nie hätte ich geglaubt, dass ich so glücklich sein könnte, wie ich es jetzt mit dir bin.«

»Okay«, sagte ich.

»Okay?«

»Ich werde dich heiraten, wo du doch so nett gefragt hast.« Sie lächelte. »Bekomme ich den Ring? Er soll unfassbar schön sein.«

Ich warf den Kopf zurück und lachte schallend. »Oh, verstehe. Schmuck kann sehr überzeugend sein, nicht wahr?«

Sie stieß mir in die Rippen. »Ich habe den schweren Teil übernommen und die Frage gestellt. Ich glaube, dafür habe ich eine Belohnung verdient.«

Ich drückte sie zurück auf die Matratze und küsste sie.

»Vielleicht habe ich ihn ja schon zurückgegeben?«

Sie zog die Augenbrauen zusammen. »Wirklich?«

»Komm mit.« Ich stand vom Bett auf und zog sie hoch. »Zieh dir was über.«

Ich gab ihr den Morgenmantel, den sie beim letzten Mal dagelassen hatte, zog meine Boxershorts an und nahm sie bei der Hand.

Sie folgte mir durch den Flur und ins Arbeitszimmer. Dort hob ich sie auf den Schreibtisch und setzte mich auf den Stuhl davor.

Erwartungsvoll sah sie mich an. Ich konnte nicht anders, ich musste leise lachen.

»Na, komm schon, her damit«, sagte sie und griff nach einem imaginären Objekt in der Luft.

Ich beugte mich vor und öffnete die unterste Schublade meines Schreibtisches, in der das Ringkästchen aus rotem Leder lag.

Ihre Augen waren geweitet, als wir beide in die Schublade spähten und dann abwechselnd einander und das Döschen ansahen.

Schließlich holte ich das Kästchen heraus und legte es neben sie auf den Schreibtisch.

Anna ließ sich vom Tisch auf meinen Schoß rutschen. »Zeig ihn mir.«

Langsam öffnete ich das Döschen und präsentierte den Ring, den ich mit so viel Bedacht für sie ausgesucht hatte. Das Herz schlug mir bis zum Hals.

»Wow.«

»Wow?«

»Der ist ja riesig.«

Ich küsste sie in den Nacken. »Ja, aber auch schlicht, nicht wahr? Ich dachte mir, dass du bestimmt nichts Überladenes willst.«

»Er ist perfekt. Ich hätte mir keinen schöneren aussuchen können. Du hast ihn doch nicht nur geliehen, oder? Wenn das hier noch ein Pretty-Woman-Zitat ist, werde ich sauer. Diesen Ring gebe ich nämlich niemals zurück«, sagte sie.

»Gefällt er dir?«, fragte ich leicht beunruhigt.

»Ist das dein Ernst?« Sie hielt mir ihre Hände vors Gesicht. Ich lachte leise und steckte ihr den Ring an den Ringfinger der linken Hand.

Er passte wie angegossen.

Anna blickte abwechselnd mich und den Ring an, doch ich sah nichts anderes als ihr wunderschönes Gesicht.

Sie war vollkommen, verdammt, und sie würde meine Frau sein.

Er ist der König von New York, doch gegen die Liebe ist er machtlos!

Louise Bay
KING OF NEW YORK
Aus dem amerikanischen
Englisch von
Anja Mehrmann
352 Seiten
ISBN 978-3-7363-0692-9

Max King ist der erfolgreichste Investment-Banker der Wall Street, doch niemand ahnt, dass sein härtester Job erst nach Feierabend beginnt: als alleinerziehender Vater seiner Tochter Amanda. Er lebt in zwei Welten, die er strikt getrennt hält. Doch als er eines Abends Harper Jayne, seiner neuen Angestellten, im Aufzug zu seinem Penthouse begegnet - und sie küsst - weiß er augenblicklich, dass seine beiden Welten gerade aufeinander geprallt sind.

»Erotisch und herzzerreißend zugleich!« USA TODAY

LYX